希腊人左巴

ZORBA THE GREEK

［希腊］尼科斯·卡赞扎基斯　著

王鸿仁　译

Níkos
Kazantzákis

外语教学与研究出版社

北京

雅众文化　出品

你年轻，你有钱，你健康，
你是个好家伙，你什么都不缺。
什么都不缺，确实，只除了一件东西——傻劲！

第一章

　　我第一次遇到他是在比雷埃夫斯[1]。我到码头去,打算搭船前往克里特岛。下着雨。一阵强劲的西罗科风[2]猛烈地吹着,片片雪白的浪花一直绵亘到远处的小餐馆。那餐馆的玻璃门紧闭着,屋里弥漫着艾酒及体臭的气味。由于屋外的寒冽,人们的呼吸给窗子罩上了一层雾。五六个在那儿过夜的水手,紧裹着棕色的羊皮夹克,一边喝着咖啡或艾酒,一边凝视窗外朦胧的海。鱼儿在惊涛骇浪的冲击下已经潜到海底深处,它们将在那儿避难,直等到海面恢复宁静才会再度游上来。渔民们麕集在餐馆里,也在等待暴风过去,等待鱼儿回来追逐他们放下的诱饵。比目鱼、石鲈、鳐鱼都从它们夜的长征里归来了。天已破晓。

　　玻璃门开了,一个船坞工人走进来,他个子矮壮,没戴帽,没穿鞋,浑身污泥,满脸风霜。"嗨!柯斯坦迪!"一个身穿蓝外套的老水手喊道,"近来做些什么事?"

1　比雷埃夫斯(Piraeus):希腊东南部港口城市。

2　西罗科风(Sirocco):由北非吹向南欧的热风。

柯斯坦迪啐了一口。"你想还会怎样?"他暴躁地回答,"早上——酒吧。晚上——我家。这就是我的生活。屁事也没有!"

于是,大伙儿笑了起来,有的则摇头咒骂。

"人生是场受不完的罪,"一个蓄髭的男子说,这是他从卡拉格兹戏[1]里捡来的哲学,"不错,一场受不完的罪。去他妈的。"

一线微弱的绿光刺破了餐馆污秽的窗棂,照在人们的手、鼻子和额头上。然后,它又跃向柜台,照亮了酒瓶。电灯熄了半晌。所有的目光都投向外头阴霾的天空。波涛的咆哮一阵阵地传来,餐馆里,水烟筒呼噜呼噜地响个不停。

老水手叹了一口气:"不知道列蒙尼船长怎样了?愿上帝保佑他!"他愠怒地瞪着海,咆哮道:"你这个摧毁了多少家庭的混蛋!"他咬着他那撮灰色的髭。

我坐在一个角落里,感到周身发冷,于是叫了第二杯艾酒。我想去睡一觉,可是却一直和睡魔苦斗着,同时也一直在抗拒着疲惫以及凌晨时分的孤寂。我凝视着朦胧的窗外。逐渐苏醒过来的港口再度喧嚣了起来,我听到船只的汽笛声和马车夫及水手们的吆喝声。而在我凝视的当儿,一张用海、天空以及离愁织成的无形之网把我的心紧紧地缠住了。

我的眼睛停留在一艘巨舶深色的船首上——整个船身依然隐没在黑暗里。天上下着雨,我看到无数的雨丝把天空和大地连接了起来。

我望着那黑船、阴影和雨,这时候一缕哀愁悄悄升起。旧事一起浮上心头。在这阴湿的空气中,雨使我忆起了我那位伟大的朋友来。

---

1 卡拉格兹戏(Karagheuz 或 Karagoz):在字面上意为"黑眼人"。这是十四世纪阿拉伯人从爪哇带回来的傀儡影子戏。盛行于阿拉伯半岛、土耳其、叙利亚及北非等地,通常是在餐馆中演出。

那是在去年吗？或者，不是在此生此世？昨天吗？来这同一个码头向他告辞，那是什么时候的事呢？我还记得那个早晨也是下着雨，也是同样寒冷，我也还记得那相同的晨曦。在那个时候，我的心情也是同样沉重。

和一个伟大的朋友慢慢分开，这是何等痛苦啊！宁可一刀两断，而后将自己埋藏在孤独中。因为孤独最顺乎人之天性。然而，在那个落雨的清晨，我竟无法和我的朋友分开。（后来我领悟了其中的缘故，不过，哎，为时晚矣。）我和他一道登船，在他那间堆满行李的船舱里坐过。当他注意别的地方时，我曾仔细地打量了他很久，仿佛想把他的特征一样一样地抄录在我的心中似的：他那蓝绿色的、炯炯发光的眼睛，他那浑圆、年轻的脸庞，他那睿智、傲慢的表情，以及——最重要的——他那双高贵、指头修长的手。

当我在热切、仔细地看着他时，我一度被他发现。他转过身来，脸上现出一种用来掩饰感情的揶揄神情。他凝视着我，然后他明白了。为了冲淡这份离愁，他摆出一个嘲讽的笑容，问道："要到什么时候？"

"你指什么？什么要到什么时候？"

"你还要舞文弄墨到什么时候呢？你为什么不和我一道去呢？在高加索那边，我们有成千上万的同胞正陷于水深火热之中。让我们去拯救他们，"他笑了起来，仿佛在嘲讽自己那个高贵的计划，"或许，我们没有必要去拯救他们。你不是常这样对我说教：'自救的唯一途径就是去拯救别人。'……那么，勇往直前吧，老夫子。你擅长说教，却为何不和我一道呢？"

我没有回答。我冥想着那块东方的圣地，诸神的老母亲，我倾听着被锁在岩石上的普罗米修斯的强烈抗议。我们的同胞也被锁在那岩石上，哀号着。我们的民族再度陷入险境。它正在向它的子孙高声乞援。

我谛听着——毫无反应地——仿佛痛苦乃是一场梦,生命乃是一出感人的悲剧,在这场戏中只有粗人和傻子才会跑上舞台参加演出。

我的朋友不待我回答就起身了。船第三次鸣笛。他向我伸出他的手,然后再度以嘲笑来掩饰他的感情。

"Au revoir[1],书呆子!"

他的声音颤抖着。他知道,不能克制自己的感情是件丢脸的事。泪水、伤感的话、无意义的手势、普通的客套,这一切在他的眼中都是男儿不该有的脆弱。我们是这么喜欢彼此,却没有向对方说出一句热情的话来。我们像野兽般互相玩耍挠痒。他,一个聪明、爱嘲弄的文明人;我,一个野蛮人。他运用着自制力,并且在微笑间温和地将所有的感情表达出来。而我则突如其来地发出一阵不得体、野蛮的笑。

我也企图以严词厉色来伪装我的感情,可是我耻于这么做——不,不是耻于,而是不能。我紧握着他的手。我捉住它,不愿放手。他凝视着我,十分讶然。

"你这么激动吗?"他说,极力想笑一下。

"是的。"我平静地答道。

"为什么?我们说什么了?我们不是好几年以前就已经同意这点了吗?那些你所喜爱的日本友人怎么说来着?不要动心!宁静,肃穆的宁静。脸孔是微笑着的、永不激动的面具,至于面具后面究竟如何,那就是我们自己的事了。"

"是的,我们是说好了。"我答道,努力不让自己噜噜苏苏地说出一大堆话来,因为我不知道我能不能控制我的声音。

船的锣响了,催促送行的人们离船。那时细雨迷蒙。空中充满了

---

1 法语:再会。

凄楚的声音:珍重再会、山盟海誓、无止无休的长吻,以及迫切的叮咛。母亲们奔向她们的子女,妻子们奔向她们的丈夫,朋友们奔向他们的朋友,仿佛他们将一去不回似的。仿佛这个生离令他们联想到死别。于是,突然间,在潮湿的空气中,锣声缥缈地从船首传到船尾,好像丧钟。

我的朋友将身子挨了过来。

"听好,"他低沉地说道,"你有没有什么预感?"

"有。"我再度回答道。

"你相信这种胡扯吗?"

"不。"我肯定地答道。

"哦?然后呢?"

根本就没有"哦"这种东西。我不相信它,可是我害怕。

我的朋友用左手轻轻摸着我的膝盖,他在失望时总是这样做。我要是催促他快做决定,他一定会反抗,会掩住耳朵并且拒绝;可最后他还是会接受,然后他会摸摸我的膝盖,仿佛在说:"好吧,看在我们交情的分儿上,我会照你的话去做……"

他的眼睛眨了两三下,然后再度注视着我。他知道我满怀忧伤,所以便迟迟不敢使出我们惯用的武器:大笑、微笑和嘲弄。

"好吧,"他说,"把你的手伸出来给我。不论什么时候,我们当中如果有一个发现自己陷于致命的危险中……"

他突然打住,仿佛有点惭愧。像我们这种多年来一直嘲弄着形而上的"飞翔",并且将素食者、唯灵论者、神智学者、灵的外质混成一团的人……

"怎么了?"我问道,一面猜测着。

"让我们把它当作一场游戏。"他突然说。他已经不再使用原先那

5

种可怕的句子了。"不论什么时候，如果我们当中有一个发现自己陷于致命的危险之中，就拼命去想另一个人，使对方能够立刻感应到……好吗？"他想笑，可是他的嘴唇一动也没动，仿佛冻结住了。

"好。"我说道。

我的朋友恐怕过分暴露他的感情，所以便紧接着说：

"不过，请听我说，我对于心电感应可是一点不信，还有那些……"

"放心，"我低声说道，"别去理会……"

"很好，那么，我们就谈到这里为止。同不同意？"

"同意。"

那就是我们最后的一次对话了。我们默默无语，紧握着对方的手，我们的手指热情地缠在一起，然后突然松开。我头也不回地快步走开，仿佛我正在被人盯梢似的。我的心中升起了一股突如其来的冲动，想要对我的朋友投以最后的一瞥，但是我极力抑制着。"向前走！"我命令着自己，"不要回头！"

人的灵魂是沉重而笨拙的——陷在肉体的泥淖里。它的知觉更是鄙俚而粗俗。它不能清晰地预知任何事情，不能确切地预知任何事情。如果它能预知的话，这次的分别将会是何等不同啊。

天越来越亮了。这两个早晨难分彼此。我可以清楚地看到我朋友可爱的容貌了。在港口的雨雾与空气中，他一动也不动，透着一丝落寞。餐厅的门开了，海在怒吼着，一个矮壮的水手走了进来，他两脚张开，长着下垂的髭。愉悦的声音响了起来：

"欢迎，列蒙尼船长！"

我隐遁到角落里，试图重新集中我的思想。然而我朋友的脸庞已经消融在雨中了。

天色更亮了。严肃而寡言的列蒙尼船长取出他的琥珀念珠，开始诵起经来。我极力强制自己不去看、不去听，而再将心神凝聚在那业已消散的影像上。当我的朋友骂我书呆子时，我是何等气愤，现在我多么希望再度生活在那个时刻中。接着我想起，我对自己所过生活的厌恶，全被这几句话一语道破。一个像我这样热爱生命的人怎么会在那些胡说八道的书堆及涂满黑字的纸张里陷溺了那么久呢！分手那天，我的朋友曾帮助我，使我看得清楚。我解脱了。既然现在我知道我的苦恼是什么，或许我能更轻易地克服它。它再也无法遁形了，它已经有名有形，我要和它战斗比较容易了。

他的表情必然一直在我的心中悄悄地活动着。我憎恨自己的身上被打上可怜人和书呆子的标签。我找寻一个借口，以放弃文墨生涯，投身于一种行动的生活。一个月前，我所期望的机会降临了，我租下一座在克里特岛海岸、面对着利比亚的废弃的褐煤矿，现在我要与单纯的工人和农人一同生活，远离书呆子那一类人。

我兴奋地准备启程，仿佛这次行程具有一种神秘的重要性。我已决定改变我的生活方式。"在这以前，"我这样告诉自己，"你只看到影子，并且满足于此；现在我要引导你走向实体。"

我终于准备好了。启程前夕，当我翻找我的札记时，我偶然发现一篇尚未完成的手稿。我拿起它，注视着它，并且迟疑着。两年来，在我内心最深处，一种强烈的欲望——一颗种子一直在迅速地生长。我时时刻刻都可以感觉到，它在我的体内，摄取我的营养，日渐成熟。它生长着、蠕动着，开始踢着我身体的内壁要出来。我不再有勇气消灭它了，想做这样的精神流产，已经太迟了。

当我犹豫地拿着这份手稿，我眼前突然浮现出我朋友的笑容——一个由嘲弄和深情所组成的善意的嘲讽笑容。"我要带着它！"我说。

我内心深处被刺痛了。"我要带着它，你不必笑了。"我小心翼翼地把手稿包起来，仿佛在包一个婴儿一样，然后一起带走。

列蒙尼船长低沉、粗哑的声音，声声入耳。我竖起耳朵倾听。他正谈到有关精灵的事：在狂风暴雨之中，他们攀上他的土耳其轻舟的桅杆，然后舔呀舔的。

"他们身子柔软，通体黏糊糊的。"他说，"如果你抓他们一把，手就会着火。我捻了下髭须，结果我就像个魔鬼一样发出光来，亮了一整夜。后来，海水灌进我的小船，浸湿了我所载运的煤炭。当煤炭被水浸透时，小船也倾斜了，但是在那一刻，神眷顾了一切，他发出雷电，击穿了货舱口，煤炭漏了出来，掉进海里。小船减轻了负荷，船身便自动正了过来，我也得救了。就这么一回事！"

我从口袋里取出我的旅途良伴，一本袖珍本的、但丁所著的《神曲》。我点上烟斗，靠着墙壁，尽量使自己舒适。我犹疑了片刻，我究竟希望自己沉浸在哪一段诗中呢？沉浸在《地狱篇》燃烧的沥青中？或是《炼狱篇》使人净化的火焰中？或者直接进入人类希望的最高层次？我可以自由地选择。手拿着袖珍本的《神曲》，我在自由中感到欣喜。在这清晨时分，我所选择的诗篇，它的韵律节奏将会控制我一整天。

我俯身阅读，以便做出决定，我沉溺在这种热情的幻觉里，但是我并没有时间。突然，我的思路受到打扰，抬起头来，不知为什么，我总觉得好像有一对眼睛刺穿了我的天灵盖；我很快地回头，注视着玻璃门的方向。一种疯狂的希望闪过我的脑际："我将再度和我的朋友见面了。"我准备看到奇迹，可是奇迹并未出现。一个陌生人，大约六十岁，很高很瘦，生着一双喜欢盯着人的眼睛，鼻子贴在玻璃上，注视着我。他腋下挟着一小包扁扁的东西。

最吸引我注意的是他那热切的目光。他的眼神带着嘲弄的味道，并且充满火焰。不管怎样，我对它的感觉，就是这样的。

我们的目光相遇了——他似乎想要确定我就是他想要寻找的人——这个陌生人果决地用他的手臂把门推开，轻快而迅速地穿过桌子，走到我的面前。

"旅行？"他问，"去哪里？如果不介意我问一下的话。"

"我要去克里特岛。你为什么要问？"

"带我一道去，好吗？"

我仔细地打量着他。他的面颊凹陷，下巴结实，颧骨突出，灰发鬈曲，眼睛明亮，眼神锐利。

"为什么？我和你能做什么呢？"

他耸耸肩膀。

"为什么！为什么！"他轻蔑地大叫，"难道一个人做一件事前不能不问为什么吗？说做就做，只因为他这么做！怎么样！带我一起走吧！如果硬要说的话，就拿我当你的厨子吧！我会煮一些你听都没听过，想都没想过的汤……"

我笑了起来，他那副虚张声势的样子和尖锐的话使我觉得很开心。关于汤的话也很中听。我想，那也不赖，带着这么一个瘦骨嶙峋的家伙一道前往那偏僻而孤寂的海岸。汤以及故事……他看起来好像阅历广博，有点像水手辛巴达[1]……我喜欢他。

"你在想什么？"他亲切地问我，摇着他那硕大的头，"你也带着一个天平，对不对？不管什么东西你都要称得精确，对不对？快点！朋友，下个决心吧！横下心来，做个决定吧！"

---

1 辛巴达是《一千零一夜》里的航海家。他的经历丰富，具有传奇性。

9

这个瘦瘪的傻大个站在我的面前，跟他说话必须仰着头，这使我觉得很累。我合起我的但丁《神曲》。"请坐，"我对他说，"要不要来杯艾酒？"

"艾酒？"他蔑视地大叫道，"喂！侍者！来杯朗姆酒！"

他一口一口地啜饮他的朗姆酒，在嘴里含了很久，以品尝它的味道，然后才让它缓缓滑下去，温暖他的内脏。"一个肉欲主义者。"我想，"一个鉴赏家……"

"你从事什么工作？"我问。

"无所不做。用手、用脚或用脑——什么都做。如果我们择事而做，那么就会被限制了。"

"你最近的一份工作在哪里？"

"在一个矿坑。我是一个好矿工，对于金属我略知一二。我知道如何找寻矿脉，同时还会挖坑道，我进入矿坑并不害怕。我工作得不错，当工头，也没有什么不满的事情。但是魔鬼插手进来，上星期六晚上，只因为我想这么做，我突然发作起来，那天，老板在视察那个地方，我一把抓住他，揍了他一顿。"

"但是为什么呢？他到底对你做了些什么？"

"对我吗？一点也没有。我告诉你，这是我第一次见到他。这可怜的家伙，他甚至还请我们抽烟呢！"

"哦？"

"噢，你只是坐在那儿问问题！事实上，我只是突然间发作起来而已，就是这么一回事。你有没有听过磨坊主人妻子的故事？那么，你总不会期望从她的背上学习拼字吧！对不对？磨坊主人妻子的背，人的理智就是这么一回事！"

我读过不少关于人类理性的定义的书，这一个似乎是所有定义中最令我震惊的，而我喜欢它。我带着强烈的兴趣注视着我的新伙伴。他满脸皱纹，饱尝风霜，像是被虫蛀过的木材。几年之后，另一张脸孔给了我同样的印象：那就是帕纳伊特·伊斯特拉蒂[1]。

"你那个包里装的是什么？食物？衣服？或是工具？"

我的伙伴耸耸肩，笑了起来。

"你看起来是相当敏感的那种人。"他说，"冒昧了。"他用他结实而修长的手指抚摸着他的包袱。

"不，"他补充道，"这是一把桑图尔琴[2]。"

"桑图尔琴？你会弹桑图尔琴吗？"

"当我手头紧的时候，我到各个酒店里去，弹桑图尔琴。我唱老希腊游击队员唱的、源自马其顿的调子。然后我拿着帽子绕一圈——就是这顶扁帽——它便装满了钱。"

"你叫什么名字？"

"亚历克西斯·左巴。有时候人家叫我面包师的勺子，因为我这么瘦长，同时我的头又扁平得像一个烧饼，此外我还被人叫做'打发时间的'，因为有一段时间我沿街叫卖炒南瓜子。他们也叫我'阿霉'，因为他们说不管我走到哪里，我都耍花招，什么事情都会变糟。我还有其他的绰号，但是这些绰号我暂时不用了……"

"你是怎么学会弹奏桑图尔琴的？"

"当时我二十岁。我在我们村庄——就在奥林波斯山的山脚下——的一次喜宴上第一次听到桑图尔琴。我屏息倾听，三天吃不下饭。'你有什么不对劲吗？'我爸爸问我——愿他的灵魂安眠于九泉之下。'我

1　帕纳伊特·伊斯特拉蒂（Panait Istrati，1884—1935）：罗马尼亚作家。

2　桑图尔琴（santur）：一种弦乐器，有点类似扬琴，用小锤或琴拨弹奏。

要去学桑图尔琴！'你自己不觉得可耻吗？你愿意做一个吉卜赛人吗？你的意思是说你要成为一个乱弹乱唱的人？'我要去学桑图尔琴！'我为了结婚存了一点钱。那是一种小孩子的想法，但是那时我还没有成熟，我的血是热的。我想要结婚，可怜的白痴！我除了耗尽我所有的储蓄外，另外还花了许多钱，买了一架桑图尔琴——就是你现在看到的这一把。我带着它离开我的家乡，前往塞萨洛尼基[1]，并且紧跟着一个土耳其人，瑞特赛普·埃芬迪——他教每个人弹桑图尔琴。我拜倒在他的脚下。'你想要干什么？'他说。'我想学桑图尔琴！''没问题，但是你为什么拜倒在我的脚下？'因为我无法付钱给你！''你真的对桑图尔琴如此着迷，是不是？'是的。''好吧，我的孩子，你可以留下来，我不要你付钱！'我留在那里一年，跟他学琴。我想他现在也许已经去世了，愿神接纳他的遗骸！假如神让狗进入神的乐园，愿他也打开大门让瑞特赛普·埃芬迪进去。自从我学会弹奏桑图尔琴，我就变成了一个完全不同的人。当我沮丧或一文不名时，我弹奏桑图尔琴，它使我开心起来。当我在弹奏的时候，你可以对我说话，但是我一句也听不到，即使我听到了，我也没办法讲话。我试过了，没有用，我没有办法说话！"

"可是为什么呢，左巴？"

"啊！你不明白吗？一种强烈的感情，这就是原因所在！"

门开了。海的声音再度刺穿了咖啡馆。我们的手脚都很冰冷。我更进一步地缩到我的角落里，并且用外套紧紧裹住自己，我品尝着这一刻的极乐。

"我要到什么地方去？"我想，"我在这里很好，愿这一分钟持续

---

1 塞萨洛尼基（Thessaloniki）：希腊第二大城市。

好几年。"

我打量着面前这个奇特的人。他的目光集中在我的身上。这对眼睛圆而小，瞳孔颜色非常深，眼白上带着血丝。我觉得它们正贪婪地刺穿我、探索我。

"哦!"我说，"继续说下去。"

左巴又耸耸他那瘦骨嶙峋的肩膀。

"不要再谈它了。"他说，"给我一根香烟好吗?"

我给了他一根。他从口袋里取出火石和灯芯来点烟。他满足地眯着眼睛。

"结婚了没有?"

"我是人，不是吗?"他愤怒地说，"是人就意味着眼瞎。我和走在我前面的人一头栽进一样的壕沟里。我结婚了。我走上了下坡路。我成了一家之主，我盖了一间屋子，我有了孩子——麻烦。但是感谢神，我还有桑图尔琴!"

"你靠着弹琴来忘却烦恼，是不是?"

"哎! 我看得出来你不会弹奏任何乐器。你到底在说些什么? 住在一间什么都要你操心的屋子里。妻子，儿女。我们要吃些什么? 我们要如何赚钱买衣服? 我们将会变成什么样子? 他妈的! 不，要弹好桑图尔琴，你必须举止端庄，你必须心无旁骛。假如我妻子太多嘴，我怎么会有心情弹奏桑图尔琴呢? 如果你的孩子肚子饿了哇哇叫，你弹弹看吧! 弹奏桑图尔琴，必须抛开一切，你明白吗?"

是的，我明白。左巴是我一直在找寻，却始终没有找到的人——一颗朝气蓬勃的心，一张贪吃的大嘴，一个尚未与大地割裂的、野性未驯的巨大灵魂。

艺术、爱、纯洁、热情，这些字的意义都从这个工人口中说出来，他用人类最简单的语言使我顿悟。

我打量着他那双既能握十字镐，又能弹桑图尔琴的手。他的手因工作而生茧、龟裂、变形，而且肌肉发达。他的双手非常温柔而小心地解开包袱，拿出一把被岁月摩擦得闪闪发亮的旧桑图尔琴。它有很多根弦，还饰有黄铜、象牙以及红色的丝穗。他那粗大的指头缓缓地、热情地抚摸着它全身，仿佛在抚摸一个女人，然后他又把琴包起来，仿佛在为心爱的人穿衣，生怕她着凉似的。

"这便是我的桑图尔琴！"他喃喃道，一面把包袱小心地放在椅子上。

这时水手们碰杯狂欢，并且爆出阵阵的笑声，熟练的老水手热情地在列蒙尼船长的背上拍了几下。

"你恐惧得要死，船长，你说对不对？天晓得你已经在圣尼古拉斯前面点过多少许愿蜡烛了！"

船长的两道浓眉皱在一起。

"不，我可以跟你发誓，当我看到死亡的天使站在我面前时，我并没有想到圣母，也没有想到圣尼古拉斯！我只是掉头驶向萨拉米斯，我想着我的太太，于是我叫道：'啊！凯瑟琳娜，此刻我多么希望和你躺在床上！'"

水手们再度爆笑起来，列蒙尼船长也跟着大笑。

"人到底是一种怎样的动物呢？"他说，"天使拿着剑在他的头顶上，可是他的心思却摆在那儿，在那里，不是在其他任何地方！他妈的！"

他拍拍手，然后喊道："敬大伙儿！"

左巴用他的大耳朵仔细听，他转过身，先注视着水手们，然后注视着我。

"'那儿'是什么地方？"他问，"那些家伙在谈些什么呢？"

他突然懂了，并且吃了一惊。

"好极了，朋友！"他赞赏地喊道，"那些水手知道奥秘，大概是因为他们日日夜夜都在跟死亡搏斗。"

他在空中挥舞着他的大拳头。

"好了！"他说，"那是另一回事。让我们言归正传。我会留下来，还是走？做个决定吧！"

"左巴，"我说，并且必须勉强克制自己不投入他的怀抱中，"没有问题！你和我一起走，我在克里特岛有一座褐煤矿，你可以管理工人。晚上，我们可以仰卧在沙滩上——在这个世界上，我没有妻子，没有儿女，也没有狗——我们将同吃同喝，那时你要弹奏桑图尔琴！"

"要是我心情好的话，你听到了吗？假如我心情不错，我将照你所吩咐的一切为你工作，在那儿，我是你的人，可是说到桑图尔琴，那就不同了。它是只野生的动物，它需要自由。假如我心情不错，我会弹奏，甚至还会唱歌，同时我也会跳赛贝奇科[1]、哈萨皮克[2]和潘特扎里[3]三种舞——但是，我一开始就要坦白地告诉你，必须在我心情好的时候。让我们先把话说清楚一点，如果你逼我弹，那将会一塌糊涂。至于那些事，你必须了解，我是一个人。"

"一个人？你这是什么意思？"

"噢！自由！"

我叫了另一杯朗姆酒。

---

1 赛贝奇科（Zeimbekiko）：小亚细亚一个沿海部落的舞蹈。

2 哈萨皮克（Hassapiko）：屠夫跳的舞蹈。

3 潘特扎里（Pentozali）：克里特民族战士的舞蹈。

"来两杯，"左巴喊道，"你也来一杯，我们才可以举杯祝贺。艾酒和朗姆酒不很相称，你也要喝朗姆酒，这样，我们的感情才会长久。"

　　我们碰了一下我们的小酒杯。现在天已大亮了，船的号笛响着。脚夫把我的行李送到船上，对我打了个手势。

　　"愿神与我们同在，"当我上船时我说，"我们走吧！"

　　"神和魔鬼！"左巴平静地补充道。

　　他弯下身，将桑图尔琴挟在腋下，打开门，率先走了出去。

第二章

海，秋的柔和，沐浴在阳光里的岛屿，蒙蒙细雨像是在希腊永恒的裸体上覆上一层透明的轻纱。我心里想道：在死去之前，能够有幸在爱琴海上航行一次，该是多么幸福呀！

这世界上可喜的事很多——女人、水果、观念。但是，在我看来，在温煦的秋季在那片海上乘风破浪，呢喃着每一座小岛的名字，这种乐趣最容易使人心旷神怡、如履乐土，再没有一个地方能够使人如此安适，如此宁静地由现实进入梦境。未知的领域缩小，最古老的船只的桅杆上长出枝丫，结出果实。似乎在这儿——希腊，需要是奇迹之母。

将近中午的时候，雨停了，太阳从云间露出脸来，看起来是如此温煦、柔和、清新而新鲜，它用它的光线轻抚心爱的大地和海水。我站在船头，让自己陶醉在一望无垠的奇景之中。

船上是些希腊人，这些狡猾的家伙生着贪婪的眼睛，脑子则像东方杂货商人中看不中用的货品，他们钩心斗角，吵吵闹闹。船上还有一架没有调过音的钢琴和一群率直而又恶毒的泼妇。坐在这船上，一个人的第一冲动是想要抓住这艘船的两头，将它按入海中，使劲地摇晃，甩掉所有玷污这条船的牲畜——人、老鼠和臭虫——然后再让被清洗过的空空荡荡的船浮起来。

可是，有时，我满怀怜悯，一种佛教徒的怜悯心，就像形而上学三段论法的结论一样冰冷。这怜悯并非仅仅对人，同时也对所有会挣扎、会叫喊、会哭泣、会期待而不了解所有事物都是虚无幻觉的生命。怜悯希腊人，怜悯褐煤矿，怜悯我那关于佛陀的、未完成的手稿，怜悯所有那些无用的、扰动并污染纯净空气的光与影的合成物。

我注视着左巴皱缩而蜡黄的脸。他坐在船首的一捆绳子上，他正嗅着一只柠檬，并且用他的大耳朵谛听几个旅客争论国王，另一些人争论韦尼泽洛斯[1]，他摇摇头，吐了一口口水。

"混蛋！"他轻蔑地呢喃，"他们真不知羞耻！"

"左巴，你所说的混蛋是指什么？"

"唔，所有的那些——国王、民主、公民投票、议员，无聊极了！"

左巴离时局极远，当代所发生的事件对他而言已经毫无意义，只不过是堆过时的垃圾而已。的确，对他来说，电报、轮船、引擎、现行的道德和宗教，像是生锈的老枪，他的心智比世界前进得快多了。

绳索在船桅上发出吱吱之声，海岸线荡漾着。船上的女人脸色变得比柠檬还要黄，她们卸下她们的武器——胭脂、紧身胸衣、发针、梳子。她们的嘴唇苍白，她们的指甲变成青色。年老的长舌泼妇失掉了她们的美容工具——丝带、假眉毛、美人痣——看她们快要呕吐的样子，你会觉得厌恶，却又强烈地怜悯她们。

左巴的脸孔也转黄转绿，他那发亮的眼睛变得黯淡无光，直到黄

1　韦尼泽洛斯（Eleftherios Venizelos，1864—1936）：希腊政治家，被后人称为"现代希腊之父"。

昏将近，他的眼睛才再度明亮起来，他指着两只在船边上跳出水面的海豚。

"海豚！"他愉快地叫道。

我第一次注意到他左手的食指差不多只剩下半截。我吃了一惊并且感到难过。

"左巴，你的指头怎么了？"我叫道。

"没什么。"他回答道，并因为我没有对看到海豚表示高兴而生气。

"你的手指是不是被机器切断的？"我坚持地问道。

"你干吗扯上机器？我自己把它切断的。"

"你自己？为什么？"

"你不会了解的！老板！"他耸耸他的肩膀说。

"我告诉你，我做过很多种行业，有一次我做陶瓷匠，我迷上了那种行当。手里拿着泥土，能随心所欲地捏成东西，那种乐趣你有没有办法体会出来？嘿！你转动轮子，泥土跟着转，像着魔似的，你站在它前面说，我要做一只瓶子，我要做一只碟子，我要做一盏灯，以及天晓得其他什么东西！正因为这样，你才能被称为人：自由！"

他已经忘记了海，他不再咬柠檬，他的眼睛又变得清澈了。

"噢！"我问，"你的手指头到底是怎么一回事？"

"噢！它妨碍我操作轮子，它总是碍事，破坏我的计划。所以有一天我抓起一把斧头……"

"你不疼吗？"

"你是什么意思？我又不是树干。我是一个人，当然会感觉到疼。可是它妨碍我操作轮子，所以我把它切断了。"

夕阳西下，海面显得更加平静，云散了，黄昏的星星闪闪烁烁，我凝望着海，凝望着天空，然后开始沉思起来……爱到这种程度，拿起一把斧头砍下去，然后感到剧痛……但是我将我的情绪隐藏起来。

"左巴，那是很不好的方式！"我微笑着说，"它使我想起了一位苦行僧，根据《黄金传说》[1]，有一次，一个女人激起了他的绮念，于是他便拿起一把斧头……"

"混球！"左巴插嘴道，他猜到我要说些什么，"把那个砍下来！该下地狱的傻瓜！这可怜愚昧的傻瓜呀！那根本不是一个碍事的东西嘛！"

"但是，"我坚持道，"它也可能是一个碍事的东西呢！"

"碍什么事呢？"

"妨碍你进入天国。"

左巴带着揶揄的意味斜瞄了我一眼，说："但是，你这个傻瓜，那是乐园的钥匙啊！"

他抬起头，仔细地看着我，仿佛要看出我的脑袋里究竟在想些什么：来世、天国、女人、教士。但是他似乎无法理出多少头绪。他谨慎地摇动他那满布灰发的头。

"废人进不了天国！"他说。然后便沉默不语。

我走进我的舱房，躺了下来，然后取出一本书。佛陀，他一直支配着我的思想。我读着《佛陀与牧羊人的对白》，许多年来，它一直使我的心充满安详和宁静。

　　牧羊人：我的饭已经煮好了，我已经从我的母羊那儿挤
　　得奶水。我茅屋已经闩好，我的火已在熊熊燃烧。现在，天

---

1 《黄金传说》(The Golden Legend)：意大利人雅各布斯·达瓦拉吉尼所著的基督教圣人传记集。

空呀！你想下雨的话，请便！

佛陀：我不再需要食物或奶水。风是我的遮蔽物，我的火已熄。天空呀，你想下雨的话，请便！

牧羊人：我有一些阉公牛，我有一些母牛，我有我父亲的草地，还有一头牡牛与我的母牛交配。现在，天空呀！你想下雨的话，请便！

佛陀：我没有阉公牛，也没有母牛，我没有草地。我一无所有，我无所畏惧。现在，天空呀！你想下雨的话，请便！

牧羊人：我有一个温驯而忠心的牧羊女，她做我的妻子已经有数年之久，当晚上，我与她嬉戏时，我十分快乐。现在，天空呀！你想下雨的话，请便！

佛陀：我有一个自由而温驯的灵魂。我训练它，教它与我嬉戏已有数年之久。现在，天空呀！你想下雨的话，请便！

当睡眠征服我的时候，这两种声音仍在谈论着。风又吹起来了，海浪不时地打着舷窗的厚玻璃，我就像一团烟雾般在睡与醒之间飘着。一阵猛烈的暴风雨袭来，草地消逝在水面下，阉公牛、母牛和牡牛被吞没了。风掀起了茅屋的屋顶，火被雨水浇灭了，女人发出一声喊叫，倒毙在泥泞之中，牧羊人开始哀哭，我听不到他在说些什么，但是，他大声地哭着，而我正更深地陷入熟睡之中，人一直往深渊里滑，就像鱼滑到水深处。

破晓时，我醒了过来，就在我们的右方，横卧着骄傲、粗野而威武的岛屿。在秋阳下，淡红色的群山在雾后微笑着，环绕着船的四周，靛青色的海仍然不安地翻腾。

左巴裹着一条褐色的毯子，正热切地凝视着克里特岛。他的眼光

21

迅速地从山岳转向平原，沿着海岸一直探索着，仿佛对所有的海岸、陆地都十分熟稔，同时，他仿佛乐于再度在脑海中漫游其间。

我走向他，拍拍他的肩膀说：

"左巴，你绝不是第一次到克里特岛来！你注视着它的神情好像一个老朋友。"

左巴好像很厌烦似的打了一个哈欠，我觉得他毫无开始交谈的打算。

"谈话使你感到厌烦，是不是，左巴？"我微笑着说。

"不尽然！老板，"他回答，"只是因为交谈有困难。"

"有困难？为什么？"

他并没有立即回答。他的目光再度慢慢地漫游于海岸上，他在甲板上睡了一夜，露水从他灰色的鬈发上滴下来。刚升起的太阳不偏不倚地照进他脸上、下巴上、脖子上的深深的皱纹里。

他的嘴唇终于动了，它们粗厚而下垂，活像山羊的嘴唇。

"早晨我总觉得很难张开嘴巴，非常困难。对不起！"

他重新陷入沉默之中，而且他那圆圆的小眼睛又专注地盯着克里特岛看。

早餐的铃响了，一张张黄中带褐的、扭曲着的脸从舱房里冒出来。发髻松散的女人们蹒跚地将自己从一张桌子拖向另一张桌子，她们的身上散发出呕吐物和古龙水的气味，她们的眼神呆滞，带着忧愁与恐惧。

左巴坐在我的对面，用一种诉诸感官的、相当东方式的方法嗅着咖啡，他在面包上抹上黄油和蜂蜜，然后吃了下去。他的脸庞逐渐地变得明亮和平静，嘴部的线条也柔和起来。当睡意慢慢地从他脸上消逝时，我偷偷地注意他，并且看到他的眼睛越来越明亮。

他点燃了一根香烟，愉快地吸了一口，并且把乳白色的烟从他毛茸茸的鼻孔中喷出来。他盘起右腿，坐在上面，以一种东方式的姿势，使自己感到舒适。现在他想说话了。

"这是我第一次来克里特岛吗？"他开始说。（他半合着眼睛，透过舷窗向外望，凝视着伊达峰，这座山正在我们背后的远方逐渐消失。）"不，这不是第一次。一八九六年我已经是一个成熟的男人了。我的唇髭和头发是最标准的颜色，漆黑乌亮有如大乌鸦。我的牙齿共三十二颗，一颗不少，当我喝醉酒时，我首先将开胃小菜吃尽，然后将一碟碟的菜一扫而空。我永无止境地享乐。但是好景不长，克里特岛爆发了一次新的革命。

"那时候我是一个小贩，我在马其顿的村落间兜售杂货，而我通常不收钱而收干酪、羊毛、黄油、兔子和谷类，然后，再将这些东西卖掉，获取双倍的利润。我每次在天黑时到达一个村落，我总是知道要在什么地方过夜。每个村落中总有一个心地善良的寡妇，神保佑她们！我给她一卷线，或是一把梳子，或是一条围巾——当然是黑色的，为了她的亡夫——于是我和她同榻而眠。这样我不会花太多钱！

"不，老板，那些惬意的日子，我花销不多的！可是，就像我说过的那样，魔鬼插手捣蛋，克里特岛又发生战祸。'啊！她的命运真是他妈的乖戾！'我要说，'那个该死的克里特岛，难道就不能让我们清净过日子吗？'那时我把棉线和梳子摆到一边，拿着我的枪动身加入克里特岛起义军的行列。"

左巴停了下来，不说话了。现在我们顺着平静多沙的、弯曲的海岸航行，波浪毫无阻碍地缓缓地漫上岸来，仅仅沿着海岸留下一道泡沫组成的细线。云破日出，克里特岛粗粝的轮廓变得宁静起来了。

左巴回头揶揄地看了我一眼。

"老板，现在我猜得出你一定在想，我要开始告诉你我砍下多少土耳其人的头，还有我用酒精腌渍了多少只他们的耳朵——那是克里特岛的风俗。然而，我不会的！我不喜欢，我觉得羞耻。到底我们得了哪种疯病？……今天，我的头脑已经比较冷静，于是，我自问：我们到底得了哪一种疯病，使我们在别人对我们秋毫无犯的时候扑了过去？咬他，割下他的鼻子，撕掉他的耳朵，戳穿他的肠胃——并且在做这些事的当儿一直祈求全能之神帮助我们！那是否意味着我们希望全能之神去割下他的鼻子、耳朵以及把人撕裂？

"但是，你知道，在那时候，我是热血奔腾的，我哪有办法停下来探讨原因和理由呢？一个人必须等到心境安详、年老而牙齿掉光的时候，才能周密而公平地思考事情，当你成为一个没有牙齿的老头子的时候，你会轻易地说：'他妈的，孩子们，你们不可咬人！'但是，当你口中有三十二颗牙齿、颗颗不少的时候……一个人年轻的时候，像一头凶猛的野兽，是的，老板，一头凶猛的、吃人的野兽！"

他摇摇头说："啊！他也吃羊，还有鸡、猪，可是假如他不吃人，他的肚子就不会饱。"

当他把香烟在咖啡碟上捻熄时，他又补充说："不，他的肚子不会饱。那么，老兄你对此要说些什么呢，嗯？"

他并没有等着得到答案。

"你能说什么呢？我实在怀疑！"他继续说，并且对我步步紧逼，"就我所知，阁下从没有饥饿过，从没有杀过人，从没有偷过东西，从没有犯过通奸罪，这个世界，你到底了解多少呢？你有一个天真烂漫的脑子，你的皮肤甚至没有晒过太阳！"他带着明显的轻蔑喃喃地说。

我为自己纤细的双手、苍白的脸以及我那没有被泥泞和血溅污的生活感到羞愧。

"好了!"左巴说,他粗壮的手扫过桌面,就像用一块海绵擦拭桌子一样,"好了!不过,有一件事我想问你,你肯定钻研过好几百本书,你也许知道答案……"

"说吧!左巴,是什么事?"

"老板,这儿有一个奇迹发生,一个可笑的奇迹使我十分迷惑。所有的那些事情——那些卑鄙的欺骗、偷窥以及杀戮——我是指我们这些起义军——那一切使乔治亲王得以回到克里特岛。自由万岁!"

他睁大眼睛诧异地望着我。

"那是一个奥秘,"他喃喃地说,"一个重大的奥秘!因此,如果我们想在这糟糕的世界里得到自由,我们就必须有所有的那些谋杀,所有的那些卑鄙的欺骗,是不是?我告诉你,假如我开始细述我们所做的一切流血的恶行以及所有的谋杀,你会吓得毛骨悚然。但是,所有那些事的结果是什么呢?自由!神不但没有用雷电将我们杀死,还给我们自由!我真是不明白!"

他注视着我,好像在求助。我看得出这个问题使他相当痛苦,我同时也看得出他不能彻底了解这件事情。

"你了解吗?"他焦虑地问我。

了解什么?告诉他什么?告诉他我们所认为的神并不存在,要不然就告诉他,为了战争,为了解救世界,我们所谓的谋杀和罪行是必要的……

我极力想寻找另一个较单纯的方法,向左巴解释这个问题。

"一棵植物是怎样在肥料和粪便上发芽、开花的?你可以这样告诉自己,左巴,肥料和粪便是人,花则是自由。"

"但是种子呢?"左巴叫道,一拳打在桌子上,"植物要发芽,必

25

须先有一粒种子。谁把种子播在我们的体内呢？而且，这个种子为什么不是靠着仁慈和诚实开出花朵呢？为什么它需要血和罪行？"

我摇摇头。

"我不知道。"我说。

"谁知道？"

"没有人知道。"

"那么，"左巴绝望地喊道，并狂野地瞥视周遭，"你想让我用你所有的船、你的机器、你的领带干什么呢？"

两三个晕船的乘客——他们现在正坐在附近一张桌子旁边喝着咖啡——重新振作起精神，他们察觉到我们的争吵，竖起耳朵来听。

这使左巴感到十分厌恶。他压低了声音。

"换个话题吧！"他说，"每当我想到那个时，我就恨不得将我抓得到的东西摔在墙壁上——一把椅子、一盏灯或是我的头。但是那对我有什么好处呢？我要赔偿坏的东西，还要去药店，在头上扎上绷带。如果神是存在的，那么就更糟糕了，我们会惨兮兮的！他会在天上，凝视着我，并且笑破他的肚皮。"

他的手突然动了一下，仿佛要赶走一只缠扰不休的苍蝇。

"算了！"他抱歉地说，"我刚才想告诉你的只是：当饰满旗帜的王室船只开到，它们轮流开炮，亲王踏上克里特岛的土壤——你看过万众因为看到自由而疯狂吗？没有吧？啊！老板，你懵懵懂懂地出生，你也懵懵懂懂地死去。假如我能活一千岁，即使我只剩下一小块活肉，我也绝不会忘掉那天我所看到的景象！假如我们每个人都能够照个人的喜爱选择天上的乐园——理当如此，否则它怎么会被称为乐园——我要向全能的神说：'主啊！让我的乐园是饰满香桃木和旗帜的克里特岛，让乔治亲王踏上克里特土壤的那一刻成为永恒！'我要这么做。"

左巴再度住口不语。他倒满一杯冰水，扬起他的髭，一口气把它喝完。

"左巴，克里特岛上发生了什么事情？告诉我！"

"我们是否需要高谈阔论？"左巴愤怒地说，"喂！我要告诉你——世界是一个不可思议的奥秘，人只是伟大的野兽。伟大的野兽和神明。一个叫犹加的士兵和我一起从马其顿来到克里特岛，他是个罪犯，做过该死的事，是个真正的下流胚——他哭了。'你怎么哭了？犹加，你这条狗！'我说，我也泪如泉涌，'你怎么哭了？你这个下流胚！'但是他只是抱着我的脖子，像一个小孩似的号啕大哭。然后这个一毛不拔的人掏出他的钱包，把他从土耳其人那里抢来的金币全部倒在腿上，并且一把一把地丢向空中。你知道吗？老板，那就是自由！"

我站起来，在甲板上走动，以便接受刺骨海风的吹袭。

那就是自由，我想。满怀狂热，把一枚一枚的金币积攒起来，然后突然间征服你的激情，将财宝丢向四面八方，或者把你自己从一种激情中解放出来，而被另一种较为高贵的激情控制。但是，那不也是一种奴役的形式吗？为一种理想，为一个民族，为神而献身？或者，那意味着，典范的标准越高，奴役的锁链越长？那样，我们能够怡然自得，在一个较为宽广的竞技场里嬉戏，到死为止都不会超越锁链的范围。那么，那是否正是我们所说的自由？

将近黄昏的时候，我们的船停泊在岸边，我们看到质地极细的白沙，仍然开着花的夹竹桃，无花果树和长角豆树，再往右看去，是一座光秃秃的低丘，好像一个睡着的女人的脸，在她的下颚之下，一道暗褐色的褐煤矿脉沿着她的脖子延伸着。

一阵秋风吹来，散乱的云慢慢地横过大地，它的影子使大地的轮廓变得柔和。其他的云在天空中凶猛地升起。太阳忽隐忽现，地面也时明时暗，活像一张活生生而烦忧的脸。

我在沙滩上逗留了一会儿，并向四处看了看，一种神圣的孤独展现在我的眼前，像沙漠一样死寂，但是迷人。佛陀之歌就从这片土地上升起，并且进入我生命的深处。"什么时候，我才能遁入孤独？独自一人，不再有伴侣，不再有喜乐，也不再有烦愁，只有神圣的确定性，确信一切都是梦？什么时候，穿着我的破衣服——无欲无求——我能心满意足地遁入群山之中？什么时候，我才能参悟到我的肉体只是病痛、罪恶、衰老、死亡，然后——自由、无所畏惧且充满喜悦地——遁入森林中？什么时候？什么时候，啊！什么时候？"

左巴腋下挟着他那把桑图尔琴，步履仍然踉跄地向我走过来。

"那里有褐煤！"我说，以掩饰我的情感。同时，我伸出手，指向那像女人脸孔的小丘。

左巴面现不悦之色，并没有回头去看。

"过后再说，现在不是时候，老板，"他说，"先让大地安静下来，它仍在像甲板一样颤抖。该死的魔鬼！让我们到村庄去吧！"

话刚说完，他已经迈开果决的大步走了，想要保全他的颜面。

两个赤脚的小孩，皮肤像阿拉伯人一样的是褐色的。他们跑上来提行李。一个高大的海关官员在海关小屋里抽着水烟筒。他从角落里用他蓝色的眸子仔细地看我们，漠不关心地瞄了一下行李，然后在他的椅子上，略微动了一下，好像要站起来似的。不过这件事情太费力了。他缓缓地举起水烟筒的筒管，并且用一种带着睡意的声音说："欢迎！"

两个小孩当中的一个走近我，他眨着黑橄榄色的眼睛，并且用一种嘲笑的口气说："他不是克里特岛人。他是一个懒鬼。"

"克里特岛人不也是懒鬼吗？"

"他们是……是的，他们是的，"这个小克里特岛人回答，"然而，不一样。"

"村庄离这里远不远？"

"只有打一枪子弹飞过的距离。看，在果园后面的小峡谷里，有一个美丽的村庄，先生。物产丰富——长角豆树、豆类、谷物、油、酒。而且在那儿的沙地上还有克里特岛最早熟的黄瓜、番茄、茄子以及西瓜。来自非洲的风使它们肥大。晚上，在果园中，你可以听到它们发出噼里啪啦的声音，它们越长越大。"

左巴走在前面，他还是感到晕眩，他吐了一口唾液。

"左巴，下巴抬起来！"我向他喊道，"我们已经熬过了，现在再没有什么好担心的了。"

我们走得很快，泥土中掺杂着沙和贝壳，零零星星地长着一棵柽柳、一棵野生的无花果树、一丛芦苇、一些苦的毛蕊花属植物。天气闷热，云层越积越低，风势渐渐小了下来。

我们经过一棵由两根树干交缠而成的大无花果树。因为年岁的缘故它的树心越来越空。两个顽童当中的一个停了下来，很快地用下巴指着那棵老树。

"我们年轻圣女的无花果树！"他说。

我吃了一惊，在这克里特岛的土地上，每一块石头，每一棵树都有它悲惨的历史。

"我们年轻圣女的？为什么取这个名字？"

"在我祖父的时代，有一位地主的女儿爱上了一个牧羊的男孩，可是，她父亲极力反对这件事，年轻的小姐哭泣着、尖叫着、哀求着，老头子却不为所动！一个晚上，这对年轻人失踪了。人们把整个地方都搜遍了，但是，一天、两天、三天、一整个星期过去了，却始终找不到他们。后来这对年轻人发出恶臭，于是人们循着臭味，在这棵无花果树下发现了两具拥抱在一起的腐臭尸体。你知道，他们是寻着臭味找到这对年轻人的。"

这孩子笑了起来。村落的声音已经能够听到了，狗开始吠着，女人用尖锐的声音交谈，雄鸡预报天气的变化，空气中飘溢着阿拉克酒的香味，是从一个酿酒厂里溢出来的。

"这就是村庄了！"两个孩子叫道，并且飞快地跑开。

我们一绕过沙丘，便看到了小村落，它好像是攀附在峡谷旁边似的。涂着石灰水的连栋房屋挤在一起。它们开着窗户，里面黑洞洞的，这些屋子看起来就像夹在岩石间的白骷髅。

我赶上去和左巴并肩。

"你的举止要留意，现在我们要进入村庄了。"我告诉他，"他们一定会格外留意我们，左巴。我们的行为要像庄重的实业家。我是经理，你是工头。克里特岛的人对事情都很认真。只要他们注视我们，他们便会挑出任何古怪的东西，而给你取一个绰号。从那时候起，那个绰号就跟定你了。你跑来跑去，像一条尾巴被绑上一口长柄锅的狗。"

左巴用手捻着他的髭须，陷入沉思之中，最后终于说道："听着，老板，假如这儿有一个寡妇，你就不用担心。假如这儿没有……"

就在这时候，我们踏入村庄，一个女乞丐穿着一身破衣服，奔过来向我们伸出手。她黑黝黝的、脏兮兮的嘴上还有一点点又硬又黑的髭。

"嗨，兄弟！"她亲切地向左巴叫道，"嗨，兄弟，你有灵魂吧？"

左巴停下脚步。

"我有。"他凝重地回答。

"那么给我五德拉克马！"

左巴从他的口袋里拿出一个皮制的破钱包。

"你瞧!"他说。他那原来还带着一些难受表情的嘴唇，绽出了柔和的微笑。他回头来说道："老板，看来这个地方的灵魂好像很便宜! 一个灵魂五德拉克马!"

村中的狗向我们跳过来，女人倚在阳台上注视我们，孩童大嚷大叫地跟在我们后面。他们有的尖声叫着，有的发出像高音喇叭一样的声音，还有一些则跑在我们前面，用他们充满惊奇的大眼睛打量着我们。

我们到达村落广场。在那儿，我们发现两棵巨大的杨树，四周摆着一些略经斧斫的树干，它们是用来让人们坐的。对面是餐馆，上面挂着一面庞大的褪色招牌：谦逊餐馆兼肉店。"你笑什么?"左巴问。

但是我来不及回答了。从餐馆兼肉店的门内走出五六个穿着深绿色裤子、缠着红腰带的大汉来。他们叫道："欢迎，朋友们，请进来喝杯阿拉克酒。它从大桶里取出来时还是温的呢。"

左巴咂舌说："老板，你看如何?"他转过头来对我眨眼睛。"我们要不要来一杯?"

我们喝了一杯，这让我们内脏发烧。餐馆兼肉店的店主是一个生气蓬勃、吃苦耐劳、保养得很好的老人。他拿出椅子给我们坐。

我问他我们可以到什么地方投宿。

"到奥尔唐斯夫人的旅店去。"有人吼道。

"那是一个法国女人吗?"我惊异地喊道。

"鬼才知道从什么地方来的，她什么地方都去过了，她会想尽办法来逃避贫穷与灾难，可是，现在却安贫乐道，开了一间小旅馆。"

"她也卖糖果。"一个小孩叫着。

"她擦粉抹胭脂，"另一个人说，"她脖子上缠着一条丝带……而

31

且她有一只鹦鹉。"

"一个寡妇?"左巴问,"她是一个寡妇吗?"

餐馆主人抓着他那浓密的灰胡须。

"朋友,这些胡须有多少根你算得清吗?多少根?嗯,她就是有这么多丈夫的寡妇,懂了没?"

"懂了。"左巴回答,舔着他的嘴唇。

"她也可以使你变成风流鬼!"

"朋友,要留意啊!"一个老人吼道,大伙儿都笑了起来。

餐馆主人招待我们吃新做的牛腿肉。他将盛肉碟子端给我们,里头还有大麦面包、羊酪和梨子。"好了,不要再打扰这些人了。他们一定不会想要到夫人那儿去!他们要在这里过夜!"

"我想收留他们,康多马诺利奥!"老人说,"我没有孩子,我的房子很大,空得很。"

"对不起,阿纳格诺斯蒂老爹,"餐馆主人在老人的耳边吼叫,"是我先讲的。"

"你留下一个,"老阿纳格诺斯蒂说,"我留另一个,老的那个。"

"哪一个老的?"左巴说,他的自尊心被刺伤了。

"我们要住在一起,"我说,并且打了一个手势给左巴,让他不要恼怒,"我们要住在一起,我们要住到奥尔唐斯夫人那边去……"

"欢迎!欢迎!"一个一头褐发已经泛白的矮胖小妇出现在杨树下,用一双八字腿摇摇晃晃地走上前来。她的下颚有颗美人痣,上面长着几根硬毛。她的颈上围着一条丝质的红丝巾,而她那已经憔悴不堪的面颊上,敷着淡紫色的粉。一小绺调皮的头发在她的额上舞动,这使她看起来有点像在老年时代参演《雏鹰》[1]的萨拉·伯恩哈特[2]。

"很高兴认识你，奥尔唐斯夫人！"我回答道。由于一种突如其来的好心情，我竟然想吻她的手。

生命忽然变得像童话故事或《暴风雨》的序幕。我们在经历了一次想象中的海难之后浑身湿透，刚刚踏上这座岛。我们探索这奇妙的海岸，并且恭敬地和此地的居民打招呼。这个女人，奥尔唐斯，在我眼中宛如这座岛的女王，宛如一头金色的、闪亮的海象，被冲到这块沙滩上时已半腐烂了。她的背后出现了无数肮脏而又毛茸茸的面孔，面孔上透出普遍存在于人——或卡利班[3]——身上的好心情。他们骄傲而又轻蔑地注视着女王。

左巴这个伪装成寻常人的王子，也注视着她，仿佛她是一位老伙伴，一艘曾经在遥远的海域上打仗的老战舰，她尝遍胜利与失败，她的舱盖破毁了，她的桅杆折断了，她的帆破裂了——而且，现在她有了皱纹，她用粉和胭脂把它们填平。她现在隐遁到这个海岸边，并且等待着。她确实是在等待左巴，这个浑身伤痕的船长。我很高兴看到这两个演员终于在克里特岛的布景之前相逢，这个布景非常简单，是用几笔粗线勾勒而成的。

"两个床位，奥尔唐斯夫人，"我说，臣服于这位擅长演爱情戏的老演员，"两个床位，要没有臭虫的。"

"没有臭虫！我敢说一定没有！"她叫道，对我抛了一个媚眼。

"啊！天哪！"半兽人那张充满嘲意的嘴吼道。

---

1 《雏鹰》(*L'Aiglon*)：法国剧作家埃德蒙·罗斯唐基于拿破仑二世的生平创作的戏剧。

2 萨拉·伯恩哈特 (Sarah Bernhardt, 1844—1923)：法国舞台剧和电影女演员。

3 卡利班 (Caliban)：莎士比亚戏剧《暴风雨》中的重要角色，一半是人，一半是兽。

"没有！没有！"她反驳道。用那粗短的脚用力地踏着石头，她穿着天蓝色的厚长袜以及一双装饰着考究的丝质蝴蝶结的破旧礼鞋。

"滚蛋！首席女歌星，去你的！"半兽人再度吼叫道。

可是，奥尔唐斯夫人已经非常庄重地走开，为我们带路。她散发出脂粉及廉价肥皂的气味。

左巴跟在她的身后，仔细地瞧着她。

"老板，你看一眼，"他坦白说道，"这个女人扭屁股的样子，哗啦！哗啦！她就像一只满屁股都是肥肉的母羊。"

两三滴大雨点落了下来，天空乌云密布。蓝色的闪电划过山头。披着白色山羊皮披肩的少女们匆匆地将山羊和绵羊从牧场赶回家里去。蹲在炉子前的妇女们正在生火准备做晚饭。

左巴烦躁地咬着他的髭须，目不转睛地注视着女人摇摆的臀部。

"哼！"他突然叹了一口气，咕哝道，"女人老是跟我们耍花招！"

第三章

　　奥尔唐斯夫人的旅馆是由一排破旧的沐浴小屋组成的。第一间是店铺，里头卖糖果、香烟、花生、灯芯、字母表、蜡烛以及安息香。四间毗邻的小屋构成寝室。后面的院落里有厨房、洗手间、鸡舍及兔笼。细沙地上长满了茂密的竹子和带刺的梨树。整个地方充满了海水和大小便的气味。可是，奥尔唐斯夫人偶尔经过的时候，气味马上就改变了——就像有人在你面前倒洗发水一样。

　　床位整理好之后，我们就立刻上床，而且，一觉睡到天亮。我不记得我到底做了什么梦，可是我精神焕发地醒来，而且，感到十分舒畅，就像刚刚泡了一阵海水似的。

　　这天是星期天，工人要等到星期一才会从附近的村庄来矿场工作，因此，这天我有空在这片命运将我置于其上的海滩上走一遭。当我出发的时候，天刚要破晓，我穿过果园，沿着海边，匆匆结识这个地方的水、土壤、空气，采集野生植物，因为拿着香料、鼠尾草和薄荷，我的手变得很香。

　　我爬上一个小丘，放眼四眺，荒凉的野外满布花岗岩及非常坚硬的石灰岩。我看到深色的长角豆树和银亮的橄榄树，还看到无花果树和葡萄藤。隐蔽的山谷里有橘树、柠檬树和欧楂树，靠近海滩的地方是菜园。南面是一片汪洋大海，当它从非洲冲来，啃啮着克里特岛的海岸时，它好像在咆哮着，发怒一般。不远处一块小沙洲在晨曦中泛出淡红色的光辉。

在我看来，这个克里特岛的荒郊有如优美的散文，结构严谨、朴素，没有不必要的装饰，有力而且有节制。它用最节约的方式表达了必须表达的一切。它既不轻浮，也不造作。它以一种男性的粗犷将它必须讲的讲了出来。但是在这些粗犷的线条间，人们还是可以看出一种出人意料的纤细和柔情。隐蔽的山谷里飘荡着柠檬和橘子的芳香，而浩瀚的海洋则散发出无尽的诗意。

"克里特岛，"我低语道，"克里特岛……"我的心快速地跳动着。

我从小丘上下来，走到海边。一群喋喋不休的女孩子出现了。她们披着像雪一样白的披肩，穿着黄色的长靴和有褶的裙子，她们正要到那边的修道院去望弥撒。那座修道院在海边泛出耀眼的白光。

我停下来。当这些女孩注意到我时，她们的笑声立刻停止了。一看到陌生的男人，她们就露出一副非常不信任的表情，她们的举止突然都处于戒备状态，她们的手指紧张地抓着扣得紧紧的宽外套。恐惧在她们的血液中澎湃着。几个世纪以来，海盗一直在袭击和非洲隔海相对的整个克里特岛海岸，掳走母羊、女人和小孩。他们用红带子把她们绑起来，丢进底舱，将她们载到阿尔及尔、亚历山大以及贝鲁特卖掉。几个世纪以来，这些海岸附近的水域被黑色的长发装点着，哀叹声在这里回荡。我注视着这些惊恐的少女，她们紧紧地挨在一起走过来，仿佛想要形成一堵无法突破的工事。这是一种本能的反应，在从前是必要的，今天则毫无理由地被重复着。一种已逝去的必要性宰制着她们行动的节奏。

当少女们从我面前经过时，我默默地让到一边，微笑着。霎时，她们好像突然发觉她们所害怕的危险已经消逝了好几百年，而醒来时她们已经置身于我们这个安全的时代，因此，她们的脸色开朗了起来。她们不再挨得那么紧了，不约而同地以清晰、愉悦的声调向我问安。就在这个时候，远处修道院愉悦、轻快的钟声使空气中充满了欢乐。

太阳已经升起来了，天空十分晴朗。我蹲在群石之间，像海鸥般栖息在岩石的顶端，凝望着海洋。我觉得我的肉体强壮、清新而又温顺。而我的心，追随着海浪，自己也变成了波浪，毫不抵抗地臣服于海的韵律之下。

于是我的心开始扩大，模糊、哀恳而又急切的声音在我内心响起。我知道谁在呼唤我，无论什么时候，只要我独自清净一会儿，这个"人"便痛苦地大声呼喊，这种痛苦中混杂着激情、可怕的预感和极度的恐惧——等待我去解救。

我匆匆翻开我的旅伴但丁《神曲》，因为我不想听那声音，同时也为了驱除那可怕的恶魔，我翻着书，这里读一段，那里读一段，或者看一段三行押韵诗，并且默记全篇，在地狱中受苦的人们透过这些散发着激情的书页哀号着。在岩石间，受伤的灵魂们企图攀登陡峭的山壁。在较高处，幸福的灵魂在碧绿的原野活动，宛如灿烂的萤火虫。在这可怕的命运之屋里，我从最高处信步走到最低处；我在地狱、炼狱以及天堂之间自由自在地走来走去，就像在自己的家里一样。我在这些华丽的诗章里神游，我受苦，我期待，或品尝至福。

我突然又合上我的但丁《神曲》眺望海洋。一只海鸥，胸部贴着水面，随着波浪起伏，它就任由波浪冲打，并以此自娱。一个皮肤黝黑的赤足少年出现在水边，唱着情歌，也许他了解这些歌里头所表达的哀楚，他的声音开始沙哑起来，就像一只小公鸡。

几百年来，在但丁的祖国，这位诗人的诗篇一直被歌咏着。如果说情歌是为少男和少女的爱情而准备，这些热切的佛罗伦萨诗篇则是为意大利年轻人的解脱之日而准备的。世世代代，每一个人都和这位诗人的灵魂交融成一体，由此，他们将束缚转变成自由。

我听到身后有人笑，立刻从但丁的高峰上跌了下来。我回过头去，看到左巴站在我身后，他笑得整个脸皱成一团。

"好哇，老板，你倒是蛮悠闲的!"他叫道，"我找你找了好几个钟头，谁料到你在这儿!"

看我不出声，他接着说下去：

"现在已经是中午了，母鸡已经煮好了，我们要好好地大吃一番，你知道的!"

"是的，我知道，可是我并不饿。"

"不饿!"左巴拍了一下大腿，说道，"可是从早上到现在你一点东西都没吃。身体也是有灵魂的，同情同情它吧，给它吃点东西吧，老板，给它一点东西，它是我们的'驮兽'，你知道。如果你不喂它，它会使你困在马路中央进退两难。"

几年以来，我一直拒斥肉体的快乐，而且，如果可能的话，我总是偷偷摸摸地吃，仿佛在做一件可耻的事情。不过，为了要使左巴不再埋怨，我说：

"好吧，我就来。"

我们朝着村庄走。在岩石之间的几个钟头就像爱人相聚一般，恍如闪电。

"你是不是在想褐煤的事?"左巴略为犹豫地问我。

"不然你要我想什么其他的事呢?"我笑着答道，"我们明天就要开工了，我得先计算计算。"

"计算结果怎样？"他一边小心翼翼地向前走，一边问道。

"三个月后，我们必须一天挖十吨褐煤才能够收支平衡。"

左巴再度望着我，这次是一脸忧虑。过了一会儿，他说："他妈的，你为什么一定要跑到海边来计算？恕我问你这个问题，老板，但是我实在搞不懂。每次我要和数字搏斗时，我就想躲进一个地洞里，这样我才不会因为看到什么东西而分心。如果我抬起头来看到海，或者一棵树，或是一个女人——即使她是一个老太婆——所有的金额及数字要是不消失才怪。它们全都长了翅膀，我得费好大的劲去抓它们……"

"可那是你的不对，左巴，"我取笑他，"你不专心。"

"或许你说得对，老板。那全看你用什么角度去看它，有些事情连聪明的老所罗门……瞧，有一天我到一个小村庄去，一位九十岁的老公公正忙着种一棵扁桃树。'嗨，老公公！'我喊道，'你在种扁桃树？'而他，照旧弯着腰，只是转过头来说：'孩子，我不断工作，仿佛我永远不会死似的。'我则回答道：'我不断工作，仿佛我随时都会死掉似的。'老板，我们到底哪一个对？"

他非常得意地望着我，并且说道："我这下子把你考倒了吧！"

我默不作声。两条同样陡峭、同样荒凉的小路可以通往同一个山顶。把死亡看作一项不存在的事物，或者把它当成一个随时都可能降临的东西，这两者之间或者并无不同之处，可是当左巴问我这个问题时，我却不知道怎样回答。

"怎样？"左巴嘲弄地说道，"别操心，老板，你无法辩出一个结果的。让我们谈谈别的事情吧。刚才我在想鸡肉及撒上肉桂的肉饭。我的脑子像肉饭一样热烘烘的。让我们先吃东西，先填饱肚子，然后再看要做什么。事情有缓急轻重，现在，我们的面前是肉饭，让我们把我们的头脑也变成肉饭。明天褐煤矿就会摆在我们面前，我们的头脑必须变成褐煤矿！没有折中的办法，你知道的。"

我们走入村庄。妇人坐在门口聊天，老人扶着拐杖，默默地听着。在一棵果实累累的石榴树下，一个矮小、枯槁的老妇正在替孙儿抓虱子。

一个长着鹰钩鼻，面色凝重、专注的老人笔直地站在餐厅门口。他有一种高贵的气势。他是马夫朗多尼，村中的长者，褐煤矿就是他租给我们的。昨夜他已经到奥尔唐斯夫人那儿找我们，要接我们到他家住。他说：

"让你们住她的旅馆真是我们的耻辱，就像这个村子没了人似的。"

他很严肃，用字遣词十分慎重，就像这个村中的一位要人。我们婉拒了他的邀请。这令他十分不悦，不过他并没有坚持。

"我已经尽了我的责任，"离去时，他说道，"你们有选择的自由。"

不久，他送给我们两块乳酪、一篮石榴、一罐葡萄干，以及无花果和一大坛阿拉克酒。他的仆人将东西从小驴子背上卸下来时说：

"马夫朗多尼村长向你们致意。他要我告诉你们，这些东西虽然算不了什么，不过情意深厚。"

我们滔滔不绝地向村长亲切致意。

"祝你们健康长寿！"他双手扪胸，说道。然后便归于默然。

"他不喜欢多说话，"左巴低声说道，"他是一个老傻瓜。"

"他很自负，"我说，"我喜欢他。"

我们快到了，左巴的鼻孔高兴地颤动着。奥尔唐斯夫人就在门口，她一看到我们，便立刻叫了一声，跑进厨房里。

左巴将桌子搬到院子里光秃秃的葡萄藤底下。他把面包切成一大块一大块，拿出酒，将桌面布置好。他转过头来，一脸狡黠的神色，指着桌面，他准备了三人份！

"老板，你看到了吗?"他轻轻地说道。

"是的，我看到了，你这个老混球!"我答道。

"越老的鸡炖起来越香。"他舔舔嘴唇说道，"好好记住我这句话。"

他动作轻盈，双眼发亮，哼着一首很老的情歌。"老板，人生应当如此，尽情享受，再加上一只鸡，你看，现在我不管做什么，都像我马上就要死掉似的。我要做得干脆利落，以免在吃到鸡肉以前就翘辫子!"

"上桌子!"奥尔唐斯夫人命令道。

她把锅子端上来，放在我们面前，可是她张着嘴站在那儿呆住了。她看到桌子上有三个碟子，高兴得脸都红了。她望着左巴，不停地眨着她那双锐利、湛蓝的小眼睛。

"她真激动。"左巴悄悄地说道。

然后，他极有礼貌地转过头对这位女士说:

"美丽的浪中仙子，我们的船翻了，海水将我们冲上你的领土。我的女仙，请赏光和我们一块儿进餐!"

这位卡巴莱[1]老歌手张开双手，然后又合抱在胸前，仿佛想要拥抱我们两人似的。她摇曳生姿地朝左巴走来，然后掠过我，兴奋而紧张地笑着跑进她的房间里。不一会儿，她又笑着出现了。她穿着她最好的衣服，炫耀她的魅力：一套闪闪发亮的天鹅绒旧衣，上面缀着一条破旧的黄穗衣带。她的紧身胸衣依然大大方方地敞开，上头别着一朵盛开的人造玫瑰花。她手里提着一个鹦鹉笼，她将这个鸟笼挂在葡萄藤上。

1　一种有歌舞或滑稽短剧等表演助兴的餐馆或夜总会。

我们让她坐在我们中间，左巴坐在她的右侧，我坐在她左侧。

我们开始狼吞虎咽地吃起来，有很长一段时间都没出声，我们简直像在喂畜生，并用酒为它们解渴，食物马上就变成血，世界变得更美丽，我们身旁的女人也一分一秒越变越年轻，她脸上的皱纹全部消失了。挂在我们前面的那只穿绿夹克、黄背心的鹦鹉，伸长脖子朝着我们。它的模样就像一个被咒语定住的小家伙，不然就像穿黄绿两色服装的卡巴莱老歌手的灵魂。我们头顶的葡萄藤上也突然覆满了大串大串的黑葡萄。

左巴的眼睛转动着，他张开双臂，仿佛想拥抱整个世界似的。

"怎么搞的，老板？"他吃惊地喊着，"我们才喝了一小杯酒，这世界便走样了。啊！老板，人生真是奇怪。你凭良心讲，挂在我们头顶上的那些是葡萄吗？或者是天使？我不知道。或者他们什么都不是，这里什么东西都不存在，鸡不存在，仙女不存在，克里特岛也不存在。说呀！老板，说呀！这样我才不会发疯！"

左巴的精神变得异常振奋。他将鸡吃光，并且开始贪婪地看着奥尔唐斯夫人。他用眼睛蹂躏她，它们上上下下地打量她，滑入她那隆起的胸部，爱捉弄人的酒中魔鬼已经将她带回到昔日美好的时光里。她再度变得温柔、欢乐。她站起来，闩上外面的门，好使村民看不到她。"蛮子"——她一向这样称呼那些村民。她点上一根香烟，并且从她那小小的法国式的朝天鼻里喷出烟圈来。

在这样的时刻，一个女人的心整个敞开了。戒备松懈了，一句体贴话就像金子或爱情一样有力。因此，我点上我的烟斗，说着体贴的话。

"奥尔唐斯夫人，你使我想起萨拉·伯恩哈特……年轻时代的她。我万万想不到会在这个蛮荒地带遇到这样高尚，这样文雅、有礼，这样美丽的人。是哪一个莎士比亚送你到这些野蛮人当中来的？"

"莎士比亚？"她质问道，她那对黯淡的小眼睛睁得大大的，"什么莎士比亚？"

她的心很快地飞回她去过的戏院。一眨眼的工夫，她已经游遍了巴黎到贝鲁特之间的所有餐厅、夜总会、音乐会和酒馆，并且从那儿沿着安纳托利亚海岸走了一遍。她忽然记起来了，那是在亚历山大的一家大戏院，里面有大型吊灯、长毛绒座位、男男女女、香水、鲜花。幕布突然升起，一个黝黑可怖的人出现了……

"哪一个莎士比亚？"记起之后，她得意洋洋地再问一遍，"是不是大家也叫他奥赛罗的那个？"

"就是他。我纯洁的百合花，哪一个莎士比亚将你抛弃在这个狰狞的岩堆上？"

她瞧了瞧四周，门关得紧紧的，鹦鹉已经睡着了，兔子正成双配对，只有我们三个人。她被触动了，开始对我们敞开心扉。那就像打开一个旧柜子一样，里头尽是香料、发黄的情书以及老式的衣服。

她讲一口别扭的希腊语，词不达意，而且连音节都搞混了，不过，我们完全了解她的意思。有时我们强忍着不笑出来，有时——我们喝了太多的酒——我们号啕大哭起来。

"喂！"——老海妖在这香气四溢的院子里大致对我们这么说——"喂！你们现在所看的这个人，绝不是一个酒店的歌手。啊！绝不是！我是一个著名的艺术家，穿着镶有地道花边的丝质内衣。可是爱情……"

她深深地叹口气，并且用左巴的烟点燃另一根香烟。

"我爱上一个舰队司令。当时，克里特岛再度爆发革命，列强的舰队开进苏达港¹。几天之后，我也在那儿登岸。啊！多么壮观啊！真

1　苏达港（Souda）：希腊克里特岛海港。

可惜你们没看到那四个舰队司令：英国的、法国的、意大利的和俄国的。全部佩着金穗带，穿着漆皮靴，戴着插有羽毛的帽子，像公鸡，一个个活像十二英石[1]到十五英石重的大公鸡。还有迷人的胡子！鬈曲、柔软、黑色、金色、灰色、红色——它们的气味是多么迷人呀！每一个人都有他自己的香水——就是因为这样才能在黑暗中辨别他们。英国那位是古龙水的气味，法国那位是紫罗兰的气味，俄国那位是麝香的气味，而意大利那位啊，意大利那位偏爱刺蕊草香水。天哪！多迷人的胡子呀！多迷人的胡子呀！

　　"好几次，当我们在旗舰上相聚时，我们谈论着革命。他们军服上的纽扣都松开了，而我的丝质衫则紧紧地贴着我的皮肤，因为他们将香槟浇在这件衣服上。你知道，那时是夏天，我们谈到革命，非常严肃地谈着。这时，我抓着他们的胡子，恳求他们不要炮击可怜而又可爱的克里特岛人。我们可以用望远镜看到他们攀附在干尼亚[2]附近的一块岩石上。他们看起来很小，非常小，就像穿蓝裤黄靴的蚂蚁一样。他们不停地喊叫，而且他们有一面旗子。"

　　庭院四周的竹林里骚动了一阵，这位年迈的女战士立刻住口，吓坏了，一双双刁钻的小眼睛在竹叶间炯炯发亮。村中的小孩子发现我们在宴饮，因而躲在暗处窥伺。

　　卡巴莱歌手想要站起来，可是却力不从心。她吃了太多东西，喝了太多酒了。她惊惶地跌坐到椅子上。左巴拿起一块石头，孩子们尖叫着跑掉了。

　　"继续说下去吧，我的美人儿！继续说吧，我的宝贝！"左巴说道，

1　英石（Stone）：英制质量单位，约等于 6.35 千克。

2　干尼亚（Canea）：位于克里特岛西北岸的城市。

一面将椅子挪得更靠近她。

"于是我对意大利的舰队司令说……我和他比较熟，我一把抓住他的胡子，对他说：'我的卡纳伐罗，'——那是他的名字——'求求你，我的小卡纳伐罗，不要轰轰！不要轰轰！'

"你们现在看到的这个女人，曾有多少次将克里特岛人从死神手中救出来！有多次炮弹已上了膛，而我却抓住舰队司令的胡子，不让他轰轰！可是，我这样做，有什么人感激过我呢？看看我可曾得过什么勋章之类的……"

奥尔唐斯夫人为人们的忘恩负义气愤不已。她用她柔软的、遍布皱纹的拳头捶着桌面。左巴伸出他那双老辣的手，抓住她那张开的膝盖，并且装出一副非常感激的样子，喊道："我的宝宝琳娜[1]！要有同情心哪，不要轰轰！"

"手拿开！"我们的好女士说道，咯咯地笑道，"你当我是那种女人？"同时却对他抛了个媚眼。

"皇天在上，"这个狡猾的浪荡子说，"千万不要生气，我的宝宝琳娜。我们都在这儿，甜心，不要害怕。"

老海妖抬起她的蓝眼睛往天空看，她看到她的绿鹦鹉在笼子里睡觉。

"我的小卡纳伐罗，我的小卡纳伐罗！"她含情脉脉地喁喁低语道。

听到她的声音后，鹦鹉睁开眼睛，抓紧笼子的横木条，然后像一个快要淹死的人一样，用沙哑的声音叫着："卡纳伐罗！卡纳伐罗！"

"有！"左巴喊道，再度用手抓住那曾经被抚摸过无数次的老膝盖——这次像要占有它们似的。卡巴莱老歌手在椅子里蠕动着，然后

1　宝宝琳娜（Bouboulina）：一位希腊女民族英雄。

她那皱纹密布的小嘴张开了：

"我也一直在英勇地奋斗着，面对面，胸贴胸——可是悲惨的日子来到了。克里特岛光复了，舰队奉命开拔。'我该怎么办呢？'我抓住那四把胡子说道，'你们要把我丢在哪儿呢？我已经习惯了摆排场、喝香槟、吃烤鸡，我已经习惯了英俊的小水兵们向我敬礼，我要一下子成为四个男人的寡妇！我的主人，我的舰队司令们，我该怎么办呢？'

"啊！他们只是笑着——你们男人就是这样。他们给了我一大堆英镑、意大利里拉、卢布及拿破仑头像金币。我将这些钱塞进我的长袜、我的胸衣以及我的鞋子里。最后的一晚，我非常伤心地流泪，我啜泣着，最后，舰队司令们都不忍心了。他们将香槟倒进浴盆，把我丢到里面去——当时我们很亲昵——然后，为了要向我致谢，他们喝浴盆里的香槟。他们都喝醉了，并且把灯关掉……

"第二天早晨，我闻到他们的香味层层相叠：紫罗兰、古龙水、麝香和刺蕊草。这四大强国——英国、法国、俄国和意大利——我把他们抓住，放在这儿，这儿，我的膝上，而我就这样地伴着他们……"

奥尔唐斯夫人伸出她肥胖的、短小的双臂，并且上下摆动，仿佛在哄膝上的婴儿似的。

"喏！就像这样！就像这样！"

"破晓的时候，他们开始开炮。我用我的名誉发誓，他们开炮，同时，一艘由十二名桨手划的白船驶了过来，将我送到岸上。"

她掏出她的小手帕，并且极为伤心地哭了起来。

"我的宝宝琳娜，"左巴狂喜地喊道，"闭上你的眼睛……闭上你的眼睛，我的宝贝。我是卡纳伐罗！"

"我告诉过你，手拿开！"我们的淑女痴笑着说道，"看看你自己这副俏模样！金色的肩章在哪里？还有三角帽、喷过香水的胡子？

啊！算了！……"

她轻轻地捏着左巴的手，然后又笑了起来。

天气渐渐凉了。我们沉默了一会儿。竹林后面，海在叹息着。它终于变得温柔而平静了。风停了，太阳已经落下去休息了。两只乌鸦从我们头上飞过，他们尖锐的扑翼声恍如一块丝帛被撕裂——女歌手的丝质衬衫。

黄昏的余晖像一大片细密的金沙洒落在院子里，奥尔唐斯夫人那异样的嘴唇燃着落日的残光，在晚风中颤抖着，仿佛它们想要飞起来，并且将热情之火吹进她邻居们的头脑里。金黄色的光线洒落在她半裸的胸脯上，洒落在她那张开的随着年龄而发胖的膝盖上，洒落在她颈部的皱纹以及她那双破旧不堪的礼鞋上。

我们的老海妖颤抖着。她的小眼睛半睁半合——它们因为哭泣和喝酒而变红。她先看看我，然后再看看唇干舌燥、沉醉于她胸部的左巴。她困惑地端详我们两人，想弄清楚哪一个才是卡纳伐罗。

"我的宝宝琳娜，"左巴热情地低诉道，同时用他的膝盖紧紧地压着她的膝盖，"别担心，世界上既没有神，也没有魔鬼，把你的小小的头抬起来，用你的手支着你的脸，为我们唱首歌。管他妈的会不会死！"

左巴热情似火。他用左手捻着髭，用右手在烂醉如泥的女歌手身上乱摸。他说话时上气接不了下气，他的眼睛呆滞迟钝。他眼睛所看到的必然不是一个木乃伊一般的、浓妆艳抹的老妪，而是一个地地道道、如假包换的"雌性"——他一向习惯用这个字眼来称呼女人。个体消失了，五官不见了，不管是年轻或年老，漂亮或丑陋——这些都是无关紧要的差异。在每一个女人的背后都浮现出阿佛洛狄忒的严肃、神圣而又神秘的脸庞。

左巴现在所看到的，现在所谈的、所渴求的就是这个脸庞。奥尔唐斯夫人只是一副短暂、透明的面具，左巴将它揭下，好吻那永恒的嘴。

"抬起你雪白的颈子，我的宝贝，"他用喘息、恳求的声音重复一遍，"抬起你雪白的颈子，为我们唱首歌！"

老歌手用她那只因为洗衣服而变得粗糙不堪的胖手撑着她的脸颊，她的双眼倦怠无神。她发出一声狂野而悲切的叫喊，然后开始唱她拿手的歌。她一遍一遍地唱着，一面用半合着的眼睛痴迷地凝视着左巴——她已经弄清楚谁是卡纳伐罗了。

　　在我的生命的旅途中，
　　为什么你我相遇……

左巴跳起来跑去拿他的桑图尔琴，学土耳其人的样子坐在地上，他揭开罩在琴上的布，将琴放在他的膝上，并且伸展他的大手。

"呵！呵！"他大声吼叫，"宝宝琳娜，拿把刀子来，割断我的喉咙！"

当夜幕开始低垂，当星星在天空中旋转，当桑图尔琴诱人的声音扬起时，左巴的计策得逞了，奥尔唐斯夫人在饱餐鸡肉、米饭、烤扁桃仁和酒之后，迈着沉重的脚步摇摇晃晃地投入左巴的怀中，并且轻轻地呻吟着。她用身体轻柔地摩擦他瘦骨嶙峋的肋部，打着哈欠，然后继续呻吟起来。

左巴向我打了一个手势，并且压低声音，"老板，她有意思了，"他轻轻地说道，"成全我们，你就回避一下吧。"

第四章

破晓时分，我睁开眼，看到左巴面对着我，盘腿坐在他的床尾上。他抽着烟，深深陷入沉思之中。他那对小小的圆眼睛紧盯着他面前那扇被晨曦染成乳白色的小窗。他的眼睛红肿，而他那奇长、光洁而又瘦骨嶙峋的脖子则伸得长长的，宛如一只猛禽。

前一天晚上我很早就上床了，让他和老海妖单独相处。

"我走了，"我说，"好好乐一乐吧！左巴，祝你好运！"

"晚安，老板，"左巴回答道，"让我们俩把这桩小事解决掉，晚安，老板，睡稳些。"

他们显然已经将他们的小事解决掉了，因为我在睡梦中似乎听到低声说出的喁喁情话，而且有一阵子隔壁房间摇晃、震动起来。然后，睡神再度将我征服了。午夜过后很久，左巴赤着脚走了进来，轻轻地躺倒在床上——因为他不想把我吵醒。

晨光里的他坐在那儿，用无神的眼睛凝视着远方。你可以看出他仍然十分迟钝，仍然睡意蒙眬。他宁静而欣喜地让自己漂浮在一股像蜜般浓稠的阴暗潮流之上。整个大地、水、思想和人都缓缓漂向一片

49

遥远的海，而左巴正毫不抵抗，毫不怀疑，快乐地随着它漂流。

村庄开始苏醒——公鸡、猪、驴子和人的声音混成一片嗡嗡声。我想从床上跳起来，大喊："嘿！左巴！今天我们有工作要做！"可是，在凝神观看淡红的日出变化时，我自己也感到极为快乐。在那奇妙的时刻，整个生命似乎和黎明一样明亮。在风中，大地不断地改变形状，犹如一片柔软的、翻涌着的云。

我伸个懒腰，我也想抽烟。我拿出我的烟斗，不胜爱惜地望着它，那是一只大而名贵的烟斗，"英格兰制造"，是朋友送给我的礼物——一位有灰绿色眼睛及细长手指的朋友。那是好几年前在国外的事情。他完成了学业，那晚就要回希腊去了。"别抽烟！"他说，"你点一根，抽了一半，就把剩下的丢掉。你做事只有五分钟的热度，真丢脸。你最好改抽烟斗。它像一个忠实的配偶，你回家的时候，它将会在那儿默默地等着你。你点上它，你会望着烟雾在空中袅绕——然后，你会想起我！"

那时正是中午，我们离开柏林博物馆，他去那儿对他所爱的画[1]做最后一次巡礼——伦勃朗笔下的武士头戴铜盔，双颊消瘦，一副忧伤而坚决的神情。"假如我能在这一生当中完成一桩堪称男子汉行径的壮举，"当他凝视着这位不肯妥协、决心拼命的武士时，他喃喃道，"那一定归功于它。"

我们在博物馆的庭院里，靠在一根石柱上。我们面前是一尊亚马孙[2]人的裸体铜像，那人骑着一匹野马，神态优雅得无法以笔墨形容。一只灰色的小鸟，一只鹡鸰，在那个亚马孙人头上停了一会儿之后，

1　根据后文的描述，此处的画作指的应当是《戴金盔的男子》。

2　亚马孙（Amazon）：古希腊神话中一个由女战士构成的民族。

转向我们，竖起尾巴，发出两三声嘲弄的叫声，然后飞走了。

我战栗起来，望着我的朋友问道：

"你有没有听到那只鸟的叫声？它似乎对我们说了些什么，然后才飞走的。"

我的朋友微笑着。"它是一只鸟，让它唱吧；它是一只鸟，让它说吧！"他说道，引用了我国通俗歌谣里头的句子。

在这个时刻，这拂晓的时分，在这克里特岛的海边，这段往事连同那个传神的诗句清清楚楚地重现在我的脑海里，使我内心充满哀戚——这究竟是怎么回事呢？

我慢慢地将烟草塞进烟斗里，然后点上。世界上一切事物都有其隐含的意义，我想道。人、动物、树、星星都是象形文字，任何一位解读它们或猜测它们含义的人是何其不幸……你看到它们时，你并不了解它们。你认为它们确实是人、动物、树、星星。你要等到数年之后——太迟了——才会了解……

那个戴着铜盔的战士，我那个靠在石柱上的朋友，那只鹡鸰以及它向我们发出的吱喁声，那段引自一首哀伤民谣的诗句，这一切的一切，今天想起的，或许都有一个隐秘的含义，可是，到底是怎样的含义呢？

我的视线紧随着烟斗的烟，烟在斑驳的阳光中氤氲盘旋，然后终趋消散。我的心和烟掺揉在一起，缓缓合在一起，并缓缓地消逝在蓝色的烟圈里。隔了一段很长的时间之后，我不需借助逻辑便能清清楚楚地洞识这个世界的诞生、成长和死灭，就仿佛我再度参透了佛法似的，不过这次已不再需要故弄玄虚的话和思想的把戏了。这道烟是佛法的精蕴，而这些徐徐消逝的螺旋状的烟是急急奔向美好结局、进入蓝色涅槃净境的生命……

我轻轻地叹了一口气。这声叹息仿佛将我带回现实。我四下望了望，看着这破陋的小木屋，太阳的第一道光刚巧照在挂在墙上的镜子上，光芒四射。左巴就在我对面，背对着我，坐在他的床垫上抽烟。

昨天——连同它的一切喜怒哀乐——突然闪过我的心头。变了气味的紫罗兰香水——紫罗兰、古龙水、麝香和刺蕊草的气味；一只鹦鹉，一只通人性的鹦鹉，用翅膀拍打鸟笼的铁条，呼唤一个旧情人的名字；还有一整个舰队里头唯一幸存下来的一艘破帆船，它娓娓细述着往昔的海战……

左巴听到我的叹息，摇摇头，并且向四周看了看。

"我们都太没礼貌了，"他低声说道，"我们都太没礼貌了，老板。你笑了起来，我也跟着笑，而她看着我们。你走开的时候，连一声客套话都没有讲，好像她是一个一百年的旧袋子！他妈的多可耻呀！这样太没礼貌了，老板。那不是一个男人应该有的举动，我告诉你，她到底是一个女人，对不对？一个脆弱的、容易烦躁的生物。我留下来安慰她是件善事。"

"可是，你是什么意思呢？左巴？"我回答，"难道你真的认为所有的女人满脑子只想那种事吗？"

"是的，老板，她们其他什么也不想。现在，注意听我说……我看过各种各样的东西，我也干过各种各样的事情……女人不关心其他的事。我告诉你，女人是一种病态的生物，而且容易烦躁。如果你不告诉她你爱她而且需要她，她就会开始哭。也许她完全不需要你，也许你讨厌她，也许她说不要。那是另一回事，可是每一个看到她的男人都会想得到她，那正是她所期望的，可怜的家伙，所以你应尽力并且使她满足。

"我的祖母，她那时应该有八十岁了。这个老家伙的一生真是多彩多姿！不讲了，那是另外一个故事了……我们家对面住着一个少女，娇嫩得像朵花……她名叫克莉丝塔萝。每个星期六晚上，村中一些乳臭未干的少年总是要聚在一起喝酒，酒使我们兴致高昂。我们在耳朵后夹一根罗勒枝，我一个表兄带着吉他，我们便跑去唱小夜曲了，多浪漫的爱情！多强烈的热情！我们像牛一样吼着！我们都想得到她，每个星期六我们都成群结队地去她那儿，让她挑选。

"呃！老板，你会相信吗？真是不可思议！女人都有一个永远治愈不了的伤口。任何伤口都可以愈合，可是这一个——别再死啃书了——这一个永远愈合不了。什么话，只因为一个女人已经八十岁了？她的伤口还开着呢！

"就这样，每个星期六，那个"老小姐"——我的祖母——都把她的床垫拉到窗户边，拿出她的小镜子，梳着她仅存的头发，并且小心地将它们分边。她狡猾地向四周看看，生怕有人看到她，如果有人走近，她就缩回去，假装睡着了，一副'天真无邪'的样子。可是，她哪里睡得着呢？她在期待小夜曲。八十岁了！老板，你看女人真是个谜，刚才它让我差点哭出来。可是，那时我还是一个小冒失鬼，我还不懂，所以，它让我觉得好笑。有一天我被她搞烦了，她痛骂我老是追女孩子，因此我直截了当地训了她一顿：'为什么每个礼拜六你都用胡桃叶涂嘴唇，同时把头发分边？我看你大概以为我们是来这儿向你唱小夜曲的。我们追的是克莉丝塔萝，你不过是具发臭的老皮囊！'

"老板，你会相信吗！那一天我头一次明白女人到底是什么。两滴眼泪涌出我祖母的眼眶。她像一条狗一样缩成一团，她的下巴颤抖着。'克莉丝塔萝！'我吼道，一面走近她，好让她听得更清楚。'克莉丝塔萝！'年轻人都是残忍的野兽，他们没有人性，他们不懂得体谅。我祖母举起那双细瘦的手。'我从心底诅咒你！'她喊道。从那天起，她的身体顿时衰弱下去了。她一天比一天瘦，两个月之后，她离死期已经不远了，然后，当她快咽气时，她看到我，她像只乌龟般地嘶嘶叫着，并且想用她那枯槁的手指抓住我。'是你害死我的。愿你受诅咒，亚历克西斯，并且也尝到我所受的一切痛苦！'"

左巴笑了一下。

"啊，那个老巫婆的诅咒真的应验了！"他捻着唇髭说道，"我今年已经六十五岁了，我想，就算我活到一百岁，我也不得安宁。我的口袋中仍然会有一面小镜子，而且，我仍然会追'雌性'。"

他再度笑了一下，把他的香烟扔到窗外，摊开双手说：

"我还有很多其他的缺点，可是这是我的致命伤。"他从床上跳起来。

"够了，闲话少说，今天我们开始工作。"

转眼间他已经穿好衣服和鞋子走了出去。

我低着头，细细咀嚼着左巴的话，突然间，远方一个被冰雪封住的城镇浮现在我的脑海里。我在一个罗丹作品的展览会场中，我正驻足观看一只青铜质地的巨手,这个作品是《上帝之手》。这只手半张开，而在掌心里，一对狂喜的男女拥抱着，缠扭着。

一个女孩子走了过来，在我旁边停下来，她也在观赏，而且深深地为这对男女不安而永恒的拥抱所感动。她很瘦，穿着入时；她有一头美丽的秀发，一个棱角分明的下巴，两片薄薄的嘴唇。她有一种果决的神情及男性的气概。我通常不喜欢和陌生人搭讪，可是不知为什么，我转过头对着她，并且问道："你有什么感想?"

"但愿我们能够逃得掉！"她愤愤地低声说道。

"可是要到哪里去呢? 神的手是无所不在的，我们是无能为力的。你觉得难过吗?"

"不。爱情可能是世界上最强烈的喜悦。它可能是，可是，看到这只铜手后，我想逃走。"

"你比较喜欢自由。"

"是的。"

"可是，要是只有在顺应这只铜手时，我们才有自由呢？假如，'神'这个字的意义并不是一般大众所想的那样呢？"

她焦虑地望着我。她的眼睛是银灰色的，她的嘴唇干燥，透着冷峻。

"我不知道。"她说，然后便走开了。

她消失了。从那时候起，我就再没有想起过她。尽管如此，她肯定继续活在我的内心深处，但是今天，在这荒凉的海滨，她又从我生命深处出现了，苍白而忧郁。

是的，我的举止太缺乏风度了，左巴说的对。那只铜手是一个很好的借口。第一次相遇，寒暄几句之后，我们可以逐渐地、不知不觉地在神的手掌中拥抱在一起，结合在一起，不受任何干扰。可是我突然从地面冲向天空，那个女人受了惊，逃走了。

老公鸡在奥尔唐斯夫人的庭院中喔喔啼着。现在，日光穿过小窗射进房间里。我从床上跳了下来。

工人们带着鹤嘴锄、铁撬棍陆陆续续地来了。我听到左巴在发号施令。他已经投入到工作之中了。可以感觉得出他懂得如何指挥人，也感觉得出他是个热爱职责的人。

我把头探出窗外，看到他站在三十多个瘦削、细腰、耐劳而又饱尝风霜的人当中，像个大傻瓜。他的双手很有威严地展开，他的话简单扼要。有一次他抓住一个年轻家伙的后颈，因为他一边咕哝着一边犹犹豫豫地走上前来。

"你有话要说？"左巴喝道，"好吧，那就大声说出来！我不喜欢

55

人家把话含在嘴巴里。你必须心情愉快地工作，如果你不甘愿，回酒馆去吧！"

就在这时，奥尔唐斯夫人头发蓬乱、双颊浮肿地出现了。她没化妆，套着一件宽大而肮脏的礼服，穿着一双破旧的拖鞋，拖拖拉拉地走过来，她跟一般的老歌星一样，咳得很凶，声音沙哑得像驴子的叫声。她停下来很自豪地凝视着左巴。她的眼睛湿润了起来，为了要吸引他的注意，她又咳嗽了一下，然后从他身边掠过。她的宽袖子差一点就碰到他，可是他甚至连看都没看她一眼。他从一个工人那儿拿了一张大麦饼和一把橄榄，并且吼道：

"现在，各位，奉我主的名，画个十字吧！"然后踏着大步率领大伙儿排成一列朝山里走去。

我不想在这儿描述矿坑的工作。写这些需要相当的耐性，而我正好一点耐性也没有。在海边，我们用竹子、柳条及汽油桶搭建了一间小屋。左巴经常天刚破晓就起来了，拿着鹤嘴锄赶在众人之前进入矿坑，掘一条坑道，丢下鹤嘴锄，找到黑得发亮的褐煤，然后高兴得跳起舞来。可是几天之后，他又像个泄气的皮囊一样，他会跳起来，让自己四脚朝天地摔倒在地，并且用手脚向天空做一个无可奈何的姿势。

他已经沉迷于工作，甚至不再和我商量。从第一天起，我所有的顾虑和责任都转移到他的肩上。他的工作是先做决策，然后付诸行动。我的工作则是承担后果。这种安排对我而言可以说是再合适不过了，我隐隐感觉到这几个月将是我一生中最快乐的时光。同时，将所有的事情放在一起衡量之后，我觉得我这份快乐真是买得太便宜了。

我的外祖父住在克里特岛上一个不大不小的村落里。每天晚上他总是提着灯笼在街上走来走去，看看是不是碰巧有陌生人来。他会把客人带回来，让他大吃大喝一顿，等吃饱后，外祖父就会坐在长沙发上，点上土耳其长烟管，然后转过身对着这个客人——现在是他回报这顿殷勤款待的时候了——用一种蛮横的语气说道："讲话！"

"讲什么呢？莫斯托尤基老爷？"

"你是什么人，干哪一行的，你是从什么地方来的，你到过哪些城市和村庄——每样事情，把每样事情都讲给我听。现在，讲吧！"

于是客人便信口说了起来，真的假的乱说一通，我外祖父则平心静气地坐在长沙发上，一面抽着长烟斗，一面专心地听，并随着那个客人四处遨游。如果他喜欢这个客人，他会说："明天你还要留下来，你不能走，你还要再讲一些事情给我听。"

我外祖父从来没有离开过他住的那个村庄。他甚至于连干地亚[1]或干尼亚都没去过。"为什么要去那儿？"他说，"干地亚人和干尼亚人——愿他们平安，他们有的会从这里经过——干地亚和干尼亚两个城市自己会跑到我面前来，因此，我为什么要去那儿呢？"

今天，在这克里特岛的海边，我延续着我外祖父的狂热。我也找到了一个客人。我不放他走。我花在他身上的钱远高于一顿饭的钱，不过，这是值得的。每天晚上我都等他收工回来，我叫他坐在我对面，然后我们吃饭，等他必须向我汇报的时刻来到时，我就对他说："讲吧！"我抽着烟斗，注意地听着。这个客人已经彻底探索过大地以及人的灵魂。听他说话我永远不会觉得厌倦。

"讲吧！左巴，讲吧！"

他说话时，整个马其顿立刻展现在我眼前，它横卧在我和左巴之

1　干地亚（Candia）：又名伊拉克利翁，克里特岛上最大的城市。干地亚是这座城市的意大利语名。

间的小小空间里，上面有它的山脉、森林、急流、游击队队员、刻苦耐劳的妇女，以及高大魁梧的男人，还有阿索斯山[1]及上头的修道院，上头的兵工厂及大屁股的流浪汉。当他讲完修道士的故事时，他会摇摇头，大声地笑着说："老板，老天保佑你。"

每天晚上，左巴带着我周游希腊、保加利亚和君士坦丁堡。我闭起眼睛就看到了这些地方的一切。他会踏遍贫瘠而动荡的巴尔干半岛。他那鹰眼般的小眼睛观察着一切事物，而且经常惊奇地睁得圆圆的。我们习焉不察，或者看过而未加注意的事物，在左巴面前，都突然变成了一个可怕的谜。看到一个女人走过，他惶惑地停下脚步。

"那个奥秘究竟是什么呢？"他问道，"女人是什么呢？为什么她能够使我们转头注视呢？请告诉我，我问你，它有什么含义呢？"

当他看到一个男人、一棵正在开花的树、一杯冷水时，他也同样惊奇地问着自己。左巴每天看到任何事物都像是头一次看到。

昨天我们坐在小屋前，他喝了一杯酒之后，十分惶惑地转过身来，对我说道：

"老板，现在请你告诉我，这杯红色的水究竟是什么？一棵老树干长出小枝，起先只悬挂着一串酸涩的珠子，时光逝去，阳光使它们成熟，它们就变得像蜜一样甜，然后人们便称之为葡萄。我们用脚踩它们，我们把它们的汁榨出来，倒进一个桶里，葡萄汁会自己发酵。我们举办宴会那天打开桶，葡萄汁已经变成酒了，真是一个奇迹。你喝着这种红汁，然后，哗，你的灵魂膨胀了起来，胀得比这副老皮囊还大，它要向神挑战。现在，老板，告诉我，这是怎么回事？"

我没有回答。听左巴说话时，世界正渐渐回到它混沌初开时的清

1　阿索斯山（Mount Athos）：希腊东北部的一座半岛山。

新状态。当我们走出神的手掌时，所有黯淡的日常事务都恢复了初始的明亮。水、女人、星辰、面包重返它们神秘、原始的起源，而神的旋风，再度在空中呼啸。

就是由于这个原因，每天晚上我都躺在卵石上，迫不及待地等候左巴。我会看到他那单薄的身形突然从地底冒出来，迈着大步向我走来。从远处，从他的举止，从他昂首阔步或垂头丧气的样子，从他摇臂的姿势，我就可以看出今天的工作进行得顺不顺利。

起初，我也和他一起去矿坑，我想尝试一种不同的生活方式，想参与实际的工作，想了解并爱上落入我手中的、有关人性的资料，而且想要尝到一种我渴望已久的喜悦——去接触活生生的人，而不再和文字打交道。我拟了许多浪漫的计划——如果褐煤矿开采顺利的话——筹建一种社区，在那儿一切东西都是共有共享的，我们将一起吃相同的食物，穿相同的衣服，有如兄弟一般。我在脑海里创立了一个新的教会，一种新的生活风气……

可是，我还拿不定主意要不要把我的计划说给左巴听。他十分气恼我在工人之间走来走去，问东问西，管这管那，而且老是袒护工人。左巴会嘟着嘴说："老板，你怎么不到外面散散步呢？太阳啊，海啊，你知道的！"

起初我坚持不肯出去。我问工人问题，和他们聊家常，很想知道他们每一个人的底细——他们有几个孩子要养，有几个妹妹要嫁，有几个孤苦伶仃的老亲戚，他们有什么挂虑、病痛和烦恼。

"老板，不要这样打听他们的底细，"左巴皱着眉头说，"你会因为心肠太软而被骗，你会因为太喜欢他们而害了他们，同时还会误了我们的工作。不管他们做了什么，你都会找借口原谅他们。这样一来，我想告诉你，工作就会坏了事，唉。老板如果严，底下的人都会尊敬他，他们都会尽心尽力。老板如果心肠软，他们就会浑水摸鱼，把所有的工作都丢给他。懂了没？"

一天晚上散工后，他把鹤嘴锄丢进小屋里，然后怒不可遏地吼道：

"喂！老板，你别再捣蛋了好吗？我好不容易完成一样东西，却马上被你破坏掉了。看看你今天跟他们讲的那些都是什么玩意儿？一派胡言！你是一个教士还是一位资本家？你必须选一个！"

可是，我哪有办法选择呢？我醉心于一种强烈的渴望，我希望将这两样东西结合起来，我想要使这两样水火不相容的东西融为一体，亲如手足，我希望尘世的生活与天堂的至福两者能够得兼，这种想法已经在我心中埋藏了好几年，最早可以追溯到我的童年。当我还在念书的时候，我就和几个最要好的朋友组织了一个秘密的"互助会"[1]——我们取的正是这个名字——我们躲在我的卧室里，发誓终生要和不公不义搏斗。当我们扪胸立誓时，大滴大滴的泪珠沿着面颊滚下来，幼稚的理想！可是那些听到这些理想便冷嘲热讽的人都是龟孙子。后来，当我看到"互助会"的成员们变成怎样的人时——庸医、蹩脚的律师、杂货店老板、口蜜腹剑的政客、出卖灵魂的新闻记者——我的心碎了。现实真是太残酷了。优良的种子不是没有发芽，就是被矮树叶和荆棘压得抬不起头来，至于我自己，今天我已经很清楚地看出，我并没有被理智所压服，赞美主！我仍然在进行堂吉诃德式的长征。

每逢礼拜天，我们两个人都很用心地打扮着，仿佛我们还是刚刚成熟的年轻小伙子。我们刮脸，穿上干净的白衬衫，到了晚上出去看奥尔唐斯夫人。每个礼拜天她都杀一只鸡请我们吃，我们三个再度坐在一起，大吃大喝。左巴那只长长的手伸向夫人胸脯的安全港湾。夜

1　互助会（Friendly Society）：一群有共同经济或者社会目标的人成立的互惠组织。

幕低垂时，我们回到我们住的海滩。生命显得单纯而且充满了善意，苍老然而非常可喜，非常慷慨——就像奥尔唐斯夫人。

某个星期天，在我们吃过盛宴回家的途中，我决定将我的构想说给左巴听。他目瞪口呆地听着，虽然非常震惊，不过还是强忍着听下去，然而他一直愤怒地摇着他那颗大大的头。我的话一开始就使他醉意全消。等我讲完后，他气愤地拔下几根髭毛。

"希望你别见怪，老板，不过我不认为你的头脑已经发育成熟了。你今年几岁了？"

"三十五。"

"那么它永远也成熟不了呢。"

说完这句话之后，他大声地笑了起来。我的自尊心受到了伤害。

"你不相信人，对不对？"我反驳道。

"别生气，老板。不，我不相信任何东西。我如果相信人，那我也相信神了，也要相信魔鬼。那样的话问题就大了。那时候所有的东西都会混在一起，老板，那会给我带来很大的困扰。"

他沉默了，他脱下扁帽，狂乱地抓着头，然后再度扯着他的唇髭，像要把它们全部拔下来似的。他似乎想讲什么，却又强忍住了。他斜斜地瞄了我一眼，然后再度注视我，最后终于决定开口了。

"人是一种凶兽，"他说，并用手杖敲打着卵石，"一种大型的凶兽。阁下不了解这点。对你而言一切事情似乎都显得太容易了，但是你还问我！这种凶兽，我告诉你，你如果对他凶狠，他就会尊敬你、怕你，如果你对他仁慈，他就会把你的眼睛挖出来。

"和他们保持距离，老板！不要让底下的人太放肆，不要跑去告诉他们人生而平等，人有同样的权利，否则他们会走上前来践踏你的权利。他们会偷走你的面包，让你饿死。和他们保持距离，老板，我深深地祝福你！"

"可是，难道你什么都不相信吗？"我无比气愤地大叫道。

"不，我什么都不相信。我要跟你讲几遍？我不相信任何东西或任何人，只相信左巴。倒不是因为左巴比别人好，绝对不是，一点也不是，他和其他人一样，是只凶兽！可是我相信左巴，因为他是唯一可以掌握的生命，我唯一了解的人，其他的人都是幽灵。我用这双眼睛看东西，我用这对耳朵听声音，我用这副肠胃消化食物。我告诉过你，其他人都是幽灵。当我死灭时，天下万物都将跟着死掉。整个左巴世界都将死灭！"

"好一个自我主义者！"我挖苦地说。

"实在没有办法，老板！事情就是这样。我吃豆子，我就谈豆子；我是左巴，我就讲左巴脑子里想的。"

我没有搭腔。左巴的话像一条皮鞭抽在我心上。我佩服他的坚强，佩服他能够这么彻底地蔑视人类，同时又能和他们一起生活工作。我要么就去当苦行修士，要么就必须用各种幻觉来粉饰人类，这样我才受得了他们。

左巴转过头来看着我，借着星光，我看到他咧着大嘴巴笑得很开心。

"老板，我有没有冒犯你？"他突然停下脚步，问道。我们已经回到我们住的小屋子了。左巴用温柔、不安的眼神看着我。

我没有回答。我觉得我的理智已经同意左巴所说的一切，可是我的感情却仍然坚持着，想跳出、逃离凶兽的状态，走自己的路。

"今晚我不想睡，左巴，"我说，"你先去睡吧。"

星星在天空闪烁，海在轻轻叹息并亲吻着贝壳，一只萤火虫点起它腹下那盏小小的爱情之灯，露水沿着黑夜的发丝悄然滑落。

我俯卧着，面孔贴着沙滩，沉浸在寂静之中，什么也没想。现在我已和夜、和海合而为一了。我的心像只萤火虫，点着它的小灯笼，停栖在黑暗、潮湿的地上，等候着。

星宿推移，时光飞逝——当我从地上爬起来的时候，不知什么原因，我脑中深深镌刻着我必须在这片海滩上完成的两件工作：

逃离佛陀，用言语驱除我的一切玄想，使我免于陷入无益的焦虑；和人们进行直接而密切的接触，就从现在这一刻起。

我对自己说道："现在做这些或许为时未晚。"

第五章

"阿纳格诺斯蒂老爹向你们问好，并且问你们是否愿意到他家吃饭。阉猪人要来村里阉猪。这是一个盛会，这些东西的确是道好菜。老头儿的太太，基莉雅·玛洛利亚将特地亲自为你们烧这道菜。今天正好也是他们的孙儿米纳斯的生日，你们可以顺便去祝福他长命百岁。"

能够踏进一个克里特岛的农夫的家是件非常值得高兴的事。围绕在你四周的一切都带着父权的威严感，火炉、油灯、沿着墙一路排开的陶瓶、几把椅子、一张桌子，以及一壶放在进门左手边一个墙洞里的清水。横梁上吊着一串串榅桲、石榴，还有几种有香味的植物：鼠尾草、薄荷、红辣椒、迷迭香以及各种开胃的点心。

在房子的另一头，有一个梯子，或者应该说是几级木质的台阶。台阶通向一个高起的平台，台上放着一张活动床，床的上方供着圣像和龛灯。这个房子显得很空旷，可是，必需的东西却一样也不少，事实上，人们真正需要的东西实在太少了。

这天的天气十分宜人，秋天的阳光和煦无比。我们坐在屋前小菜圃里一颗果实累累的橄榄树底下。从绿得发亮的树叶间，我们可以看到海在远处闪闪发光，极为安详，极为平静。蒸气状的云不断地从太阳前面飘过，使大地看起来忽而悲戚、忽而喜悦，仿佛它正在呼吸。

在小菜圃尽头的猪舍里，那条被阉过的猪痛苦地尖叫着，震得我们耳朵发聋。基莉雅·玛洛利亚正在用炉中的残烬烧菜，菜香一阵一阵地飘到我们的鼻子里。

我们谈的是些老话：玉米啦、葡萄啦、雨水啦。我们说话必须吼叫，因为那个老家伙听力不好。他说他有"一个傲慢的耳朵"。这个老克里特岛人的生活一直很简单、很平静，就像一棵生长在峡谷中的树。他降生到这个世界，长大成人，然后成家立业，生儿育女，而且来得及看到他的孙儿们相继出世，有几个中途夭折，可是其他的都活了下来，香火继续传下去是绝无问题的。

这个老克里特岛人记得很多过去的事情：土耳其人统治时的情形，他父亲说的话，当年所发生的各种神迹——因为那时候的女人都敬畏神，信仰神。

"喂，大家看我这边，阿纳格诺斯蒂老爹讲段故事给你们听……我自己的出生便是一项神迹。哎，我发誓，确实是一项神迹……如果你们知道整个事情的经过，你们一定会大吃一惊的。你们一定会说：'主啊，怜悯我们。'并且跑去圣母修道院捐香油。"

他先在胸前画了一个十字，然后用一种柔和的声音，十分斯文地讲起他的故事来：

"那时候，我们村子里住着一个有钱的土耳其女人——一个该死的家伙！一天，这个女人的肚子大了起来，不久，分娩的时刻来到了。大家叫她躺在一张台架床上，而她就在那张床上像小母牛般地哀号了三天三夜。可是孩子并没有生下来。于是她的一个朋友——也是一个该死的家伙！——给了她一些劝告。'查福·哈兰，你必须向马利亚嬷嬷求助！'——马利亚嬷嬷，土耳其人就是这样称呼圣母的。她的力量至大无比！'干什么？'那个叫查福的女人吼道，'求她？我宁愿死掉！'可是她的痛苦越来越剧烈了。这样，又过了一天一夜。她仍然惨叫个不停，孩子还是生不下来。要怎么办呢？这种痛苦她再也无法继续忍受下去了。于是，她便尽全力地喊道：'马利亚嬷嬷，马利亚嬷嬷！'可是，没有用，痛苦并未停止，孩子也没有生出来。她的朋友说：'也许她听不懂土耳其语！'因此，那个女人改叫道：'圣母啊！圣母呀！'痛苦变得更加剧烈了！'你喊的不是她正式的名字，'她的朋友说道，'你喊的不是她正式的名字，所以她不肯显灵。'于是这个深知自己处境危急的女人使尽吃奶的力量大喊一声：'圣母马利亚！'孩子立刻从她的子宫里滑出来，就像一条鳗鱼钻出来一样。

"这件事情发生在一个礼拜天，下一个礼拜天轮到我妈妈开始肚子痛了。她也吃了很大的苦头，这个可怜的女人。她确实吃了大苦头，我可怜的妈妈。她尖叫道：'圣母马利亚！圣母马利亚！'可是她并没有获得解脱。我爸爸在庭院中席地而坐。看到我妈妈那么痛苦，他真的连饭都吃不下。他对圣母马利亚非常不满。你们知道，上次那个土耳其女人呼唤她的时候，她很快就赶来拯救她。可是，现在呢……当第四天来到时，我爸爸再也忍不下去了，他毫不犹豫地拿起干草叉，跑到圣母修道院去。愿她拯救我们！他到了那里，甚至没有在胸前比画十字便走进教堂。他当时是如此气愤，因此将教堂的门关上之后，立刻走到圣母像前面。'喂，圣母马利亚！'他咆哮道，'我的妻子克莉尼娥——你认识她，对不对——你一定认识她的，她每个礼拜六都来这儿膜拜、捐献——我太太已经痛了三天三夜，而且，她一直在呼唤你，难道，你都没有听到吗？如果你没有听到，那你一定是聋了！

66

当然，如果她是一个土耳其女人，那你一定会匆匆忙忙地赶去。可是我太太克莉尼娥，她是一个基督徒，你却装聋，不理会她的呼号！你要知道，如果你不是圣母马利亚的话，我就要用这把干草叉的柄好好教训你一顿！'

"说完这些话之后，他甚至没有对圣母像鞠一个躬，就立刻转过身去，准备离开。可是，神是何等伟大啊——就在那时，圣像发出一声尖锐的噼啪声，就像它快要裂成两半似的。如果你们没听过这种事情，就让我告诉你们：圣像要显灵的时候，总是发出这样的声音。我爸爸立刻就明白了。他转过身，跪下来祷告：'我冒犯了你，圣母马利亚。'他喊道：'我对你说了许多不该说的话，请你不要放在心上。'

"他还没有进到村子里，便有人跑来向他报喜。

"'祝他长命百岁，柯斯坦迪。你太太生了一个儿子！'那个婴儿便是我，老阿纳格诺斯蒂。可是我一生下来耳朵就不很灵光，你们知道，我爸爸曾经亵渎圣母，他骂她是聋子。

"'啊！事情是这个样子，对不对？'圣母马利亚一定是这么说，'好，你等着瞧吧，我要让你儿子变成一个聋子，这是对你亵渎神明的惩罚！'"

阿纳格诺斯蒂老爹在胸前画了一个十字。

"不过这算不了什么，"他说，"赞美圣母！她可以使我成为一个瞎子，或者白痴，或者驼子，甚至——圣母保佑我们——可以使我成为一个女孩子。这确实一点也算不了什么，感谢圣母马利亚！"

他为大家斟满酒。

"愿她永远保佑我们！"他举起杯子说道。

"祝你健康，阿纳格诺斯蒂老爹，我希望你能活到一百岁，并且能看到你的玄孙！"

老人把他那杯酒一口气喝下去，然后揩揩嘴髭。

"不，年轻人，"他说，"我不敢这样奢望。我已经看到了我的孙子，这样已经够了，不可以过分奢求。我已经活得差不多了。我已经老了，朋友，没有办法——虽然我也希望再播种生育。这样我还要活着干什么呢？"

他再度为大家斟满酒，并且从他的束腰里掏出一些用月桂树叶包着的胡桃和无花果干，分给我们。

"我已经把我所有的一切都给了我的孩子们，"他说，"我已经一贫如洗了，是的，一贫如洗，可是我并不后悔，在神那儿，要什么有什么。"

"神那儿也许要什么有什么，阿纳格诺斯蒂老爹，"左巴在老人耳边大声吼道，"神那儿也许是这样，可是我们这儿却不是这样。那个吝啬的老小子什么都不给我们！"

这位村中的老者皱起眉头。

"别这么说！"他严厉地责备道，"别怪罪他！你知道，那个可怜的家伙也仰仗我们呢！"

这时，阿纳格诺斯蒂老爹的妻子沉默而恭顺地走了进来，一手端着那道放在陶盘里的名菜，一手拎着一只装满酒的大瓶子。她把这些东西摆到了桌子上，然后抱手垂目站在原地。

看到要吃这道大菜，我感到有点恶心，不过我没有勇气拒绝。左巴斜眼看着我，欣赏我的狼狈相。

"老板，你绝对吃不到比这更可口的菜，"他鼓励我说，"不要太挑嘴。"

老阿纳格诺斯蒂轻轻地笑了笑。

"他说的是真话，确实是这样，你尝一尝便知道。它们简直是人

68

口即化！当乔治亲王——愿他永远康泰幸福——访问我们这里时，大家做了一桌盛宴来款待他。席上的每一个人面前都摆着肉，只有亲王例外，他前面摆的是一盘汤。亲王拿起汤匙，搅着那盘汤。'这是什么？豆子吗？'他惊讶地问道，'这是菜豆，对不对？''请您尝尝看，殿下，'主人说，'尝一尝，然后我们再告诉您这是什么。'亲王尝了一匙，然后是第二匙、第三匙，不久就把整盘汤喝得一滴不剩。'究竟是什么东西这么好吃？'他舐着嘴唇说道，'多么好吃的豆子！和脑髓一样可口！''那不是豆子，殿下，'主人笑着回答道，'那不是豆子！为了烧这个汤，我们把附近所有的公鸡都阉了！'"

老人大声地笑着，同时又用叉子叉起一片来。

"这是亲王吃的东西！"他说，"嘴巴张开！"

我张开嘴，他很快地把那一片塞进我的嘴里。

他再次把酒杯倒满，我们举杯祝福他的孙儿健康。老阿纳格诺斯蒂的眼睛亮了起来。

"你希望你的孙儿将来怎样呢？阿纳格诺斯蒂老爹？"我问道，"告诉我们，我们才好祝福。"

"年轻人，我能希望他怎样呢？好吧，希望他终身走正路，希望他能够成为一个善良的人，一家之主；还有，他也娶妻生子，传宗接代。希望他众多的孙子当中有一个像我，那样的话，老乡亲们就会惊呼道：'你们看，他长得像不像老阿纳格诺斯蒂——愿神接纳他的灵魂——他在世的时候是一个好人！'"

"玛洛利亚！"他喊道，看都不看他的妻子一眼，"玛洛利亚，再拿点酒来，把这个大酒瓶装满！"

就在那时，猪栏的小门被猪用力撞开了，猪嚎叫着冲进菜圃来。

"它被搞痛了，这只可怜的畜生。"左巴哀悯地说道。

"被人这样搞，它当然痛！"老克里特岛人笑着说道，"假如它们也这样搞你，你会不会痛？"

左巴在他的椅子里不安地蠕动着。

"希望你的舌尖被人割掉，你这个聋了的老朽！"左巴愤愤地咕哝道。

猪在我们前面跑来跑去，同时还怨恨地看着我们。

"我相信它一定知道我们正在吃什么！"阿纳格诺斯蒂老爹说，他因为喝了一点酒而变得兴致勃勃。

可是我们像群食人族，一面静默而愉快地吃着佳肴，喝着红酒，一面从橄榄树碧绿的枝丫后远眺那被夕阳映红的大海。

薄暮时分，我们离开老人的家。左巴现在也是兴致勃勃，想找个人说话。

"我们前天谈的是些什么呢，老板？你说你想使众人睁开眼睛。好，那么你就去帮阿纳格诺斯蒂老爹张开眼睛吧！你看到他太太在他面前是怎样一个样子？抱手垂目，静候吩咐，像条摇尾乞怜的狗。你现在就跑去告诉他们，女人和男人是生而平等的；或者告诉他们，在一只正在哀号的猪面前吃它身体的一部分是件残忍的事；或者告诉他们，自己饿个半死，却感谢神——因为在神那儿，要什么有什么——这根本是疯子做的事！听了你一大堆废话后，阿纳格诺斯蒂这个可怜虫能得到什么好处呢？你只会为他招来一大堆烦恼。阿纳格诺斯蒂老爹又能得到什么呢？问题将会变得棘手起来：家里会开始不宁静，母鸡会想要司晨，公的母的会斗得羽毛满天飞……让人们维持现状吧，老板，别打开他们的眼睛。就算你这么做了，他们会看到什么呢？他们的不幸！让他们继续闭着眼睛吧，老板，让他们继续做梦吧！"

他沉默了半响，并且挠着头。他在思考。

"除非，"他终于说道，"除非……"

"除非怎样？干干脆脆地说出来吧！"

"除非他们睁开眼睛的时候，你能使他们看到一个较美好的世界，并让他们知道自己目前只是在黑暗中瞎摸……你能吗？"

我不知道。我十分清楚什么会被毁掉，而废墟中会重新建起什么来，我则不知道。我想，这点没有一个人确切知道。旧的世界是有形的、稳固的，我们生活在其中，而且时时刻刻都在和它搏斗——它确实存在着。未来的世界则尚未诞生，它是难以捉摸、飘忽不定的，是由一种织梦的光所组成的；它是一片被狂风吹袭的云——爱、恨、想象、运气、神……世界上最伟大的先知最多也只能给人们一句口号，而口号越暧昧，那个先知就越伟大。

左巴看着我，脸上挂着一种令我感到十分懊恼的揶揄的笑。

"我能够使他们看到一个较美好的世界！"我回答道。

"你能？好，你就讲来让我听听！"

"我解释不来，就是说了你也不懂。"

"这表示你还没有办法使人们看到这个世界！"左巴摇着头回答道，"别拿我当傻瓜，老板。如果有谁告诉你我是一个呆子，那他搞错了。我或许和阿纳格诺斯蒂老爹一样，没有受过什么教育，可是我还没有这么笨！好，如果我听不懂，那你能指望那个可怜的家伙和他的呆老婆听得懂吗？世界上所有像阿纳格诺斯蒂这样的人又如何听得懂呢？你是否只让他们看到一个更黑暗的世界？他们一直到现在都过得好好的，他们生儿育女，甚至有了孙子。神让他们变成聋子或瞎子，可是他们却说'神应该被赞美'，他们对自己的不幸感到理所当然。所以，让他们维持现状，别跟他们说什么话。"

我没出声。我们正从寡妇的果园经过。左巴停了一下，并且叹了一口气，不过没说什么。刚刚一定下过一阵雨。空气中有一股清新的泥土气味。第一批星星出现了，新月皎洁明亮，它的颜色是一种带绿的黄，异常柔和，整个天空洋溢着宁谧恬静。

那个人没进过学校，我想着，他的脑子没有被扭曲过。他有各种各样的经验，他的头脑是开放的，他的心胸越来越大，而他那种原始的粗犷则一点也没有丧失。任何在我们看来异常复杂、难解的问题，到了他手里都能迎刃而解，就像亚历山大大帝一刀砍断戈尔迪之结[1]一样。对他而言，没有击中目标是相当困难的，因为靠着全身的重量，他的双脚稳稳地站立在大地之上。非洲的野人崇拜蛇，因为它全身接触地面，因此，它一定知道大地的一切秘密。它用肚子、用尾巴、用头知悉这些秘密。它经常和大地之母接触，或结合在一起。左巴也是这样。我们这些受过教育的人只是些不务实际的呆鸟。

星星越来越多了，它们冷酷地、严厉地、鄙意地、无情地望着地上的人们。

我们不再谈下去了。我们都惊惧地望着天空。每一分钟都有新的星星在东边的天空亮起来，像火一样蔓延开来。

我们回到了我们的小木屋。我一点食欲都没有，因此便在海边一块石头上坐下来。左巴升起火，吃了东西，本来想走过来坐在我旁边，不过他改变了心意，躺到床上睡着了。

海水宁静得出奇。在流星雨之下，大地也静止而安详地横卧着。没有一只狗在吠，没有一只夜鸟在悲啼。那是一种隐秘、危险、彻底的静寂，由好几千种呼喊组成，这些呼喊不是极为遥远，就是来自我

1　戈尔迪之结（Gordian Knot）：希腊神话中弗利基亚国王戈尔迪打了一个难解的结，按神谕，能入主亚洲者才能解开，后来马其顿国王亚历山大挥利剑把它斩开。

们生命的最深处，因此我们无法听得到。我只能察觉到血液在我的太阳穴及颈部的血脉里搏动着。

老虎之歌！我想着，不觉战栗了起来。

在印度，当夜幕低垂时，一种低沉、哀伤、单调的歌声就会响起来，这是一种缓慢、狂野的歌声，像远处猛兽的哈欠——老虎之歌。当一个人非常渴切地期望什么时，他的心就会骚动不已，并且想要找一个出口。

当我想到这首可怕的歌时，我胸中的空虚逐渐被填满了。我的耳朵灵敏了起来，寂静变成一种咆哮。

仿佛灵魂本身便是由这种歌所构成的，并且逃到身体外聆听着。

我弯下身去，捧起一掬海水，湿润我的额头和太阳穴。我觉得精神一振。在我生命的深处，各种威吓式的、令人困惑的、不耐烦的呼喊声在回响着——老虎就在我的心中，而且它正在咆哮着。

突然间，我很清楚地听到一种声音，那是佛陀的声音。

我开始沿着海滨很快地走着，仿佛我想逃走似的。有几次，当我在静寂的夜里自己一人时，我会倾听着他的声音——起先忧伤、哀愁，像首悲歌；接着，变成怒吼、谩骂、发号施令。这个声音在我的胸膛中踢撞着，就像一个准备脱离母亲子宫的胎儿。

那时一定已经是午夜了。天上布满乌云，大滴大滴的雨水落到我手里，可是我不予理会。我置身于一片灼热的空气中，我感到一团烈火在我两边的太阳穴上熊熊燃烧。

是时候了，我想着，不觉战栗了起来。佛法之轮将我载走。是时候了，我要脱离这个神奇的重担。

我迅速地回到小房间，点起灯，当光线投到左巴的脸上时，他的眼皮动了一下。他睁开眼看着我伏在桌上写东西。他含含混混地说了些我听不清楚的话，然后突然翻身对墙，再度沉睡。

我非常急，我写得很快。佛陀已经完完全全呈现在我心中，我可以看到他从我脑中流泻出来，有如一条印满符号的蓝绸带。它很快地涌现，而我拼命想跟上它。我写着，一切都变得单纯，非常单纯。我并不是在写，我根本就是在抄。一个世界呈现在我面前——一个由怜悯、克己和空气构成的世界：佛陀的住所、女人的闺房、金色的马车，三种命定的遭遇——老、病、死，飞越、苦修、解脱、超度。地上满覆黄花，乞丐和国王清一色穿着橘黄色的袍子，石头、树木和众生都变得更加明亮。魂化成气，气化为精，精化为乌有……我的手指开始发痛，可是我不愿也无法停下来。意象转瞬即逝，我必须跟上它。

天亮时，左巴发现我趴在稿子上睡着了。

第六章

我醒来的时候，太阳已经高挂在天空中了。我右手的关节因为握笔太久而变得非常僵硬。我的五个手指头根本就合不拢。佛陀风暴敛戢之后，我感到疲惫和空虚。

我弯下身去捡那些散落在地上的稿纸。我再没有力气或心思去看它们了，仿佛那一阵突然涌现的灵感只是一场梦——我不再希望看到它被文字所拘囚，或被文字糟蹋。

外边正悄悄地落着细雨。左巴在离开前生了一盆火。而我整个早上就蜷缩在火盆前面伸着手取暖，没吃东西，也没动一下，只是听着这个季节的第一阵雨轻轻地落着。

我什么也没想。身子像湿泥穴里的鼹鼠，缩成一团，我的脑袋在休息着。我能听到大地在轻微地移动，呢喃及啮咬；我同时可以听到雨水滴落及种子膨胀的声音。我可以感觉到天和地结合在一起——就像在混沌初开时一样，它们像男人和女人一样交合，并有了孩子。我可以听到海就在我前面，像一只野兽一样咆哮着，像要解渴般地用舌头舔着海滩。

我觉得很快乐，这点我知道。置身于快乐之中的人们往往不知道自己是快乐的。只有等到快乐消逝，回想那一时刻，我们才会突然发现——有时甚至会大为惊讶——那时我们是何等快乐。然而，在这块克里特岛的海滩上，我不仅置身于快乐之中，同时还知道自己是快乐的。

那片干渴、暗蓝的浩瀚大海一直延伸到非洲的海岸。一种非常热、名叫"利瓦斯"的南风经常从远方滚烫的沙漠吹过来。早上，海散发出一种类似西瓜的香气；中午，整个海面都笼罩在一层薄雾中，相当平静——它的微澜有如尚未发育成熟的乳房；晚上，它轻叹着，而颜色则逐渐由霞红、茄色、酒色转变成深蓝。

下午，我在海边玩沙。我捧起一掬浅色的细沙，让温热的沙子从我的指缝轻轻滑下。手——一个沙漏，我们的生命从它的缝隙滑过，消逝无踪。生命在流逝。我看着海，听到左巴的声音，并且感到非常快乐。

记得有一天，我和我的侄女阿尔卡，一个四岁的小女孩，一起去逛玩具店——那天是新年的前一天——那时，她转过头来对我说了句非常奇特的话："奥格尔叔叔，我很高兴我的头上正在长角！"我吃了一惊。生命是个何其可畏的奇迹，而所有的灵魂又是何其相似——他们都拼命往下扎根，然后在深处相会并且结合成一体！我立刻想起我在远方一座博物馆里看到的一座乌木佛像。佛陀经过七年的煎熬，终于获得解脱，进入极乐之境。他太阳穴上的血管胀得非常厉害，最后竟然从肌肤下顶出来，变成两只有力而又卷曲的角，有如一对钢制的弹簧。

接近黄昏的时候，细雨停了，天也放晴了。我感觉肚子很饿，我很高兴自己觉得肚子饿，因为左巴就要回来生火并且开始每日例行的烹饪仪式了。

"另一种永远纠缠着你不放的东西，"左巴将锅放到炉上的时候，常常这么说，"除了女人——他妈的，那是一种永远摆不脱的东西——就是吃饭。"

在这个海滩上，我第一次感到吃饭是件如此可喜的事情。晚上，左巴在两块石头间生起火，并且煮起东西来。我们开始吃饭喝酒，并且津津有味地聊了起来。我终于领悟到吃饭是一种精神的功能，而肉、面包和酒都是制造思想的原料。

辛苦了一天后，在吃饭喝酒之前，左巴总是精神萎靡、言语粗鲁，要和他讲话十分不容易。他的动作不仅无精打采，而且相当笨拙。可是等给引擎加过燃料后再发动它，左巴这部浑身疲惫的机器马上就恢复正常，开始飞快地工作起来。他的眼睛炯炯发亮，他的往事从口中源源不断地流出，他的双脚变得无比轻盈，并且跳起舞来。

"告诉我你怎样运用你吃下去的东西，我就可以断定你是怎样的一个人。有人把食物转变成肥肉和大便，有人则把食物转变成工作和欢乐，据说更有人把食物转变成神。因此，人应该可以分为三种。我不是最坏的那种，老板，可是也不是最好的那种。我是中间的一种。我把我吃下去的东西转变成工作和欢乐。那毕竟不算太坏！"

他刁钻地望着我，然后开始笑了起来。

"至于你，老板，"他说道，"我想你是希望把你所吃的一切都转变成神。可是你没办法完全办到，因此你感到很痛苦。你的情况和乌鸦恰好相同。"

"乌鸦怎么了，左巴？"

"噢，你也知道，它总是很有气派、一本正经地走着——乌鸦就是那样。可是有一天它突然想要学鸽子走路。从那时候起，那个可怜的家伙一辈子都想不起自己以前走路的样子了。它完全糊涂了，你懂了没？它只能怪模怪样地走着。"

我抬起头来。我听到左巴走出矿坑的脚步声。不久我看到他拉长着脸走了过来，他的双手无力地垂着。

"晚上好，老板。"他有气无力地说道。

"喂，左巴，今天的工作怎么样？"

他没回答。

"我来生火，"他说，"同时烧饭。"

他从墙角抱起一把木柴，走到外头，十分熟练地在两块石头间架起柴堆，然后点燃木柴。他将陶锅摆到石头上，倒进一些水，把洋葱、番茄、米丢进去，然后煮了起来。这时，我给矮圆桌铺上一条白布，大块大块地切着面包，并且将酒从细颈瓶中倒进一个饰有图案的葫芦里——这个葫芦是我们刚抵达时，阿纳格诺斯蒂老爹送的。

左巴跪在锅子前面，注视着火，依然没有说半句话。

"你有没有孩子，左巴？"我突然问道。

他回过头来。

"你干吗问我这个？我有一个女儿。"

"结婚了没？"

左巴笑了起来。

"左巴，你笑什么？"

"你居然问这样的问题！"他说，"当然结婚了，她又不是一个呆子。我曾在哈尔基季基半岛[1]普拉维虚塔附近的一个铜矿工作。有一天我

---

1   哈尔基季基半岛（Chalcidice）：希腊北部的一个半岛，形状像一只长着三根手指的手。

接到我弟弟扬尼的信。啊！对了！我忘了告诉你我有一个弟弟，一个敏感、不喜欢出门的放债者，一个经常上教堂的伪善者，一个真正的社会中坚人物……他是塞萨洛尼基的一个杂货商人。'亲爱的哥哥，亚历克西斯，'他写信给我说，'你的女儿弗洛丝走离正路了，她使我们的姓蒙羞受辱。她有一个爱人，她怀了他的孩子。我们的名誉被破坏殆尽。我要到村子里割断她的喉咙。'"

"左巴，你怎么处理呢？"

左巴耸耸肩膀。

"'啊！女人！'我说，然后把信撕碎。"

他搅动米，放进一些盐，露牙笑了起来。

"不过等一下你就会看到这件事可笑的一面。两三个月之后，我接到我蠢弟弟寄来的第二封信。'祝你健康快乐，我亲爱的哥哥，'这个傻瓜写道，'我们的名誉安然无损，你又能高高地抬起你的头了。上次提的那个人娶弗洛丝了！'"

左巴回过头来看我。靠着他香烟的光芒，我可以看到他的眼睛炯炯发亮。他再度耸耸肩膀。

"啊！男人！"他极端轻蔑地说。

过了一会儿，他继续说：

"从女人那里你能期望什么呢？"他说，"她们会跟定她们遇到的第一个男人，并且为他生孩子。你能够对男人期望什么呢？他们跌进陷阱。记住我的话，老板！"

他把锅从火上拿下来，我们开始吃晚餐。

左巴又坠入沉思之中。

某件事情令他感到苦恼。他注视我，张开嘴，旋又闭上。借着油灯的亮光，我看到他眼里带着烦恼和忧虑的神情。

我实在不忍心看到他这个样子。

"左巴，"我说，"你一定有什么事要告诉我。那么，告诉我吧！说吧，喂，说出来吧！然后你会觉得好过些。"

左巴还是保持沉默，他捡起一颗小圆石，十分用力地把它丢出窗外。

"别玩石头！说话呀！"

左巴伸长他那发皱的脖子。

"老板，你信任我吗？"他问，并殷切地凝视着我。

"是的，左巴，"我回答，"无论你做什么，你都不可能出错。即便你存心出错，你也错不了。你像一头雄狮，我们可以这样说，或者一匹狼。那种野兽的行径绝不会像一只绵羊或一头驴子，它绝不会对它的本性不忠诚。而你，你是个彻头彻尾的左巴。"

左巴点点头。

"但是我对我们要去的地方却一点概念也没有！"他说。

"我有，不要为那个烦恼，只要笔直地向前走就是了！"

"老板，再说一遍，给我勇气！"他喊道。

"向前走！"

左巴的眼睛亮了起来。

"现在我可以告诉你了，"他说，"最近这几天我详细拟定了一个大计划，一个疯狂的想法。可以吗？"

"你需要问我吗？我们来到这里的目的是什么？将构想付诸实践。"

左巴伸长头颈，高兴而又害怕地看着我。

"直截了当地说，老板！"他叫道，"我们来这里就是为了煤，是不是？"

"煤只是一个借口，用来防止本地人过分好奇，要让他们认为我们是认真的承包商，免得他们一碰到我们就朝我们丢番茄。左巴，你明白了吗?"

左巴愣住了。他努力想去了解，他无法相信这种幸福。突然间，他信服了。他冲到我面前，扳住我的肩膀。

"你会跳舞吗?"他热心地问我，"你会跳舞吗?"

"不会。"

他哑然失声，双手无力地低垂着。

"啊! 好吧，"过了一会儿，他说，"那么我要跳舞了，老板。坐远一点，这样我才不会撞到你。"

他一跃而起，冲出小屋，脱去鞋子、外衣和背心，把裤管卷到膝盖，跳起舞来。他的脸还沾满煤污，他的眼白则闪耀着光芒。

他沉醉在舞蹈之中，他跳着，踮起脚尖旋转着，跪下来又再跳起来——仿佛他是用橡胶做成的。他突然做了几次强劲的跳跃动作，他仿佛想要征服自然的法则飞起来。我们可以看出在这个衰老的身体里面，有一个幽灵努力地想要把肉体带走，并且将自己投入黑暗之中，像流星一样。它摇晃着落回到地面上的身体——它不能在空中停留太久；它再次无情地摇晃它，这次跳得比较高一点，但是这可怜的身体还是落了下来，气喘如牛。

左巴皱着眉头，他的脸孔流露出一种骇人的严肃表情。他不再发出喊叫声了。他咬紧牙关，企图到达他不可能到达的境地。

"左巴! 左巴!"我喊道，"够了!"

我怕这衰老的身体不能承受如此猛烈的动作，怕它会粉碎成千万片，四面八方地散布在空中。

但是，我的呼喊有什么用呢? 左巴怎么会听到我在地面向他大叫呢？他的器官都已经变得像鸟一样了。

我的视线忧虑地随着这种狂野的、不顾死活的舞蹈打转。小时候我经常放纵自己的想象力，告诉我的朋友一些连我自己都开始相信的荒谬的小谎话。

"你的祖父是怎么死的？"有一天，我的小同学问我。

我马上捏造了一个神话，我虚构得越荒唐，我就越相信它。

"我祖父有一把白胡子，通常他都穿一双橡胶鞋。有一天他从我们家的屋顶上跳起来，但是当他的脚落到地面的时候，他像皮球一样反弹起来，弹得比屋子还高，他越弹越高，最后竟消失在云端。我的祖父就是那样死的。"

自从捏造了那个故事之后，每次我进入圣米纳斯的小教堂，看到耶稣升天圣像台的底部，我就会指着它对我的同伴说："瞧，那就是我祖父，他穿着橡胶鞋！"

现在，许多年之后的这个夜晚，当我看到左巴跳向空中时，我又惊怖地置身于我童年的故事中，担心左巴会消逝在云端。

"左巴！左巴！"我喊道，"够了！"

最后，左巴上气接不了下气地蹲在地上。他的脸发亮，他很快乐。他灰色的头发粘在他的前额上，汗水混合着煤污，流过他的面颊和下巴。

我担心地弯下腰去看他。

"这样我就觉得好过一点了，"过了一会儿，他说，"好像我被放过血一样。现在我可以说话了。"

他回到小屋，坐在火盆前面，以一种容光焕发的表情望着我。

"究竟是怎么回事，你为什么这样子跳舞？"

"老板，我有什么办法呢？我喜悦得差点就要窒息了，我必须找寻一些发泄的办法。用哪种办法发泄呢？说话？呸！"

"什么样的喜悦？"

他的脸黯然变色，他的嘴唇开始颤抖起来。

"什么样的喜悦？哎，你刚才跟我说什么了？……就像那样，把计划搁置起来吗？连你自己都不了解它吗？你告诉我，你来这儿并不是为了煤。那是你说的，对不对？我们来这儿混时间，使他们产生错误的印象，这样他们就不会把我们当作怪人，向我们丢番茄！可是，等没有人看到我们的时候，我们就可以大声笑，自得其乐！对不对？我发誓那也正是我所盼望的，可是我还没有完全搞清楚。有时我想到煤矿，有时我想到老宝宝琳娜，有时想到你……真是完全混成一团了。当我挖出一条坑道时，我说：那正是我所要的煤！而我就彻头彻尾地变成了煤。可是，随后，等工作做完了，我和那个老女人一起嬉戏——祝她好运！——我说，让所有的褐煤包和所有的工头都去上吊吧！——用围在她颈上的小丝带——而左巴也跟他们一起死掉！然后，当我一个人无事可做时，老板，我就想起你，我的心变软了。它受到良心的折磨。'多可耻啊，左巴'，我叫道，'多可耻，你愚弄那个好人，把他所有的钱吃光。你这个左巴，你，什么时候你才不会再当下流胚？我已经对你厌烦透了！'老板，我告诉你，我不知道我置身何处。魔鬼把我拖向一条路，上帝则将我拖向另一条路；处在他们两者之间，我真会活活地被撕成两半。现在，上天赐福给你，老板，你提到一个伟大的计划，现在我能够很清楚地了解它了。我已经了解了，我已经明白了！我们意见一致。让我们开开玩笑吧！你还有多少钱？拿出来！让我们把钱吃光。"

左巴揩揩他的额头，并且四下看看。我们晚餐的剩菜还放在小桌子上。他尽量伸出他的长手臂想拿到它们。

"如果你允许的话，老板，"他说，"我又饿了。"

他拿了一片面包、一个洋葱和一把橄榄。

他贪婪地吃着，同时高高举起葫芦，红酒潺潺地流下他的喉咙，而葫芦并未沾到他的嘴唇。他满足了。

"这样才好了些。"他说。

他对我眨眨眼，问道：

"你为何不笑？你为什么那样子看我？我就是这个样子。有一个恶魔在我体内呼喊，他说什么我就做什么。每当我觉得我感动得快要窒息时，他就说'跳舞吧'，我便跳舞。然后我就会觉得好过一点！有一次，在哈尔基季基半岛，我的小狄米特拉奇死了，我像刚才那样站起来跳舞。亲戚朋友看见我在尸体前面跳舞，都冲上来阻止我。'左巴发疯了！'他们叫道，'左巴发疯了！'但是那时如果不跳舞，我真的会发疯——由于过分悲伤。因为他是我的大儿子，他才三岁，我无法忍受失去他。

"老板，你明白我在说什么，是不是——或者我是在自言自语？"

"我明白，左巴，我明白。你不是在自言自语。"

"另外一次……那时我在俄国……是的，我在那儿也待过，也是为了矿，这次是铜，在新罗西斯克附近……我学会了五六句俄国话，对我的工作而言恰恰够用：不是、是、面包、水、我爱你、来、多少……但是我和一个俄国人交上了朋友。我们每天晚上都到码头一家酒店去。我们干掉了好几瓶伏加特酒，我们都兴奋起来。我们精神一好就想谈话。他想告诉我他所遭遇的一切，我想让他知道我的种种……我们都醉了，你知道，并且成了兄弟。

"我们竭尽所能，用手势达成一项协议。他先说。要是我不能领悟，我就喊'停'。然后他站起来跳舞。老板，你了解我的意思吗？把他

84

想告诉我的，用舞蹈表现出来。我也一样。任何我们用嘴无法表达的事情，我们就用我们的脚、我们的手、我们的腹部表达，或用野性的喊声：嗨！嗨！嗬——啦！哈——嘿！

"俄国人开始说了。他如何拿着一杆来复枪，他如何到达新罗西斯克。当我无法领悟的时候，我叫'停'。俄国人马上跃起来，开始跳舞。他跳起舞来像个疯子，我注视他的手、他的脚、他的胸、他的眼睛，我一切都了解了：他们如何进入新罗西斯克，他们如何如何洗劫商店，他们如何如何进入屋内去抢夺女人。起初，这些女人哭叫着，用指甲抓伤自己的脸，也抓伤男人，但是她们逐渐变得温驯。毕竟她们是女人……

"然后，轮到我了，我只说了几句话——也许他有点愚钝，他的大脑没有完全发挥功能——那俄国人便喊道：'停！'那正是我所期待的。我跃起来，推开桌椅开始跳舞，啊！可怜的朋友，他妈的人类沉沦到何等低下的地步！他们使身体变哑，只用嘴说话。但是你能期望嘴巴说出什么呢？它能告诉你什么？但愿你能看见那俄国人如何全心全意地倾听，以及他如何领悟一切事情！我用舞蹈表达我的不幸，我的旅行，我的几次婚姻，我干过的营生——采石工、小贩、陶工、游击队员、桑图尔琴弹奏者、铁匠、走私者——我如何被推进监狱，我如何逃走，我如何抵达俄国……

"虽然非常愚钝，他也能了解一切事情。我的手和脚在说话，我的头发、我的衣服也在说话。我挂在腰间的一把折叠式小刀也在说话。等我跳完之后，这个高大的痴汉紧抱着我。我们又为我们的杯子斟满伏特加酒。我们相拥，又哭又笑。黎明时分我们才分手，各自蹒跚地走回各自的卧铺。到了晚上我们又碰面了。

"你笑了？老板，你不相信我的话吗？你对自己说：'这个辛巴达

85

式的水手所说的都是无稽之谈，怎么可能用舞蹈交谈？'但是我敢发誓，上帝和魔鬼一定是用这种方式交谈的。

"但是我看得出你想睡了。你太纤弱，缺乏持久力，去吧，去睡吧，我们明天再谈这个。我有一个计划，一个大计划，明天我再说给你听。我要去吸几根香烟。我甚至可能会在海里泡一会儿。我太兴奋了，我必须冷静下来。晚安！"

我花了好长时间才睡着。我想我的生命被糟蹋了。但愿我能够用一块布抹去一切我所学过、看过、听过的，并且进入左巴的学校去学习伟大、真实的初级课程，我将选择的路是多么不同啊！我必须让我的五官感觉和身体接受完美的训练。那样我的身体就会觉得津津有味并且会明白一切。我将要学习奔跑、跳舞、游泳、骑马、划船、驾车、射击。我要使我的肉体充满灵魂。我要使我的灵魂充满肉体。总之，我要让这两个永恒的敌对者在我体内协调一致。

我坐在床垫上，细想我的生命完全被糟蹋了。穿过打开的房门，左巴的身影借着星光依稀可辨。他像一只夜间活动的鸟一样蹲在岩石上。我羡慕他。我想，他发现了真理。他的路是正确的路。

在比较原始、神秘的时代，左巴是一个族长，他会走在前面，用斧头开辟路径。或者，他是一个在城堡之间巡回吟唱的抒情诗人，每个人都聆听他的诗句——贵族、淑女和仆人……在我们这个讨厌的时代，左巴像一匹狼，环绕着围墙，饥饿地徘徊，不然就变成某些腐儒笔下的丑角。

我看见左巴突然站起来。他脱去衣服，把衣服丢在卵石上，跳入海中。过了一会儿，借着微弱的光，我能够看到他的大头载沉载浮，他不时发出一声喊叫，像犬吠、马嘶、雄鸡啼——他的灵魂在这空虚的夜晚变得和动物相似了。

慢慢地，我不知不觉地睡着了。第二天，在曙光中，我看到左巴安静地微笑，他来拽我的脚。

"起来，老板，"他说，"我要把我的计划详细说给你听。你在听吗？"

"我正在洗耳恭听。"

他像土耳其人那样坐在地上，开始说明他将如何装置一条悬空的钢缆，从山顶直到海边，我们可以利用它，将我们搭建坑道支架所需的木头运下来，剩下的我们可以当作建筑木料出售。我们本来决定要租一片属于修道院的松树林，但是运输费用太高，我们又不能找到足够的骡子。因此左巴想设计一条路线，利用沉重的钢缆、立柱和滑轮。

"同意吗？"当他说明完毕之后他问，"你会签名吗？"

"我会签名，左巴，我同意。"

他点燃火盆，将茶壶放在火上，准备给我泡咖啡，他在我脚上盖了一条毯子，使我不致受冻，然后满意地出去了。

"今天我们要开凿一条新的坑道，"他说，"我将会发现一层美丽的矿层！真正的黑钻石！"

我翻开佛陀手稿，我也进入我的"坑道"，去做我的工作。我写了一整天，我取得的进展越多，我就越感觉自由自在。我的情感混合了安慰、骄傲和嫌恶。但是我让自己被工作吞噬，因为我知道只要我一完成这篇手稿，把它绑起来、密封起来，我就自由了。

我饿了，我吃了一点葡萄干、一些扁桃仁和一片面包。我在等待左巴回来，还有他那些使人打心底快乐起来的东西：开朗的笑声、和善的话、美味的食品。

他在蒙蒙夜色中出现了，他准备了饭菜。我们吃了起来，但是他的心思完全飘到别的地方去了。他跪下，在地上插了一些小木片，在它们上面挂上线，把一根火柴吊在小滑轮上，借以测定适当的倾斜度，使这个精巧的装置不至于垮塌。

"假若倾斜度太陡，"他向我解释道，"我们的设计就失败了。我们要测定正确的倾斜度。因此，老板，我们需要智慧和酒。"

"我们有很多酒，"我笑着说，"但是，说到智慧……"

左巴大笑起来。

"有一些事你是知道诀窍的，老板。"他说，慈爱地看着我。

他坐下来休息，并且点了一根烟。

他的心情不错，于是又变成一个健谈的人。

"如果这个办法能行，"他说，"我们能够把整座森林搬下来。我们可以开设一家工厂，制造板材、柱子、脚手架，那么，我们会在钱堆里打滚。我们可以建造一艘三桅船，然后收拾行李，在身后丢一块石头，开船去环游世界！"

远方港口的女人、城镇、灯光、庞大的建筑物、机器设备、船只都浮现在左巴眼前。

"我的头发已经斑白，老板，我的牙齿也渐渐松动了。我没有时间可以蹉跎了。你年轻，你还能多忍受。我不能，但是我明白地告诉你，我越老越任性！不要让任何人来告诉我年纪大能使人老成稳重！也不要说当一个人看见死神来到，他伸长脖子说：'请砍下我的头吧！那就可以上天堂了！'我越活越叛逆。我不再屈服，我要征服世界！"

他站起来，从钩子上取下桑图尔琴。

"过来吧，你这个恶魔，"他说，"你他妈的挂在墙上不吭声干什么？让我们听听你的歌声！"

左巴极为小心地、温和地揭开包裹着桑图尔琴的布，这个情景，我永远看不够。他看起来就像在剥一个紫色无花果的皮，或是在脱一个女人的衣服。

他把桑图尔琴放在他的膝上，他弯着身子，微微地抚着琴弦——仿佛他在和它磋商，看看它到底要唱什么曲子，仿佛他在恳求它醒转过来，仿佛他正在哄骗它，和他那已经厌倦独居的流浪灵魂亲热亲热。他试了一首歌曲。不知为什么不太对劲，他放弃它又开始弹另一首，琴弦擦响的声音好像很痛苦，好像它们不想唱歌。左巴靠在墙上，擦拭着眉毛上突然冒出来的汗水。"它不愿意……"他喃喃地说，敬畏地注视桑图尔琴，"它不愿意！"

他又小心地把它包起来，仿佛它是一只凶猛的野兽，他怕它会咬伤人。他慢慢地站起来，把它挂到墙上去。

"它不愿意……"他又喃喃地说，"它不愿意……我们不必强迫它！"

他又在地上坐下来，拨动一下余烬中的栗子，在杯子中倒满了酒。他喝了又喝，剥了一个栗子递给我。

"老板，你能够理解它吗？"他问我，"它不是我能理解的。每个东西似乎都有一种灵魂——木材、石头、我们所喝的酒、我们所践踏的土地。一切的东西，老板，完完全全的一切东西！"

他举起他的杯子："祝你健康！"

他喝光杯中的酒，重新倒了一杯。

"这是多么坏的生活啊！"他喃喃地说，"就像老宝宝琳娜！"

我笑了起来。

"听我说，老板，不要笑。生活就像老宝宝琳娜。它老了，是不是？不错，但是它并不是毫无趣味。它知道一两种使你如痴如狂的把戏。假如你闭上你的眼睛，你会想让一个二十岁的女子躺在你臂弯里。

"你告诉我她熟得发烂了，她过着十分放荡生活，和海军将领、海员、士兵、农夫、旅行艺人、警察、老师、治安法官们欢闹痛饮！这是没有用的。那又怎样呢？那有什么关系呢？她马上就忘记了。她不记得任何一个她过去的爱人。她每一次都变成——我不是在开玩笑——她变成一只甜蜜的小鸽子，一只纯白的天鹅、一只乳鸽，并且羞红了脸——她确实是这样，她羞红了脸，全身发抖，好像这是她的第一遭！老板，多么不可思议的女人啊！既使她堕落一千次，她也变回处女一千次。但是你会说，那又怎么样呢？因为她不记得了！"

"但是，鹦鹉记得，左巴，"我取笑他说，"它总是咯咯地叫着一个名字，那并不是你的。每次当你到达无上的快乐之境时，鹦鹉尖声叫道：'卡纳伐罗、卡纳伐罗！'这不会令你感到苦恼吗？有没有曾经想要扭它的脖子？这正是你让它大叫'左巴！左巴！'的最好时机了。"

"啊！都是一些梦话和无意义的话！"左巴叫道，用他的大手掩住耳朵，"你说扭它的脖子？但是我喜欢听它叫这个名字呢！夜间老女妖把它挂在床铺上方，这小魔鬼睁开一只眼睛，以便能在黑暗中看见东西，它一开始喊叫'卡纳伐罗！卡纳伐罗！'，你就会大吃一惊。"

"马上，我发誓，老板——但是你已经被你那些受诅咒的书本弄脏了，你怎么能够了解呢？——我发誓我马上感到我脚上穿着漆皮靴子，我头上装饰着羽毛，面颊上长着发出薄荷香味的优雅的胡子。我果真变成卡纳伐罗了。我登上那被一千颗炮弹打成筛子的旗舰，并且立刻……点起锅炉！炮击开始！"

左巴恳切地笑着。他闭起左眼，用另一只眼睛注视着我。

"你要饶恕我，老板，"他说，"但是我喜欢我祖父亚历克西斯——上帝使他的遗骸成圣！当他一百岁的时候，他经常在黄昏时分坐在门前，向正要到水井那儿去的女孩子送秋波。他的眼力不太好，他不能看得十分清楚。因此他叫女孩子到他那边去。'我说，你是哪一个？''西尼欧，马斯特兰－多尼的女儿。''过来一点，让我摸摸你。过来不要害怕！'她努力保持庄重的脸孔，走到他那儿去。于是，我祖父举起他的手，缓慢地、好色地摸着她的脸。他的泪水涌了出来。'爷爷，你为什么哭了？'有一次我问他。'啊！当我要抛下这么可爱的少女，慢慢地死去时，你不觉得我该哭吗？'"

左巴流泪了。"啊！可怜的老爷爷！"他说，"我多么同情你呀！我经常在想：'啊，痛苦呀！但愿所有美貌的女人都和我同时死掉！'但是她们要继续活着，她们有美丽的过去，男人将把她们抱在臂弯里，吻她们，而我只不过是被她们践踏的尘土。"

他从火中拨出几粒栗子，剥开它们，我们碰杯。我们待了很久，喝酒，慢慢地咀嚼，像两只大兔子，我们能够听到海洋在咆哮。

第七章

我们默默地停留在火盆旁边，直到深夜。我又一次体验到简单和朴素就是快乐：一杯酒、一粒烘栗子、一个肮脏的小火盆、海洋的声音。此外就没有什么东西了。此时此地要感到快乐，所需要的只是一颗简单而朴素的心。

"左巴，你曾经结过几次婚?"我问。

我们两人心情都不错，不过与其说是因为我们喝了不少酒，还不如说是因为我们心里那难以形容的快乐。我们都深深地感觉到，我们是两只生命短暂的小昆虫，紧紧地依附着陆地上的树皮，我们在离海不远的地方找到一个舒适的隐僻处，在一些竹子、板材和空汽油桶后面，我们互相照应。在我们面前有让我们感到愉快的事情和食物，还有我们内心的平静、爱和安全感。

左巴没有听到我的问题。谁知道他的心带着我的声音航行到哪一个大洋去了? 我伸出手臂，用指尖碰了他一下。

"左巴，你结过几次婚?"我又问了一遍。

他吓了一跳，这次他听见了。他摇动他的手，回答道："现在你想要探究什么呢？你是否以为我不是男人？像其他所有的人一样，我也被这件大蠢事所束缚——那是我对结婚的称呼——愿已婚的家伙原谅我！是的，我被这件大蠢事束缚了，我结婚了！"

"是的，但是一共几次呢？"

左巴用力地摇摇头。

"几次？"他终于说，"正正当当的一次，只有这么一次。半正当的有两次。逢场作戏的有一千次、两千次、三千次。你叫我怎么去计算呢？"

"告诉我一些关于你结婚的事，左巴，明天礼拜天，我们修修面，穿上最好的衣服，到老宝宝琳娜那儿去享受一段美好的时光和一个不正经的女人！现在，告诉我吧！"

"告诉你什么！真的要说那些你提到的事吗？正当的婚姻是枯燥无味的，它是一道没有加胡椒的菜。告诉你什么！当使徒透过他们的圣像向你送秋波，并且为你祝福，你能够称之为吻吗？我们村子里有一句话，'只有偷来的肉才好吃'。你的妻子不是偷来的肉。那么，至于不正当的野合，你怎么去想它呢？雄鸡会保存一本名册吗？一定！不管怎样，他为什么需要呢？当我年轻的时候，有一段时期，我存着与我相熟的每个女人的头发。我总是带着一把剪刀。甚至在上教堂的时候，是的，我的剪刀也放在我的口袋里！我们终究是男人，你绝不可能知道前面会出现什么，是不是？

"于是，就像那样，我搜集头发。有深色的、浅色的、金色的，甚至还有一些白色的。我搜集了这么一大堆，我用它们装满了一个枕头，用来睡觉——但是只在冬天。在夏天，这个枕头让我热得受不了。然后，过了不久，我受够了——你知道，它开始发出恶臭，于是我把它烧掉了。"

左巴开始笑起来。

"那就是我的名册，老板，"他说，"它被烧掉了。但是我受够了。我原以为不会有这么多，然后我看到这件事没完没了。于是我把我的剪刀也丢掉了。"

"半正当的婚姻是怎样的呢？左巴。"

"啊！那是相当有魅力，"他叹息道，"呀！多么自由啊！人家不问这些：'你曾经在哪里住过？''你为什么迟到？''你要睡在哪里？'她什么也不问你，你什么也不问她。自由！"

他凑近杯子，喝光酒，并且剥了一个栗子。他一面咀嚼一面说。

"有一个名叫苏芬卡，另一个叫做诺莎。我遇见苏芬卡是在新罗西斯克附近一个相当大的村庄。那时候是冬天，下着雪。我要到一个矿坑去找工作，在这个村庄稍作停留。这是赶集的日子，男男女女从四面八方赶来买卖交易。可怕的饥荒和可怕的寒冷。买面包的人们拿出他们所有的东西，甚至包括他们的圣像。

"嗯，我绕着市场走动，我看到一个农家女孩跳下她的马车——一个身高一米八几的轻佻女子，有一对湛蓝得像海洋一样的眼睛！……我的脚就钉死在那里。'可怜的左巴，啊！可怜的他妈的左巴！'我说。

"我开始跟随她，并且看……我的视线无法离开她！'你这可怜的笨蛋，为什么要去找矿坑？'我想，'该死的木头人，为什么要在那里浪费宝贵的时间？这里就有矿坑！'

"女孩子停下来开始进行交易，她买了一担木柴，把它举起来——天啊，这是怎样的一双手臂呀！她把木柴丢进马车！她买了一些面包和五六条熏鱼。'多少钱？'她问，'那么贵……'她除下她的金耳环来付钱。因为她没有钱了，她只好拿出她的耳环。我的心跳到嘴里来了，

94

我让一个女人放弃她的耳环、她的小装饰品、她的香皂、她的小瓶薰衣草香水？……如果她把那些全部放弃，世界就没有希望了！那就好像你拔光一只孔雀的羽毛。你有没有勇气拔光孔雀的羽毛？绝对没有！不，在左巴还活着的时候，我想，那一定不会发生。我打开我的荷包替她付了。这个时候，你用一百德拉克马可以买到一头骡子，用十德拉克马可以买到一个女人。

"因为我付了钱。这个少女回过头来，斜着眼睛看了我一眼。她拿起我的手吻了一下。但是我把手甩开了。她把我当成什么？一个老头子？'Spasiba！Spasiba！'[1]她叫道——意思是'谢谢！谢谢！'。然后她跑开，跳进马车。她拿着缰绳，举起了她的鞭子。'左巴，'我自言自语，'注意，我的朋友，她要溜出你的掌心了！'我一跳跳上了马车，坐在她的身边。她一语不发，头也不回，鞭梢噼啪一声，我们便冲了出去。

"在路途中，她逐渐了解我想将她占为己有。我们能够说几句俄国话，但是这种事不需要多费口舌。我们用我们的眼睛、我们的手、我们的膝盖通话，不需要旁敲侧击去刺探彼此的心意。我们到达村庄，在她的小木屋前面停下来。我们下车。女孩子用她的肩膀撞开院子的大门，我们走了进去。我们把木材卸下来放在院子里，拿着鱼和面包走进屋子。一个矮小的老妇人坐在空空的火炉旁边。她在发抖。她裹着宽罩衫、毯子和羊皮，但是她在发抖。天气的确太冷了，手指好像要裂开了。我弯下腰丢一把木柴到火炉里去，把火点燃了。矮小的老妇人注视着我，露出微笑。她女儿跟她说了一些话，但是我不懂。我把火弄旺了一点，老妇人在旁边烤火暖身，气色恢复了一点。

---

1 俄语：谢谢！谢谢！

95

"同时，那个女孩子布置起桌子来。她拿出一些伏特加酒，我们喝了。她把茶壶放在火上，热了一些茶。我们喝了，还给了老妇人一份。然后她很快地在床上铺了一条干净的床单，把圣母马利亚圣像前的灯点亮，并且画了三次十字。然后她向我使了一个眼色！我们双双跪在老妇人前面，吻了她的手。老妇人将她骨瘦如柴的手放在我们头上，喃喃地说着一些话。也许是在祝福我们。'Spasiba！Spasiba！'我叫道，跳了起来。"

左巴变得沉默起来。他抬起头，越过海洋凝视远方。

"她的名字叫苏芬卡……"过了一会儿他说，然后又变得沉默了。

"后来呢，"我忍不住问道，"后来呢？"

"没有以后了！你是多么狂热啊！老板，从你一再地问'后来呢'和'为什么'就可以知道！哎，人们是怎么谈论那些事的？女人是一道新鲜的泉水。你靠在她上面，你看到你的影像，你喝了她，你一直喝到你的骨头崩裂为止。然后另外一个人来了，他也是三十岁；他伏在她的上面，他看到他的影像，他喝了她。然后是第三个……一道新鲜的泉水，这就是女人，而她也是一个女人……"

"后来你有没有离开她？"

"你指望什么呢？她的确是一道泉水，但我只是一名过客。我又回到了正轨。我和她在一起三个月，上帝保佑她，我对她真是没有话说！但是三个月之后我想起我是来找矿坑的。'苏芬卡，'一个早上我对她说，'我要找一个工作。我必须走了。''好吧！'苏芬卡说，'去吧！我将等你一个月。如果一个月之内你没有回来，我就自由了。你也是这样。上帝保佑你！'我动身走了。"

"一个月之后你回去了……？"

"你真蠢，老板，如果你不介意我这么说的话。"左巴大声喊叫，

96

"回去！女人什么时候会让你自己待着？十天之后，我在库班河遇到了诺莎。"

"跟我讲讲她的事！讲讲吧！"

"老板，下次吧。可怜的东西，我们不能把这两件事搞混了。为了苏芬卡的健康干杯！"

他痛饮杯子里的酒。然后他背靠着墙说道："好吧！我现在就告诉你关于诺莎的事。今天晚上满脑子都是俄国。我投降！我都说！"

他揩拭他的髭，拨动余烬。

"呃，正如我所说的，我在库班河附近的村里遇见了这个人。那时候正值盛夏，山上满是甜瓜和西瓜。我不时挖起一个，没人说什么。我把瓜切成两半，把整个脸孔都凑进去吃。

"在俄国，所有的东西都很丰富，老板，所有的东西都堆积如山。围拢在四周任你选择！而且并不只是甜瓜和西瓜，还有鱼、奶油和女人。你从那里走过，看到一个西瓜，你就把它带走。而在希腊，只要你捏一下甜瓜的皮，你就会被拖到法官前面去。你一碰到一个女人，她的兄弟便冲上来，抽出刀子，用你来做灌腊肠的肉！唔，去他们的！如果你想知道你要怎样才能生活得像一个君王，你只有到俄国去。

"我经过库班河时，看到菜圃里有一个女人。我喜欢她的长相。老板，这里的女人的确不像那些喜欢讨价还价的希腊人，一次只卖给你一丁点爱情，做一切事情都会给你假东西，明明还不到你应该得到的分量，却骗你已经超过了。不，老板，这里的人给你足够的斤两。爱情，还有食物。她和田野间的野兽以及大地本身都有如此密切的亲戚关系。她宽宏大量一再地施予，她不像讨价还价的希腊人那么小气。我问她：'你叫什么名字？'你瞧，通过女人，我可以自然地学会话语。'诺莎，你呢？''亚历克西斯。我很喜欢你，诺莎。'她仔细地打量我，好像你在买一匹马之前打量它一样。'你倒不是废物。'她说，'你长了一口好牙齿，一撮浓密的髭，一个宽阔的背，一对强壮的臂膀。我喜欢你。'我们没有多费口舌，那是不需要的。我们马上就互相了解了。那个晚上我要穿上我最好的衣服到她的住处去。'你要穿上一件毛皮衬里的斗篷吗？'诺莎问我。'是的，但是在这么热的天气……''没关系。带着它，它看起来漂亮。'

"当天黄昏，我把自己打扮得像一个新郎。我把我的斗篷搭在手臂上，同时拿起我那根银柄手杖，走了出去。那是一座巨大的别墅，它的院子里有外屋、母牛和两堆火，火的上面放着两只大锅。'那里在煮什么东西？'我问。'西瓜汁。''这边呢？''甜瓜汁。''这是一个什么样的国家啊！'我想，'你听到了吗？甜瓜汁和西瓜汁！这是应许之地啊！再见吧贫穷！这对你来说，左巴，你已经走运了。就像老鼠遇到一堆干酪。'

"我登上楼梯，一座已开裂的庞大木造楼梯。诺莎的爸爸和妈妈站在楼梯口。他们穿着一种绿色的裤子，扎着带有大穗子的红腰带——他们很富裕。这些猴子脸孔的人用拥抱和亲吻围着你。我被口水弄湿了。他们十分快速地和我说话，我没听懂几句，但是那有什么关系呢？看他们的表情，他们很明显地是在祝福我们不生病。

"我进到屋子里去，我看到了什么呢？桌子像一条大帆船，在食物和饮料之下呻吟。每个人都站着——亲戚们，男的、女的，而前面正是诺莎，经过精心打扮，穿着露胸的晚礼服，就像装饰在船头的雕塑。她年轻而美丽，令人目眩魂摇。她用一条红头巾包住头发。'左巴，你这个罪孽深重的恶人，你，'我喃喃自语，'那是你的食物吗？那是你今晚要拥抱的人吗？上帝原谅把你带到这个世界的父母！'

"大伙儿都一心扑在食物上面，女人和男人并没有两样。我们狂饮暴食，我们像猪一样地吃，像鱼一样地喝。'牧师呢?'我问诺莎的爸爸，他就坐在我旁边，他的身体因为吃得太多而涔涔出汗。'为我们祝福的牧师在哪里?''这里没有牧师，'他口沫横飞地说，'这里没有牧师。'

"那时他站起来，挺起他的胸膛，解开他的红腰带，默默地举起手臂。他握着一个满到边缘的杯子，直直地望着我。然后他开始说个不停，他是在对我发表演说。天晓得他在说些什么! 我站得累了，我想小便。我坐了下来,把我的膝盖紧贴着诺莎的膝盖,她坐在我的右边。

"这个老孩子还说个不停，他全身冒出汗水。因此他们冲上去围住他，抱着他叫他别说了。他停下来了。诺莎向我暗示:'现在你必须说话了!'

"因此我站起来，轮到我发表演说了，我一半用俄国话，一半用希腊话。我到底说了些什么? 如果我知道我就是杂种。我只记得最后我加进一些希腊游击队军歌。我莫名其妙地开始大声吼叫:

> 游击战士跑下山，
> 每个都是盗马贼!
> 马儿他们找不到，
> 但是找到了诺莎!

"你瞧，老板，我把歌词改得很应景。

> 他们走了，他们走了……
> （他们走了，妈妈!）
> 啊! 我的诺莎!

啊！我的诺莎！

呀！

"当我喊出'呀'的时候，我扑在诺莎身上，并且吻了她。

"那正是大家所期望的。好像我发了一个他们正在等待的信号，他们确实只在等待它，几个长着红胡子的家伙冲过来熄了灯火。

"女人们开始喊叫，她们恐惧地尖声大叫。但是在黑暗中，她们又不约而同地咯咯笑着：'嘻——嘻——嘻！'她们好像被搔到而笑出来。

"到底发生了什么事，老板，只有上帝一个人知道。但是我认为他也不知道，因为如果他知道的话，他会降下一道雷电把他们都烧干净。他们全都混在一起了，男男女女，在地上滚动。我开始去找诺莎，但是我要到哪里去找她呢？我找到另一个人，并且和她干了那回事。

"天刚破晓我就起来，离开我的女人。天色还阴暗，我不能看得很清楚。我抓住一只脚，把它拉过来，这不是诺莎的。我抓住另一只脚——不是！我拉第三只——不是！我抓住第四只、第五只，最后，在无尽的悲哀之后，我找到了诺莎的脚，把它拉过来，从两三个趴在这可怜女孩身上的高大恶魔身下把她救出来，我叫醒她。'诺莎，'我说，'我们走吧！''不要忘了你的毛皮斗篷！'她回答，'我们走吧！'我们离开了。"

"后来呢？"我看到左巴还不继续说，陷入了沉默，就再度问道。

"你又开始你的'后来呢'了。"左巴说，他对这些问题感到不耐烦。

他叹了一口气。

"我和她在一起住了六个月。自从那一天以后——上帝为我作证——我不需要惧怕何事。任何事，我说。任何事，除了一件事之外：那就是魔鬼，或是上帝，把那六个月从我的记忆里擦掉。你了解吗？你应当说：'我了解。'"

左巴闭上眼睛。他显得十分激动。这是我第一次看到他被许久以前的记忆牢牢地抓住。

"那么，你是不是深爱那个诺莎？"过了一会儿我问道。

左巴睁开眼睛。

"老板，你年轻，"他说，"你还很年轻，你不能了解！当你像我一样头发斑白的时候，我们再来谈论这个——这种永恒的事。"

"什么永恒的事？"

"哎！当然是女人了！我要告诉你多少遍？女人是一种永恒的事。现在，你就像一只公鸡，匆匆忙忙地和母鸡交配，然后登上粪堆顶端，开始耀武扬威地啼叫。公鸡不看母鸡，它看母鸡的鸡冠！哎，它怎么能够了解爱情？去他妈的！"

他轻蔑地朝地上吐了一口唾液，然后把他的头转开，他不希望看到我。

"好了，左巴，"我又问道，"诺莎怎么了？"

左巴的视线飘过海面投向远方，他回答道：

"有一天晚上我回到家里，里里外外都找不到她。她走了，和一个刚到村里的帅小伙儿一起走了。一切都成了过眼云烟，我的心真的裂成两半。但是这个无赖不久后又把自己粘好了。你一定看过那些贴着红色、黄色、黑色补丁的帆，它们是用几股粗线缝上去的，即使在猛烈的暴风雨中，它们也绝不会撕裂。嗯，我的心就像那样。满是破洞，满是补丁，它更加不需惧怕任何事了！"

"左巴，你一点都不恨诺莎吗？"

"为什么要恨她？随便你怎么说，但女人则不一样，老板……不一样。为什么要恨她？女人是不可理解的，所有的国家法律和宗教规范都误解她们了。它们不该那样对待女人。它们太严厉了，老板，太不公平了。如果我要制定法律，我不会为男人和女人制定同样的法律。男人要有十条、一百条、一千条戒律。男人究竟是男人，他能够勇敢地抵抗它。但是连一条法律也不必为女人制定。因为——老板，我已经对你说过多少次了？——女人是一种毫无抵抗力的动物。老板，让我们为诺莎干一杯！还有为女人！……但愿上帝让我们男人更有头脑！"

他喝了。他举起他的手臂，又用力地放下来，好像在用一把斧头。

"他必须让我们更有头脑，"他说，"不然就要为我们做一种手术。否则，相信我，我们就完了。"

第八章

第二天又下雨了。天空和大地无限柔和地混在一起了。我想起一块暗灰色石头上的一幅印度浅浮雕。男人用他的手臂环抱着女人，他们如此温柔地结合，以至于让人们有一种错觉——风雨侵蚀了他们的身体——觉得看到两只正在交尾的昆虫，细雨开始落下来，打湿了它们的翅膀。他们就这样紧紧地纠缠在一起，他们慢慢地被大地吸回去，进入大地贪婪的嘴。

我坐在小屋前面，看着大地陷入黑暗，海洋逐渐变成磷光闪闪的绿色。从海滩的一端到另一端，看不到一个人影，没有船，没有鸟，只有土地的香味穿过窗户飘进来。

我站起来，像乞丐一样把手伸到雨中去。我突然想哭。某种哀伤，不是我的，但是却更加深沉、更加朦胧，从潮湿的大地上升起。我感到惊慌，就像一只温和的草食动物，什么都没看到，就突然感到一阵惊慌一样，它抬起头，在四周的空气中，嗅出自己已经被诱入圈套，无法逃遁。

我想发出一声喊叫，我知道那样可以调节我的情感，但是我不好意思。

云层越压越低。我向窗外望去，我的心温和地跳动着。在天上下着绵绵细雨的时刻，在你的心里，竟产生了悲伤带来的快感！所有藏在内心深处的痛苦回忆都浮现出来了：与朋友离别；女人们已经消失的微笑；希望像失去翅膀的飞蛾，只剩下蛆——这蛆爬上你的心叶，蚕食着它。

我那在高加索流浪的朋友的影像，穿过雨幕和发潮的大地慢慢地出现了。为了斩断精致的雨网以便呼吸，我拿起笔，伏在桌上，开始和他讲话。

　　我亲爱的朋友：

　　我正在克里特岛一个孤独的海岸写信给你，我已经和命运协调好了，我必须在这里停留好几个月，学习——学习做一个资本家玩玩。如果我的游戏进行得顺利，我就不能说它是游戏了。不过，我已经下定决心，我要改变生活方式。

　　你还记得吗？在你离开之时，你叫我书呆子。这让我非常恼火，我决定让我的纸上涂鸦停止一段时间——或是永远？——并且投身到战斗的生活中。我租了一块蕴藏褐煤的山坡地，我雇用工人，我买了鹤嘴锄、煤铲、电石灯、篮子、平板货车，我开凿坑道。我做这些事就是为了惹你生气。就这样挖呀挖，在地下掘隧道，书呆子已经变成一只鼹鼠了。我希望你支持这个转变。

　　在这里我获得了极多的乐趣，因为它们十分单纯，起源于永恒不变的元素：纯净的空气、太阳、海和面包。到了晚上，一个与众不同的"水手辛巴达"用土耳其人的方式蹲在我的面前说话。他一面说，世界一面膨胀起来。有时候，当言语已经不再能够满足需要，他就跃起来跳舞。当跳舞不再能够满足需要，他就把他的桑图尔琴放在膝上弹奏起来。

有时候他弹奏一个荒凉的调子，你觉得你快要窒息了，因为你忽然觉得你的生活乏味、凄惨，觉得自己不配做一个男人。有时他弹奏一个忧伤的调子，你觉得你的生命正在消逝，就像沙土从手指之间溜掉一样无可挽救。我的心像一个织工的织梭，它在我的胸中来回移动。它把我消磨在克里特岛的几个月编织起来——上帝饶恕我——我相信我是快乐的。

孔子说："道不远人。人之为道而远人，不可以为道。"真是不错。因此快乐要适合每个人的身份。我亲爱的学生和老师，这就是我这一天的快乐。我一再忧虑地考量我的身份，看看我这一刻的身份如何。因为人的身份不会永远不变，是不是？

气候、寂静、孤独及身边的伴侣会让人类的灵魂产生多少变化啊！

在独居的我看来，人类并不像一只蚂蚁，正好相反，像庞大的怪物——恐龙、翼手龙，它们住在充满碳酸和大量腐烂植物的环境之中，而万物就是在这里形成的。一座不可理解而荒诞的丛林。你所喜爱的"国家"和"种族"的观念，吸引我的"超国家"和"人性"的观念，在力量无限的毁灭气息之下价值相同。我们觉得我们露面说出一言半语，有时甚至连一言半语都没有，只是含糊的声音：一个"啊"！一个"是"！——然后我们就被毁灭了。即使是最高尚的思想，如果加以分解，也会让人看出，它并不优于塞满米糠的傀儡，而米糠之中藏有一个铁弹簧。

你知道，这些凄惨的冥想并不会将我吓跑，相反，它们是我内心火焰不可缺少的火种，正如我的师父佛陀所说："我醒悟了。"当我醒悟之时，一眨眼工夫，就已经和快活的、古怪的、看不见的"制作人"成为很好的朋友，从今以后，我在世界上的任何地方都能尽我的本分，就是说，前后一贯、毫不气馁地尽我的本分。因为，我已经醒悟了，我也加入到在上帝的舞台上表演的工作中。

就是这样，当我放眼向世界的舞台望去时，我看到你在高加索的传奇要塞里也扮演着一个角色，拯救着成千上万处在致命危险中的同胞。无论如何，如果要做一个普罗米修斯一样的人，抵抗饥饿、寒冷、病和死这些黑暗的力量，就必须忍受非常真实的痛苦。但是，骄傲的你有时候一定会感到欣喜，庆幸这黑暗的毁坏力量是如此众多和不可征服：由此，你的目标——几乎不带一点希望地生活下去，变得更英勇了，你的精神达到更具悲剧性的伟大境界。

你一定认为你所过的是一种快乐的生活。只要你认为它是这样，它就是这样。你也要量身定做你的快乐。你现在的状况——赞美上帝——比我的好。好老师希望的报酬不会多于这个了：塑造出一个胜过他的学生。

至于我，我时常疏忽大意，我非难自己，我迷路了，我的信仰是由不信仰拼凑而成的。有时候我觉得我想要做一个交易：我想以余生为交换，度过简短的一分钟。而你则牢牢地握紧舵盘，即使在生命中最甜蜜的时刻，你也绝不疏忽，向着你早已定好的目标前进。

你可还记得我们携手横穿意大利前往希腊的那天？我们决定向本都[1]地区前进，当时那里正处在危险状态之中。我们匆匆忙忙地在一个小镇下了火车——搭下一班火车刚好要等一小时。我们走进车站附近一座林木茂盛的大花园。那里种了阔叶树、香蕉、暗金属色泽的竹子，蜜蜂成群聚集在一根开着花朵的树枝上，它发抖地看着它们吸吮自己。

　　我们在静默的狂喜中漫步，仿佛是在梦中。忽然，花径的转角处出现了两个女孩子，她们一面读书一面走过来。我不记得她们到底是美是丑。我只记得她们一个金发、一个黑发，两个人都穿着春季的上衫。

　　像在梦中一样大胆，我们走近她们，你说："无论你们读的是什么书，我们都可以跟你们谈论它。"她们正在阅读高尔基的书。然后，因为我们的时间很少，我们尽可能快速地谈论生活、贫穷、心灵的背叛，谈论爱……

　　我绝不会忘记我们的喜悦和苦恼，我们和这两个不知道姓名的女孩子已经成了老朋友、老情人，我们要对她们的灵魂和肉体负责任，我们加快速度，因为再过不久我们就要永远地离开她们了。在这令人战栗的空气中，我们闻到绑架和死亡的味道。

　　火车鸣着汽笛进站了，我们吓了一跳，仿佛从梦境中醒了过来。我们握手。我们怎么能够忘记我们的双手拼命地紧紧相握，十个指头不想分开。其中一个女孩子脸色十分苍白，另一个笑得全身发抖。

1　本都（Pontus）：古代小亚细亚东北部的一个地区，在黑海南岸。

我还记得，当时我对你说："希腊，我们的祖国，以及责任，指的是什么呢？答案就在这里！"你回答："希腊，我们的祖国，以及责任，并不指任何东西。但是，我们却心甘情愿为这些毫无意义的东西放弃生命。"

但是我为什么写这些给你呢？为了让你明白，我丝毫也没有忘记我们共处的时刻。同时也借这个机会向你表白我们在一起时我不会向你表白的话，因为我们都有抑制自己的情感的好（或者坏）习惯。

现在你已经不在我面前，不能够看到我的脸，现在我不必担心会显得柔弱或可笑，我可以告诉你，我深深地爱着你。

我的信已经写好了。我已经和朋友谈过心了，我觉得如释重负。我呼叫左巴。他为了不被雨水打湿，蹲在一块岩石下面，他正在试验他的索道模型。

"来吧，左巴，"我叫道，"起来吧！我们到村子里去散步。"

"老板，你的心情真好。现在下着雨呢。你能不能自己一个人去？"

"我不想扫兴。如果你一起走，我就不必担心了。快点！"

他笑了。

"我很高兴你需要我，"他说，"那么，走吧。"他穿着克里特岛人的小羊毛外衣，戴着我给他的尖形帽。我们溅着湿泥向大路走去。

雨蒙蒙，山顶隐于雨中，四周没有一丝微风。卵石闪着亮光。褐煤堆没于烟雾之中。好似这座山也有像女人的一面，她满怀哀伤，犹如已经在雨中昏厥了。

"一个人的心在细雨纷飞之时会受到折磨，"左巴说，"你不能产生任何恶意，老板。这个可怜的人也有灵魂呢。"

他在一片篱笆旁边停下脚步，摘下最早开出的野生的水仙花。他注视它们良久，好像看不够似的，好像他是第一次看到水仙花。他闭上眼睛嗅着它们的香味，叹了一口气，然后拿给我。

"但愿我们知道，老板，这些石头、雨以及花朵在说些什么。也许它们在呼唤——呼唤我们——而我们并没有听见。老板，我们人类的耳朵何时才能打开？我们的眼睛何时才能睁开？我们的手臂何时才能张开，拥抱一切东西——石头、鱼、花朵和人？老板，你对这些问题有何想法？你的书本里面又是怎么说的？"

"去他妈的！"我用左巴最拿手的话说，"去他妈的！就是这么说的，其他的再也没有了！"

左巴抓住我的手。

"我要告诉你一个想法，老板，但是你不能生气。把你所有的书堆在一起，放一把火烧掉！然后，谁知道呢，你不是傻瓜，你的品质不错……我也许可以帮助你！"

"他说得不错！"我在心里向自己大喊道，"他说得不错，但是我办不到！"

左巴再三犹豫，再三考虑。然后他说："有一件事我能看到……"

"什么事？说出来！"

"我不知道，但是我想，就是那样，我能够看到它。但是假如我试着告诉你，我会把它弄得一团糟。等有一天我精神比较好的时候，我再为你跳舞表示出来。"

雨势越来越大。我们进入了村庄。小女孩把吃草的羊赶回去，犁田的农夫放开牛，抛下犁了一半的田，女人在狭窄的街道上追赶她的孩子。当阵雨来到之时，一幕喜剧在这村子里上演了。女人们的眼中充满了笑意，发出刺耳的叫声，男人们坚硬的胡子和上翘的髭上挂着大滴的雨珠。一股刺鼻的味道从大地、石头和草地上升起。

我们像老鼠一样急忙躲进谦逊餐馆兼肉店，里面挤满了人。有些人在玩纸牌，还有一些人扯破喉咙大声地争论，好像他们正隔着山头互相呼叫。在另一端，村子里的长老们围着一张小桌子，正在拟定村规。阿纳格诺斯蒂老爹穿着他的白色宽袖衬衫；马夫朗多尼严肃而沉默地吸着水烟袋，他的目光集中在地板上；瘦削、中等年纪、仪表颇有几分威风的小学校长靠在他粗大的手杖上，带着谦恭的微笑，聆听一个刚从干地亚回来的毛茸茸的大汉讲大市镇的奇人奇事。餐馆主人站在柜台后面，一面听着、笑着，一面还瞄着炉架上排成一行的咖啡壶。

阿纳格诺斯蒂老爹一看到我们就站起来。

"过来加入我们，老乡，"他说，"史法基－阿尼科利正把他在干地亚的所见所闻告诉我。他十分有趣。过来吧！"

他转向餐馆主人。

"马诺拉基，两杯阿拉克酒！"他说。

我们坐下来，这个野蛮的牧羊人看到有陌生人在，变得羞怯而沉默不语。

"喂，阿尼科利船长，你没去戏院吗？"小学校长说，想逗他说话，"你怎么想的？"

史法基－阿尼科利伸出他的大手抓住他的酒杯，一口气灌下去，鼓起勇气。

"没有到戏院去？"他大叫，"我当然去了！他们都不断地谈论科托普丽[1]这个，科托普丽那个。于是，有一个晚上我画了十字说：'好吧，我为什么不去看看她？在他们眼中科托普丽到底是什么东西，为什么

1　科托普丽（Marika Kotopouli, 1887—1954）：希腊舞台剧女演员，创办了科托普丽影院。

他们会对她大捧特捧？'"

"小伙子，那么你看到了什么？"阿纳格诺斯蒂老爹问道，"什么呢？你一定要告诉我们。"

"哎，的的确确，根本没有什么。你听到他们都在谈论这个'戏院'，你暗自想，'现在我要去看一些东西'。但是，我告诉你，你的钱白白糟蹋了。那是一个空间很大的馆，但是是圆形的，像一个打谷场，满是椅子、灯和人。我不知道我置身何处，灯光使我头晕眼花，我看不到东西。'这个魔鬼，'我想，'他要把符咒加在我的身上，我一定要逃走。'但是就在那时候，一个像鹡鸰那样欢跃的女孩子抓住我的手。'嗨，你要把我带到哪里去？'我大声喊叫，但是她只是拉着我走，她终于转过来叫我坐下。于是我坐下了。想一想，在我的前后左右，一直到天花板全挤满了人。'我要闷死了，'我想，'我要爆炸了。这里没有一点空气。'然后我转过去问坐在我旁边的人：'朋友，你能告诉我铝主角 [1] 要从哪里出来吗？'

"'唔，从那旁边。'他指着幕布告诉我。他说对了，不久，一阵铃声鸣起，幕布张开了，他们所说的科托普丽就站在你前面的舞台上。但是别问我他们为什么叫她小鸡 [2]，她是一个地地道道的女人。她转来转去，扭来扭去，后来观众看够了，就鼓起掌来，然后她就一溜烟跑掉了。"

村民笑得东倒西歪。史法基－阿尼科利看起来有点苦恼，羞红了脸。他转向门口。

"这阵雨还在下。"他转变话题说。

1　原文为 Perma donnast，是 Prima donna（女主角）的讹误。

2　科托普丽的名字（Kotopouli）中的"Pouli"在希腊语中是"小鸡"的意思。

每个人的眼睛都跟着他转。正好就在这个时候，一个女人走过来，她留着披肩发，穿着及膝的黑裙子。她圆嘟嘟的，风姿绰约，她的衣服紧紧贴在她身上，显出结实而诱人的胴体。我大吃一惊。那是什么猛兽呢？我想。我觉得她柔软、危险，会吞噬男人。

这女人马上转过头来，迅速而冷静地朝餐馆里面看了一眼。

"圣母马利亚。"一个长着柔软、茸毛似的胡子，乳臭未干的青年喃喃地说，他正好坐在靠近窗户的地方。

"该死的荡妇！"村子里的警员马诺拉卡斯高声说，"该死的你，你使一个男人欲火烧身！"

窗户旁边的少年开始哼唱，起初柔和而犹豫。逐渐地，他的声音变得沙哑起来：

> ……寡妇的枕头上充满了榅桲的芳香！
> 我太熟悉那种香味，从此我再也无法坠入梦乡！

"住口！"马夫朗多尼挥舞着他的水烟筒，大声叫道。

这个年轻人保持缄默。一个老人把身体靠在马诺拉卡斯警员的身上。

"现在你舅舅正在生气，"他低声说，"假如她落在他手上，他会把这个可怜的坏东西砍成碎片。愿上帝怜悯她！"

"啊！老安德洛里欧，"马诺拉卡斯说，"我相信你也在追着寡妇的裙子转。你还是教堂的管理员呢！你不感到可耻吗？"

"听我说，上帝怜悯她！也许你没有注意到最近我们村子里出生的婴儿都是什么种？……我说这个寡妇应该被祝福！你可以这样说，她是整个村庄的情妇——你熄了灯，你想象你抱着的不是你太太，而是这个寡妇。你留意一下，那就是为什么我们村子现在能生出如此可爱的孩子的原因了！"

在一阵沉寂之后，老安德洛里欧喃喃低语："祝那些夹着她的大腿们好运！啊！我的朋友，我要是二十岁该多好，就像马夫朗多尼的儿子帕夫里一样！"

"现在我们将看到她急忙跑回家去！"有人笑着说。

他们都转向门口。雨倾盆而下，雨水潺潺地流过石头。闪电不时掠过天空。寡妇经过之后，左巴就气喘如牛。他再也不能克制自己了。他叹着气对我说：

"老板，雨停了，我们走吧！"

一个少年，赤脚，头发散乱，睁着一对狂野的大眼睛，在门口出现了。那正是圣像画匠笔下施洗者约翰的样子——由于渴望和祈求，双眼圆睁。

"喂，米米可！"几个人笑着叫道。

每个村落都有傻瓜，如果没有，他们会创造一个来打发时间。米米可是这个村庄里的傻瓜。

"朋友们，"米米可用他柔弱的声音结结巴巴地说，"朋友们，索米莉娜寡妇遗失了她的母羊。谁找到它便可以得到美酒作为报酬！"

"滚出去！"老马夫朗多尼吼道，"滚出去！"

米米可在门边一个角落里害怕地缩成一团。

"坐下来，米米可，来一杯阿拉克酒，那么你就不会着凉了！"阿纳格诺斯蒂老爹说，替他觉得难过，"如果我们村庄里没有呆子，不知道会变成怎么样？"

一个看起来不中用的青年，生了一双水蓝色眼睛，出现在门口。他上气不接下气，他头发贴在前额上，滴着雨水。

"喂，帕夫里!"马诺拉卡斯叫道，"喂，表弟! 找一个座位坐下来吧。"

马夫朗多尼回过头来看他的儿子，脸上露出不悦的神色。

"那是我的儿子吗?"他喃喃自语，"那个没出息的小家伙! 他到底像谁? 我真想抓住他的脖子，把他提起来，像扔章鱼一样把他重重地摔在地上!"

左巴像一只热砖上的猫。这个寡妇使他激动起来，他再也不能在这个屋子里待下去了。

"我们走吧，老板，我们走吧，"他不断低声地说，"在这里我们会爆炸!"

在他看来，云层好像已经散开了，太阳露出来了。

他转向餐馆主人。

"那个寡妇是谁?"他装作漠不关心地问。

"一匹传种的母马。"康多马诺利奥回答。

他把他的指头放在嘴唇上，意味深长地瞥了马夫朗多尼一眼，他再度把目光集中在地板上。

"一匹母马，"他重复道，"我们不要再谈她了，免得挨一顿痛骂!"

马夫朗多尼站起来，把水烟袋收起来。

"失陪，"他说，"我要回家了。帕夫里，跟我走!"

他带着他的儿子走了。他们从我们面前走过，逐渐地在雨中消失了。马诺拉卡斯也站起来跟在他们后面。

康多马诺利奥坐在马夫朗多尼的椅子上。

"可怜的老马夫朗多尼!"他说，声音低得连隔壁桌的人都听不见，"他会活活给气死。真是家门不幸啊。就在昨天，我亲耳听见帕夫里向他父亲说：'如果我得不到她，我就会自杀!'但是那个荡妇不想理他。她叫他走开，把鼻涕擦干净。"

"我们走吧。"左巴一再说，每当说到这个寡妇，他就更加激动了。

公鸡开始啼叫。雨并不十分大。

"那么，走吧。"我说，站了起来。

米米可从他的角落里跳起来，抢在我们之前溜出去。

卵石闪着光芒，门边滴着看起来有些黑的水，矮小的老妇人提着篮子出来寻找蜗牛。

米米可跑过来碰碰我的手。

"一根香烟，老爷，"他说，"愿你爱情顺利。"

我给他一根香烟，他伸出被晒黑的瘦手。

"请再给我一根火柴！"

我给他一根火柴，他半闭着眼睛，把烟吸进他的肺，再从鼻孔里喷出来。

"快乐得像一个帕夏[1]！"他低声说。

"你要到哪里去？"

"到寡妇的花园去。她说只要我传播关于她的母羊的消息，她就给我一些食物。"

我们走得很快。云层出现了一些裂缝。整个村庄被冲洗得清新而可爱。

"米米可，你喜欢这个寡妇吗？"左巴叹了一口气问道。

米米可咯咯地笑了。

"朋友，为什么我不喜欢她？难道我不是和其他人一样，从那阴沟里出来的吗？"

1　帕夏（Pasha）：旧时奥斯曼帝国和北非高级文武官的称号。

"从阴沟?"我惊讶地说,"米米可,你是什么意思?"

"嗯,从母亲的内脏。"

我大感惊愕。我想,只有莎士比亚在他最富创造力的时刻,才能用如此粗鲁而实在的话语,描述分娩的隐晦奥秘。

我注视着米米可。他的眼睛大而无神,还有轻微的斜视。

"米米可,你怎样打发时间?"

"你以为怎样?我生活得像一个君主!我早晨起来,吃一块面包皮。然后我替人们做杂事,任何地方的任何事情我都做。我跑差事,用车装运肥料,收集马粪,我还得到了一根钓鱼竿。我和我姑妈蕾妮欧嬷嬷住在一起,她是一个职业哭丧人。你非知道她不可,每个人都一样。甚至还有人给她照过相。到了晚上我回到家,如果有的话,我喝一碗汤、一点酒。如果没有的话,我就喝上帝的水,喝得我的肚子胀得像一面鼓。然后,晚安!"

"米米可,你不打算结婚吗?"

"什么,我?我不是一个疯子!你到底想问我什么?我要给自己添麻烦吗?女人需要鞋子!我要到哪里去找呢?看!我还打着赤脚!"

"你连一双鞋子都没有吗?"

"你把我当成什么了?我当然有!去年一个人死了,我的蕾妮欧嬷嬷从他的脚上脱下鞋子。当我在复活节上教堂,目不转睛地看着修士的时候,我就穿上它们。然后我脱下它们,挂在我的脖子上回家去。"

"米米可,你最喜欢什么?"

"第一,面包。啊,我多么喜欢那个啊!又脆又热,特别是小麦面包。其次,酒。再次,睡觉。"

"女人怎么样?"

"哼!吃、喝,还有睡觉,我说。其他一切都只是烦恼事!"

"这个寡妇呢？"

"把她留给魔鬼，如果你知道好歹的话！魔鬼，离我远点！"

他啐了三口，并且画了十字。

"你识字吗？"

"喂，你瞧，我原本不是这样的一个傻瓜！我小时候被拖到学校去，但是我很幸运，我患了斑疹伤寒，变成一个呆子。我就这样从那里逃了出来！"

左巴已经对我的发问感到厌烦了。他一心想着那个寡妇。

"老板……"他抓住我的手臂说。然后他转向米米可，吩咐他往前走。"我们有些事要讨论。"

"老板，"他说，"这就是我指望你的地方。现在，不要败坏了男性的名誉！鬼神送给你这精选的一口食物。你有牙齿。好了，把食物吞下去吧。伸出你的手去接受她！造物主赐给我们手是做什么用的？拿东西！所以，拿吧！我一生看过无数女人。但是那个该死的寡妇能撼动教堂的塔楼！"

"我不想惹上任何麻烦！"我愤怒地回答。

我被激怒了，因为在我心灵深处，我也渴望那个力量无限的胴体，她经过我的身旁，她就像一只浑身散发着麝香热气的野生动物。

"你不想惹上任何麻烦！"左巴惊慌失措地叫道，"求求你，那么，你要怎样呢？"

我不回答。

"活着就是麻烦，"左巴继续说，"死了就没麻烦了。活着——你知道那是什么意思吗？解开你的裤带去找麻烦吧！"

我仍然一语不发。我知道左巴是对的，我知道，但是我不敢。我的生命已经走错了路径，现在我和人的交往变成了一个人自言自语。

我已经陷得如此之深，与一个女人坠入爱河和阅读有关爱情的书，假如要我在这二者之间选择，我一定选择书本。

"不要盘算了，老板，"左巴继续说，"丢开你的数字，砸烂可恶的标准，关了你的杂货店，我告诉你，现在是你拯救或遗弃灵魂的时候了。听着，老板，拿一条手帕，包两三块金币在里面，要用金子，因为纸币不耀眼，让米米可送给寡妇。教他这样说：'矿场主人祝你幸福，送你这条小手帕。他说，礼物虽轻，情意却重。他又说，不要担心母羊，假如它走失了，不要烦恼，他在这里，不要害怕！他说他看到你走过餐馆就生病了，只有你能够治疗！'

"然后，当天晚上你就去敲门。打铁要趁热。你告诉她，你迷路了。天色这么暗，希望她给你一个灯笼。不然你就说，你突然头晕眼花，想要一杯水。或者，更好的，你另外买一只母羊带去给她。'女士，你瞧，'你说，'这是你走失的母羊。我特地为你找到的！'寡妇就——注意听，老板——寡妇就把报酬给你，你就能进去……如果我能在你后面骑上你的母马就好了——老板，我告诉你，你将进到母马背上的乐园里。如果你想找一个比那个好的乐园，我可怜的家伙，再也没有了！"

我们一定已经接近寡妇的花园了，因为米米可叹了一口气，用他结结巴巴的声音唱出他的哀愁：

美酒配栗子，蜂蜜配胡桃！
少女配少年，少年配少女！

左巴迈开他细长的小腿，他的鼻孔颤动着。他突然停下来，重重地喘了一口气，直直地凝视着我。

"怎么样？"他说。

他焦急地等待着。

"别停下！"我简短地回答。

我加快脚步。

左巴摇摇头，并且怒吼着说了一些话，我没有听清楚。

当我们回到小屋后，他盘腿坐下，把桑图尔琴放在他的膝上，低下头沉迷在冥想之中。他的头垂在胸前，仿佛在聆听无数歌曲，想要选出其中最美丽、最绝望的一首。最后他选定了，开始弹奏一个醉人的调子。他不时地斜眼看我。我觉得他正在用桑图尔琴说出一些他不能或不敢用言语告诉我的话。那就是我在糟蹋我的生命，这个寡妇和我是两只昆虫，在阳光底下只能存活一秒钟，然后就永远地死去。绝不会再多了！绝不会再多了！左巴跳起，他终于了解他只是白白地使自己疲倦。他靠在墙上，点燃一根香烟，过了一会儿才说："老板，我要告诉你一个秘密，那是有一次，塞萨洛尼基的一位老者告诉我的……即使它对你没有什么帮助，我也要将它告诉你。

"那时候我是马其顿的一个小贩，我到各个村庄去售卖线卷、针、有关圣徒事迹的读物、安息香和胡椒。我有一副好嗓子，是一只真正的夜莺。你一定知道，女人也屈服于一种声音。她们屈服于任何事！只有上帝才知道她们心中想些什么！你也许像罪人一样邪恶，是跛子或驼背，但是如果你有柔和的声音，并且能够唱歌，女人们便会完全失去理智。

"我也到塞萨洛尼基，甚至进入土耳其的地界去卖东西。于是，事情发生了，我的声音让一个富有的女人，一个帕夏的女儿着迷，她睡不着了。她拜访了一位老者，给了他钱。她对他说：'去叫那个卖东西的人到这里来。我必须见他，我再也不能忍耐下去了'

"这位老者来找我。'听着，年轻的小伙子，'他对我说，'跟我

119

来。'不，'我说，'你要把我带到哪里去？''有一个帕夏的女儿，她像一道泉水一样。她在她的房间里等待你。来吧，小伙子！'但是我很害怕。'不，我不去。'我说。'你不怕吗？''我为什么要怕？''因为，小伙子，当一个人可以和一个女人睡觉而他没有这么做时，他就犯了滔天大罪。孩子，假如一个女人叫你和她同床而你不去，你的灵魂将会被毁灭！她的叹息将会让你下地狱！'

"如果地狱存在，"左巴说，"我将会下地狱，这就是原因所在了。并不是因为我曾抢劫、杀人或犯了通奸之罪，不！那些都不算什么。但是我将会下地狱，因为在某一个晚上，塞萨洛尼基有一个女人在床上等候我，而我并没有去那里……"

他站起来，升火，开始烹煮饭菜。他斜着眼睛看我，轻蔑地微笑着。

"你能够永无休止地敲打一个聋子的门！"他喃喃自语。

他弯下腰，愤愤地吹着潮湿的木柴。

第九章

　　白天越来越短，日光很快退去，每到黄昏，人的心里就变得忧虑不安。一种原始的恐惧感抓住我们——在冬天的那几个月之中，我们的祖先看到太阳落得越来越早。"明天它将永远落下。"他们一定绝望地想，并且整个晚上都惊惧地守在高地上。

　　左巴比我更深刻、更原始地感觉到这种不安。为了逃避它，他不离开矿穴的坑道，直到星星在天空闪烁为止。

　　他碰到一层上好的褐煤矿，它们不会产生太多的灰烬，也不潮湿，又有很高的热量。他高兴了。因为他认为我们的利润发生了惊人的变化：它们变成旅行、女人和新的投资。他性急地等待这么一天，他会获得成功，他的翅膀——翅膀是他对钱的称呼——大得足可带他飞走。因此他整个晚上都在试验他的微型索道，要找出适当的倾斜度，让树干慢慢落下来——轻轻地、轻轻地，他说，活像由天使来推动。

　　有一天，他拿了一张纸和几支彩色铅笔，画出山、森林、钢索，树干挂在钢索上斜滑下来，每一根树干上都有一双天蓝色的翅膀。他在弯曲的小海湾里面画上黑色小船和像鹦鹉一样的绿色水手，还有满载着黄色树干的船。他在四个角落各画一个修士，他们的嘴里吐出粉红色的丝带，上面用黑色的大写字母写着："上帝是伟大的，他的工作是奇妙的！"

好几天以后，左巴匆匆忙忙地生火，准备晚餐。我们一吃饱他就溜到村子里去了。过了不久，他满脸不高兴地回来了。

"左巴，你又到什么地方去了？"我问他。

"没什么，老板。"他说，把话题转到别的地方去了。

有一天晚上，当他回来的时候，他急切地问我：

"究竟有没有上帝——有或是没有？老板，你认为呢？如果有的话——什么事都有可能——你认为他是什么样子的？"

我耸耸肩膀。

"我不是开玩笑，老板。我想上帝确实就像我这个样子。只是更大、更壮、更狂，而且不朽。他坐在一堆柔软的羊皮上面，他的小屋就是天空。它不像我们的屋子是用旧的汽油桶改造的，它是用云盖的。他的右手拿的不是刀或天平——那些混账工具是给打算当屠夫或杂货商的人用的——不，他拿着一块充满水的大海绵，像一片云。他右边是天堂，左边是地狱。有一个幽灵走过来了，这个可怜的小东西全身赤裸，因为它失去了它的外套——我是指它的肉体——而且它在发抖。上帝望着它，心中暗暗笑了，但是他愚弄这个妖怪。'过来，'他咆哮道，'过来，你这个可怜虫！'

"他开始问话。赤裸的幽灵伏在上帝脚下。'请饶恕我吧！'它哭着，'我罪孽深重。'然后它开始细数自己的罪行。它所说的尽是一些冗长的永无休止的废话。上帝认为它说得太多了。他打了个哈欠。'请停下来！'他叫道，'这一切我都听厌了！'啪嚓一声，海绵擦过，洗去了所有的罪恶。'你洁净了，滚到天堂去吧！'他对幽灵说，'彼得

122

老兄[1]，让这个可怜的小家伙进去吧！'

"上帝是一个伟大的统治者，当一个统治者就意味着要懂得宽恕！"

当左巴发出这奥妙的妄言时，我笑了。但是这个"贵族做派"的上帝正在我的心中成型和成熟，他仁慈、宽大且无所不能。

另一个下雨的晚上，我们在小屋里，弯着腰在火盆上烘烤栗子，左巴转过头来看了我好一阵子，仿佛他想要解开一些重大的秘密。他终于忍不住了，他说："老板，我想知道你能够看到什么样的恶魔盘踞在我体内？为什么你不拧起我的耳朵把我扔出去？我告诉你他们叫我'倒霉鬼'，因为我每到一个地方，总会把事情搞砸……你的事情会被搞砸。你非把我扔掉不可！"

"我喜欢你，"我回答，"就这样吧。"

"但是，老板，你不知道我的脑子重量不正常吗？也许它稍微重了一点，也许它稍微轻了一点，但是的确不正常！你瞧，有些事情你一定要知道：我日日夜夜都不得休息，乃是因那个寡妇而起。不，我不是为了我自己；不，我发誓。我的意思是，恶魔缠上了她。我绝不会碰她，我保证，她不喜欢我……但是我不要看到她被众人抛弃。我不要她独自一人睡觉。老板，那是不对的，我不能忍受。于是我晚上在她的花园中徘徊——那就是你看到我不见了的原因，你还问我到哪里去了。但是你知道为什么吗？我是去看是不是有人跟她一起睡觉，然后我就可以放心了。"

我笑了起来。

"老板，不要笑！如果一个女人始终独自睡觉，那是我们男人的过失。我们都必须付出代价。上帝将会饶恕一切罪行，正如我们以前

1　在基督教的教义中，拿着天堂钥匙的是圣彼得（St. Peter）。

所说——他已经把他的海绵准备好了。但是那种罪将不会被饶恕。一个男人能够和一个女人同睡而他不这样做，灾祸便会临到他的身上！一个女人能够和一个男人同睡而她不这样做，灾祸就临到她的身上！记住这些吧！"

他沉默了一会儿。

"一个人死后能不能复活？"他突然问道。

"我认为不会，左巴。"

"我也认为不会。但是如果能的话，那么那些我所提到的人，那些拒绝尽力、逃避责任的人，就会轮回转世，转世成什么？骡子！"

他又陷入静默和沉思之中。突然，他的眼睛闪烁着光芒。

"谁知道，"他说，为他的发现而兴奋，"或许我们今天在世界上所看到的一切骡子都是上面所提到的那些残废的、逃避义务的人变的，那些人终生都是男人和女人——同时也不是。这就是骡子老是烦躁不安的原因了。老板，你怎么说？"

"左巴，你的脑子重量不足，"我笑着回答，"弹奏你的桑图尔琴吧！"

"不要生气，老板，但是今晚我不弹奏桑图尔琴。要是我不停地说，说一些没有意思的话，你会知道为什么吗？因为我心中有许多忧虑，这条新的矿道——这条恶魔占据的矿道——会给我带来麻烦，而你却跟我谈桑图尔琴……"

他从灰烬中拨出栗子，塞了一把给我，并且在我们的杯子中倒满了阿拉克酒。

"愿上帝在右边增加重量吧！"我一边碰杯一边说。

"在左边！"左巴修正说，"在左边。一直到现在，右边从没有产生过好东西。"

他一口气把火吹熄，并且躺到他的床上。

"明天，"他说，"我会需要我所有的力气。我必须和一千个恶魔战斗。晚安！"

第二天一大早，左巴就不见了，他下到矿里了。人们沿着好的煤层前进，挖出坑道来。雨从洞顶渗入，人们踩着污黑的湿泥前进。

两天以前，左巴就说，他需要树干来支撑坑道。但是他忧虑不安，这些支柱不够大，而且他本能地感觉到地下迷宫中会发生一些事，他对此非常了解，就像了解自己的身体一样，他发觉这些支柱并不安全。他能够听到碎裂声，非常轻微，别人还不能觉察出来——洞顶的大梁仿佛在重压之下呻吟。

那天还有另外一件事增加了左巴的不安。就在他即将走入矿井的时候，村子里的神父，斯特凡诺斯神父骑着骡子经过，要到邻近的一个修道院去为一个垂死的修女施行临终的圣礼。很幸运地，左巴有足够的时间在神父对他说话之前，向地上吐了三次口水，并且捏了自己一下。

"早安，神父！"他不情愿地回应神父的问候。

然后他又用稍微低沉的声音加了一句："愿你诅咒我！"

他觉得无论如何，这些驱邪的手段是不够的，他紧张地走下新开的坑道。

这里有一股褐煤和电石气的味道。工人已经开始架梁，以支撑坑道的顶部。左巴多少有点粗暴无礼地道了早安。他卷起袖子开始工作。

十二个人开始挖掘矿层，把煤堆在他们的脚边，其他的人用铲子把煤铲起来，放在小手推车上运出去。

左巴突然停下来，向工人打手势叫他们也停下，然后竖起他的耳朵。就像骑兵和他的马，船长和他的船会结成一体一样，左巴已经和矿结成一体了。他能够感受到，坑道的分支就像他体内的静脉，黑色的煤块所不能感觉到的东西，他用人类的意识清楚地感觉到了。

用多毛的大耳朵聆听之后，他凝视着坑道里面。我就在那个时刻赶到了。我是被惊醒的，仿佛有某种暗示，我好像被某只手驱策。我匆忙穿上衣服冲了出去，我不知道我为什么如此慌张，也不知道我要到哪里去，但是我的身体毫不犹豫地奔上通往矿坑的路。正当左巴不安地聆听、凝视的时候，我赶到了。

"没什么……"过了一会儿，他说，"有一阵子我以为……没关系。孩子们，去工作吧！"

他转过头来看到我，紧闭他的嘴唇。

"老板，你这么早来这里干什么？"

他走到我这里来。

"老板，你为什么不上去呼吸一点新鲜空气？"他低声地说，"你可以改天来这里接个小班。"

"左巴，发生了什么事？"

"没什么……我在胡思乱想而已。一大早有一个神父挡了我的道。你走吧。"

"如果这里发生危险，我离开了岂不是太可耻吗？"

"是有危险。"左巴回答。

"你要不要离开？"

"不。"

"那不就对了！"

"左巴应该怎么做是一回事，"他暴躁地回答，"别人应该怎么做是另一回事！但是既然你觉得离开是可耻的，那就别离开。待在这儿，这里就是你的葬身之处！"

他拿起一把沉重的锤子，踮起脚，把一些钉子敲进顶部的支柱里去。我从一根柱子上拿了一盏电石灯，在湿泥里高一步、低一步地走着，注视着这又黑又亮的煤层。广袤的森林想必在几百年以前就被吞噬。大地消化了它的子孙，使它们变了形。树木变成褐煤，褐煤变成煤，然后左巴来了……

我把灯挂回钉子上，看着左巴工作。他专注于他的工作，其他的他什么也不想，他和大地、鹤嘴锄、煤合为一体了。他、锤子、钉子联合起来，努力地与木头作斗争。他为坑道凸起的顶部而苦恼。他巧妙而有力地与山搏斗，获得它的煤。左巴能够利用他准确无误的直觉，发现物质最软弱、最容易攻克的地方，施以猛烈的打击。那时他全身覆满了灰尘，只有眼白闪出光芒，在我看来，他几乎把自己伪装成煤，他完全变成了煤，以便出其不意地接近他的对手，贯穿它内部的防御工事。

"左巴，好极了！你继续干下去！"我出于由衷的敬佩，忘形地大叫。

但是他连头也没回一下。在那种时刻，他怎么可能和一个手拿铅笔而非鹤嘴锄的书呆子说话呢？他正在忙，他不想说话。"当我在工作的时候不要跟我说话，"有一个晚上他说，"我会突然发狂！""发狂？左巴，为什么？""你又要开始你的'为什么'和'后来呢'了！简直跟小孩子一样！我全身都处于紧张状态，注意力全部集中在石头、煤或是桑图尔琴上。如果你忽然碰我或跟我说话，而我想要回过头去，我就会突然发狂。现在，你明白了吗？"

我看看手表，现在是十点钟。

"朋友们，午餐休息的时间到了！"我说，"你们已经过了那个时间了。"

工人们马上把他们的工具丢在一个角落里，他们擦拭着脸上的汗水，准备离开坑道。左巴专注地工作，没有听到。即使他听到了，他也不会移动分毫。他再度忧虑地倾听着。

　　"等一下，"我对大家说，"来根香烟吧。"

　　我掏着口袋，工人们围着我。

　　左巴突然跳起来。他把耳朵贴在坑壁上。借着电石灯的光，我可以看到他歪着的、张大的嘴。

　　"左巴，你怎么啦?"我喊道。

　　但是在这个时候，整个坑道顶部似乎都在我们头上颤抖。

　　"快出去!"左巴用沙哑的声音大声吼叫，"快出去!"

　　我们回头向出口狂奔，但是我们还没跑到第一根木柱，碎裂声便再度响起，这次声音更大。同时，左巴抱起一根大树干当支撑，顶住快要崩塌的木支架。如果他做得够快，坑顶还能再支撑一会儿，我们还有时间逃走。

　　"出去!"左巴再度大喊，但是这一次他的声音非常低沉，仿佛是从地下传来的。

　　在生死关头，带着一种胆怯心理，我们一起冲了出去，完全把左巴遗忘了。但是，过了一会儿，我振作起来，跑回坑道去。

　　"左巴!"我叫道，"左巴!"

　　至少，我认为我叫了。我后来知道我的喊叫并没有离开我的喉咙。恐惧勒住了我的声音。

　　我感到羞耻，我伸出手臂跳向他。左巴刚好把大支柱安置妥当，他在泥泞中跑向出口。他在黑暗中闷着头向前直冲，撞到了我，我们意外地抱在一起。

　　"我们必须出去!"我大叫，"出去!"

128

我们奔跑，终于跑到了阳光下。吓坏了的工人们聚集在入口处向里望着。

我们听到声音更大的第三次碎裂声，活像一棵树在暴风雨中被扯裂一样。然后，突然传来一声可怕的怒吼，仿佛晴天霹雳。它震撼山腰，坑道崩塌了。

"全能的上帝啊！"工人们喃喃地说道，画着十字。

"你们把鹤嘴锄丢在下面了！"左巴愤怒地叫。

工人们噤若寒蝉。

"为什么你们不把它们带在身上？"他又狂怒地叫，"我打赌你们一定吓得屁滚尿流！丢了工具实在太糟了，啊？"

啊，左巴，根本没有时间去担心鹤嘴锄了，"我走到他们之间说，"让我们庆幸所有的人都安然无恙！谢谢你，左巴，我们大家都蒙受了你的再生之恩。"

"我饿了！"左巴说，"这么一来我肚子饿了。"

他拿起他放在一块石头上的干粮袋，打开它，拿出一些面包、橄榄、洋葱，还有一块煮过的土豆和一小葫芦酒。

"来吧，孩子们，我们吃吧！"他嘴里塞得满满地说。

他快速地吞咽着食物，仿佛他突然失去了很多力量，希望把它们吃回来。

他倾身向前，一语不发地吃着。他拿起他的葫芦，头向后仰，让酒潺潺地流下他焦渴的喉咙。

工人们也鼓起勇气，打开他们的干粮袋吃了起来。他们盘着腿坐在左巴的四周，一面吃，一面注视着他。他们想跪在他的脚下，并且吻他的手，但是他们知道他粗暴而古怪，没有人敢移动一下。

终于，年纪最大、有一大撮灰髭的米契利斯下定决心说道：

"能干的亚历克西斯师傅，如果不是您在这里的话，我们的孩子这时就都是孤儿了。"

"住口！"左巴的嘴巴塞得满满地说，没有一个人敢再说话了。

第十章

"那时是谁创造了这踌躇的迷宫，这傲慢的殿堂，这罪恶的水壶，这播撒着一千种欺骗的田地，这通往地狱的门，这充满诡计的篮子，这尝起来像蜂蜜的毒药，这将人类锁在地上的镣铐——女人?"

我靠近火盆坐在地上，正在慢慢地、静静地抄写这首佛教歌曲。我一次一次地驱邪，决心把一个被雨淋湿的女人的胴体从我心中赶出去，每个晚上她都摇摆着身体，越过潮湿的空气在我眼前来回晃动。自从坑道崩塌，我的生命差一点结束以来，我感觉到这个寡妇就在我血液里面。她像一头野兽一样，带着责备的语气急切地呼唤我。

"来吧! 来吧!"她呼唤着，"生命一闪就过去了。在为时未晚之前，来，赶快来吧!"

我很清楚，那是魔罗[1]，恶魔的精灵，化身为一个拥有动人的大腿和屁股的女人。我和他战斗。我专心地写着佛理，就像野人在他们的洞穴中，用尖形石头雕刻，或是用红白两色描绘那些在他们附近徘徊

---

1 魔罗（Mara）：佛教中的魔王。

着的、饥饿而凶猛的野兽。他们和我一样，借着雕刻和描绘这些野兽，努力地使自己坚定地将注意力放在石头上。假如他们不这样做，野兽就会扑到他们身上。

自从那天我在千钧一发之际从被压死的危险中逃脱以来，这个寡妇不断地经过我独居的处所，在炙热的空气中走动，她向我打招呼，并且性感地扭动她的屁股。这时候我很坚强，我的心思机敏，我要设法把她赶出去。我写到魔鬼以何种面目出现在佛陀面前，他如何化身为一个女人，如何将结实的乳房紧压在苦修士的膝盖上，佛陀如何察觉到危险，调动他所有的力量，击败了魔鬼。

我写的每一句都带给我新的慰藉，我鼓起勇气，我感到恶魔正在退缩，被力量无限的驱邪咒赶了出去。白天我使出全部的力量来战斗，但是到了晚上，我的心放下了它的武器，内心的门打开，寡妇进来了。

早晨，我筋疲力尽、一败涂地地醒过来，战斗又重新开始。当我的头从我的稿纸上抬起来的时候，已经是傍晚了。阳光正被逐渐地赶走，黑暗突然落在我的身上。白天越来越短，圣诞节要来了。我把我所有的力量投入这战斗之中。我想我并不孤独，一股强大的力量——阳光，也在战斗着。它也一样，有时候被征服，有时候胜利。但是它绝不绝望。我也在战斗，而且是和阳光一起战斗！

这个想法增添了我的勇气，在我与寡妇的战斗之中，我似乎也遵从一个伟大的宇宙规律。诡计多端的魔鬼选择了这个肉体，慢慢地打湿、熄灭在我心中闪闪发光的自由火焰。我自言自语道："将物质转变成精神的永恒力量是神秘的。每个人体内都有一股神秘旋风，因此能够把面包、水和肉转变成思想和行动。左巴说得不错：'告诉我你怎样运用你吃下去的东西，我就可以断定你是怎样的一个人。'"

因此，我痛苦地努力着，想把对肉体的热切期待转向佛陀。

"老板，你在想什么？你看起来似乎有点神不守舍。"圣诞夜左巴问我，他精明地察觉到我正在与什么样的恶魔作斗争。

我佯装没有听到，但是左巴不会如此轻易就放弃的。

"你还年轻，老板。"他说。

他的声调突然带有一丝严肃与愤怒。

"你年轻强壮，吃得好，喝得好，呼吸着令人兴奋的海洋空气，蕴藏着精力——但是你把这一切用来做什么呢？你自己一个人睡觉，这些精力真是太可惜了！今晚你有点起色了——是的，不要浪费时间，老板，世界上一切事情都很单纯，我要告诉你多少次？不要把事情弄复杂了！"

关于佛陀的手稿还摊在我面前，我一面翻动它，一面聆听左巴的话。我意识到，他的话为我铺了一条确切的、充满诱惑的、具有人性的路，这又是魔罗的意志，这个狡猾的老皮条客在呼唤我。

我默默无言地聆听，并且继续慢慢地翻动手稿，我吹口哨以掩饰我的感情。但是，左巴看到我不说话，突然怒吼道："这是圣诞夜，我的朋友，赶快，趁她上教堂之前到她那里去。基督将在今晚诞生，老板，你也去实现你的奇迹吧！"

我怒气冲冲地站起来。

"够了，左巴，"我说，"各人各有所好。男人好比一棵树。你总不能因为一棵无花果树长不出樱桃而和它争论吧，是不是？那么，行了，现在快近午夜了。让我们到教堂去亲眼看看基督的诞生吧。"

左巴取来他冬天的厚帽子戴在头上。

"那好吧！"他快快不乐地说，"我们走吧！但是我要告诉你，如果你像大天使加百列一样，今晚到寡妇那里去，上帝将会更加高兴。如果上帝跟你一样，老板，他就不会到马利亚那里去，基督就不会诞生了。如果你问我上帝顺着什么路前进，我说，通往马利亚家的那条路。马利亚就是那个寡妇。"他静静地等着，但我没有回答。他推开门走了出去。他用手杖的尖端愤怒地刺着卵石。

"是的，"他坚持重复说道，"马利亚就是那个寡妇!"

"现在，我们出去吧!"我说，"不要叫了。"

我们在冬天的夜色中迈开大步迅速地前进。天空十分清澈，星星看起来很大，像一颗颗火球低低地挂在空中。当我们沿着海岸前进之时，夜，似乎是一只庞大的、黑色的野兽，沿着水边盘踞着。

"从今夜开始，"我想，"被冬天逼走的阳光将要打胜仗了。仿佛它和圣婴一同在今晚诞生。"

所有的村民都聚集在温暖的、散发着香气的教堂里面。男人站在前面，女人紧握着手站在后面。高大的神父斯特凡诺斯，在吃了四十天斋之后显出气恼的样子。他穿着金色的十字褡，大踏步地跑过去，摇动着他的香炉，尽量大声地唱歌，并且匆匆忙忙地看基督诞生。然后，他回家喝浓汤，吃可口的香肠和熏肉……

假如《圣经》中说"今天，阳光诞生"，人们的心就不会如此雀跃。这个思想不会成为一段神话，也不会征服全世界。它只是形容了一个正常的物理现象，不会点燃我们的想象力——我是指我们的灵魂。但是在隆冬诞生的阳光已经变成了一个孩子，而这个孩子变成了神，两千年来，我们的灵魂一直哺育着他。

午夜过后，这个神秘的仪式结束了。基督已经诞生了。饥饿而快乐的村民回家去大吃大喝，他们在内心深处感受到了道成肉身的奥妙。胃是坚实的基础，面包、酒、肉是首要的必需品，只有用面包、酒和肉，人们才能创造上帝。

星星像天使一样大，在教堂的白穹顶上闪烁着。银河像一道溪水流过天际。一颗绿色的星星在我们头上眨着眼睛，活似一颗绿宝石，我被情绪折磨得叹了口气。

左巴转向我。

"老板，你相信吗？神变成人，并且诞生在一个马厩里？你相信这回事，还是觉得这只是开玩笑？"

"这很难说，左巴，"我回答，"我说不出我到底相信还是不相信。你呢？"

"我也一样说不出。我怎么都想不通，你瞧，小时候我祖母说故事给我听，我一点也不相信。但我感动得发抖，我笑，我哭，就好像我相信它们似的。当我下巴长出胡子的时候，我抛弃了它们，甚至还时常嘲笑它们……人真是不可思议！"

我们走向奥尔唐斯夫人的住处，我们宛如两匹饿着肚子的马嗅到马厩的气息，快速地前进。

"你知道，神父们最狡猾了！"左巴说，"他们从胃入手整治你，你怎么能够逃得掉？他们说，四十天不能吃肉，不能喝酒，只能吃素。为什么？因为你会渴望肉和酒。啊，那些肥仔，他们知道所有的鬼门道！"

他走得更快了。

"快，老板，"他说，"火鸡一定煮好了！"

当我们抵达我们善良夫人那放着一张充满诱惑的大床的房间时，我们发现桌上铺着一块白布，热气腾腾的火鸡双腿张开，俯卧在上面。火盆散发着热气。

奥尔唐斯夫人卷了头发，穿了一件褪色的粉红色睡衣，袖子很大，花边都磨破了。她起皱的脖子上紧紧地圈了一条大约两指宽的浅色丝带。她在身上喷了很多橘花香水。

这世界上的万物是多么和谐，我心想。这世界和人心是多么相配！这位卡巴莱老歌手曾经过着一种非常放荡的生活，而现在她被放逐到这个孤独的海边，她将一个女人全部的神圣情怀和温暖注入了这个简陋的房间。

这丰富而精心准备的食物，这燃烧的火盆，这擦了脂粉、饰以羽毛的肉体，这橘花的香味——所有这些有人情味的、小小的肉体快乐，都多么迅速、多么轻快地转变为精神上的无上喜悦！

我的心突然在胸中怦怦直跳。我觉得在这神圣的夜晚，我在这荒芜的海岸并不是完全孤独的。一个充满了热诚、温柔、耐性的女人正向我走过来，她是妈妈、妹妹、妻子。而我，一会儿认为我什么都不需要，一会儿又认为我什么都需要。

左巴一定也很感动，因为当我们进入房间时，他一下子冲向浓妆艳抹的卡巴莱歌手，并且拥抱她。

"基督诞生了！"他叫道，"雌性的人类，向你致意！"

他笑着转向我。

"瞧，老板，女人是一种多么伶俐的动物！她甚至能把上帝缠绕在小指头上！"

我们坐在桌子边，我们饥饿地吞下食物、灌下酒，我们的肉体酒醉饭饱，我们的灵魂快乐地发抖。左巴又变得生气蓬勃了。

"吃吧，喝吧，"他继续喊道，"吃吧，喝吧，老板，兴奋起来吧！你还要唱歌，孩子，像牧羊人那样唱：'为了至上者的荣光！……为了至微者的荣光……'基督诞生了，这是一件大好事，不是吗？高声地唱，让上帝听到你的声音，并且感到喜悦。"

他的精神完全恢复了，并且也没有什么能阻止他。

"基督诞生了，我聪明的所罗门，我可怜的作家！别再小心翼翼了！

他到底诞生了没有？不要傻了，他当然诞生了。如果你拿一个放大镜观察你要喝的水——有一天，一位工程师对我这么说过——你将会看到水中充满了你肉眼看不到的小虫。你看到小虫，就不会喝了。你不喝你就会因为口渴而没有精神。老板，打碎你的放大镜，小虫便会消失，这样你就能喝水了，这样你就会恢复精神！"

他转向我们俗艳的同伴，举起他满满的杯子，说道："我最亲爱的宝宝琳娜，我怀抱中的老伴侣，我要喝这一杯祝你健康！我一生当中看到过许多船首塑像，它们被钉在船头，双手抱胸，它们的面颊和嘴唇被涂成大红色。它们航行过所有的海洋，它们进入所有的港口，当船只破碎时，它们就登上陆地，余生都靠在一家渔夫酒店的墙上，而它们的船长会去那里喝酒。我的宝宝琳娜，今夜，我在这海岸见到你，现在我的肚子里装满美好的食物，我睁大眼睛，在我看来，你就像一艘大船的船首塑像，而我是你最后停泊的港湾。我就是船长们常来喝酒的酒店。来，靠着我，扯下你的帆吧！我喝下这克里特岛的酒，祝你健康！我的塞壬女妖[1]！"

奥尔唐斯夫人被感动了，被征服了，她靠在左巴肩上号啕大哭。

"你正好看到了，老板，"左巴在我耳边轻轻说道，"我的甜言蜜语令我惹上麻烦。这个女人今晚不想放我走了。但是你还在这里，我为那些可怜的生命而烦恼，是的，我怜悯她们！"

"基督诞生了！"他大声向他的女妖喊道，"祝我们健康！"

他的手臂滑到女人的手臂下面，他们一起痛饮，手臂交缠，他们欣喜若狂地互相凝视。

1　塞壬女妖（Siren）：希腊神话中的海妖，常以天籁般的歌喉使过往的水手失神，导致船只触礁沉没。

当我离开在这间拥有一张大床的温暖小卧室，离开这两个人，踏上回家的路时，天已经快亮了。村民们已经酒足饭饱，现在整个村子紧闭门窗，在冬天巨大的星星之下沉睡着。

天气很冷，海洋轰隆隆作响，金星挂在东方，调皮地跳着舞。我沿着水边走着，并且和海浪玩一种游戏。它们跑上来想把我打湿，我就跑开。我快乐地想："这是真正的快乐——毫无野心，却像怀有无限野心一样工作。远离人群居住，不需要他们却又爱他们。离开圣诞节的盛宴，在酒足饭饱之后，使自己远远地避开所有的诱惑，星辰在你头顶上，左边是陆地，右边是大海，你突然意识到生命在你心中已经创造了最后的奇迹：它已经变成了神话。"

日子一天一天地过去了。我努力戴上一副勇敢的面具，我叫喊着，扮演着傻瓜的角色，但是我知道我是悲伤的。在节日的整个星期之中，许多记忆被唤醒，我的心中充满了远方的音乐和心爱的人们。我一再想起古代谚语所显示的真理：人心是一道满是血的壕沟。那些业已死去的爱人伏在这血沟的堤岸上啜饮血液，因此复活过来。你爱他们越深，他们喝你的血就越多。

新年前夜，一群村童带了一条大纸船来到我们的小屋，用他们尖锐而愉悦的声音唱起卡兰达颂歌[1]：

> 伟大的圣大巴西勒[2]来自凯撒里亚，
>
> 他出生的城市……

1　卡兰达颂歌：希腊的新年颂歌。

2　圣大巴西勒（St. Basil the Great，329—379）：古代基督教教父。

在传说中，圣大巴西勒站在这小小的克里特岛的海滩上，身旁是靛蓝色的海洋。他拄着手杖，他的手杖突然覆满了树叶和花朵。新年的颂歌响起：

信奉基督的人啊，祝你新年快乐！

老爷，愿你家中充满谷子

橄榄油和酒；

愿你的妻子是一根大理石做的顶梁柱；

愿你的女儿寻得归宿并且生下九个儿子

和一个女儿；

愿你的儿子解放君士坦丁堡，

我们君主的城市。

左巴听得入神。他抢了孩子的小手鼓，疯狂地拍打起来。

我一语不发地注视、聆听。我能够感到我心中又落下一片树叶——又一年过去了。我向着黑暗的洞穴又前进了一步。

"老板，你怎么了？"左巴正击着小手鼓，和孩子们一起唱歌，他抽空问我，"兄弟，你怎么了？你看起来老了好几岁，你脸孔灰暗。这正是我再度变为小孩子的时候，我像基督一样再生了。他不是每年都诞生吗？我也是这样！"

我闭着眼睛躺在床上。那晚我的心情狂躁，我不想说话。

我不能睡，我觉得就在这个晚上，我非要为我的所作所为找个理由不可。我细心回顾我全部的生活，我的生活显得毫无生气、支离破碎、犹犹豫豫、模糊不清。我失望地端详着它，它就像一片轻巧的云，被来自高处的风所袭击，我的生命一直在改变。它分裂，重新组

139

合，变质——它沦为一只天鹅、一条狗、一个魔鬼、一只蝎子、一只猴子——云接连不断地被打散，变形，被天上的风所驱策，被彩虹染得五彩缤纷。

天破晓了。我没有睁开眼睛。我努力集中所有的力量，热切地期望能打破心中的壳，进入阴暗而危险的沟渠，在它的下面，每个人都被带去和海洋混合。我渴望撕裂面纱，看看新年到底带给我什么……

"早安，老板，新年快乐！"

左巴的声音粗鲁地把我带回现实世界。我睁开眼睛，刚好看到左巴从小屋门口丢进来一个大石榴。它的种子像清澈的红宝石，正好被抛到我的床上。我捡起几粒吃了，我的喉咙清爽无比。

"我希望我们发财，并且被美丽的少女弄得神魂颠倒！"左巴兴致勃勃地叫道，他洗澡、修面，并且穿上他最好的衣服——绿色裤子、粗糙的土布夹克，上面加上一件半正式的山羊皮短外衣。他戴上他的俄国羔羊皮帽子，捻着他的髭。

"老板，"他说，"我要到教堂去，以公司代表的身份出现。如果他们认为我们是共济会成员，对采矿可没什么好处。我什么也不损失，还可以打发时间。"

他俯下身子，眨眨眼睛。

"也许我还会看到那个寡妇呢。"他低声地说。

天啊，公司的事务和寡妇在左巴心中合在一起了。我听到他轻轻地离开。我跳起来，符咒被打破了。我的灵魂又被关进肉体的监牢。

我穿好衣服，走下海滩。我走得很快。我很快乐，仿佛我已经从危险或罪恶中逃脱出去。那个早上我轻率地想要窥探、了解尚未诞生的未来，这突然使我有了亵渎之感。

我想起有一天清晨，我在树皮上发现一个茧，这时蝴蝶正要弄破茧，准备爬出来。我等了一会儿，但是它好久还没出现，我忍耐不住了。我贴近它，呵气帮它取暖。

我尽我最大的努力来使它变暖，奇迹出现在我眼前了。茧打开了，蝴蝶慢慢地爬出来，我绝不会忘记当我看到它的翅膀向后折叠并皱起来的时候，我是何等惊惧。可怜的蝴蝶全身发抖，想要张开翅膀。我贴近它，想用我的呵气来帮助它。没有用。这是一个需要耐心的过程，它的翅膀要在阳光下慢慢展开。现在太迟了。我的呵气让蝴蝶提前出来了，它的翅膀没能展开。它拼命地奋斗，几秒钟之后，死在我的手掌中。

我确信，那个小小的尸体重重地压在我的良心上。因为现在我了解到，违反伟大的自然律法是一种不能宽恕的罪恶。我们不应着急，我们不应缺乏耐心，我们应该充满信心地遵从永恒的韵律。

我坐在一块岩石上琢磨着这个新年的想法。啊，但愿那只小蝴蝶能够一直在我面前拍动翅膀，为我指引道路。

第十一章

我站起来，快乐得就像接到我的新年礼物一样。风是冷的，天空清澈，海洋闪烁着光芒。

我走向村庄。弥撒现在一定做完了。当我向前漫步之时，我带着一种可笑的情感，我不晓得谁将是第一个人——幸运或是不幸——我在新年遇见的第一个人。我想，但愿能够是一个手里满抱着新年玩具的小孩子，或是一个穿着绣花宽袖白衬衫的、行动敏捷的老人，他因已经勇敢地履行了他在世界上的责任而感到满足与骄傲。我走得越远，距离村子越近，我就越感到苦恼。

突然，我双膝瘫软。在橄榄树下，一个人迈着轻快的脚步走在路上，那人身穿一袭红衣，一条黑手帕包在头上，那是体态优雅、腰肢纤细的寡妇的身影。

她起伏的步态真像一只黑豹，而且我觉得似乎有一种麝香的刺鼻味道在空气中散开来。要是我能够逃走就好了！我觉得这种野兽发怒时毫无怜悯之心，唯一的办法就是逃开。但是要怎样逃呢？寡妇从容地走近前来。碎石似乎窸窣作响，仿佛有军队从上面走过。她看到我，摇动她的头，她的头巾滑落，头发显露出来，像黑玉一样乌黑，并且闪闪发光。她无精打采地看了我一眼，微笑着。她的眼睛有一种野性的甜蜜。她匆匆地把头巾重新系好，仿佛有点羞惭，因为她让我看到了女人最深的一种秘密：她的头发。

我想对她说话，祝她新年快乐，但是我的喉咙太紧张了，就像坑道崩塌、我的生命陷入危险的那天一样。她的花园四周的芦草在风中摇曳，冬天的阳光落在金黄色的柠檬和橘子以及它们深色的叶子上。整个花园灿烂得像天堂。

寡妇停下来，伸手去推开大门。就在这当儿我越过她。她回过头，扬起她的眉毛，把她的视线投在我身上。

她让门开着，我看到她消失在橘树后面，她像来的时候一样扭动屁股。

进入大门，把它闩上，跟在她后面，搂住她的腰，并且一语不发地把她拖上巨大的床，这才叫男人！那是我祖父会采取的做法，同时我希望我的孙子也这样做！但是我站在那里像一根石柱，斟酌这些事，并且考虑再三……

"来世，"我苦笑着喃喃说道，"来世我将会做得比现在好一点！"

我钻进绿色的山径，感到灵魂负了一个重担，仿佛犯了重罪。我在起伏的山路上游荡。天气很冷，我在发抖。我的思维徒然地追逐着寡妇扭动的屁股，她的微笑、她的眼睛、她的乳房，它们老是跑回来，我简直要透不过气来。

树木还没有叶子，但是充满生气的绿芽已经在膨胀、破裂。你可以感觉到，在每一个绿芽里面都浓缩着未成熟的嫩枝、花朵和尚未结成的果实，它们躺着等待，准备在阳光下冒出来。正值隆冬时节，在干燥的树皮下，伟大的春天奇迹日夜都静静地、悄悄地准备出现。

我突然欢悦地叫了一声。我对面隐蔽的山谷中，一株显眼的扁桃树在隆冬之时冒出了花朵，为其他所有的树引路，并且预报春天的来临。

我的苦闷被一扫而空。我深深地呼吸着它有点类似胡椒的香味。我离开大路，坐在开着花朵的枝丫底下。

我在那里停留了很久，什么都不想，快乐无比。这是永恒，而我正在乐园里的一棵树下。一个响亮而粗鲁的声音突然把我从乐园驱逐出来。

"老板，你藏在这里干什么呢？我到处找你。现在快十二点了，跟我来！"

"到什么地方去？"

"什么地方？你问我什么地方？当然是去吃他妈的乳猪！你不饿吗？刚出炉的乳猪！那味道多香啊……让你直流口水！快点！"

我站起来，抚摸这株扁桃树结实的树干，它包含了这么多的奥秘，创造了这个开花的奇迹。左巴敏捷地走在前面，充满了热情和食欲。男人的基本需要——食物、酒、女人、跳舞——对他强壮而热情的身体来说，是无休止的，他永远不会变得麻木。

他手里拿着一个扁平的包裹，用粉红色的纸包着，扎着金色的线。

"新年的礼物吗？"我微笑着问道。

左巴笑了，想要隐藏他的感情。

"嗯，这样她就没法抱怨了，可怜的女人！"他说，并没有回过头来，"她会想起她往日的尊贵……她是一个女人，我们不是经常说这个都说腻了吗？因此，她总是悲叹她的命运……"

"一张照片吗？"

"你就会看到了……你就会看到了……不要这样迫不及待！它是我亲手做的。赶快，我们最好快一点。"

中午的太阳让你快乐得骨头都酥了。海洋在阳光中快乐地暖着身体。远处无人居住的小岛沐浴在薄雾中，看起来好像升出海面漂浮着。

我们接近村庄，左巴走到我旁边，低声说：

"老板，你知道吗？我们谈论的人去了教堂。我站在唱诗班领唱人的前面，我突然看到神圣的圣像都欢快起来。基督、圣母马利亚、十二门徒，所有的东西都在发光……'发生了什么事？'我画着十字说，'是太阳吗？'我转头——是那个寡妇！"

"好啦，左巴。行了！"我说着，同时加快了脚步。但是左巴追在我身后。

"我近近地看着她，老板。她的面颊上有一颗美人痣，那足可使你疯狂。这也是一件不可思议的事——女人面颊上的美人痣！"

他精神恍惚地睁大眼睛。

"老板，你注意过吗？柔软而光滑的皮肤上忽然出现一个黑点！哎呀，那就是我所需要的一切！它使你如癫如狂，老板，你了解那个吗？关于它，你的书本怎么说？"

"去他妈的！"

左巴自得其乐地笑着。

"不错！"他喊叫道，"不错！你开始了解了……"

我们并没有在餐馆停留，我们急着赶路。

我们善良的女士为我们在炉子上烧好了一只乳猪，并且倚着门槛等着我们。

她在脖子上圈了一条浅黄色的丝带，她的脸上涂着厚厚的脂粉，嘴唇上涂着厚厚的口红，她足以吓倒所有人。她真的是一条船上的船首塑像吗？她一发现我们，整个人就高兴起来，并且开始扭动，她的眼波荡漾着，最终停留在左巴弯曲的髭上。大门在我们背后一关上，左巴就搂住她的腰。

"新年快乐，我的宝宝琳娜！"他说，"看我给你带来了什么！"同时他吻着她肥胖起皱的脖子。

老女妖着实高兴了一会儿，但是她并没有失去理智。她的视线停留在礼物上。她抓住它，解开金色的线，向里面看了看，喜悦地大叫起来。

我凑上前去看那到底是什么东西：在一张厚的硬纸板上，坏蛋左巴用四种颜色——红色、金色、灰色、黑色——画了四条甲板上插满旗帜的战舰，战舰航行在靛蓝色的海上。战舰前面，在海浪中漂浮着一个海妖，她裸露出雪白的肌肤，头发飘散，露着胸脯，她还长着一条螺旋状的鱼尾巴，那是奥尔唐斯夫人，她还在脖子上系了一条黄色的丝带！她握着四条线，拖着她身后飘扬着英国、俄国、法国和意大利旗帜的四条战舰。这张图画的每个角上各挂着一撮胡子，一个撮是红色的，一撮是金色的，一撮是灰色的，一撮是黑色的。

老歌手马上就明白了。

"我！"她说，骄傲地指向海妖。

她悲叹着。

"啊，许久以前，我曾经也有着像强国一样的力量。"

她从床铺上方靠近鹦鹉笼子的地方取下一个小圆镜，把左巴的画挂在那个地方。她浓厚的妆容下的脸一定十分苍白。这时，左巴溜进了厨房。他饿了。他用盘子盛了乳猪，在她面前的桌面上放了一瓶酒，并且倒满了三只杯子。

"来！吃，吃！"他叫道，不停地拍着手，"让我们先从基础做起——

肚子。过后，我的情人，我们将会处理下面的事!"

但是气氛被老海妖的叹息破坏了。每个新年，她也有自己的小小审判日……她回顾她的生活，打量着它，并且发现它的贫乏。这个老妇人的头发日渐稀疏，每当到了庄严的时刻，大城市、男人、丝质衣服、一瓶一瓶的香槟酒和发出香味的胡子就从她记忆的洞穴中浮现出来。

"我没有胃口，"她害羞地喃喃说道，"一点也没有……一点也没有……"

她跪在火盆前面，拨动炙热的煤。她松弛的面颊映着火光。一绺头发从她额前落下来，发梢被火烧焦了。毛发被烧着的、令人作呕的气味弥漫了整个房间。

"我不要吃……我不要吃……"她看我们根本不注意她，再度咕哝道。

左巴忍不住握紧拳头。他犹豫了一会儿。他可以让她随心所欲地喃喃自语，同时我们继续吃烤猪——或者他可以跪下来，把她抱在怀中，用和善的话使她平静下来。我注视着他黧黑的脸孔，看到他那变化着的表情中透露出矛盾、冲动的感情。

他的表情终于固定了。他决定了。他跪在她的身旁，抓住海妖的膝盖。

"如果你不吃，我的小可人儿，"他用一种裂人心腑的声调说，"那所有的事都完了，同情这头可怜的猪吧，我的爱人，吃下这美味的小猪脚吧!"他把涂满黄油的脆皮猪脚塞进她的嘴巴。

"吃吧!"他说，"吃吧，我的宝贝!为了圣大巴西勒降临在我们的村庄!如果你不吃，你也知道，他不会降到我们这里!他会回到他自己的家乡去，凯撒里亚。他会拾起墨水瓶和纸、主显节的糕饼、新年的礼物、孩子们的玩具，甚至这只小乳猪，并且把它们全部带走!

所以，张开你的小嘴，我的宝宝琳娜，吃吧！"

他伸出两只手指头搔她的胳肢窝。老海妖高兴地咯咯笑着，擦拭她发红的小眼睛，并且开始忙着咀嚼噼噼啪啪响的猪脚……

就在这时候，两只可爱的猫开始在屋顶上嚎叫。它们嚎叫的声调真是难以形容地令人憎恶，它们的声音时起时落，带着威胁的意味。我们突然听到它们在屋顶上野蛮地争夺，似乎要把对方撕成碎片……

"喵……喵……"左巴说，对老海妖使眼色。

她绽开笑容，在桌子底下握紧他的手。她的喉头松弛了，她胃口大开，左巴像一只野猫一样地捻着髭，并且向"雌性的人类"靠过去。奥尔唐斯夫人缩成一团，歪着头，当她感到他温暖、带着酒味的气息呵在她身上时，她战栗着。

"现在，老板，这又是怎样不可思议的一件事？"左巴转过头来望着我说，"我的每件事情都在倒着走。我小时候，似乎就是这样了，我看起来像一个老人。我很愚钝，说话不多，但是却有一副大人的嗓音。大家都说我像我祖父！但是我长得越大，就变得越冒失。从二十岁开始，我做了一些荒唐的事。啊，也没什么特别的事，不过是和同龄人做一样的事。我四十岁时觉得自己真年轻，干了些特别疯狂的事。而现在，我年过六十——我六十五岁了，老板，但是保守这个秘密吧——嗯，现在我年过六十，我怎么能够解释呢？坦白地说，世界对我来说太小了！"

他举起他的杯子，带着内疚的心情转向他的女伴。

"祝你健康，宝宝琳娜，"他庄重地说，"愿上帝在这一年里努力让你长出一些牙齿和一些整齐的眉毛，还有一层散发着桃子香味的新皮肤！让你丢弃所有那些污脏的小丝带！让克里特岛发生另一次革命，让这四个强国再度回来。宝宝琳娜，亲爱的，还有他们的舰队……

每个舰队司令都有卷曲、发出香味的胡子。我的海妖，愿你再度从波涛中升起，唱起动人的歌。愿军舰在两块坚硬的圆石头上撞得粉碎！"

他把他的大手放在善良的夫人那松弛而下垂的乳房上……

左巴又渐渐快活起来，他的声音因为渴望而沙哑。我笑了。一天，我在电影中看到一个土耳其的帕夏在巴黎的一家卡巴莱夜总会中狂欢。他把一位年轻的金发女店员抱在膝上。这个帕夏越来越兴奋，他的土耳其帽的帽穗开始慢慢升起，横着停顿了一下，然后突然竖立在空中。

"老板，你在笑什么?"左巴问。

善良的夫人还在想着左巴刚才说的话。

"啊!"她说，"你认为那可能吗? 左巴，青春一去绝不会再回来……"

左巴把椅子移得更近，两把椅子靠在一起了。

"听我说，亲爱的，"他说，同时想要解开她紧身衣的第三颗纽扣——关键性的一颗纽扣，"听着，我要送你一件大礼物。有一个新医生——伏洛诺夫——创造了一个奇迹。他给你一种药——我不知道是滴剂还是粉末。这种药能让你在一瞬间变回二十岁——最坏也是二十五岁! 不要哭，别人会送我一些……"

老海妖吓了一跳。她淡红色的皮肤在稀疏的头发之间闪闪发光。她用她丰满的、肥胖的手环抱他的脖子。

"如果它是滴剂，我的爱人，"她低声说，像一只猫一样地摩擦着左巴，"你要为我订购一大瓶，好不好? 如果它是粉末……"

"满满的一袋!"左巴说，解着第三个纽扣。

安静了一段时间的猫又开始了它们的嚎叫。一个声音是痛苦的，像是在恳求，另一个声音则是愤怒的，像是在威胁。

我们的好夫人打了个哈欠，她的眼神无精打采。

"你有没有听到讨厌的猫在叫？"她低声说道。

"它们毫无廉耻！"她坐在左巴的膝上。她的头向后靠在他的脖子上，并且重重地叹了口气。她喝多了，她的眼睛变得雾蒙蒙的。

"我的宝宝琳娜，你在想什么？"左巴问，他紧紧地捏着她的乳房。

"亚历山大……"老海妖自言自语，她已经在世界上转了一圈，"亚历山大……贝鲁特……君士坦丁堡……土耳其人、阿拉伯人、果子露、金色的凉鞋、红色的土耳其帽……"

她又重重地叹了一口气。

"当阿里大人和我共度良宵之时——他有怎样的髭，怎样的眉毛，怎样的臂膀啊！——他招来铃鼓手和吹笛子的人，从窗户丢钱给他们，然后他们就在庭院里演奏直到天明。邻居都因羡慕而嫉妒！'阿里贝伊又到她那里去了！'邻居们愤然地说。"

"然后，在君士坦丁堡，苏莱曼帕夏每到星期五就不让我出去。他怕苏丹看到我，并因我的美色而神魂颠倒，把我拐走。每个早晨他离开房子之时都安置三个黑人守门，让所有的男人都远离我……啊！我的小苏莱曼呀！"

她从她的紧身胸衣之中拿出一条印着格子的大手帕，咬着它，像乌龟一样地发出嘶嘶声。

左巴把她抱到他旁边的椅子上，他站起来，显得很苦恼。他来回走了一两圈，并且同样发出嘶嘶声，这个房间对他来说突然变得太狭窄了。他抓起他的手杖冲到院子里去，我看到他把梯子靠在墙壁上，一次踏两级，愤怒地爬了上去。

"左巴，你要去打谁？"我喊道，"苏莱曼帕夏吗？"

"那些该死的猫！"他喊道，"它们不能让我们清净一会儿吗？"

他一跳就上了屋顶。

奥尔唐斯夫人完全醉了，她的头发散乱，她现在已经闭上了惺忪的眼睛，她的嘴巴里发出低沉的鼾声。睡眠把她抬起来，运到东方那些大城去——进入多情帕夏的封闭式花园和幽暗的内室。睡眠让她穿过墙壁，并且送给她梦一般的欢乐。她能够看到自己在钓鱼，她抛出四条鱼线，捕到四条大战舰。

老海妖沉重地呼吸着，打着鼾，她在睡眠中绽放快乐的笑容，好像因为洗了一次海水浴而感到精神爽快。

左巴挥舞着他的手杖回来了。

"睡了，嗯？"当他看到她的时候，他说，"这个荡妇睡着了，是不是？"

"是的，左巴帕夏。"我回答，"她已经被那个可以使人返老还童的伏洛诺夫医生害死了——睡着了。她才二十岁，她在亚历山大和贝鲁特游荡……"

"滚他妈的蛋，老家伙！"左巴咆哮着，他把口水吐在地板上，"她还在笑呢！无耻！我不晓得她到底在对谁笑？赶快，老板，我们走吧！"

他戴上他的帽子，打开门。

"她并不完全属于她自己！"左巴叫道，"她和苏莱曼帕夏，你看不出来吗？她正处在无比的幸福之中，这肮脏的母牛！赶快，我们快走开！"

我们走出来，进入寒冷的空气之中。月亮在平静的天空中轻快地游弋。

"女人！"左巴嫌恶地说，"唔！这不是你的错，是像苏莱曼和左巴那种轻率的冒失鬼的错！"

停顿了一会儿之后他又说："不！那也不是我们的错。"他愤怒地

151

继续说道："有一个人，他造成了这一切——他是伟大的轻率的冒失鬼，伟大的苏莱曼帕夏……你知道他的!"

"如果他是存在的，"我回答，"但如果他不存在呢?"

"全能的上帝啊，那么我们就完了!"

我们一语不发地向前大踏步走了一段时间。确实有一些野蛮的念头在左巴心中反复激荡，因为差不多每一秒钟，他就要对卵石骂一句脏话，并且向地上吐口水。

他突然转向我。

"愿上帝让我的祖父安息!"他说，"他了解女人，他十分喜欢她们，但她们让他吃尽了苦头。'全心全意地祝福你，亚历克西斯，我的孩子，'他说，'当心女人! 当上帝拿出亚当的肋骨来创造女人的时候——诅咒那一分钟——魔鬼变成一条毒蛇，呸! 魔鬼诱骗这根肋骨，并且把它拐跑……上帝在他后面猛追，捉到他，但是他从上帝的指缝中溜走了，只把自己的角留给上帝。上帝想，一个好主妇甚至能够用一把汤匙来缝补。好! 我要用魔鬼的角来创造女人! 上帝这样做了，于是魔鬼把我们全部抓住了。亚历克西斯，我的孩子，你无论在哪里接触一个女人，你都接触了魔鬼的角。当心女人，孩子! 她还在伊甸园里偷了苹果，把它们藏在紧身胸衣里。现在她出来，到处走，昂首阔步地走遍了这个地方。真是一种折磨啊! 吃了苹果你会被毁灭，不吃你仍然会被毁灭! 我的孩子，那么我能够给你什么劝告呢? 尽情地去做吧!'这是我的老祖父对我说的话，但是我并没有开窍，我和他走上同一条路——我落魄了!"

我们匆匆忙忙地经过村庄。月光让人心烦。假如你已经喝醉了，走出来散步，发现世界突然变了，想想看那是什么样子。道路变成白色的河流，路上的洞里、车辙上满是白垩，小山上覆盖着白雪。你的手、脸和脖子像欧洲萤的尾巴一样发出磷光。月亮挂在你的胸膛上，像一个异常美丽的圆形奖章。

我们敏捷地、默默地向前走。我们被月光和酒刺激得兴奋起来，我们几乎不能感觉到我们的脚触到地面。在我们背后，熟睡的村庄里，狗爬上屋顶对月光吠叫……

我们来到寡妇的花园。左巴停下来，酒、美食和月光冲昏了他的头脑。他伸长脖子，用他驴子般的大嗓门，喊出一句话，这是他在兴奋状态中即兴完成的。

"她也是魔鬼的角！"他说，"老板，我们走吧！"

当我们到达小屋之时，天差不多要亮了。我们疲惫不堪地倒在床上。左巴洗了澡，把火炉点燃，烧了一些咖啡。他蹲在门边的地板上，点了一根香烟安静地吸着，当他的视线投射在海上时，他的身体笔直不动。他的脸孔庄重，若有所思。他使我想起我喜爱的一幅日本画：一个苦行僧盘腿而坐，穿着一件橘色的长僧袍；他的脸发光，像是被雕刻在被雨淋黑的坚硬木头上；他的脖子挺直，当他一无所惧地凝视沉沉黑夜之时，他面带着微笑……

我在月光下端详左巴，羡慕他无忧无虑地、单纯地适应着他周围的世界，他的肉体和灵魂形成一个和谐的整体，而且所有的东西——女人、面包、水、肉、睡眠——和他的身体愉快地融为一体，变成了左巴，我从未看到过人类和宇宙如此亲密地融合。

现在月亮马上就要落下去了。它是滚圆的、淡绿色的。一种难以形容的祥和笼罩着整个海面。

左巴丢掉他的香烟，伸手拿了一个篮子。他在里面摸索，取出一些线、滑轮和小木片；他点起油灯，再度试验他的高架索道。他弯着身子看着那简陋的玩具，开始计算，那一定是非常复杂而困难的，因为每隔两秒钟他就要气愤地咒骂，并搔搔他的头。

　　他突然厌倦了。他向模型踢了一脚，它撞到地上摔坏了。

第十二章

睡眠征服了我，当我醒过来，左巴已经走了。天气很冷，我一点也不想起来。我伸手从我头顶上方的书架上拿下一本书，那是我喜爱的、经常带在身边的一本书：马拉美[1]的诗集。我漫无目的地慢慢地读着。我合起这本书，又打开它，终于把它丢下了。有生以来第一次，一切都好像没有生气，没有味道，缺乏实质，都是些淡然无味、没有意义的话，像完全干净的蒸馏水，没有一点细菌，但是也没有一点营养，没有生命。

在那些已经丧失原有生气的宗教中，神最终变成诗人歌颂的对象或是被用来装饰人类的居所。这首诗也一样。内心炽热的、满载着泥土和种子的渴望，已经变成了毫无瑕疵的智力游戏，变成一座精妙的、复杂的空中楼阁。

我又翻开书，重新开始阅读。为什么这么多年以来，这些诗牢牢地吸引着我？纯正的诗啊！生命已经变成了清澈而透明的游戏，甚至

1　斯特凡·马拉美（Stéphane Mallarmé，1842—1898）：法国诗人、文学评论家。

连一滴血都没有。人性的元素是野蛮的、粗鲁的、不道德的——它由爱、肉体以及痛苦的喊叫组成。让它升华成为抽象的观念吧，让它在精神的熔炉中，通过炼金术般的过程纯化并蒸发吧。

以前令我着迷的东西，在这个早上看起来却只是大脑的杂技和精致的江湖骗术！正因为如此，它才老是在文明的衰落期出现。人类的痛苦就是这样终止的——通过这些巧妙的戏法：纯正的诗、纯正的音乐、纯正的思想。最后的人——他已经从所有的信仰、所有的幻想中自我解放出来，一无所求，一无所惧——看到他的泥土浓缩为灵魂，而且这个灵魂并没有为吸收汁液的根留下土壤。最后的人已经使他自己成空：没有子孙，没有排泄物，没有血液。所有的事物都变成了文字，所有的文字都变成了歌舞杂要。最后的人甚至更进一步：他坐在绝对幽静的地方，把音乐分解为静默无声的数学方程式。

我大吃一惊。"佛陀是最后的人！"我叫道。那是他神秘而非比寻常的意义。佛陀已经成"空"——他是"纯正"的人；空在他之内，他即是空。"使你的肉体成空，使你的灵魂成空，使你的心成空。"他叫道。他所到之处，水不流，草不长，没有孩子诞生。

我必须运用语言和它们的魔力，我想召唤具有奇异魔力的韵律，围攻他，对他施以咒语，把他赶出我的身体！我必须把想象的网扔在他身上，捉住他，解放我自己！

事实上，书写佛陀不再是一种文学实践。这是我与藏匿在心中的一股巨大毁灭力量的生死搏斗，我正在与一个耗尽我心力的庞大的"不"的决斗，而决斗的结果关系到我的灵魂能否得到救赎。

我下定决心，兴致勃勃地抓起手稿。我发现了我的目标，我现在知道要从哪里开始了！佛陀是最后的人。我们刚刚开始；我们既不曾吃过、喝过，也不曾充分地爱过；我们还没有享受过人生的乐趣。这个瘦弱的老人喘着气，过早地来到我们这里。我们必须尽快把他赶走。

因此我自言自语，并且开始写：这是一场真正的战争，一次残忍的狩猎，一次围攻，一个把怪物从它的藏匿之处捉出来的咒语。事实上，艺术是奇妙的魔咒。难解的、致命的力量躲藏在我们体内，推动我们去杀戮、憎恨，去搞破坏，做有损名声的事。此后，艺术伴着优美的风笛声出现，让我们得到解脱。

到了晚上，我觉得筋疲力尽。但是我觉得自己颇有进展，已经控制了敌方的前哨。现在我热切地等待左巴回来，然后我就能够吃、睡，补充我的体力，黎明时好重新开始战斗。

左巴进来的时候已经天黑了。他容光焕发。我想他找到某些答案了。我等待着。

我对他已经开始不耐烦了。就在前几天，我愤怒地对他说："左巴，我们的资本越来越少了。无论要做什么，赶快做吧！让索道起作用吧！如果我们在煤这方面不成功，我们可以全力在木材方面另求发展。否则我们就吃不消了。"

左巴抓抓他的头。

"资本越来越少了，老板，是不是？那太糟糕了！"他说。

"它们都飞了，左巴。我们已经花费了很多。干一些事吧！你的实验进行得如何？还没有头绪吗？"

左巴低下头，没有回答。那天晚上他一直觉得不好意思。"那个该死的倾斜度！"他狂怒地说，"我要找到合适的倾斜度！"

现在他已经找到了，他因成功而容光焕发。

"我办到了！老板，"他喊道，"我已经找到了正确的角度！它滑过我的脑海，想要逃走，但是我把它抓住了，钉牢了，老板！"

"好呀，赶快把这件事情付诸行动！左巴，开始干吧！你还需要什么东西？"

"明天一大早我必须到城里去买索具：粗钢索、滑轮、轴承、钉子、钩子……别担心，我很快就会回来！"

然后，他马上生火准备我们的饭菜，我们胃口大开，又吃又喝。今天我们两个都工作得很卖力。

第二天早晨我送左巴到村里。我们像认真而注重实践的人那样谈论着褐煤开掘。当我们走下一个斜坡时，左巴踢到了一块石头，它滚到小山下面去了。他惊愕地愣了一下，仿佛他此生第一次看到这种神奇的情景。他回过头来看我，在他的眼光中，我看到了些微惶恐。

"老板，你看到那个了吗？"他终于说道，"在斜坡上，石头重新获得生命。"

我默默无言，但是我觉得无比喜悦。我想，这就是幻想家和诗人们看一切事物的方法——次次如初见。每个早晨，他们看到一个新的世界呈现在眼前；他们并没有真的看到它，他们创造它。

与地球上的初民一样，左巴将宇宙看成一种沉重、热情的幻想；星辰在他身上滑动，大海拍打他的太阳穴。他享受大地、水、动物和上帝，没有受到理智的扭曲的干扰。

奥尔唐斯夫人已经得到消息，她在她的门口等候我们。她用粉涂脸，将皱纹填平，她忧虑不安。她把自己打扮像星期六晚上的露天游乐场。骡子就在她的大门前面，左巴跳上它的背，并且抓住缰绳。

老海妖胆怯地跑上前去，把她肥胖的小手放在这只动物的胸脯上，仿佛想阻止她心爱的人离开。

"左巴……"她踮高她的脚尖，喁喁地诉说情话，"左巴……"

左巴把他的头转开了。他憎恨像这样在路中央听爱人说无意义的话。这个可怜的女人看到他的目光，不寒而栗。但是她的手仍然紧贴在骡子的胸脯上，她恳求着，充满了柔情。

"你想干什么？"左巴愤怒地问道。

"左巴，"她恳求道，"……不要忘记我，左巴……"

左巴没有回答，他抖动缰绳，骡子跑了出去。

"一路顺风，左巴！"我叫道，"三天，你听到了吗？不要多耽搁！"

他转过头来，挥动他的大手。老海妖哭了，她的眼泪滑过脸上的脂粉，形成一道道犁沟。

"老板！我向你保证！"左巴叫道，"再见！"

他消失在橄榄树下。奥尔唐斯夫人继续哭泣，但是她盯着一抹亮色，那是她为心爱的人小心安放，让他能够坐得舒服的一条艳丽的红毯子。它不断地被银亮的树叶遮住，不久就完全消失了。奥尔唐斯夫人环顾四周，世界空虚了。

我没有回到海滩去。我觉得悲伤，于是向山上走去。当我踏上山路之时，我听到一阵喇叭的声音，那是村里的邮差在通知大家他来了。

"老爷！"他挥着手叫我。

他走过来，拿出一捆报纸、一些文学杂志和两封信，我马上把其中一封放进口袋，等晚上心绪平静时再读。我知道那是谁写来的，我想要延迟我的喜悦，这样它就可以维持得更久。

另外一封信，我从它的式样、它上面飘忽的笔迹和特别漂亮的邮票就可以辨识出来，它是我的老同学卡拉扬尼斯寄来的。它来自一个荒芜的非洲山区，离坦噶尼喀 [1] 不远的一个地方。

他是一个古怪、容易冲动的人，有一身黑皮肤和一口白牙齿。他

1　坦噶尼喀（Tanganyika）：东非旧时一国，1964 年与桑给巴尔组成坦桑尼亚联合共和国。

的一颗犬齿像野生雄猪那样暴出来。他不爱说话，爱喊叫；他不爱跟人商量，爱争吵。他离开了他自己的故乡克里特岛，在故乡，他曾是一位年轻的神学教师和修士。他和一个学生调情，在田野里接吻，被大家耻笑。年轻教师当天就脱下修士袍，搭上了船。他到他在非洲的一个叔叔那里去，并且开始努力工作。他开设了一家绳索工厂，赚了大钱。他时常写信给我，邀我到他那里和他共度六个月。每当拆开他的信，还没开始读，我就能感觉到一阵强风从用线缝在一起的、写满字的信纸间吹出，吹得我头发都立起来了。我一直下定决心要到非洲去看他，但是却从未成行。

我走到路边，坐在一块石头上，拆开这封信，并且读了起来：

　　你这只该死的、被夹在希腊的岩石中的笠贝，什么时候你才下定决心来我这里呢？你也变成了一个典型的讨厌的希腊人，一个在酒馆、咖啡馆混日子的人，你的眼里只有咖啡馆、书，以及你的那些习惯和那些金贵的意识形态。今天是星期日，我无事可做，我在我的农庄里想念你。太阳像一个火炉，一滴雨也没有。在这里，四月、五月、六月下雨，一下雨就发洪水。

　　我是完全孤独的，我就喜欢那样。这里有不少希腊人，这种害群之马真是无孔不入，但是我不想和他们混在一起，我讨厌他们。你们这些在酒馆里混日子的家伙甚至把背后中伤别人的坏毛病传到这里来。这就是希腊衰败的原因——政治！当然，还有愚昧无知，沉迷于打牌，耽于肉欲。

我讨厌欧洲人，因此我一直在乌桑巴拉山[1]上流浪。我憎恶欧洲人，尤其是希腊人，我讨厌一切与希腊人有关的事，我绝不会再踏上希腊的土地。这是我的终老之所。在这荒芜的山麓上，在我的小屋前面，我已经建好了我的坟墓。我甚至已经立好了墓碑，并且亲自用大写字母刻了这些字：

这里躺着一个痛恨希腊人的希腊人。

每当我想到希腊的时候，我大笑，吐口水，咒骂，流泪。为了不再看到希腊人和希腊的事物，我才永远地离开家园。我来到这里，带着我的命运——不是我的命运带着我。人选择什么就做什么，我带着我的命运来这里，我工作，一直像奴隶一样地工作。我流汗，要继续流个不停。我正在和土地、风、雨、工人，和那些皮肤黑里透红的奴隶战斗。

我没有娱乐。不，有一种娱乐：工作——肉体的和精神的，但是肉体的要好一点。我喜欢把自己弄得筋疲力尽，做苦工而汗如雨下，听到自己的关节咔咔作响。我把我一半的财产挥霍掉，无论在什么地方，用什么方法，只要我觉得高兴就把它花了。我不是金钱的奴隶，金钱是我的奴隶。我是工作的奴隶，而且我以此为荣。我砍倒树木，我和英国人签订合同，我制造绳索，现在我还开始种植棉花。昨天晚上，在我的黑人奴隶之中，两个部族为了一个女人打了起来——为了一个妓女。很伤自尊,是不是？这和希腊境内一模一样。辱骂、吵架，然后演变成棍棒交加，他们为了她打得头破血流。女人们三更半夜跑到我这里，大声嚷着把我叫醒，请我

去评判是非。我十分愤怒，让她们滚远点，滚到英国警察那里去。但是她们在我门前彻夜呼号。天亮之后，我出去为那些人评了理。

明天一早，我要去攀登乌桑巴拉山，那里有浓密的森林、新鲜的水，以及永恒不变的绿色。哎，你这堕落的希腊人，什么时候你才能从欧洲走出来呢？你准备什么时候和我一起去攀登那些纯净而自然的山岳？

我和一个黑女人有了孩子，是个女孩子。我已经把她的母亲撵走了，她在中午灿烂耀眼的阳光下，在附近的树下，给我戴绿帽子。我恨她，把她赶了出去。但是我留下了这个女孩，她两岁了。她会走路了，并且已经开始说话了。我正在教她希腊语。我教她的第一句话是："我看不起你，你这讨厌的希腊人！"

这个小无赖长得像我，只有又宽又扁的鼻子随她母亲。我爱她，但就像你爱一条狗或一只猫一样。来吧，到这里来和乌桑巴拉女人生个男孩吧！咱们跟当地女人结婚，为了让自己开心，也为了让她们开心！

再见！愿魔鬼伴随着我们，亲爱的朋友！

卡拉扬尼斯，魔鬼的奴隶

我把这封信摊开在我的膝上，热望再度占有了我，我并不渴望离去，克里特岛的海岸真是太好了，我在这里觉得快乐、自由，我不想再要任何东西了。但我老是被一个希望弄得身心俱疲：我想在有生之年尽可能地去抚摸、观赏大地和海洋。

我改变心意站了起来，匆匆地奔向海滩，不再登山了。我迫不及待地想看外衣上部口袋里的另一封信。对喜悦的期待甜蜜而又难耐，我已经等得够久了。

我回到小屋，生起火泡了一些茶。我吃了面包、蜂蜜和橘子。我脱了衣服，在床上四仰八叉地躺下来，并且拆开了信：

> 老师和新生：
>
> 你好！
>
> 我在这里从事一项艰巨的工作，感谢"上帝"——我把危险的字眼装在引号里（就像把一只野兽关进笼子里），这样一来，你就不至于在拆开我的信时就激动起来。这真是一项艰巨的工作，赞美"上帝"！在俄国南方和高加索，五十万个希腊人危在旦夕。他们中的很多人只说土耳其语或俄语，但是他们的心却狂热地说着希腊语。他们是我们的同胞。只要看看他们——他们的眼中闪着贪婪的、好奇的光芒，他们微笑时显得很狡猾，还色眯眯的，他们能做老板，让俄国农夫在广袤的土地上为他们工作——那足以使你相信他们是你心爱的俄底修斯的后裔。因此我们要爱他们，不能让他们灭亡。
>
> 他们面临灭亡的危险。他们已经丧失了所有的东西，饥寒交迫，饱受蹂躏。难民们从四面八方蜂拥而至，在格鲁吉亚和亚美尼亚的几个城市落脚，那里没有食物、药品或衣服。他们聚集在码头，焦急地盯着水面，等候船只搭载他们。我们的同胞——我们灵魂的一部分——处境十分狼狈。

如果我们把他们留在命运手中，他们将会灭亡。我们需要许多爱心、理解、热诚和实干精神——你热衷于看到这些品质结合在一起——才能拯救他们，并且把他们带回到自由的土地上。在马其顿边境，或更远些，色雷斯边境，他们会发挥最大作用。这是我们拯救成千上万希腊人的唯一方法，这也是在拯救我们自己。我一到这里，就依照你教我的方法画了一个圆圈，并且称那个圆圈为"我的责任"。我说："如果我拯救了整个圆圈，我将得救；假如我没能拯救它，我便输了！"哎唷，那个圆圈里有五十万个希腊人呢！

　　我前往城市和村庄，把所有的希腊人聚集在一起，写报告，发电报，设法让雅典的官员们送来船只、食物、衣服和药品，并且把这些可怜的人运回希腊去。如果用热情和倔强去奋斗是快乐的，那么我就是快乐的。我不知道自己是否像你所说的那样，为自己量身定做快乐。但愿我做了，因为那样我就是一个伟大的人了。我希望提升自己的声望，直到我感到快乐为止，直到它远播至希腊最远的地方！好了，不谈理论了！你正躺在克里特岛的海滩上，聆听海的声音和桑图尔琴的琴声。你有时间，我没有。我被行动吞噬了，真不错。行动，亲爱的怠惰的老爷啊，行动，只有行动才能拯救自己和别人。

　　我思考的问题很简单，归根结底是一件事。可以这样说，本都和高加索的居民，卡尔斯[1]的农民，梯弗里斯[2]、巴统[3]、新罗西斯克、罗斯托夫[4]、敖德萨[5]和克里米亚的大小商人，他们都是我们的同胞，他们和我们有一样的血统。我们都有同一位领袖，你叫他俄底修斯，其他的人叫他君士坦丁·帕里奥洛格斯[6]——不是在拜占庭城墙下被杀的那一个，而是活在我们心中的那一个，他变成了大理石，仍然挺立着等候自由之神。如果你允许的话，我称呼这位民族领袖为阿克里塔斯。我比较喜欢这个名字，它听上去比较严肃，比较好战。你一听到它，内心就浮起一个永恒的古希腊人的形象，他全副武装，在边境和前线不眠不休地战斗。如果你加上第格尼斯[7]，你就更能完全地表达出我们民族是东方和西方的奇妙融和体。我现在正在卡尔斯，我终于把附近村庄的希腊人都召集起来。在我来到这里的那一天，库尔德人在这个地方抓了一个希腊教师和一个希腊神父，并且在他们的脚上钉上马蹄铁。那些显要人物都吓坏了！他们纷纷躲进我歇脚的房子里。我们能听到，拿着枪的库尔德人离我们越来越近了。所有的希腊人都凝视着我，仿

1　卡尔斯（Kars）：土耳其东北部城市，卡尔斯省的首府。

2　梯弗里斯（Tiflis）：格鲁吉亚首都第比利斯的旧称，第比利斯是外高加索地区的著名古都。

3　巴统（Batum）：格鲁吉亚城市，位于黑海沿岸。

4　罗斯托夫（Rostov）：俄罗斯南部港市。

5　敖德萨（Odessa）：乌克兰重要的贸易港口，位于黑海沿岸。

6　君士坦丁·帕里奥洛格斯（Constantine Palaiologos，1404—1453）：东罗马帝国最后一位皇帝。

7　此处的"第格尼斯"及上文中的"阿克里塔斯"指第格尼斯·阿克里塔斯（Digenes Akritas），他原名巴希尔，是西方史诗中的英雄，而且是一个东西方混血儿。

佛我是唯一有力量拯救他们的人。

我原来打算明天离开这里去梯弗里斯，但是现在面临危险，我羞于离开，因此我留下来。我不是说我不怕，我害怕，但是我不好意思。伦勃朗的武士，我的武士一定会留下来，因此我也留下来。如果库尔德人进入这个市镇，我自然会成为第一个被钉上马蹄铁的人。我相信，老师，你一定想不到你的学生就这样完蛋了！

经过一次冗长的希腊式讨论之后，我们决定当天晚上每个人都要领着骡子、马、牛、女人和小孩来集合，黎明之时，我们要一起向北方进发。我必须走在前面，公羊率领羊群。

我们要越过一连串传说中的山脉和平原，进行一次家族迁徙！可以说，我就是摩西——一个像摩西一样的人——带领全民前往应许之地，这些天真的人一直呼唤着希腊。当然，为了配得上摩西的使命，并且不给你丢脸，我必须除下我那考究的绑腿，你总是因为它而取笑我，我要把腿包裹在羊皮之中。我还得有一撮油亮、卷曲的长胡子，头顶上得有一对巨大的角，但是我很抱歉，我不能满足你这个要求。改变我的灵魂，比改变我的衣着容易多了。我打上绑腿，把脸刮得像卷心菜一样光滑。我还没有结婚。

老师，我希望你接到这封信，因为它可能是最后一封了。这是很难说的。我不相信人被神秘的力量保护着。我相信一种盲目的力量，它到处乱闯，没有预谋，没有目的，谁碰巧挡了它的路，它就杀死谁。如果我离开这个世界（我说"离开"是为了避免吓到你或我自己），我说如果我离开这个世界，我希望你仍然健康愉快，亲爱的老师！说这些话我很为难，但是我必须说，因此请你原谅我，我也深深地爱你。

再下面，用铅笔仓促地写着"又及"：

又及：我没有忘记我临走那天我们在船上所做的约定。如果我"离开"这个世界，我会通知你，记住，无论你在什么地方，不要被吓坏了。

第十三章

三天、四天、五天过去了，还没有左巴的踪影。第六天我接到一封从干地亚寄来的信，长达数页，全是些无聊的话。这些话写在芬芳的粉红色的纸上，每一页的角落里都画着一颗被箭刺穿的心。

我小心地保存这封信，并且忠实地把它抄录下来，保留了那一句句精心写就的话，只修改了他那有趣的拼写。左巴握笔就像拿鹤嘴锄一样，他用它向纸张发起猛烈攻击，因此纸上有许多破洞，而且还布满了污点。

亲爱的老板！资本家先生！

我拿起笔来祝你健康。我们也都非常好，赞美上帝！

我一度意识到，我到这个世界来不是为了做一匹马或者一头牛。只有动物才为了吃而生活。为了不被这样谴责，我为自己"创造"了各种工作并日夜操劳。为了一个念头，我要冒着丢掉面包的危险。我把谚语反过来说："宁愿做池塘里清瘦的黑水鸡，不愿做笼子里的肥麻雀。"

很多人都是爱国者，他们不需要为爱国付出任何代价。我不是一个爱国者，将来也不是，无论这会令我损失什么。多数的人都相信天堂，他们把驴子拴在那里。我没有驴子，我是自由的！我不怕地狱，如果我有驴子，它会在那里死掉。我也不渴慕天堂，在那里它会用苜蓿喂饱自己。我是一个没有受过教育的笨蛋，我不知道该怎么表达，但是你能理解我，老板。

多数人害怕世事的空幻！我已经克服了这种恐惧。多数人辛苦地思考，我不需要思考。我碰到好事不狂喜，碰到坏事不失望。如果我听说希腊人占领了君士坦丁堡，那对我来说和土耳其人占领了雅典一样。

如果你看到这些，觉得我头脑不正常，写信告诉我。

我走进干地亚的一家商店，想买钢索，我笑了。"老兄，你在笑什么？"他们一直问。但是我要怎么告诉他们呢？我笑只是因为，当我伸出手去看看钢索好不好时，我在思索人是什么，还有人究竟为什么到地球上来，来了有什么用处……如果你问我的话，我觉得什么好处都没有。不论我有没有女人，不论我诚实还是不诚实，不论我是帕夏还是街头的挑夫，都没有什么不同。唯一有区别的就是，我是活着还是死了。不论是魔鬼还是上帝呼唤我（老板，你可知道？我认为魔鬼和上帝是同一个东西），我都得死，变成一具发出恶臭的尸体，并且用臭味把人们赶走。他们不得不把我推到至少地下一米深的地方，免得自己被熏死！

顺便，我要问你一件多少有点令我害怕的事——唯一的一件事，注意——它让我日夜不得安宁。什么东西让我害怕，老板，是衰老。愿上天保佑我们不会变老！死并没有什么，只是噗的一声，蜡烛熄了。但是衰老是一种耻辱。

我认为承认自己老了是一种深深的耻辱，我尽我所能不让人们看出我已经上了年纪。我跳舞，就算背疼，我也要不停地跳。我喝酒喝得头昏眼花，所有的东西绕着我跑，但是我还不坐下来，我要表现出一切都好的样子。我做苦工流汗，因此我跳入海水之中，我着了凉，想要咳嗽几声缓解一下自己的痛苦，但是我觉得可耻，老板，我强行把咳嗽憋回去。你有没有听见过我咳嗽？绝对没有！你可能会认为，只有当四周有别人在的时候我才不咳嗽，但是我独处时也一样，我在左巴面前觉得可耻。老板，你觉得呢？我在他面前觉得可耻！

有一天，在阿索斯山上——我真后悔去那儿——我见到一个修士，拉伦提奥神父，一个希俄斯岛[1]的当地人。可怜的家伙，他相信他身体里面有一个魔鬼，他甚至还为这个魔鬼取了一个名字：圣人。"圣人在耶稣受难日想要吃肉！"可怜的拉伦提奥经常咆哮着，把自己的头撞在教堂的墙上，"圣人想要和女人睡觉。圣人想杀死修道院院长。是圣人，圣人，不是我！"他把他的头往石头上磕。

我身体里面也有一个魔鬼，老板，我叫他左巴！里面的左巴不想变老，全然不想，而且他还没有老，他将来绝不会变老。他是一个食人妖魔，他拥有像黑玉一样乌黑的头发，三十二颗牙齿，他的耳朵上夹着一朵红色的康乃馨。但可怜

1　希俄斯岛（Chios）：希腊第五大岛屿，位于爱琴海东部。

的左巴的皮囊却腆着大肚子，头上长了相当多的白头发。他的脸干瘪了，上面生满皱纹，他的牙齿掉光了，他的耳朵里长满了白毛，像长长的驴毛！

老板，他能够做什么？这两个左巴要互斗多久？哪一个会得胜？假如我马上死掉，这些问题就都解决了，我不在乎。但是如果我还可以继续活一大段时间，我就完了。完了！老板。总有一天我会受辱。我会失去自由：我的媳妇和女儿会命令我去看护某个婴儿，她们那可怕的小怪物，以防他烧伤自己，或是跌下来，或是把自己弄脏了。如果他弄脏了自己，呸！她们会要我把他弄干净！

你将来也必须经历这种耻辱，老板，虽然你正年轻。你注意。留心听我的话，跟着我走，再也没有其他的补救方法了。让我们爬到山上去，在那里开采煤、铜、铁和炉甘石，赚一大笔钱，那么亲戚们就会尊敬我们，朋友们就会舔着我们的靴子，所有的有钱人都会向我们举起他们的帽子。如果我们不成功，那还不如死掉，被野狼、熊或是我们能够碰到的任何野兽杀死，这对它们来说是件好事，这就是上帝派野兽到地球上来的原因了：干掉一些像我们这样的人，以免他们堕落得太深。

左巴在这里用彩色的铅笔画了一个又瘦又高的男人，他在几棵绿色的树下逃窜着，七只红色的狼在他身后紧追不舍，画的上方有几个大字：左巴和七宗罪。

随后他接着写道：

171

从这封信中，你一定看出我是一个多么不快乐的人。只有和你在一起时，我才能通过与你交谈，将自己从精神不健全的状态中解放出来。因为你很像我，只不过你不知道而已。同样地，你体内也有一个魔鬼，但是你还不知道他的名字，而且正因为如此，你才会感到压抑。为他命名吧，老板，这样你就会觉得好过一点！

我是多么不快乐，我清楚地看出，除了愚钝之外，我一无所有。有时候，我脑海里整日整夜都装着伟大的思想，只要我能够依照内心的左巴告诉我的话去做，举世都将为之震惊！

我和生命签订的合同并没有期限，在最危险的斜坡上，我也不踩刹车。人的生命是一条起起伏伏的路，所有理性的人都会踩刹车。但是，我完全不怕颠簸，从来不踩刹车，这也许就是我的独特之处。夜以继日，我开足马力，随心所欲地前进，大不了就是一败涂地，撞得粉碎。我还有什么可以失去呢？一点也没有。假使我慢慢来，就不会落得相同的下场吗？当然会！因此让我们勇往直前吧！

我相信你现在一定在笑我，老板，但是我要写下我的蠢话，或者，如果你喜欢的话，这些就是我的感想，或者我的弱点！这三者之间有什么差别？我真的说不出来。我要写出来，如果你还没有厌烦，你一定会大笑，一想到你会笑，我也就笑了。这就是为什么世界上的笑声从不停止，每个人都有他的蠢念头，但是在我看来，最大的蠢念头乃是没有蠢念头。

因此，我正在干地亚理清自己的蠢念头，而且，老板，我要把所有事情告诉你，因为我希望征求你的建议。虽然你还年轻，但是你读过古老而充满智慧的书，这让你变得——如果你不介意我这样说——有点老古板，因此我想听听你的建议。

嗯，我认为每个人都有独特的气味。我们并没有留意这件事，因为气味混在一起了，我们不能分辨哪一种是你的，哪一种是我的。我们只知道一种臭气，那就是"人类"，我的意思是"人类的恶臭"。有些人猛嗅着它，仿佛它是薰衣草，它让我想吐。好了，我们说点别的吧。

我想说的是——我又要松开刹车了——女人们像狗一样有潮湿的鼻子，闻得出哪一个男人爱慕她，哪一个男人不要她。因此，即便我已经老了，丑得像一只猿猴，也没有漂亮的衣服，但在我所到过的市镇，仍然还有一两个女人追我。她们嗅得出我！这些女人！上帝祝福她们！

我第一天平安到达干地亚时，天色已经昏暗了。我直接奔向商店，但是它们都打烊了。我走进一家旅馆，喂了骡子一些粮草，我喂饱自己，并把自己洗干净。我点了一根香烟，出门到四处看了看。在这个城市里，我不认识任何人，也没有人认识我，我是完全自由的，我能够在街上吹口哨、大笑、自言自语。我买了一些咸炒南瓜子，一点点地吃着吐着，尽情地闲逛。街灯亮了，男人们饮着他们的开胃酒，女人们正要回家，空气中飘着香粉、香皂、茴香酒和烤肉串的气味。我自言自语："听着，左巴，你还能活多久呢？你能用鼻子吸气的日子不多了。老兄，尽你所能继续深深地呼吸吧！"

我在大广场上走来走去——你知道我说的是哪个广场。

173

突然间——赞美上帝——我听到叫声、歌舞声、铃鼓声和一些东方人的歌声，我竖起耳朵，跑向声音传来的地方。那是一间卡巴莱酒馆，这正合我的心意。我走进去，坐在一张小桌子旁，正好面对前方。我为什么如此大胆呢？正如我所说的，没有人认识我，我是完全自由的。

一个高大的呆女人，撩起她的裙子在舞台上跳舞，但是我一点也不感兴趣。我叫了一瓶啤酒，这时有一个长相甜美、皮肤略黑、身材娇小的女人进来，坐在我旁边，她涂着厚厚的脂粉。

"老伯，你介意吗？"她笑着问我。

一股血液冲上我的头顶，我感到一种可怕的冲动，想要拧断她的脖子，但是我忍住了，我可怜"雌性的人类"，因此我叫来一个侍者。

"两瓶香槟!"

老板，原谅我！我花了你的钱，但这实在是一种可怕的侮辱，我必须保全我们的名誉，你的名誉和我的名誉，我必须把那个小女人带到我们跟前跪下，我真的必须这么做。我知道你绝不会看着我在艰难的时候束手无策！因此我说："侍者，两瓶香槟!"

香槟来了，我还叫了饼，然后又加了一些香槟。一个人带着一些茉莉花走上前来，我买下一整篮，并且把花全部倒在这个胆敢侮辱我们的、天真烂漫的小女人的膝上。

我们喝了又喝，但是，老板，我发誓我连捏都没捏她一下，我知道我是什么货色。年轻时我最常做的便是捏她们，和她们玩。但是现在我老了，我首先要做的便是花钱，献殷勤。

女人十分喜欢被这样款待，她们对你如痴如狂。你可能是个驼背、老废物，丑得像一只虱子，她们会忽略这一切。她们看不到其他的东西，只看得到拿出钱来的手，这手像破了洞的篮子一样，钱从这篮子中溜走。因此，正如我所说的，我投下资本——老板，愿上帝祝福你，回报你一千倍——而上面所提到的女人缠住我了，她越靠越近，她的小膝盖紧靠着我瘦骨嶙峋的长腿。虽然我的内心火热而烦乱，但是我表现得就像一块冰一样，这就是使女人心慌意乱的秘诀，你最好学习学习，万一你发现你自己正处于同样的状态之下，它可能对你很有帮助：让她们察觉到你内心燃烧似火，但你不碰她们！

过了午夜，灯开始熄了，酒馆打烊了。我拿出一卷一千德拉克马的钞票，结了账，并且给待者一笔可观的小费。小女人依偎在我的身边。

"你叫什么名字？"她用一种害相思病的声调问我。

"老伯！"我激愤地回答。

这厚颜无耻的小女人紧紧地贴着我，耳语道："和我一起走……和我一道走！"

我抓住她的小手，以一副很懂的样子回答："那就走吧，小东西……"我的声音沙哑了。

剩下的事，你能猜到，老板，我们各自用上了自己的拿手本领，然后就睡着了。当我醒过来的时候，已经是中午了。我四下看了一下，你猜你看到什么？一个迷人的小房间，崭新的沙发椅、脸盆、肥皂、香水瓶、大大小小的镜子，墙上挂着颜色艳丽的衣服和一大堆照片：海员、官吏、船长、警察、舞娘、只穿了一双拖鞋的女人。睡在我身边的这个女人暖暖的，散发着香水味，披着波浪形的头发，这个雌性的人类！

"啊！左巴，"我闭起眼睛自言自语，"你还活着就已经进入天堂了！这是多好的地方呀！不要动！"

我曾经告诉过你，老板，每个人都有他自己独特的天堂。对于你，天堂里应该有足够多的书和大瓶的墨水；对于其他的一些人，则是有足够的葡萄酒、朗姆酒和白兰地；对于另外的一些人，则是一大堆钱；对我来说呢，天堂就是这个：一个芬芳的小房间，墙上挂着色彩漂亮的衣服、香皂、一张弹性好的大床，还有一个雌性的人类在我身边。

认错，就是悔改了一半。那一天，我并没有出门，我要到什么地方去呢？我要做什么事呢？没有那回事！我在这里很好。我送了一张订单到镇上最好的小饭馆去，他们为我们送来了一大盘食物，都是上好的、补充精力的食品：黑鱼子酱、排骨、鱼、柠檬汁、土耳其甜点。我们再度料理了我们的小事，又睡了一个午觉。到了晚上，我们醒过来，穿上衣服，勾着手臂又到酒馆去了。

长话短说，以免你听烦了，这段旅程仍在继续。但是你不要担心，老板，我也在料理你的小事。我时常到商店里去，我要买钢索和我们需要的一切东西。你别担心，快则一天，慢则两天、一个星期，甚至一个月，那有什么关系呢？正如我们所说的：如果猫太匆忙，它会生下奇怪的小猫[1]。为了你的利益，我竖起耳朵探听一切事情，而且我很清醒，不会被

1 意为忙中有错。

骗。钢索一定要最高级的,否则我们的计划就会失败。因此,忍耐吧!老板,请相信我。

总之,不要为我的健康担心,冒险对我来说最适合不过了,几天之内我会再度变成二十岁的年轻小伙子。我如此强壮,我告诉你,我长了一副新牙齿。我到这里时,我的背有一点疼,现在我活蹦乱跳。每天早晨我照镜子,我都为自己的头发没有在一夜之间变得像鞋油那么黑而感到奇怪。

你问我为什么要写信告诉你这种事?好吧……对我来说,你是那种听人忏悔的牧师,老板,向你承认我所有的罪行我不会感到不好意思。你知道为什么吗?就我所知道的来说,无论我做对或做错,你都表现得一点也不在乎。你像上帝一样拿着一块潮湿的海绵,啪啪几下!你就把一切都擦掉了,所以我向你倾诉一切。因此,注意听吧!

我把一切都弄得乱七八糟,而且我几乎快发疯了。老板,请你一接到我的信就务必动笔写信给我,接不到你的回信,我就如坐针毡。我想,现在我的名字不仅已经从上帝的名册中被删掉了,并且还从魔鬼的名册中被删掉了。我想,我的名字只在你的名册上,我已经无所依靠了呀!只有尊敬的您可以依赖,因此,听听我要说的话,事情是这样的:

昨天,干地亚附近的一个村庄举办了庆祝会——他妈的,谁知道他们在为哪个圣徒庆祝。洛拉……真是要命,我一直忘了介绍了,她的名字叫洛拉,她对我说:

"老伯!"她又叫我老伯了,但是现在它是一种昵称。"老伯,"她说,"我想去参加这个庆祝会!"

"那就去吧,伯母。"我对她说。

177

"但是我想和你一道去。"

"我不去，我不喜欢圣人。你自己去吧!"

"好吧! 我也不去了。"

我注视着她。

"你不去? 为什么不去? 你不是想去吗?"

"如果你和我一起去，我就去。如果你不去，我也不去。"

"为什么不去呢? 你是一个自由人，不是吗?"

"不，我不是。"

"你不要自由?"

"不，我不要。"

我想我一定是幻听了。真的。

"你不要自由?"我叫道。

"不，我不要! 我不要! 我不要!"

老板，我正在洛拉的房间里，用洛拉的纸写这封信给你，请你务必要仔细地听我说。我认为只有想要自由的人才是人，女人不要自由，那么，女人是人吗?

请你务必尽快回信给我。

祝最好的老板万事如意!

我，亚历克西斯·左巴

读完左巴的信之后，我同时有了两种心情——不! 三种! 我不知道是应该生气，还是应该笑，还是应该惊叹这个原始人直接打破了生命的外壳——逻辑、道德、诚实——并且直接得到了它真正的要义。他缺乏所有有用的美德，不满足、爱冒险是他的特点，这使他总是不由自主地走向极限与深渊。

当他写东西的时候，这个无知的工人不耐烦地弄坏了他的笔。像脱下猴皮的初民或伟大的哲学家一样，他被人类的基本问题所支配。他与这些问题生活在一起，把它们看作当务之急。他像孩子似的，看所有的事情都像是第一次，他总是诧异地想"为什么"，每一件事情对他而言都不可思议。每天早晨他睁开眼睛，看到树木、海洋、石头和鸟，都不禁大吃一惊。

"这是什么奇迹？"他叫道，"所谓的树木、海洋、石头和鸟中有什么奥秘？"我想起有一天，我们在去村里的路上遇见一个矮小的老人，他跨坐在一头骡子身上，左巴注视着这个牲畜，他的眼睛睁得大大的，他如炬的目光吓得这个老人大叫起来：

"看在上帝的分上，老兄，不要用这种魔鬼的目光看它！"他画着十字。

我转向左巴。

"你对这位老兄做了什么？让他这样大叫？"我问他。

"我？你以为我做了什么？我在看他的骡子，如此而已，老板，它有没有让你想起什么？"

"什么？"

"嗯……这个世界上有很多像骡子一样的东西！"

他把桑图尔琴放在膝上，开始弹奏起来。我抬起眼睛看他，他的神情渐渐变了，一种粗犷的喜悦占有了他，他摇动他细长而起皱的脖子，开始唱了起来。

马其顿的歌，希腊游击队的歌，野兽的叫声，人类的喉咙仿佛变成了史前时代的样子，那时叫声是一种庞大的综合体，那里面蕴含着今天我们称之为诗、音乐和思想的东西。"呀！呀！"这个叫声来自左巴生命的深处，文明的薄薄的外壳仿佛破裂了，放出不朽的野兽，多毛的神，令人害怕的大猩猩。

褐煤、利润、亏损、奥尔唐斯夫人以及将来的计划完全消失了。那叫声所向无敌，我们不再需要其他的任何东西了。我们一动不动地站在孤独的克里特岛海岸上，两个人的心中都充满了生命的痛苦和甜蜜。而今，痛苦和甜蜜不存在了。太阳西下，夜晚来临，大熊星座在空中闪耀。月亮升起，恐惧地凝望着两个在沙滩上唱歌的、一无所惧的小野兽。

"哈！人是野兽，"左巴突然说，他唱歌唱得太兴奋了，"丢掉你的书本吧！你不觉得可耻吗？人是野兽，野兽是不读书的。"

他静默了一会儿，然后笑了。

"你可知道，"他说，"上帝是如何创造人的？你可知道人这种野兽对上帝说的第一句话是什么？"

"不知道。我怎么知道？我当时又不在场。"

"我在！"左巴叫道，他的眼睛发亮。

"那么，告诉我吧。"

带着点心醉神迷，又带着点嘲弄的意味，他开始捏造人类神秘的、令人难以置信的故事。

"那么，老板，听着！有一天早晨，上帝醒过来，觉得很无聊。'我算他妈的什么上帝！没有一个人给我烧香，以我的名义起誓，帮我打发时间！我像一只老鸣角鸮一样孤独地生活，我真厌倦了这种生活。'呸！他吐了一口唾沫在手上，卷起袖子，戴上眼镜，拿了一些土，吐了一些口水在上面，把土弄成泥巴，捏匀了，做成一个小人，他把小人放在阳光下。

"七天之后他把小人从阳光下拖出来。小人干了，上帝看着小人捧腹大笑。

"'他妈的,'他说,'这就是一只用后脚站立的猪!这全然不合我意!没错,我把事情搞砸了!'

"于是他抓住小人的后颈把小人提起来,踢了小人的屁股一下。

"'去吧!滚开!你现在要做的是制造其他的小猪,地球是你的!现在,跳到地球上去吧!一、二、一,齐步走!'

"但是,他根本不是猪!是不是?他戴着毛毡帽,随意地披着一件夹克,穿着笔挺的裤子和带有红穗子的土耳其拖鞋。他的腰带上——这一定是魔鬼给他的——别着一把锐利的匕首,上面雕刻了这些字:'我会抓到你的!'

"这就是人!上帝伸出他的手,希望得到吻,但是人捻着他的胡子说:'来,老家伙,让开路!让我过去!'"

左巴停了下来,他看到我大笑,显出不悦的神情。

"不要笑!"他说,"那是确实发生过的事儿!"

"你怎么知道?"

"我觉得就是这样,而且如果我是亚当的话,我一定会这么做。我打赌,如果亚当不是这么做的,就让我身首异处。你别相信书本上的话,我是你唯一应该信任的人!"

他没有等我回答,他伸出他的大手,重新开始弹奏桑图尔琴!

我仍然拿着左巴写给我的香喷喷的信,上面画着被箭穿过的心。我回忆起与他共度的日子,在那些日子里,他充满了我的生活。在左巴的陪伴下,时间有了新的滋味,不再是相继发生的事在数字上的积累;从里面看,它不再是一个无法解决的哲学难题。它是被细心筛过的温暖的沙,我感觉到它正缓缓地从我的指缝间漏下去。

"愿上帝赐福左巴！"我喃喃地说，"他给那些在我心中颤抖着的抽象概念带来了温暖的、可爱的、生气勃勃的实体。他不在的时候，我又开始颤抖了。"

我拿了一张纸，叫一名工人发出一封加急电报：

"马上回来！"

第十四章

三月一日，礼拜六，下午。我靠在海边一块岩石上写作。那天我看到了第一只燕子，心中十分喜悦。佛陀的符咒源源不绝地涌上纸面，我与他之间的争斗已经缓和下来了，我不再张皇焦虑，我知道我已经获得解脱了。

我突然听到一阵踩在细石上的脚步声。我抬起头来，看到我们的老海妖正沿着海岸摇摇摆摆地走过来，打扮得像艘战船。她通身发热，呼吸急促。她似乎在忧虑些什么。

"有信吗?"她焦急地问。

"有!"我笑着回答，并且站起来迎接她，"他写了好多好多问候的话给你，说他日日夜夜都在想念你，他茶饭不思，他发觉别离是多么难受。"

"他只写了这些吗?"这个不幸的妇人气喘吁吁地问。

我替她难过。我从口袋里掏出他的信，装出在念的样子。老海妖张开嘴，眨着小眼睛，屏着呼吸，全神贯注地听着。

我假装在念，而且越来越投入，我装出看不懂左巴的字迹的样子：

"老板，我昨天走进一家便宜的小吃店去吃饭。我肚子饿了……那时我看到一个极为漂亮的女郎走进来，真是天女下凡……老天爷！她看起来简直像极了我的宝宝琳娜！一道水立刻像喷泉般从我的眼睛里涌了出来，我的喉咙中有块东西哽着……我咽不下去！我站起来，付了账就离开了。老板，像我这种很少会想到圣徒的人，竟会如此感动。我跑到圣米纳斯教堂，点了一支蜡烛。'圣米纳斯啊，'我祈祷着，'让我获得我心爱的安琪儿的好消息吧，愿我们的翅膀能很快地结合在一起！'"

"哈，哈，哈！"奥尔唐斯夫人爆出一阵笑声，她的脸上露出喜悦的神情。

"你在笑什么呢？我的好夫人。"我停下来喘了口气，好捏造更多谎言，"你在笑什么呢？如果是我的话，我更想哭。"

"但愿你知道……但愿你知道……"她咯咯地笑着，接着又大笑了起来。

"什么事？"

"翅膀……那个坏蛋，他就是这么称呼脚的。当我们两个单独在一起的时候，他就给它们取了这个名字。他说，愿我们的翅膀结合在一起……哈哈哈！"

"那么，听一听他下面怎么说。你准会大吃一惊的……"

我翻过另一面，又装出在念的样子：

"今天，当我走过一家理发店的时候，理发匠在外面倒了一盆肥皂水。整条街上都充满了香气，我又想起了宝宝琳娜，所以又哭了起来。老板，我再也不能和她分离了……我会发疯的……看，我甚至还写了诗，前天晚上我睡不着觉，便动笔为她写了一首小诗……我希望你把它念给她听听，好让她知道我是多么痛苦……

啊！但愿你我能在小路上相见，

它虽狭窄，却足以容纳我俩的悔恨！

就算我被磨成面包屑，被剁成肉泥，

我支离破碎的骨头还有力量

朝你飞奔！

奥尔唐斯夫人，她的眼睛呆滞，半睁半开，快乐地凝神谛听。她甚至还把那条小丝带从脖子上解下来——它勒得她几乎窒息，让她脸上的皱纹一下子都浮现出来了。她默默地微笑着，又快乐又满足，她的心思似乎已经飘到遥远的地方去了。

三月天，绿草如茵，黄的、红的、紫的小花都开了。清澈的水上，成群的白天鹅和黑天鹅在歌声中交欢。雌的白，雄的黑，殷红的喙半启半闭。蓝色的海鳝闪闪发亮地跃出水面，紧紧地和大黄蛇缠绕在一起。奥尔唐斯夫人又回到了十四岁，她在亚历山大、贝鲁特、君士坦丁堡的东方毛毡上跳舞，然后又到了克里特岛的海边，站在洗刷得发亮的船甲板上……她现在已经记不太清楚了。

记忆渐渐变得混乱了，她的胸部起伏着，海岸为之噼啪作响。当她跳舞的时候，海上忽然布满了船，船首金光闪闪，甲板上有五彩缤纷的营帐和丝绸做的军旗。一整队的帕夏从营帐里走了出来，他们的毡帽正中央配着金穗子。富有的贝伊捧着丰盛的供品，带着他们忧虑的、还没长出胡须的儿子们前来朝觐。舰队司令们也来了，他们的三角帽光耀夺目。还有水手们，他们的白领闪闪发亮，宽大的袖子被风吹得噼啪响。年轻的克里特岛人跟在后面，他们穿着浅蓝布做成的、在风中鼓胀着的马裤，脚穿黄马靴，头上系着黑巾。过了好一会儿，左巴出来了。他身材硕大，由于纵欲过度而变得消瘦，手上戴着巨大的订婚戒指，灰白的头上戴着一顶橘花编成的冠冕……她这多彩多姿的一生里所认识的每一个人都从船里走出来，一个也没遗漏，甚至连一天晚上在君士坦丁堡带她到海上去的那个牙齿不全、驼背的老水手也没漏掉。他们全都走了出来，一个不落，而在背景上，噢呵，交织着海鳝、蛇、天鹅！

那些人走过来，围在她四周。他们聚成一簇一簇的，恍如春天动情的蛇聚在一起，昂着头，嘶嘶地叫着。在这群人中央，奥尔唐斯夫人全身赤裸，汗水淋漓。她张着嘴，露出尖尖的小牙齿，顽强、贪婪、双乳耸起，历经过十四个、二十个、三十个、四十个、六十个夏天的她也在嘶嘶地叫着。

什么都没有失去，一个爱人也没有死掉！在她枯萎的胸膛里他们全都复苏了，穿着阅兵时的盛装。奥尔唐斯夫人仿佛是艘高贵的三桅战船，她所有的爱人——她为此辛劳了四十五个年头——一齐登上她，爬过舱房，上了船舷，过了绳索，而她则千疮百孔，带着修修补补的痕迹驶向她殷切盼望的最后的重要港口：结婚。左巴扮出一千个脸孔：土耳其的、欧洲的、亚美尼亚的、阿拉伯的、希腊的，当她抱着他的时候，相当于抱着一整支庄严的、看不到尽头的队伍……

老女妖突然意识到我的信已经念完了，她的幻象骤然消失，她睁开了她沉重的眼睑：

"再没有了吗？再没有了吗？"

她以谴责的语气说，贪婪地舔着嘴唇。

"你还想要什么呢，奥尔唐斯夫人？你没看到吗？整封信除了谈你以外什么都没有谈。看，整整四张纸！而且在角落上还有一颗心呢。左巴说是他亲自画的，用他自己的手。看，爱把它刺穿了。还有，看，下面有两只鸽子依偎在一起，它们的翅膀上有几个用红墨水写的小得几乎看不见的字母，是两个连在一起的名字：奥尔唐斯－左巴。"

那上面既没有鸽子也没有名字，可是老女妖的小眼睛里充满了泪水，它们希望看到什么，就会看到什么。

"没有别的了？没有别的了？"她仍然意犹未尽地追问着。

翅膀、理发匠的肥皂水、小鸽子——尽是一堆卿卿我我的情话，可是那全是胡诌出来的。她那颗妇人的脑袋还想要一些别的东西，更实际、更具体的东西。她一生当中听过多少次这样的鬼话呢！而那对她有什么好处呢？在辛苦工作了这么多年之后，她被遗弃了，孤独、瘦长而干瘪。

"没有别的吗？"她再度责怪地问道，"没有别的吗？"

她注视着我，她的眼神就像海湾那头的母赤鹿。我同情她。

"他还说了一件非常非常重要的事，奥尔唐斯夫人，"我说道，"所以我就把它留到最后才说。"

"是什么呢？"她松了一口气，问道。

"他说，只要他一回来，他就要泪汪汪地跪下来恳求你嫁给他。他再也等不下去了。他说，他要让你成为他的妻子，奥尔唐斯夫人，这样你们就永远不分离。"

这次她真的喜极而泣了，这对她而言是最大的喜悦——殷切盼望的海港，这正是她到现在还在遗憾没有得到的！能安稳地、名正言顺地找到归宿，夫复何求！她用双手捂着眼睛。

"好的，"她带着一种贵妇人降尊纡贵的神情说道，"我接受。可是请你写信给他，说我们村里还没有橘花花环，他必须从干地亚带回

187

来。他还要带两支蜡烛、粉红丝带及糖渍扁桃仁。然后，他要为我买一套结婚礼服，白色的，还有丝袜和绸布礼鞋。告诉他，我们有被单，所以他不必买了。我们也有一张床了。"

她安排着她的采购单，已经把她的丈夫当作小厮使唤了。她站起身来，俨然一副有夫之妇的庄重面孔。

"我有一件事情要请求你，"她说道，"一件十分正经的事情。"然后她激动得耽搁了一会儿。

"说下去啊，奥尔唐斯夫人，我一定为你效劳。"

"左巴和我都非常喜欢你。你心肠太好了，你一定不会让我们丢脸。你愿不愿意当我们的证婚人？"

我颤了一下。从前，在我父母亲家里，我们有一个老女佣，叫黛曼多拉。她已经六十岁出头，是一个长着髭毛、快要被单身生活逼疯、神经兮兮、干瘪而又平胸的老处女。她爱上了当地杂货店的小厮米佐——一个肮脏、肥胖、没有髭毛的乡下小伙子。

"你什么时候才能跟我结婚呢？"每个礼拜天她老是这样问他，"现在就娶我吧！你怎么能够等那么久呢？我受不了了！"

"我也受不了了！"那个狡黠的杂货店小厮说道——他只是想诱骗她常来买东西，"我再也忍耐不下去了，黛曼多拉；可是还是一样，要等到我长出跟你一样的小胡子时我们才能结婚……"

好几年就这样过去了，老黛曼多拉等待着。她冷静下来，头痛的情况也少了，她那从来没有被吻过的嘴唇也学会微笑了。她洗起衣服来更加细心，打碎的盘子少了，并且煮东西绝不会烧焦了。

"你肯来当我们的证婚人吗，少爷？"一天晚上她偷偷地问我。"当然肯喽，黛曼多拉。"我回答道，有块硬的东西哽在我的喉头。

那个情景紧紧地缠绕着我的心，所以当我听到奥尔唐斯夫人也这

188

样请求我时，我就不觉颤了一下。

"我当然愿意，"我回答道，"这是一项殊荣，奥尔唐斯夫人。"

她站起来，轻轻地拍了拍她小帽子下面系着的小环，并且舔舔嘴唇。"晚安，"她说，"晚安，愿他早日回到我们身边来！"

我目送着她迈着做作的少女步态，扭动她那老迈的身体，摇摇晃晃地走开。喜悦赐给她翅膀，她那双破旧不堪的鞋在沙滩上留下深深的脚印。

她还没有绕过岬角，海岸那头便传来阵阵的尖叫和哀哭的声音。

我一跃而起，向发出声音的地方奔去。在对面的岬角上，妇人们的号叫声此起彼伏，仿佛唱着挽歌。我攀上一块岩石眺望。男男女女都从村子里跑过来，狗在他们后面放声狂吠。有两三个人骑着马跑在前面，扬起一大片尘土。

"出事了。"我一面沿着海湾跑过去，一面想道。

喧嚷声越来越大了。两三片春天的云静静地挂在夕阳的余晖里。年轻圣女的无花果树覆满了翠绿的嫩叶。

奥尔唐斯夫人突然头发散乱，上气不接下气，步履蹒跚地朝着我跑了回来。她的鞋子掉了一只，她把它抓在手里，边跑边叫。

"天哪……天哪……"她一看到我就抽泣了起来。她绊了一跤，差点就跌倒。

我一把抓住她。

"你在喊什么呢？出什么事了？"我帮她穿上她那双破鞋。

"我好怕……我好怕……"

"怕什么呢？"

"怕死。"

她的恐惧使空气中充满死亡的气氛。

189

我抓起她软弱的手臂，要带她到那边去，可是她那老迈的身子不由自主地颤抖着。

"我不要……我不要……"她叫道。

这个可怜虫害怕走近一个死亡出现过的地方。一定不能让卡戎[1]看到她或想起她……就像每一个老人一样，我们的老女妖想把自己隐藏起来，覆上青草般的绿色或是泥土的颜色，好让卡戎把她看成青草或泥土。她把头缩进她那肥胖滚圆的肩膀里，不停地颤抖着。

她费力地走向一棵橄榄树，把她那件补了又补的外衣摊平，然后躺在地上。

"把这个盖在我身上，好吗？把这个盖在我身上，你就过去看一看吧。"

"你觉得冷吗？"

"是的。把我盖起来。"

我小心翼翼地为她盖上，令她看似和泥土没有区别，然后，我走开了。

我走到岬角，现在可以十分清晰地听到哀歌了。米米可从我身边跑过去。

"米米可，什么事？"我问道。

"他跳海自杀！跳海自杀！"他吼道，并没有停下脚步。

"谁？"

"帕夫里。马夫朗多尼的儿子。"

"为什么？"

1　卡戎（Charon）：希腊神话中，在冥河上渡亡灵往冥府之神。

190

"那个寡妇……"

这几个字凝结在傍晚的空气里，并且召唤出那个女人危险、柔软的身躯来。我走到岩石上，才发现全村的人都聚集在那儿。男人们脱下帽子，默默不语；妇人们把她们的头巾甩到肩膀后面，扯着头发，发出惊心动魄的哀号。一具浮肿、瘀黑的尸体躺在布满卵石的海滩上。老马夫朗多尼僵直地站在它前面，凝视着它。他的右手拄着拐杖，左手捻着他卷曲的胡子。

"该死的寡妇！"一个可怕的声音说道，"上帝会让你得到报应的！"

一个妇人跳了起来，转过身面对着男人们。

"难道这个村子里就没有半个男人把她抓来，按在膝盖上，然后像宰羊一样割断她的喉咙吗？呸！你们这些懦夫！"

她啐着男人们，他们一语不发地望着她。

康多马诺利奥，餐馆的老板，回答她说：

"不要侮辱我们，疯凯特琳娜，"他咆哮道，"不要侮辱我们，你会看到我们村子里还有一些男人，一些帕里卡尔[1]！"

我再也按捺不住了！

"你们都不要脸！"我喊道，"这和那个女人有什么牵连呢？那是天命注定的。你们不怕上帝吗？"

可是没有人搭腔。

马诺拉卡斯，那跳海者的表兄，俯下他的壮硕身体抱起尸体，领头走回村里去。

妇人们尖叫着，抓着她们的脸，扯着她们的头发。当她们看到尸体被带走的时候，她们跑过去拉它。可是老马夫朗多尼挥动拐杖把她

---

1 帕里卡尔（Palikar）：1821—1828 年抗击土耳其的希腊民兵。

们赶开，他走在队伍前面，其次是唱着挽歌的妇人们，男人们则默默地走在最后面。

他们消失在暮色里。你可以再度听到大海安宁的呼吸声。我环顾四周，只剩下我一个人。

"我要回去了！"我说道，"上帝啊，这件事总有一天会有公论的！"

我走在路上，深深地思索着。我敬仰这些人，他们热切地关心着人类的苦难：奥尔唐斯夫人、左巴、寡妇，以及苍白的帕夫里——他已经如此勇敢地跳下海去摆脱他的愁苦，还有凯特琳娜，她咆哮着，要他们像宰羊一样割断那寡妇的喉咙，还有马夫朗多尼，强抑住哭泣，甚至不愿当众说一句话。只有我一个人，又无能，又理智，我的血液没有沸腾，也没有用热情去爱、去恨。我仍然想用懦弱的方法把事情处理得有条有理，把一切事情推到命运的门口去。

在暮色中，我还依稀可以看到阿纳格诺斯蒂老爹坐在一块石头上。他用他那根长手杖顶着下巴，正在凝视着海。

我跟他打招呼，可是他没听到。我向他走去，他看到了我，摇了摇头。

"可怜的七情六欲！"他喃喃道，"糟蹋了太多年轻的生命！那可怜的年轻人忍受不了他的愁苦，所以他跳海自杀了。现在他得救了。"

"得救？"

"得救了，孩子，是的，得救了。他活着还能做什么呢？如果他娶了那寡妇，马上就会起风波，甚至还可能有丑事发生。她就像一匹传种牝马，那个不要脸的女人！只要她一看到男人，她就开始不停地嘶叫。他若是不娶她，那对他来说将是一种终身的苦刑。因为他始终会认为他已经错过了一生的幸福！前面是一个张开大口的无底深渊，后面则是悬崖，他进退两难啊！"

"不要那样说，阿纳格诺斯蒂老爹，你会让每个听到这些话的人感到悲观！"

"算了吧，不要那么害怕。除了你之外谁也不会听到的。即使他们听到了，他们会相信我吗？看，还有什么人比我更幸运？我有田、葡萄园、橄榄树，还有一栋两层的楼房。我富有，又是村子里的长老。我碰到一个贤惠体贴的女人，她替我生的都是男孩子，她从来没有对我怒目相视。我的孩子们是好父亲。我没有什么可以抱怨了。我也有了孙子，我还能够再祈求什么呢？我的根扎得这么深。但是如果我必须重新开始我的生命，我要和帕夫里一样，在脖子上绑一块石头，跳进海里去。生活是艰苦的，我的天啊，它是艰苦的，连最幸运的生活都是艰苦的，见鬼去吧！"

"那你还缺什么呢？阿纳格诺斯蒂老爹，你在抱怨什么呢？"

"我什么也不缺，不错！可是你去问问人心看看！"

他静默了一会儿，然后又望着渐渐黯淡的海。

"哦，帕夫里，你做得对！"他挥舞着他的拐杖喊道，"让妇人们去尖叫，她们都是妇人，没有脑筋。你现在得救了，帕夫里——你爸爸知道这点，所以他才一句话也不说！"

他注视着天空和业已朦胧难辨的群山。

"天色已经晚了，"他说，"最好回去吧。"

他突然停下来，似乎后悔失言说了那些话。他仿佛泄露了一个重大的秘密，现在想把它收回来。

他把他那干瘪的手搭在我的肩上。

"你还年轻，"他微笑着向我说道，"别听信老头子的话。如果全世界都听老头子的话，世界就会立刻毁灭。倘若你邂逅了一个寡妇，就抓牢她！结婚，生子，别迟疑！麻烦本来就是专门为年轻人

193

而生的!"

我回到我的海滨,生起火来煮晚餐。我又倦又饿,于是狼吞虎咽地吃了起来,让自己耽溺在兽性的快感之中。

米米可那颗扁平的小头突然从窗外探了进来,看到我蹲在炉火边吃饭,他狡黠地笑了。

"你来干什么?米米可。"

"老板,我带点东西给你……从寡妇那边……一篓橘子。她说它们是她园里最近出产的……"

"从寡妇那边?"我大吃一惊,说道,"她为什么要送我这些东西呢?"

"她说是因为你今天下午在村民面前为她说的那些好话。"

"什么好话?"

"我怎么知道?我只是把她讲的话转达给你,仅此而已。"

他把橘子倒在床上。整间木屋充满了芳香。

"告诉她我非常感谢她的礼物,同时,我要劝她小心点。她必须检点一些,无论如何都不能在村子里露面,听到了没有?她必须在家里躲一段时间,直到这个不幸的事件被人们淡忘为止。你听懂了没有?米米可!"

"就只有这些吗?老板。"

"就是这些,现在你可以走了。"

米米可对我挤了挤眼睛。

"就只有这些吗?"

"滚开!"

他走了。我从这些多汁的橘子之中拿起一个剥开来,它像蜜一样甜。我躺下,睡着了,整个晚上我都在橘林里徘徊。一阵暖风拂来,我敞开胸膛迎了上去，我的耳朵上夹着一枝芳香的罗勒嫩枝。我是个二十岁的年轻农夫，我在橘林里漫步，吹口哨，等待。我在等谁呢？我不知道，可是我已经心花怒放。我捻着我的唇髭，整夜听着海的声音，那声音恍如一个女人躲在橘树后面轻叹。

第十五章

那天刮着猛烈的南风，它从非洲沙漠越过地中海热腾腾地吹过来。一道又一道的细沙在空气中纠缠、翻滚，然后进入人们的喉咙和肺部。人们的嘴里都进了沙，眼睛都黯淡无光，如果想要吃一片没有沾到沙的面包，必须把门窗紧紧地锁住。

在那些沉闷而令人窒息的日子里，我被盛行在春天的不安情绪折磨着，一种怠惰的感觉，一种积聚在心中的紧张情绪，一种遍布全身的激情，一种对于巨大而单纯的快乐的渴求。

我踏上铺满石子的山路。我有一种突如其来的冲动，想去探访米诺斯城，经过了三四千年，它又重新出现在地面上，再度在它所钟爱的克里特岛的阳光下取暖。我想，也许步行三四个小时的疲倦能够缓和那种春天带来的不安。

裸露的灰石头发着亮光，我喜爱这荒山。一只猫头鹰栖息在一块石头上，睁开它滚圆的黄眼睛瞪视着，在强烈的阳光下它什么也看不到。它庄严、美丽，充满了神秘感。我的步履很轻，可是它的听觉更敏锐，它受了惊吓，无声无息地飞过石堆，消失了。空气中有一股百里香的清香。金色的荆豆花已经在荆棘中绽放出第一批纤弱的花。

当我看到那个倾圮的小城时，我像着了魔似的僵立在那儿。想必是正午左右了，太阳的光线垂直地洒落下来，把石头浸透在亮光中。在荒废的旧城市中，这是一天当中危险的时刻，因为空中充满了精灵的呐喊和喧哗。如果有一根树枝折断了，如果有一只蜥蜴跳出来，如果有一朵云在飘过时投下一片阴影，惊惶会立刻向你袭来。你所踩踏的每一存土地都是一座坟墓，你还能听到死者的呻吟声。

我的眼睛逐渐适应了强光，现在我已经看得到人类的手在废墟里留下的痕迹：这里有两条用闪闪发光的石子铺成的宽阔道路，路的两边有许多蜿蜒的仄径。小城正中央有一个圆形的市场，或者说是公共会场，紧邻着它的——表现出一种彻底民主的降尊纡贵——是旧日的国王宫殿，那里有成对的圆柱、巨大的石阶，以及无数的附属建筑物。

在小城的心脏地带，石块被踩平了，那儿一定是神庙的遗址。伟大的女神那硕大的双乳分开着，她拿着盘绕着蛇的武器。

到处都是小商店、榨油坊、打铁铺，以及木匠和陶匠的工场，就像一个设计精巧的蚁丘牢牢地筑在隐蔽的地方，里面的蚂蚁在数千年前就已消失无踪了。某处，一个匠人用带纹理的石头雕刻一只花瓶，可是他没来得及完成它，凿子从他手上掉落在那件未完成的艺术品旁边，几千年之后才被发现。

为何？为什么？永恒的、无解的、愚蠢的问题折磨着你的心。在这只未完成的花瓶前，艺术家的快乐与自信的被击得粉碎，这让你的心里充满了辛酸。

一个被太阳晒得全身鳌黑的小牧人突然从那坍塌的宫殿旁边的一块石头上站起来，露出黑色的膝盖。他鬈曲的头发上缠着一条系有穗子的手巾。

"那边那位老兄！"他大喊道。

我想一个人待着，所以装作没有听到。可是那个小牧人开始嘲笑我：

"哈！装聋，嗯？有没有香烟？给我一根！在这个空无一物的地方，我觉得人生真是烦透了。"

他把最后几个字拉得长长的，话语中透着悲凉，我替他难过。

我没有香烟，所以我拿钱给他，可是那个小牧人生气了：

"让钱见鬼去吧！"他咆哮道，"我要它干吗？我告诉你，我已经厌倦了一切的一切。我要一根香烟！"

"我一根也没有，"我沮丧地说，"我一根也没有。"

"没有香烟？"他已经克制不了自己，他用木杖敲打地面，"没有香烟，那么，你的口袋里装的是什么？它们装得鼓鼓的。"

"一本书、一条手帕、纸、一支铅笔、一把小折刀，"我回答道，把它们一样一样地从口袋里掏出来，"这把小折刀你要不要？"

"我已经有一把了。我所要的都已经齐备了：面包、乳酪、橄榄、小刀、做皮靴用的皮和一把钻子，我的瓶子里有水，什么都有……只是少了一根香烟！可是这样就好像我什么都没有了！你在这个废墟里到底在找些什么呢？"

"我在研究古迹。"

"那对你有什么好处呢？"

"没有好处。"

"没有好处。我也没有得到什么好处。这些都是死的，但我们还活着。你最好走开吧，快！上帝与你同在。"

"我就要走了。"我服从地说道。

我怀着莫名的焦躁，沿着羊肠小道走了回来。

我回过头看了一会儿，我看到那个如此厌倦他的孤独的小牧人，还站在那块石头上。他鬈曲的头发从黑手巾里露出来，在南风中飘动着。光线从他的头顶泻到他的脚下。我觉得我是在注视一尊青铜铸造的少年雕像。他把他的手杖扛在肩头，吹着口哨。

我选了另一条小路，走向海滩。温暖的微风夹着邻近的花园送来的馨香，不时轻抚着我。芬芳的泥土，澎湃的海浪，蔚蓝的天空亮得像钢。

冬天令人们的身心萎缩了，可是温暖接着来临，令人心胸开阔起来。

当我信步而行的时候，我突然听到空中有洪亮的鸣叫声。我抬起头来，看到一个我从小就常常为之深深感动的壮观景象：从温暖的国度归来的鹤群，排列成战斗队形掠过天空。就像传说中那样，它们的翅膀上，它们瘦削身躯的凹陷处，载着燕子。

永不失误的四季节奏，运转不止的生命之轮，轮流被太阳照射的地球的四面，生命的消逝——这一切再度使我感到十分压抑。伴着鹤群的鸣叫声，我心里再次响起了可怕的警告：所有人都只有一次生命，没有来世，此刻就应当及时行乐。除此之外，永远不会再有别的机会给我们。

一个人听到这个冷酷而又带着同情意味的警告，会决心征服自己的软弱、卑怯与怠惰，放弃那些虚幻的希望，用全部的力量去捕捉一去永不回头的每一分钟。

伟大的事迹涌上你的心头，而你清晰地看出，你是个迷失的灵魂，你的生命正慢慢消耗在细微的快乐、痛苦中，以及琐碎的谈话中。"可耻！可耻！"你喊叫着，并且咬着你的嘴唇。

鹤群已经掠过天空，消失在北方了，可是在我的脑海里，它们继续发出空洞的喊叫声，从一边的太阳穴飞到另一边的太阳穴去。

我向海边走去，我沿着水的边缘快步走动。一个人在海边走是多么烦躁啊！每个海浪，每只天上的飞鸟都在呼唤着你，向你叮咛你的责任。当有人相伴同行的时候，你们有说有笑，听不到海浪和飞鸟所讲的一切了。当然，也许它们什么也没说。它们看到你们在一片啁啾声中经过，于是就停止了呼叫。

我在细石上伸伸懒腰，然后就闭上了眼睛。"那么，灵魂是什么东西呢？"我思考着，"灵魂和海、云、芳香之间有什么秘密关系？也许灵魂本身就是海、云和芳香……"

我站起来，又开始往前走，我仿佛已做了一个决定。什么样的决定呢？我不知道。

突然我听到身后有声音。

"老天爷保佑啊，先生，你要到哪里去呢？去修道院吗？"

我转过身去，一个白发上缠着一条手帕的矮壮老人对我笑着挥手。一个老妪走在他后面，再后面跟着他们的女儿，一个深色皮肤的女孩，她眼光锐利，头上戴着一条白巾。

"修道院吗？"老头子问了第二遍。

我突然意识到我本来就决定要去那儿。几个月来，我一直想到海边那个专门给修女们住的小修道院去，可是我始终没有下定决心。我的肉体在那天下午突兀地为我做了那个决定。

"是的，"我回答道，"我要到修道院去，听听圣母颂。"

"愿她祝福你。"

他加快了脚步，赶上了我。

"你是不是在经营他们所说的煤矿公司？"

"不错。"

"那么，愿圣母保佑你赚钱！你对村子贡献很大，给不少要养家糊口的穷苦父亲带来了谋生的机会，愿你受圣母祝福！"

这个圆滑的老家伙，必定知道我们的情况不太理想，过了一会儿又加上了这些安慰的话：

"我的孩子，即使你没有赚到钱，也别担心，你不会吃亏，你的灵魂会直接进到天堂里去……"

"那正是我所盼望的，老爹。"

"我没受过教育，可是有一天我在教堂里听到了一句基督说过的话。它打动了我的心，我永远也忘不了：'卖了你所有的一切，'他说，'来买大珍珠。'大珍珠是什么呢？就是灵魂得救。你正是在买大珍珠哩，先生。"

大珍珠！多少次了，它在我的脑海中闪耀着光芒，宛如一颗巨大的泪珠！

我们开始迈动脚步，两个男的在前面，两个女的手牵着手走在后面。我们偶尔谈一两句话："橄榄花在树上开得久吗？天会下雨滋润一下大麦吗？"我们两个人一定都饿了，因为我们谈来谈去都是绕着食物打转。

"你最喜欢吃哪样菜呢，老爹？"

"都喜欢，我的孩子。说这一样好，那一样不好，这是很大的罪恶。"

"为什么？难道我们不可以选择吗？"

"不可以，我们当然不可以"。

"为什么不可以？"

"因为有些人在挨饿。"

我沉默了，心里感到惭愧。我从未达到这么高的境界，从未这样悲天悯人。

小修道院的钟响了起来，像女人的笑声一样轻快。

老人画了一个十字。

"愿受苦的圣母来拯救我们！"他喃喃道，"她的头上有一处刀伤，而且在淌着血。在海盗的时代……"

然后这个老人就开始绘声绘色地谈起了圣母的苦难，仿佛那是一个真实女人的故事，一个受尽迫害的年轻逃难者，泪水涟涟地带着她的孩子从东方来，而且被不虔敬的人刺了一刀。

"每年一次，她的伤口会流出真实而温暖的血来，"老人继续说下去，"我记得很久以前——那时候我嘴边还没有生髭呢——在纪念她的日子，人们从山上所有的村子里来敬拜圣母。那天是八月十五日，我们男人睡在外面的庭院里，女人睡里面。在睡觉的时候，我听到了圣母的喊叫声。我匆匆地爬起来，跑到她的神像那里，把手放在她的喉咙上。你猜我看到了什么？我的指头被血染红了……"

老人画了一个十字，并且转过头去看两个女的。

"快一点，女人们！我们就要到了！"他喊道。

他压低他的声音说：

"那时候，我还没结婚，我匍匐在圣母面前，决定脱离这个充满谎言的世界，去当一个修士……"

他笑了。

"你为什么笑呢？老爹！"

"你不觉得好笑吗？我的孩子。同样是过节这一天，魔鬼打扮成一个女人的模样，站到我的面前。那就是她！"

他没有转过头去，只是用他的大拇指向后一指，指着那默默地跟着他走的老妪。

"她那时候可不是现在这个模样，"他说，"想到要摸她一下就让你感到恶心。可是那时候，她是个标准的美人，她活力充沛地颤动着，像鱼一样。'长睫美人'，大家都是这样叫她的，她也真的配得上这个名字，那个小妖精！可是现在……老天爷，现在她的睫毛跑到哪里去了？一根都没有了！"

这时候，就在我们后头，那老妪发出一阵低吼，像只拴在铁链上的恶犬，可是她一句话也没说。

"那儿就是修道院。"老头子说。

在海滨，那座白色的、闪闪发光的修道院嵌在两块巨大的岩石中间。礼拜堂的圆顶刚刚被刷上石灰，它小而圆，像女人的乳房。在礼拜堂四周有六间蓝门的小室，庭院中有三株高大的柏树，沿着墙栽的几棵坚韧多刺的梨树正开着花。

我们加快了脚步，优美的圣歌从圣堂敞开的门里传了出来，咸咸的空气中掺杂着安息香的馨香。拱门正中央的入口洞开着，通往布满黑色、白色石子，清朗而芬芳的庭院。沿着墙，朝左朝右，都是一排排的花盆，种着迷迭香、甘牛至及罗勒。

何等安宁！何等甘美！太阳已渐渐西下，刷白灰的墙渐渐变成淡红色。

那座温暖的小礼拜堂里面光线很暗，充满着腊的气味。男人和女人们在香雾中来来去去，五六个修女穿着密不透风的黑衣，用柔美、高频率的声音唱着："全能的上帝啊……"她们一直跪着唱，她们的衣服发出窸窣声，就像小鸟在鼓翼。

我已经有好几年没听过圣母马利亚的圣歌了。在我早年的叛逆期，我一直心怀愤怒地、轻蔑地从每一个教堂边经过。随着岁月的消逝，我的情绪不那么强烈了。事实上，我现在又去参加宗教性的节庆了……

圣诞节、守夜会、复活节——我很高兴看到我心里面的那个小孩又复活了。早年那种神秘的狂热已经退化成带着美感的喜乐。野蛮人相信，当一种乐器不再被用于宗教仪式，它就失去了神圣的力量，只能发出悦耳的声音。宗教也以同样的方式，在我心中退化了，它已变成艺术。

我走到一个角落，倚在那被虔诚的手磨得像象牙一样光亮的座位上，入神地听着拜占庭的赞美诗从遥远的过去传来："圣哉！人类无法到达的至高处！圣哉！连天使的眼睛都无法看穿的至深处！圣哉！纯洁的新娘，永不凋落的玫瑰啊……"

修女们又跪了下去，她们的头低垂着，她们的衣服窸窣如鸟翼。

时间一分钟一分钟地过去，翅膀上散发着安息香气味的天使们手里拿着未开的百合，赞颂着马利亚的美德。太阳已下山，它把我们留在柔和的蓝色余晖中。我记不得我们是怎样到这庭院来的，我和修道院老院长以及两个年轻的修女一起，站在最大的那棵柏树下。一个年轻的见习修女走了出来，端给我一匙果酱，还有清水和咖啡，然后我们愉快地聊了起来。

我们谈圣母马利亚的神迹，谈褐煤矿，谈那些春天到了就开始下蛋的母鸡，谈患癫痫的修女欧多西亚，她时常倒在礼拜堂的地板上，颤抖得像条鱼一样，口吐白沫，同时撕着衣服。

"她今年三十五岁，"院长叹了一声，补充道，"一个不幸的年龄——非常艰难！愿受苦难的圣母帮助她，治愈她！再过十年或十五年她就会痊愈的。"

"十年或十五年。"我惊骇地低声说道。

"十年或十五年算得了什么呢？"院长严肃地问道，"想想永恒吧！"

我没有回答，我知道永恒乃是逝去的每一分钟。我吻了院长的手——一只肥胖洁白的手，散发着香气——然后便告辞了。

夜已低垂。两三只乌鸦正匆匆归巢，猫头鹰从空心的树里出来猎食。蜗牛、毛虫、蚯蚓、田鼠都爬到地面上来让猫头鹰吃。

神秘的蛇吞着自己的尾巴，把我围在它所围成的圆里。大地苏醒过来，吞噬了她自己的子女，然后生下更多，接着又把他们吞噬掉。

我环顾四周。天黑了，最后一个村民早已走了，没有人能看到我，我是彻底孤身一人了。我脱下鞋子，把双脚浸在海水里。我在沙滩上打滚。我感觉到一种想赤身接触石头、水及空气的冲动。院长的"永恒"激怒了我，我觉得那个词落到我身边，像套在一匹野马头上的套索，我跳了起来，企图挣脱，我渴望将我赤裸的身体压在土地上，压在海上，要真切地感觉到这些短暂的、可爱的事物存在着。

"你存在着，而且只有你一个人！"我在心灵深处喊道，"大地啊！我是你最后的儿子，我吸着你的乳房而且永不松口。你只让我活一分钟，可是那一分钟又变成一个乳房让我吸吮。"

我战栗着，觉得自己仿佛正置身于危险之中，向那吃人的"永恒"冲去。我记得以前——什么时候呢？不过是一年以前——我还闭着眼睛，张开双手，何其热切地思索着它，希望投身于它。

当我在念小学一年级的时候，在识字课本的第二部分中有一个小故事：

一个小朋友掉到了水井里，他在那里发现了一座奇妙的城市，里面有一个花园，一个纯蜂蜜池塘，一座大米布丁山，以及五彩缤纷的玩具。当我用拼音把它念出来的时候，每一个音节仿佛都要更进一步地把我带进那个奇妙的城市里去。一次，在正午时分，我放学回家，我跑进花园，冲到葡萄棚底下的水井边，入神地站在那儿，凝视着黯淡的平静水面。我立刻想到我也许能看到那个奇妙的城市，看到房屋、街道、儿童，以及果实累累的葡萄棚。我再也按捺不住，我将头探进去，伸出双手，用脚蹬着地面，想翻过井垣。这时，母亲看到了我，她惊叫着冲了过来，及时抓住了我的腰带……

当我还是小孩子的时候，我差一点堕入水中。当我长大以后，我又几乎堕入"永恒"这个词里，以及"爱""希望""国家""神"等为数不少的字眼里。每当一个词被征服，被超越，我都觉得我避过了一个危险，获得了某种进步。可是不然，我只是一直在换字眼而已，我却把这称为解脱。最近这两年里，我一直徘徊在"佛"这个字的边缘。

可是我确信——这要归功于左巴——佛将会是最后一口井，最后的文字峭壁，然后我将获得永远的解脱。永远？每次我们都这么说。

我跳了起来，我从头到脚都充满了欣喜。我脱下衣服，把自己浸到海水里面，海浪在快乐地嬉戏着，我也随着它们嬉戏。我终于疲倦了，我从水里出来，让风吹干我，然后再度开始了漫长的散步，我感到自己已避过一个重大的危险，又觉得我仍牢牢地抓着大地的乳房。

第十六章

当我看到褐煤海滩时，我突然定住了——我的木屋里有灯光。

"一定是左巴回来了！"我快乐地想着。

我很想跑过去，可是还是克制了自己。我想，我必须隐藏我的喜悦，我必须装出生气的样子，同时要迎头痛骂他一顿。我派他去那儿是要办急事，而他却拿我的钱去挥霍，和一个酒店女郎同居，迟了十二天才回来。我必须装出怒不可遏的样子……我必须！

我缓下脚步，以便有时间煽起怒火。我竭力要让自己生气——皱眉、握拳，做出一切生气所必需的动作——可是总办不到。相反，我越走近木屋，越感到快乐。

我无声无息地走到木屋边，从透出亮光的小窗户向里窥探，左巴跪在小火炉旁，他生了火，正在那里煮咖啡呢。

我的心融化了，我大吼一声："左巴！"

霎时，门开了，左巴赤着脚冲了出来。他伸着颈子，在黑暗里左看右看，他发现了我，张开双臂要来拥抱我，却又停住了，他把手放了下来。

我试着愤怒地抬高我的声音：

"很高兴你带了麻烦回来，"我挖苦道，"别再走近了——你满身香皂味。"

"啊！你不知道我搓了个怎样的澡，老板，"他说道，"我可是把自己弄得干干净净了！老板，为了要见你，我还特地刮掉了他妈的一层皮哩，我在我身上猛刷了整整一个小时。可是这该死的气味……不过，这有什么关系呢？它迟早会消失的。这不是头一次，它一定会走的。"

"让我们进去吧。"我说道，我几乎要笑出来了。

我们走了进去。木屋里充满了香水、脂粉、肥皂和女人的气味。

"老天爷，那是些什么东西呢？我想要请教一下。"我说道，我指着一个盒子，里面装着手提包、香皂、丝袜，还有一把红色的小阳伞和两小瓶香水。

"礼物……"左巴垂着头低声说道。

"礼物？"我说，我极力装出生气的样子，"礼物？"

"礼物。老板……给小宝宝琳娜。别生气，老板。复活节转眼就要到了，你知道，她也是个人哪。"

我再度憋住了我的笑。

"你没把最重要的东西给她带来。"

"什么东西？"

"当然是结婚花冠喽。"

"什么？你是什么意思呢？我听不懂。"

然后我告诉他我如何用缓兵之计对付那害了相思病的老海妖。

左巴抓了一会儿头，沉思着，然后说："老板，如果你不介意，我真要说你不应该做出那种事情。你知道，那种玩笑……女人是很脆弱、很精细的东西，我要告诉你多少次呢？她们就像瓷瓶，所以你必须很小心地捧着她们，老板。"

我感到无地自容。我深感后悔，可是已经太迟了。我遂转变了话题。

"钢索怎样了？"我问道，"还有工具呢？"

"我什么都带回来了，别激动！俗话说：'想要手上有饼，就不能吃它！'索道、洛拉、宝宝琳娜——一切都在掌握中。"

他把咖啡壶从火上拿下来，为我倒了一杯咖啡，给我一些他带回来的芝麻詹巴尔[1]和蜂蜜哈尔瓦[2]，他知道这是我最喜爱的甜食。

"我带了一大盒哈尔瓦送给你当礼物！"他兴高采烈地说，"你看，我没忘记你。"

"看，我带了一袋花生给鹦鹉。我谁也没忘掉。你知道，我的脑子超载了。"左巴在啜饮着他的咖啡，抽着烟，并且注视着我。他的眼睛像蛇的眼睛一样吸引着我。

"你解决了那个折磨你的问题没有？你这个坏蛋。"我问道，我的声音已经比较温和了。

"什么问题呢，老板？"

"女人究竟是不是人？"

"噢！那已经解决了！"左巴回答道，挥挥他的手，"女人也是人，和我们一样是人——只是比我们差一点。她一看到你的荷包，就会失去理智。她缠着你，放弃自己的自由，而且是心甘情愿地放弃，因为荷包在她的心里闪闪发光。但是她很快就……啊，别提这些事了，老板！"

1　詹巴尔（Jumble）：环形小薄饼。

2　哈尔瓦（Halvah）：一种含有芝麻和糖的糕点。

他站起来，把烟蒂丢到窗外去。

"现在，男人对男人。"他继续说下去，"圣周[1]快到了，我的钢索已经准备好，是时候了，我们该到修道院去，叫那些胖子签这份有关那片林地的文件……在他们看到那条索道，兴奋起来之前……懂得我的意思了吗？时间在流逝，老板，我们这么懒洋洋别想有进展，我们必须立刻动手，我们必须开始赚钱……我们必须开始把船装满，以弥补我们所花费的……去干地亚这一趟花掉了一大笔。你知道，魔鬼……"

他停住了。我为他感到难过。他像一个干了傻事的小孩，不知道要怎样挽救，全身发抖。

"你真可耻！"我对自己说道，"你怎么能让这样的灵魂害怕得发抖呢？你到哪里去找第二个左巴呢？算了，不要再计较了！"

"左巴！"我喊道，"别管魔鬼了！事情过了就算了……忘掉它！把你的桑图尔琴拿下来！"

他又张开他的手，仿佛想拥抱我。可是他仍在踌躇着，他缓缓地把手放下。

他跃到墙边，踮起脚尖去拿桑图尔琴。当他回到灯光下的时候，我看到了他的头发黑得像沥青一样。

"你这条老狗，"我大吼道，"你他妈的怎么把头发搞成这样了？你去哪里弄的？"

左巴笑了。

"我把它染黑了，老板。别心烦……我的白发让我倒霉……"

"为什么？"

1　圣周（Holy Week）：复活节前的一周，用来纪念基督受难。

"老天爷，为了虚荣呀！一天我握着洛拉的手臂，和她一起去散步，还不算握着……看，像这样，我只用指头尖碰她。有一个残忍的小顽童，还没有这只手大，开始在我们背后大喊大叫。'老家伙！你要把她带到哪儿去？拐小孩的骗子。'可想而知，洛拉觉得很没面子，我也是一样。所以那天晚上我就到理发店把头发染黑了。"

我笑了。左巴严肃地注视着我。

"听起来很滑稽吗？好，暂且等一下，看看人是一种多么奇怪的动物！从我染了头发的那天起，我成了另一个人。我开始相信自己永远都会有一头黑发——你也知道，一个人很容易忘掉不适合他的一切——我发誓我变得更强壮了。洛拉也注意到了这点。你记不记得我以前经常背痛？很好，不疼了！从那时候起就再没有发作过了！你当然不会相信我，因为你的书没告诉过你这样的事情。"

他嘲笑我，然后又后悔了。

"如果我可以这么说的话，老板……我这一生读过的唯一一本书是《水手辛巴达》，我得到的好处是……"

他十分感慨，缓缓地解开装着桑图尔琴的包袱。

"到外面来，"他说道，"桑图尔琴在屋里不自在。它狂野，需要开放的空间。"

我们走了出去。星光熠熠，银河从天空的一头流向另一头。海水翻腾着，我们坐在卵石上，海水舐着我们的脚。

"当你一文不名的时候，你必须苦中作乐。"左巴说，"什么？我们放弃？到这里来吧，桑图尔琴！"

"左巴，来一首你家乡的马其顿歌谣吧。"我说。

"来一首你家乡的歌，克里特岛的歌！"左巴说，"我要唱一首我在干地亚学的歌给你听，它改变了我的生命。"

他沉思了半晌。

"不，没有真正改变，"他说，"直到现在我才知道，我一向是对的。"

他把粗大的指头放在桑图尔琴上，并且仰起颈子。他用一种狂野、粗犷、哀伤的声音唱着：

> 当汝心意已决定，
> 不须踌躇不须停，
> 勇往直前莫迟疑。
> 光阴似水无情过，
> 青春岁月应把握，
> 坚强勇敢莫叹息。

我们的忧思都被抛开了，琐碎的烦恼消逝了，灵魂到达了巅峰状态。洛拉、褐煤、索道、"永恒"，大大小小的忧虑，一切都化成青烟，消失在空气中了，只留下一只钢铁铸成的鸟儿，一个唱着歌的人类灵魂。

"左巴，我送你一个包罗万象的礼物！当这首豪迈的歌告一段落时，你所爱的一切——女人、你染黑的头发、你花掉的钱——都是你的，只要继续唱下去！"

他再度弯下他瘦瘠的颈子：

> 勇敢！奉上帝之名！冒险犯难！何愁事不成！
> 贯彻毋懈怠，汝终将获全胜！

一直睡在附近矿坑里的工人们听到了歌声，他们爬了起来，蹑手蹑脚地向我们聚拢过来，蹲在我们周围。他们听着自己喜爱的歌，兴奋起来。他们终于再也不能克制自己了，他们从黑暗中现身，半裸着身体，头发散乱，裤子松松垮垮的。他们围着左巴和桑图尔琴，形成一个圆圈，在卵石海滩上跳起舞来。

我万分激动，默默地凝视着他们。

我想这就是我一直在追寻的真正矿脉，我已别无所求了。

次日，在破晓之前，煤矿的坑道里已经回荡着左巴的吆喝声和铁锹的声音了。那些人发狂地工作着，只有左巴才能领导他们这样做。跟他在一起，工作变成了美酒、女人和歌，那些男人都醉了。土地在他的手里活了过来，石头、煤炭、木头和工人都和着他的节奏。在坑道里，在电石灯的白光下，一场战争爆发了。左巴身先士卒，赤手搏斗着。他给每条坑道、每个煤层都起了名字，给所有无形的力量安上面孔，那样它们就不容易逃走了。

他曾谈起他命名的第一条坑道，"当我知道那条是'卡纳伐罗坑道'的时候，你觉得它还能躲到哪里去呢？我知道它的名字，它就不敢厚着脸皮和我耍花招了。无论是'修道院院长''膝外翻'，还是'无聊人'，都一样。它们我全都认识，我告诉你，每一条坑道都有自己的名字。"

那天我溜进坑道里去，他没有看到我。

"来吧！给它一点颜色瞧瞧！"他对工人吼叫着，和往常一样状态良好，"来吧！我们要把一整座山吃个精光！我们是人，对不对？受尊重的生物！当上帝看到我们的时候，他一定也会颤抖的！你们克里特岛人和我——一个马其顿人——要把这座山吃掉。一座山是打不倒我们的，我们打倒过土耳其人，是不是？我们怎么可能被这样的一座小山摆平？那么，来吧！"

有人跑向左巴。在电石灯的灯光下，我依稀辨认出米米可瘦削的脸。

"左巴，"他用他那嘟嘟哝哝的声音说道，"左巴……"

左巴转过身去，瞥了一眼，看看是什么事。他举起他的大手。

"走开！"他咆哮道，"快滚！"

"她要我来……"那傻瓜支支吾吾地说。

"我告诉你，快滚！我们有工作要做！"

米米可快得不能再快地跑开了。左巴愤怒地啐了一口。

"白天要工作，"他说，"白天是个男人。晚上要享乐，晚上是个女人。你别搞混了！"

就在那个时候，我走上前去。

"已经十二点了，"我说，"是停工吃饭的时间了。"

左巴转过身来，看到我，皱了皱眉头。

"请你别等我们，老板。你去吃你的饭吧。记住，我们已经损失了十二天了，我们必须尽力弥补。你自己好好吃一顿吧。"

我离开了坑道，朝海边走去。我打开我所带的书。

这是一本困扰人的书：它描写中国西藏终年积雪的群山和神秘的寺院。沉默的僧人穿着红袍，他们心志合一，并且能随心所欲地聚气成形。

高高的山顶上，空气中充满了精灵。人类空虚的低语永远无法到达这么高的地方。伟大的苦行僧带着十六岁到十八岁的弟子，在半夜来到山里一个冰湖的边上。他们脱下衣服，击开覆冰，将衣服浸入冰水中，再将它们穿在自己的身上晾干。然后他们再把衣服浸湿，又再穿上晾干。他们这样连续做了七次，然后才回到寺里去上早课。

他们爬上海拔五六千米的山。他们用手捧着一掬冰水，凝视着它，

214

将他们全部的力量聚集在它上面，于是水就沸腾了起来，然后他们用它来泡茶。

伟大的苦行僧让他的弟子们聚集到他的身边，说：

"哀哉，彼心中无幸福之根源者！

"哀哉，彼亟思娱人者！

"哀哉，彼不语今生来世乃视之二而实一者！"

夜已降临，我已看不清字了，我合上书并且注视着海，我想着，我必须摆脱这些幻象：佛、上帝、祖国、理念……哀哉，那些永远无法摆脱佛、上帝、祖国、理念的人。

海骤然变黑了，新月迅速地落下。在远处的花园里，狗悲切地叫着，整个峡谷都在回应它。

左巴出现了，他满身污泥，他的衬衫破烂不堪。

他在我身边蹲下来。

"今天进行得十分顺利，"他喜洋洋地说，"完成了不少工作。"

我听到左巴在说话，但并没有明白他的意思。我的神智还远远地徜徉在那遥远又危险的山坡上。

"你在想什么呢，老板？"他问我，"你的心跑到海上去了吗？"

我收回我的神智，转过头看看左巴，然后摇摇头。

"左巴，"我说，"你认为你是了不起的水手辛巴达，你在世界上漂泊了一阵子就说起大话来了。可是你也没看到什么。一样东西也没看到，你这个可怜的傻瓜！提醒你一下，我也没看到什么。这个世界远比你我所想的大得多。我们旅行，穿越所有的国家和海洋，但我们的鼻子却根本没有伸出过自家的门槛。"

左巴紧闭着他的嘴，一句话也没说。他只是闷哼着，像条忠心的狗正在挨打。

"世界上有些山，"我说道，"它高大、广袤，布满了寺庙，那些寺庙里住着穿红袍的僧人。他们盘腿而坐，一坐就是一个月、两个月，想着一件事，而且只想那件事。一件事，你听到没有？不是两件——一件！他们不会像我们这样，又想女人又想褐煤，或者又想书本又想褐煤；他们全神贯注于同一件事情，遂能创造奇迹。左巴，当你在太阳下拿着一片玻璃，把所有的光线集中到一点时，会有怎样的结果？那个点马上会着火，对不对？因为太阳的力量没有分散，而是集中在那个点上。人的心智也是一样，如果你全神贯注于某件事，你就会创造奇迹，你懂了吗，左巴？"

左巴沉重地呼吸着，有一阵子他颤抖着，好像想要逃走似的，可是他克制住了。

"继续说下去。"他用一种压抑的音调闷声说道。

接着，他跳了起来。

"住嘴！住嘴！"他怒吼道，"你为什么对我说这些话呢，老板？你为什么往我的脑子里灌输毒素呢？我在这儿好好的，你为什么把我惹烦呢？我肚子饿，而上帝或魔鬼（我就是他妈的看不出他们有什么不一样）扔给我一根骨头，我就舐着它。我摇着尾巴，吼着说：'谢谢你！谢谢你！'而现在……"

他跺着脚，转过身去，走了几步，仿佛要向木屋走去，可是他的血液还在沸腾着。他停住了。

"呸！他扔给我的是根味道不错的骨头，那个神或是鬼！"他咆哮道，"一个肮脏的酒店老荡妇，一只丢到海里都浮不起来的老木桶。"

他抓起一把小石子，把它们丢到海里去。

"可是他是谁？谁把这些骨头丢给我们？嗯？"

他停了一下子，然后，当他发觉他的话没得到回应时，他激动了起来。

"你什么都不会说了吗，老板？"他喊着，"如果你知道，告诉我，好让我知道他的名字。然后，你不必担心，我会关照他！可如果我真知道了，我该走哪条路呢？我会投入哀伤的怀抱。"

"我肚子饿了，"我说，"走吧，去弄点吃的。让我们先吃再说！"

"我们一顿晚饭不吃就熬不过吗？我有一个伯伯是修士，在工作日，除了盐和水之外，他什么都不吃。礼拜天和过节的时候，他只多吃一样麦麸。他活了一百二十岁。"

"左巴，他活了一百二十岁是因为他有信心。他已经找到了他的上帝，所以他没有什么忧虑了。可是上帝没来哺育我们，所以，请你生个火，我们来煮那些鲱鱼，烧个我们喜欢喝的滚热浓汤，多放些洋葱和胡椒，然后我们就会明白了。"

"明白什么？"左巴愤愤地问道，"我们一旦填饱了肚子，立刻就会把那些事忘得一干二净。"

"好极了！左巴，那就是食物真正的功用啊。所以，现在你快去烧个鲜鱼汤，好让我们的脑袋不至于爆裂！"

可是左巴没有动。他呆若木鸡地待在原地，注视着我。

"听好，老板，我想告诉你一些话，我知道你打算干什么，刚刚你在对我说话的时候，我突然隐约地感觉到自己顿悟了。"

"我的用意是什么呢，左巴？"我问，我的兴趣被他引出来了。

"你想建造一座修道院。就是这样！你想安置的不是修士，而是像你这样的文人，他们日夜都在奋笔疾书。然后，就像古代图画中的圣徒一样，你们的嘴里会吐出一卷卷印着字的缎带。我猜得对吧？"

我悲哀地用手扶着我的头。我年轻时代的旧梦，羽毛脱尽的巨翼，纯真、高贵、豪迈的动机……建造一个智者聚居的地方，整天待在里面。十几个知心的朋友——音乐家、诗人、画家……白天工作，晚上欢聚一堂，一同吃、喝、阅读，讨论人性的重要问题，推翻传统的答案。我已经制定出规章了，我甚至还在伊米托斯山的山口找到了房子……

"我猜了个正着吧。"看到我默不作声，左巴高兴地说。

"好，那么，圣洁的院长，我想请你帮一个忙，我希望你任命我为修道院的看门人，那么我还可以干点偷偷摸摸的勾当，偶尔还可以在神圣的领地里偷放些十分奇怪的东西：女人、曼陀林¹、大瓶的阿拉克酒、烤乳猪……一切的一切，免得你把一生都浪费在一大堆废话中！"

他笑着，迅速地向木屋走去。我追在他后面。他一声不吭地把鱼弄干净，我则去拿柴生火。汤一做好，我们就立刻把汤匙伸进钵里喝了起来。

我们俩都不作声。我们一整天粒米未进，所以我们都狼吞虎咽地吃着，我们喝了点酒，精神也抖擞了起来。左巴终于开口了。

"老板，要是现在宝宝琳娜夫人来的话，那就好玩了。这对她来说可是好时候，可是上帝保佑我们！她会是最后的致命伤。不过，老板，你知道，我一直想念着她，去他妈的！"

"你不是问我，是谁把那根小骨头丢给你吗？"

"你管那个干吗，老板？那个问题就像干草堆里的一只跳蚤……把骨头叼走，别管是谁扔给你的。它味道好不好？它上面有没有附着一些肉？那才是你应该关心的，其余的……"

"食物已经发挥它神奇的功能了！"我拍拍他的背说，"饥饿的身体已经得到安慰了……因此那提出问题的灵魂也就跟着安静了，拿你

1　一种琵琶类乐器。

的桑图尔琴来吧!"

左巴站起来的时候,我们听到细石子路上有急促而沉重的脚步声,左巴毛茸茸的鼻子颤了一下。

"说曹操……"他拍拍大腿,用低沉的声音说道,"她来了,那母狗在空气中嗅出了左巴味,现在她来了。"

"我要走开一下,"我爬起来说道,"我不想跟这件事产生瓜葛。我出去一下,你自己看着办吧。"

"晚安,老板。"

"别忘了,左巴,你答应要娶她……别让我变成一个骗子。"

左巴叹了一口气。

"老板,再结一次婚吗?我腻死啦!"

香皂味越来越近了。

"勇敢起来,左巴!"

我迅速地离去。我已经可以听到屋外老女妖的喘息声了。

第十七章

次日拂晓，左巴的声音将我从睡梦惊醒。

"天还这么早，你中了什么邪？为什么这样大嚷大叫的？"

"我们必须把事情看得认真点，老板。"他一面把粮食往干粮袋里塞，一面答道，"我已买了两头骡子。快起床，我们要到修道院去，把那份有关索道的文件拿给他们签字。只有一样东西能让狮子害怕，那就是虱子。虱子会把我们啃光的，老板。"

"为什么把可怜的宝宝琳娜叫成虱子？"我笑着问他。

可是左巴装作没有听到。

"快点，"他说，"不要等到太阳升高才动身。"

我确实非常喜欢到深山之中享受松林的芬芳。我们跨上牲口，开始登山。我们在矿坑逗留了一会儿，左巴向工人们吩咐了一些事。他叫他们在"修道院院长"里采煤，在"无聊人"里挖壕沟，将"卡纳伐罗"清理干净。

天亮得像优质的钻石。我们越往上爬，越觉得神清气爽。我再度感到清新的空气、顺畅的呼吸，以及开阔的视野给灵魂带来的影响。

任何人都会认为灵魂也是一只有肺、有鼻孔的动物，它需要氧气，在尘沙里或者在过分陈腐的空气中，它也有窒息之虞。

当我们进入松林时，太阳已经升得很高了。那儿的空气有一种蜂蜜的气息，风吹过我们的头顶，发出像海一样的飒飒声。

在这段缓慢的旅程中，左巴一直在研究着山坡的倾斜度。在想象中，他每隔几米便打下几根木桩，而当他抬起头来的时候，他已经看到钢索在太阳下闪闪发亮，一直通到海边。被砍倒的树干系在钢索上，像箭矢离弦一般呼啸着滑落下去。

他搓着双手。

"资源！"他说，"这将是一座金矿！我们不久就会发财，然后我们就能做到我们所说的一切了。"

我惊讶地看着他。

"哼！别告诉我你已经忘掉了！在我们修建你的修道院之前，得到那个地方去。那个地方叫什么名字呢？

"西藏，左巴，西藏。可是只有我们俩去，你不能带女人。"

"谁说要带女人了？不过那种可怜的生物是很有用的，所以别尽说些反对她们的话。非常有用，当一个男人没有什么男人的工作可以做的时候——像采煤啦，像攻城略地啦，像跟上帝讲话啦。如果他不想爆炸的话，他还有什么别的可以做呢？他喝酒、玩骰子，或者抱女人……同时等候死亡的到来，如果它来的话。"

他静默了一下。

"如果它来的话，"他用一种恼怒的声音重复说道，"它可能根本不会来。"

又隔了半刻之后，他说：

"绝不能这样继续下去，老板。不是世界必须变小些，就是我必须变大些。否则我就完蛋了!"

一个修士出现在松林中，红头发，黄皮肤，袖子卷起，头上戴着一顶手织的圆帽子。他拿着一根铁棍子，一边迈步一边用它敲着地面。当他看到我们时，他停下脚步，把铁棍高高地举起来。

"你们到哪里去?"他问道。

"去修道院，"左巴回答道，"我们要去祈祷。"

"掉头回去吧，基督徒!"修士喊道，当他说话的时候，他清澈的蓝眼睛炯炯发光，"掉头回去吧，如果你们接受我的忠告的话! 你们会发现那儿并不是圣母的果园，而是撒旦的花园，贫穷、谦逊、贞洁……用他们的话说，这就是修士的光荣! 听起来好像蛮有道理。掉头回去吧，我告诉你。金钱、骄傲和少男! 那就是他们的三位一体!"

"这家伙真有趣。"左巴着迷地轻声说道。他朝他探出身子。

"你叫什么名字，兄弟?"他问修士，"你从哪儿来?"

"我的名字叫扎哈里亚。我卷好铺盖要走了! 立刻就走，我再也挨不下去了! 请告诉我你的大名，乡下佬。"

"卡纳伐罗。"

"我再也受不了了，卡纳伐罗老哥。基督彻夜呻吟，令我无法入眠，所以我就跟着他一起呻吟。然后，院长——希望他永远在地狱里挨火烧——今天一大早就来找我了。'呃，扎哈里亚，'他说，'你不让兄弟们睡觉，我要把你赶出去。''我不让他们睡觉?'我问，'我不让，还是基督不让? 是他在不停地呻吟啊。'然后他举起了他的十字架，这个反基督分子。呃……看!"

他脱下他的帽子，露出头发上一团已经凝固的血迹。

"我把鞋子里那个地方的泥土抖掉，就离开了。"

"跟我们一块回到修道院去，"左巴说，"我要去找院长。来吧，

222

你可以跟我们做伴，还可以帮我们带路。你是上天特意派下来的。"

那修士想了片刻，他的眼睛亮起来了。

"你们怎么报答我？"他问道。

"你想要什么？"

"一千克咸鳕鱼和一瓶白兰地。"

左巴探过身去，看着他。

"你的心里住着魔鬼，是不是？扎哈里亚？"

那修士吃了一惊。

"你怎么知道？"他愕然地问。

"我自己就是从阿索斯山来的，"左巴答道，"我对这些还算在行。"

"是的，我心中有个魔鬼。"

"他挺喜欢咸鳕鱼和白兰地，对不对？"

"是的，去他妈的！"

"这就对了！他是不是也抽烟？"

左巴递给他一支香烟，修士迫切地把它接了去。

"他抽烟，是的，他抽烟，该死的！"他说。

他从口袋里掏出一块打火石和一截灯芯，点上烟，深深地吸了一口。

"奉基督的圣名！"他说。

他举起他的铁杖，转过脸出发了。

"你那个魔鬼叫什么名字？"

左巴对我使了个眼色，问道。

"约瑟！"扎哈里亚答道，他没回头。

和这个半疯癫的修士结伴同行，并不十分合我胃口。一个病态的头脑，正如一个病态的身体，令人同情又令人厌恶。可是我什么都没说，我让左巴随意去做。

澄净的空气令我感到饥饿，于是我在一株巨大的松树底下坐了下来，并且打开干粮袋。那修士探过身来，贪婪地窥看袋里装的是什么。

"没这么快!"左巴喝道，"口水别流得太早，扎哈里亚! 今天是圣周的周一。我们不是圣徒，所以可以吃肉，上帝宽恕我们! 可是你作为圣徒，只能吃哈尔瓦和橄榄!"

修士捻着他污秽的胡子。

"我要吃橄榄、面包和清水，"他忏悔地说，"可是约瑟是个魔鬼，他要和你们一起吃肉，兄弟。他喜欢鸡——啊，他是个迷失的灵魂——而且他要喝你们葫芦里的酒!"

他画了一个十字，咽着面包、橄榄和哈尔瓦，他用手背揩揩嘴，喝了水，然后又画了一次十字，表示他自己已经吃完饭了。

"现在"，他说，"轮到约瑟了，去他妈的可怜的灵魂。"

然后他扑到了鸡肉上。

"吃吧，你这个迷失的灵魂!"他一边把大块大块的鸡肉塞进嘴里，一边愤怒地咕哝着，"好吧!"

"好呀! 你! 好一个修士!"左巴热情地吼着，"你是有备而来的，我看得出。"

左巴转过脸来对着我。

"你怎么看他，老板?"

"他很像你。"我笑了一声，说道。

左巴把酒葫芦递给修士。

"约瑟! 喝酒吧!"

"喝吧! 你这迷失的灵魂!"修士说，他抓着葫芦，放在嘴巴上。

烈日当头，我们挪到了树荫下。那修士身上发出汗臭和香火的气味。他在阳光下大汗淋漓，左巴把他拖到最阴凉的地方，好让他不那么臭。

"你怎么去当修士的？"左巴问道。他已经吃饱，想找人聊天了。

修士咧嘴一笑。

"我猜你会认为我太圣洁了？你一定这么想！那是因为家里穷，兄弟，家里穷啊！我已经没东西吃了，所以我就对自己说，如果我进修道院去，我就不会饿死了。"

"那么你满足了？"

"老天爷！我老是叹息，老是抱怨，可是你不会注意那些。我不会为世俗的事务叹息，据我所知，它们都会消失的……原谅我……我每天都叫它们消失……可是我渴望天堂！我讲笑话，装疯卖傻，逗修士们发笑。他们都说我魔鬼附身，并且都侮辱我。可是我对自己说，那不可能是真的，上帝一定喜欢嬉笑和欢笑。'进到里面来，我的小丑，进到里面来。'我知道，他有一天会对我说，'来逗我笑！'我就那样进入天堂，以一个小丑的身份！"

"你倒是通达事理！老家伙！"左巴站了起来，说道，"来吧，我们该动身了，否则等一下要摸黑了。"

那修士再度走在前头。爬山的时候，我觉得我们是在精神世界里攀登，从低贱而琐碎的顾虑迈向比较高贵的顾虑。从平地上浅显的道理迈向艰深的理念。

修士突然停下了脚步。

"我们的复仇女神！"他喊起来，指着一座有优美圆顶的小教堂。他跪下来，画了一个十字。我从骡子上下来，走进阴凉的礼拜堂。在一个角落里，有个被烟熏黑的旧神像，周围摆满了还愿的供品——简单地刻着脚、手、眼、心等图案的薄银片……一个银烛台供在神像前，

225

火光长明。

我默默地走上前去，我看到一个骁勇、好战的圣母，她有着强壮的脖颈，脸上挂着如处子般严峻、不安的神情。她没有抱着圣婴，而是握着一支笔直的长矛。

"那攻击修道院的人真悲惨！"那修士恐惧地说，"她向他冲去，用她的矛把他刺穿。古时候，阿尔及利亚人来这里，把修道院烧了。可是看这些人付出了什么代价：当他们从这座圣母的教堂经过时，她突然从神像里现身，冲到外面来，开始用她的矛向四面八方左突右刺……她将他们都杀了。我祖父还记得自己看过他们的尸骨，森林中到处都是他们的尸骨。从那时候起，我们称她为'我们的复仇圣母'。在那以前，她被称为'我们的慈悲圣母'。"

"为什么她不在火烧修道院之前显灵呢，扎哈里亚神父？"左巴问道。

"那是至高者的旨意！"修士答道，画了三次十字。

"好一个至高者！"左巴嘀咕道，爬回到鞍上，"我们继续走吧！"

不久，前面出现了一个高地，在那上面，我们看到了被岩石和松树包围着的圣母修道院。安详宁静，如带微笑，在高山绿谷中遗世独立，和谐地将山峰的高贵与平原的温和统一起来——这个修道院在我眼中，是人类最理想的沉思之地。

"这里，"我想道，"可以令温良、清醒的心产生适度的宗教热情。这里既不是陡峭的、人类无法攀登的高峰，也不是一个懒散、耽于声色的平原，而是能使灵魂升华，又不失人间温情的地方。这样的地方不会塑造出英雄或小人。它将塑造出凡人。"

这里应有一座优美的古希腊神殿。上帝应当降临此地，以朴质的人身，赤着脚穿过春天的草地，平静地与人们交谈。

"何等神奇！何等孤独！何等幸福！"我喃喃道。

我们下了坐骑，从正门走进去，进入接待室。在那儿，我们受到了传统式的款待，品尝了阿拉克酒、果酱和咖啡。接待客人的神父，或者叫知客神父，跑来见我们，不一会儿我们就被一群修士围住了，他们开始说话了。他们有着狡猾的眼神，他们的嘴唇、络腮胡子、唇须给人一种贪婪的感觉，他们身上有一股公山羊的味道。

"你没有带份报纸来吗？"一个修士焦急地说。

"报纸？"我惊愕地说，"你们这里要报纸干吗？"

"报纸，弟兄啊，它会告诉我们底下的世界正发生着什么事情啊！"两三个激愤的声音说道。

他们靠在阳台的栏杆上，聒噪得如同一群乌鸦。他们兴奋地谈着英国、俄国，谈着希腊国王韦尼泽洛斯。世界驱逐了他们，可是他们没有驱逐世界。他们的眼睛里全是大城市、商店、女人、报纸……

一个高大、肥胖、毛茸茸的修士站起来，他用鼻子吸着气。

"我有样东西给你看，"他对我说，"你可以告诉我你对它的看法。我这就去拿。"

他走开了。他那双短短的毛手紧握着，放在肚子上，他的布拖鞋在地板上拖着。他穿过门消失了。

修士们都下流地咧开嘴。

"季米特里奥斯神父又去拿他的陶土修女了，"知客神父说道，"魔鬼特地把它埋在土里给他。有一天，季米特里奥斯在花园里挖地时发现了它。他把它拿到他的房间里，从那时候起他就失眠了。他也差不多要发疯了。

左巴站了起来。他透不过气了。

"我们来找院长签一个文件。"他说。

"圣洁的院长不在家，"知客神父说道，"他今天早上到村子里去了。耐心等等吧。"

季米特里奥斯神父又出现了，他伸出一只握得紧紧的手，好像拿着圣餐杯似的。

"这里！"他说，小心翼翼地张开手。

我向他走去。一尊极小的塔纳格拉塑像[1]半裸而娇羞，在修士肥胖的手中向我微笑。她用仅存的一只手托着她的头。

"她这样托着头，"季米特里奥斯说，"说明她的头里有颗宝石，也许是钻石或珍珠。你觉得呢？"

"我认为，"一个修士尖刻地插了一句话，"她在头痛。"

可是高大的季米特里奥斯注视着我，不耐烦地等待着。他的两片嘴唇像羊嘴一样下垂着。

"我认为我应该把她打碎看看，"他说，"为了这个我晚上都睡不着……如果里头有颗钻石的话……"

我注视着这个优雅的女郎，以及她小小的、坚挺的乳房，她如今被放逐在这袅袅的香雾中，与那些受难的，诅咒肉、诅咒欢笑与亲吻的神在一起。

啊！但愿我能拯救她！

左巴拿着那尊泥土烧成的小塑像，抚摸着那细瘦的女性胴体，他的指头颤抖着，停在那坚实而高挺的乳房上。

"可是，我的好修士，"他说道，"你看不出这是魔鬼吗？这就是魔鬼本人。没错。你别担心，我认识该死的魔鬼。季米特里奥斯神父，你看她圆圆的乳房，冰凉而坚实，魔鬼的胸部正是这个样子，我非常

1　塔纳格拉塑像（Tanagra figurine）：一种产于希腊塔纳格拉地区的陶质雕塑。

清楚！"

一个年轻的修士在门口出现了，阳光照亮他金黄色的头发和圆嘟嘟、毛茸茸的脸。

刚才开过口的那个嘴巴恶毒的修士对知客神父挤挤眼睛，他们两个都狡黠地微笑着。

"季米特里奥斯神父，"他们说，"你的见习修士加夫里利来了。"

那修士立刻拿起他小小的泥土女人，向门口走去，活像一只滚动的木桶。那俊秀的小修士摇曳生姿地在他前头默默走着。他们消失在破旧的长廊里。

我对左巴做了一个手势，我们走到院子里去。外面相当热。院子中央有棵橘树，橘花香弥漫于空中。不远处，水从一座古老的山羊头大理石雕中潺潺地流出来。我把头浸在水里，感到精神一振。

"老天爷，这些人到底是什么东西呢？"左巴厌恶地说道，"他们也不是男人，也不是女人，他们是骡子。呸！该死的一群。"

他把头浸在清凉的水里，然后笑了起来。

"呸！该死的一群！"他又说了一遍，"他们心里都住着某种魔鬼。一个想女人，一个要咸鳕鱼，一个要钱，一个要报纸……一堆呆子！他们为什么不到世俗中纵情享受他们所渴望的一切，好净化他们的脑子。"

他点起一根香烟，坐在那棵开满花的橘树下的凳子上。

"当我自己在渴望着什么东西时，"他说，"你知道我怎么办吗？我就用它将自己填满，这样我就会排斥它，永远不会再想它了。要是我再想它，我真的会吐的。从前我还是个小孩子的时候——这件事会启示你——我非常爱吃樱桃。我没钱，所以不能一下子买很多，每次我把买来的吃完，我还想再吃。朝朝暮暮，我只是在想着樱桃。我的

229

嘴里不住地淌着口水，这真是折磨啊！可是有一天，我发疯了，或者是恼羞成怒了，我不知道是哪一个。总之，我觉得樱桃在向我招手，真是很滑稽。所以我做了什么事呢？一天晚上，我爬了起来，搜我爸爸的口袋，找到了一枚银钱，把它偷了。第二天早上我很早起床，到市场水果贩那儿买了一篓樱桃。我在一个壕沟里坐下来，开始吃，我吃了又吃，直到肚子发胀为止。我的胃开始痛，我终于病倒了。是的，老板，我大病了一场，从那天起到现在为止，我一个樱桃也不想吃了，我看到它们就恶心。我得救了，我可以对任何一个樱桃说'我不再需要你了'。我用同一个方法来对付酒和烟草。我现在还抽烟喝酒，可是如果我想的话，任何时候我都可以将它们戒掉。我是不会被狂热征服的。我对我的国家也是如此，我太关心它了，所以我用它塞满自己，直到从嗓子里吐出来为止。从那时候起，它就不再困扰我了。"

"女人呢？"我问道。

"马上就轮到她们，去他妈的！快到了！当我快七十岁的时候！"

他想了一下，觉得似乎太早了。

"八十岁。"他更正道，"你觉得这话好笑，老板，我看得出来。可是你不必笑，那就是人释放自己的方法！听好，除了猛塞，直到快爆炸为止，没有别的途径，不是用禁欲苦行的方式。如果你自己不变成一个半魔鬼，你怎么能打垮一个魔鬼呢？"

季米特里奥斯气喘吁吁地走进庭院里，那个漂亮的小修士跟在后面。

"任何人都会以为他是神殿里的天使。"左巴喃喃道，赞叹着他的羞怯以及青春的优雅。

他们朝通向楼上房间的石阶走去。季米特里奥斯转过身，注视着小修士，说了几句话。

那修士摇着头，好像在拒绝，可是随后他屈服地点点头，扶着老修士，一起爬上石阶。

"懂吗？"左巴问道，"你看到没？所多玛和蛾摩拉[1]！"

两个修士偷窥着，互相挤挤眼，然后笑了起来。

"恶毒的一群人！"左巴闷哼着，"狼不会互相残杀，可是看这些修士！你可曾见过女人像这样互相拼斗？"

"他们都是男人。"我笑着说道。

"没啥区别，老板，你信我的话准没错！他们全都是骡子。你可以称他们加夫里利或加夫里拉，季米特里奥斯或季米特里亚，根据你自己的感觉。来吧，老板，我们走吧。我们尽快把文件给签了，然后就走吧。如果我们再待下去的话，我不久就会对男人和女人统统感到厌恶了。"

他放低他的声音。

"另外，我已经有了一个妙计……"

"又是一个疯念头，我知道。难道你不觉得你这辈子傻事已经做得够多了？你这只老山羊，告诉我你有什么妙计。"

左巴耸耸肩。

"我要怎么把那种事情讲给你听呢，老板？你是个善良的家伙，如果你不介意我这么说！你尽力帮助每个人，不论他们是什么人。如果你在冬天看到你的厚绒被子上有只跳蚤，你会把它放到被子底下，不让它冻着。你怎么会理解我这样的一个老坏蛋呢？我如果发现一只跳蚤，吱的一声，我把它捏死。如果我发现一只羊，嘎吱一下，我割

1　所多玛和蛾摩拉（Sodom and Gomorrah）：《圣经》中的两个城市。城里的居民不遵守上帝戒律，城中充斥着罪恶，所以上帝将这两座城市毁灭。这两个城市后来成为罪恶之城的代名词。

断它的脖子，把它插到炙叉上，然后邀请亲朋好友来打打牙祭！可是你会说，那只羊不是你的！不是，我承认。可是，老板，让我们先把它吃掉，然后我们再心平气和地谈谈这件事，痛快地讨论什么叫'你的'，什么叫'我的'。当我用牙签剔牙齿的时候，你可以把心里所有的话都讲出来。"

整个庭院里回荡着他的大笑声。扎哈里亚惊慌地出现了。他用一根指头放在嘴唇上，蹑手蹑脚地向我们走来。

"嘘！"他说道，"你不能笑！看那边，那个小窗户……那是主教工作的地方，那是藏书室。他正在写字，那个神圣的人。他整天都在写个不停，所以别吵闹。"

"哈！我正在找你呢，约瑟神父。"左巴抓住修士的手臂道，"来，带我到你的房间去，我要和你聊聊。"

然后他转向我说：

"我们不在的时候，你可以到处走走，看看教堂和那些旧神像。我要等修道院院长回来，大概不会太久。你可千万别自作主张，你只会把事情弄砸。一切看我的，我有一条妙计。"

他弯下身，在我的耳边说道：

"我们可以半价买到那片森林……什么话都别说。"然后他抓着那疯修士的手臂迅速地走开了。

第十八章

我跨进礼拜堂的门槛，进入幽暗的室内，那儿沁凉而芬芳。

这个建筑物里空荡荡的，铜栏杆泛着微弱的光芒。一个雕工精致的圣像台占满了礼拜堂的最里面，它象征着一座果实累累的金色葡萄棚。墙壁从上到下都是半剥落的壁画，画面触目心惊：状似僵尸的苦行修士，教会的长老，基督受难，巨大的、凶神恶煞的天使，天使们的头发用蓝色、粉红色的宽丝带扎着，在湿气的侵蚀下，丝带已经褪色。

圆顶上高高地画着圣母，她摊着双手祈求着，一盏笨重的银灯供在她的前面，柔和的灯光在她的身畔摇曳，轻抚着她长而悲切的脸。我永远无法忘记那哀伤的眼睛，那皱起、圆张着的嘴，以及那坚毅有力的下颚。我想着，这是最幸福、最满足的圣母了——即使她是在极度的痛苦中——因为她感觉到作为肉体凡胎的她，生下的婴孩永远不会死去。

当我跨出门槛时太阳已经下山了。我坐在橘树下，感到十分快乐。礼拜堂的圆顶被染红了，仿佛现在是破晓时刻。修士们都回房歇息了，他们根本无法成眠，他们必须集中全部的精力。那夜，基督开始走向各各他¹，他们必须与他同行。两头生着粉红色奶头的黑母猪躺在一棵长角豆树底下酣睡着。鸽子在屋顶上逡巡，咕咕地叫个没完。

我想，我还有多长的寿命来享受大地的甘美，享受空气与宁静，享受橘花的馨香呢？一尊我在礼拜堂里凝视的圣巴克斯²的神像令我的心洋溢着快乐。最深切地感动着我的东西——完整、坚定的目标以及永不熄灭的欲望——再度显现在我面前了。愿神祝福那尊少年基督徒的小雕像，卷曲的头发像一串串葡萄垂在他的额前。狄俄尼索斯，这俊美的美酒与狂欢之神，和圣巴克斯在我的心中融合了，变成了一张脸。而在葡萄叶及修士的法衣下，因生命而搏动的，就是暴晒于阳光下的那具身躯——希腊。

左巴回来了，他急急忙忙地说：

"院长来了。我们谈了一下，跟他谈话真需要大费一番唇舌。他说他不愿贱卖那片林地。他要的比我们给的多很多，那个老滑头，可是我还没跟他说定。"

"为什么跟他大费唇舌呢？我还以为已经说好了。"

"看在老天爷的分儿上，老板，你不要干涉这件事。"左巴恳求道，"你只会把事情搞砸。事到如今你还在那里谈什么以前的协议，那老早以前就不作数了。别皱眉头，它已经不作数了，我告诉你。我们一定会用半价买到那片林地的！"

"你到现在为止，惹了多少麻烦啊，左巴？"

"你别管，那是我的事情。我要给这件工作上点油，让它转动，

---

1 各各他（Golgotha）：耶稣被钉死于十字架之地。

2 圣巴克斯（Saint Bacchus）：指基督教圣徒巴克斯。此外，罗马神话中的酒神也叫"巴克斯"，相当于希腊神话中的酒神狄俄尼索斯。

你懂了没？"

"可是为什么呀？我一点也不懂。"

"因为在干地亚，我连不该花的钱都花掉了，那就是症结所在。洛拉吞掉了一大堆我的——我是说，你的钱。你不会以为我已经忘得一干二净了吧？确实是有自尊这种东西的。我是不能有黑历史的！我花了这么多，所以我要赔这么多。我已经算清楚了：洛拉用掉我七千德拉克马，我要在林地上减掉这么多钱。要让院长、修道院和圣母出这笔钱。那就是我的妙计，你觉得如何？"

"我一点也不喜欢。圣母为什么要跟你的透支扯上关系？"

"有关系，而且还大有关系呢！看，她生了她的儿子：上帝。上帝造了我左巴，还给了我一些器具——你懂得我的意思。而这些该死的器具，不管我在什么地方碰到了雌性的人类，都会让我昏了头，打开荷包。明白了吗？因此，圣母跟这件事有关系，而且还大有关系呢！让她付钱。"

"我不喜欢这样，左巴。"

"那完全是另一回事。让我们先省下七张小钞票，等回来再讨论吧！'心肝，我等一下再来……'你知道那首歌是怎么唱的……"

那肥胖的知客神父出现了。"到里面来，"他用一种温婉的传教腔说道，"晚餐准备好了。"

我们走进膳厅，那是一间摆满板凳及狭长桌子的大厅。一股酸腐的臭油味弥漫在空气中。远远的一端是一幅旧壁绘，画的是"最后的晚餐"的情景，十一个虔诚的门徒像白羊般聚在基督身旁，而在另一头，独自默默地站着的，是红发的犹大，那头黑羊。他有着鼓起的前额和鹰钩鼻。基督一直在盯着他。

知客神父坐下来，安排我坐在他的右手边，左巴坐在他的左手边。

235

"我们正在吃斋。"他说，"因此我希望你们见谅……没有油或酒，即便你们是客人也没有，可是我们是很欢迎你们的！"

我们画了十字，然后静静地吃着橄榄、洋葱苗、嫩豆和哈尔瓦，我们三个人都像兔子一样慢慢地用力嚼着。

"此地的生活就是这样，"知客神父说，"基督受难一次就吃一次斋。可是，忍耐，兄弟们，忍耐，复活节就要到了，羔羊就要来了，天国即将降临。"

我咳嗽了一声。左巴踩了我一脚，仿佛在说"住嘴"。

"我见过扎哈里亚神父……"左巴转移话题说道。

知客神父提了个问题：

"那个疯子跟你讲了什么呢？"他焦虑地问，"他心里七个恶魔全都有了，你别听他的。他心中污秽，所以看什么都污秽。"

召唤修士的钟声哀伤地响了起来。知客神父画了一个十字，然后站了起来。

"我必须走了，"他说，"基督受难要开始了，我们必须和他一起扛十字架。你们今晚可以安歇，你们走了这么长的路，一定十分疲惫了。不过明天清晨请参加祷告……"

"这群卑鄙小人！"那修士一走，左巴立刻从牙缝里挤出一串咒骂，"小人！骗子！骡子。"

"有什么不对劲，左巴？扎哈里亚跟你讲了什么吗？"

"别担心，老板，去他妈的！如果他们不肯签字的话，我就要让他们尝尝我的厉害！"

我们走到那个为我们安排的房间。在角落里有尊圣像，圣母的脸颊紧贴着她儿子的面颊，她的大眼睛里泪光莹莹。

左巴摇着他那颗大头。

"你知道她为什么哭吗？老板？"

"不知道。"

"因为她看到了发生的一切。我如果是一个神像的画家，我一定要画一个没有眼睛、耳朵或鼻子的圣母。因为我会替她感到难过的。"

我们四肢张开地躺在硬床上。木梁散发出柏木的香味。窗外飘来春天的温暖气息，掺杂着花朵的芳馥。悲切的曲调时不时从庭院中传进来，宛如阵阵的风。一只夜莺在窗边唱起来，稍远的地方也有一只在唱着，更远处还有一只。夜，洋溢着爱。

我无法入睡。夜莺的歌声糅合着基督的哀叹，我试图穿过花朵盛开的橘林登上各各他山，让巨大的血斑来指引我。蓝色的春夜里，我看到冷汗在基督苍白的、蹒跚前行的身体上闪耀着。我看到他的手摊开颤抖着，仿佛他是一个乞丐，哀求路人驻足聆听。加利利的穷人们仓皇地跟在他后面，喊着："和散那[1]！和散那！"他们手里拿着棕榈枝并且把衣服铺在他的脚前面。他注视着这些他所爱的人，虽然他们当中没人知道他有多绝望。只有他知道自己正迈向死亡。在星光下，他流着泪，缄默着，安慰着自己那颗充满恐惧的可怜的凡人的心：

"正如一颗麦粒，我的心啊，你也必须埋入地下死去。不要惧怕，如果你不死去，你怎能结出麦穗来呢？你怎能养活那些快要饿死的人呢？"

可是，他体内那颗凡人的心越来越虚弱，而且颤抖着，不愿死去……

修道院四周的森林中回荡着夜莺的歌声。它们的歌声从潮润的树叶间升起，诉说着爱与热情。而可怜的凡人之心随着歌声战栗着，膨

---

1 和散那（hosanna）：《圣经》用语，赞美上帝时的欢呼之声。

胀着，哭泣着。

逐渐地，伴随着耶稣受难及夜莺的歌唱，我不知不觉地进入了梦乡，就像灵魂进入天堂一样。

我入睡还不到半个钟头，就在一种恐惧中惊醒了。

"左巴！"我喊道，"你听到了没有？一声枪响！"

左巴正坐在他的床上，抽着一根香烟。

"别惊慌，老板，"他说道，依然想克制他的愤怒，"让他们去算他们的烂账，这群小人。"

叫喊声从走廊里传了过来，我们听到拖鞋在地上沉重地拖来拖去，门开开关关，远处传来呻吟声，似乎有人受了伤。

我从床上跃起，打开了门。一个枯槁的老人出现在我面前，伸出手拦住了我的去路。他戴着一顶尖尖的白睡帽，穿着一件长及膝盖的睡衣。

"你是什么人？"

"主教……"他回答道。他的声音颤抖着。

我差点笑了出来。主教？他的饰物到哪儿去了？金色十字褡、主教冠、十字架、许多颜色的假宝石……我还是头一次看到穿睡衣的主教。

"枪声是怎么一回事呢，主教大人？"

"我不知道，我不知道……"他嗫嚅着，轻轻把我推回到房间里。

左巴在床上笑起来。

"你害怕吗，小神父？"他说道，"那么进来吧，老家伙，跟我们在一块儿吧。我们不是修士，所以你用不着担心。"

"左巴，"我低声说道，"放尊重点行不行？这是主教。"

"哼！穿上睡衣谁也不是主教！进来吧，老家伙！"

左巴站起来，抓住主教的手臂，带他到房间里来，把门关上。他从干粮袋里拿出一瓶朗姆酒，斟满了一杯。

"喝吧，我的朋友！"他说，"它会让你振作一点。"

那个小老头把那杯酒一饮而尽，然后立刻走了过来。他坐到我的床上，靠在墙上。

"敬爱的神父，"我说，"枪声是怎么一回事？"

"我不知道，我的孩子……我一直工作到半夜，然后就上床去睡觉，这时我听到隔壁季米特里奥斯神父的房间里……"

"呵！呵！"左巴笑着说道，"你说对了，扎哈里亚！那些龌龊的人！"

主教垂下他的头。

"一定是小偷。"他喃喃道。

走廊那边，喧哗已经平息，整个修道院再度恢复了沉寂。主教用他那和蔼、惊恐的目光望着我，仿佛在恳求着。

"你想睡吗，孩子？"他问道。

我清楚地感觉出他不愿离开，不愿孤零零地回到他的房里去。他心里害怕。

"不，"我回答道，"我一点也不想睡，在这里多待一会儿吧。"

我们聊了起来。左巴斜靠在枕头上，卷着一根香烟。

"你看起来是个很有教养的青年，"主教对我说道，"在此地我找不到一个可以谈话的人。我有三个理论，它们令我的生活变得愉快，我很乐意和你谈谈它们，孩子。"

他没有等我回答就立刻讲了起来：

"我第一个理论是这样的：花朵的外形影响它们的颜色，它们的颜色影响它们的性质。这样，每一朵花对人的肉体都有不同的影响，进而又影响了人的灵魂。所以在百花怒放的原野上走的时候，我们必须极其小心。"

他停了一下，像在等我发表意见似的。我仿佛看到这个小老头在一块野地上徘徊，怀着激动的心情，察看花朵的外形与颜色。这个可怜的老人因神秘的敬畏感而颤抖着，五颜六色的魔鬼和天使为他麇集在春天的原野上。

"这是我第二个理论：每种真正具有影响力的理念，必然具有真正的实体。它确确实实在那里，它并非虚无缥缈地飘浮在空中——它有一个真正的身体，眼睛、嘴、脚、胃。它不是雄性就是雌性，因而不是追求男人就是追求女人。这就是福音书里为什么要说'道成了肉身……'"

他再度热切地看着我。

"我第三个理论，"他急促地继续说下去，因为他不能忍受我的缄默，"是这样的：我们的生命虽然短促，但其中也有某种永恒，只是我们不容易找到它罢了。我们的日常忧虑将我们导入了迷途。只有寥寥几个人——人类的精华——能够在短暂的一生中成就永恒。鉴于其他的人都会因此迷失，上帝遂怜悯他们，将宗教赐给他们——这样，众生也得以生活在永恒之中。"

他讲完了，他显然因为讲了这些话而感到轻松。他抬起那双已经没有睫毛的小眼睛，对我笑着。他仿佛在说："瞧，我把我的一切都给你了，收下吧！"看到这个小老头这样干脆地把毕生心血的结晶送给与他素昧平生的我，我真是深深地被感动了。

他的眼中噙着泪水。

"你认为我的理论怎样呢？"他问道，用双手握着我的一只手，直视着我的眼睛。我感觉到他想从我的答案中了解，他这一生过得有没有价值。

我明白，在真理之上，还有一种更重要、更富人情味的责任存在着。

"这些理论可以拯救很多灵魂。"我答道。

主教的脸亮了起来。这句话肯定了他整个生命的价值。

"谢谢你，我的孩子。"他喃喃道，激动地握着我的手。

左巴从他的角落里跳了起来。

"我有第四个理论！"他嚷道。

我焦虑地注视着他，主教也转过身去。

"讲吧，我的孩子，愿你的理论受祝福！什么理论？"

"二加二等于四！"左巴一本正经地说道。

主教目瞪口呆地看着他。

"还有第五个理论，老头，"左巴继续道，"二加二不等于四。来吧，我的朋友，碰碰运气！做个选择吧！"

"我不懂。"老人结结巴巴地说，他带着疑惑的表情看着我。

"我也不懂！"左巴放声大笑，说道。

我转过身去对着那进退维谷的可怜老人，我换了个话题。

"可敬的神父，你在这个修道院里专掌什么呢？"

"我在抄写这个修道院里的一些古代手稿，孩子。最近，我在搜集教会里所用的关于圣母的神圣修饰词。"

他叹了一声。

"我老了，"他说道，"我不能做其他任何事了。把所有赞美圣母的话列出来时，我感到很安慰，因此忘却了这个世界的苦难。"

他把手肘斜放在枕头上，闭上眼睛，喃喃地背诵起来，仿佛在说谵语：

"永不凋谢的玫瑰、丰腴的土地、葡萄树、泉、神迹之源泉、天梯、桥、海难者的求生船、安歇之港、天堂之钥、曙光、永恒的光明、闪电、火柱、常胜将军、屹立的高塔、坚固的碉堡、安慰、喜悦、盲人的拐杖、孤儿的母亲、餐桌、粮食、和平、安详、馨香、盛筵、乳与蜜……"

"这位老兄发狂了……"左巴低声说道,"我来给他盖点东西,不然他会感冒的。"

他站起来,丢了一条毯子到主教的身上,并将他的枕头摆正。

天已经破晓了。我们可以听到召祷钟的声音。我探头到窗外,在第一道晨曦里,我看到一个憔悴的修士,头上扎着一条长长的黑头巾,缓缓地绕着庭院走,用小木槌敲打一个长木片,发出一种神奇的、音乐般的声音。召祷钟的声音在清晨的空中回荡着,甜美、和谐,有吸引力。夜莺已经停止歌唱,而别的鸟则开始在树上发出啁啾声。

我聆听着,沉迷于召祷钟美妙的召唤声。我思索着生命中一种高尚的韵律,虽在渐渐衰败,但还完美地保存着它的外在形式,它是何等引人入迷而又充满着高贵感。它的精神离开了,可是它的栖身之所留下了,这种建筑是缓慢演化得来的,错综复杂得有如一只海贝。

你在喧嚣而不信神的城市里看到的华丽大教堂,正是一只这样的空壳,我想道。如今这些史前巨兽只剩下一些饱经日晒雨淋的残骸。

有人在敲着我们的房门。知客神父那假殷勤的声音传了进来。

"来吧,起床了,兄弟们,晨祷的时间到了。"

左巴跳了起来:

"晚上的枪声是怎么一回事?"他无法自制地吼道。

他等候了半刻。寂静无声。那修士在门外一定听到了,因为我们听得到他那急促的呼吸声。左巴暴躁地顿着脚。

"枪声是怎么一回事?"他又愤怒地问了一遍。

我们听到快速离开的脚步声。左巴一跃跳到门边。他把门打开：

"下流的恶棍！打手！"他咆哮着，向那修士奔跑的方向啐了一口，"神父、修女、修士、执事、圣器保管员，你们统统……呸！"然后又啐了一口。

"我们走吧！"我说道，"空气中有股血腥味。"

"但愿只是血腥而已，"左巴咕哝道，"如果你愿意的话，你就去做晨祷，老板，我要到处走走，看看能不能发现什么。"

"我们走吧！"我感到恶心地重复了一遍，"拜托你别在跟你不相干的地方东嗅嗅西嗅嗅好吗？"

"我就是老爱在这种地方东嗅嗅西嗅嗅！"

他想了一会儿，然后狡黠地笑笑。

"魔鬼帮了我们一个大忙，"他说道，"我想他已经把事情搞到一触即发的地步。老板，你知道像这样的枪声要花掉修道院多少钱吗？整整七千块钱！"

他走到庭院里去。我们感受到花的馨香、清晨的甜美、静谧的幸福。扎哈里亚在等着我们。他跑了过来，抓住左巴的手。

"卡纳伐罗兄弟，"他用颤抖的声音轻轻地说道，"来吧，我们必须走了！"

"枪声是怎么回事？他们杀了一个人，是不是？快点，讲话啊，否则我就扭断你的脖子！"

那修士的下巴轻轻地颤动。他看看四周，庭院中空无一人，每扇房门都紧闭着，礼拜堂开着的门里传出阵阵音乐声。

"你们两个跟我来，"他喃喃道，"所多玛和蛾摩拉！"我们沿着墙边静悄悄地走着，到了庭院的另一头，然后走出花园。距修道院一百米左右有一个坟场，我们走了进去。

我们跨过坟墓，扎哈里亚拉开礼拜堂的小门，我们跟在后面走了进去。在中央的一张草席上，躺着一具用法衣盖着的尸体。死尸的头和脚附近都燃着一支蜡烛。

我弯下身去看那尸体。

"那个小修士！"我吃惊地喃喃说道，"季米特里奥斯神父那个头发漂亮的小徒弟。"

在圣堂的门上，天使长米迦勒的像在反着光，米迦勒翅膀张开，带着出鞘的剑，穿着红色的鞋。

"天使长米迦勒！"那修士喊着，"放火和硫黄把他们全烧光吧！天使长米迦勒啊，采取些行动吧。从你的圣像里出来吧！举起你的剑刺杀他们吧！难道你没有听到枪声吗？"

"谁杀了他？到底是谁？季米特里奥斯吗？讲啊，老山羊胡子！"

那修士挣开左巴的手，跑到天使长像前面，拜倒在地。他一动也不动地趴了一会儿，然后抬起头，眼睛突出，嘴巴圆张，全神贯注地凝视着圣像。

他突然喜悦地跳了起来。

"我要烧光他们！"他用一种坚决的声音宣布道，"天使长动了，我看到了，他给了我一个信号！"

他走向圣像，用嘴唇吻着天使长的剑。

"上帝是应当受赞美的！"他说道，"我解脱了！"

左巴再度捉住那修士。

"到这里来，扎哈里亚。"他说，"现在，我告诉你什么，你就要做什么。"

然后他转向我。

"把钱给我，老板，我要自己去签那文件。这儿的人全是豺狼，而你是只羔羊，他们会吃了你的。把这个交给我办。你别操心，我会如愿找到那些小人的。中午的时候我们会揣着那片林地离开这儿。走吧，扎哈里亚。"

他们悄悄地离开，鬼鬼祟祟地向修道院走去。我则到松林中溜达了一趟。

太阳已经很高了，露珠在树叶上闪闪发光。我前面的一只乌鸫飞到一棵野生梨树的枝上，轻快地摆动尾巴，张着喙，凝视着我，发出两三声嘲讽似的声音。

透过松林，我可以看到庭院，修士们排成长长的一列走出来，他们垂着头，黑色的斗篷披在肩上。仪式已经结束，他们往膳厅走去。

"多么可惜啊，"我想道，"这样的严谨与高贵竟然缺少灵魂。"

我觉得疲乏，我没睡够，于是我摊开四肢，在草地上躺了下来。野生的紫罗兰、金雀儿、迷迭香以及鼠尾草令空中弥漫着清香。虫儿们嗡嗡个不停，它们饿了就像海盗般钻到花里去吸食花蜜。在远方，群山闪烁着，透明、静谧，在炽热的阳光下有一团飘动的薄雾。

我闭上眼睛，感到安慰。一种悄然、神秘的快乐把我占据了……仿佛我身畔的这一切绿色的神迹就是乐园，仿佛我所感到的清新、飘逸，以及深刻的狂喜就是上帝。上帝每一秒钟都在改变他的容貌，能在伪装中辨认出他的人是有福的。此刻他是杯清水，而下一刻已变成你的儿子蹦到你的膝上，或变成一个风姿绰约的女人，或一次寻常的晨间散步。

慢慢地，我周遭的一切，形状毫无改变地变成了一场梦。我十分快乐。尘世和天堂合而为一了。生命在我眼中是原野上的一朵花，花的中央有一大滴蜜，而灵魂则是一只觅食的野蜂。

我被无情地从至福的状态中吵醒，我听到身后的脚步声和交头接耳声。在同一瞬间，一个快乐的声音嚷着：

"老板，我们走了！"

左巴站在我面前，他小小的眼睛里发出狂野的光芒。

"走了？"我如释重负地说，"事情彻底解决了？"

"都解决了！"左巴说道，拍拍他夹克的上端，"林地就在这儿，我希望它给我们带来好运！我们被洛拉花掉的七千块钱都在这儿！"

他从内层的口袋里掏出一卷钞票。

"拿去！"他说，"我还掉我的债了，我再也不会惭愧得不敢面对你了。那些丝袜、手提包、香水，以及宝宝琳娜夫人的阳伞都在这里面了，甚至还有那只鹦鹉的花生！还有，我送给你的哈尔瓦也在里面！"

"留下来你自己用吧，左巴，算是我送给你的，"我说，"去点根蜡烛，献给被你冒犯的圣母吧。"

左巴转过身去，扎哈里亚向我们走来，穿着他那件肮脏得已经泛绿的袍子，和那双邋遢的鞋子。他牵着我们那两头骡子。

左巴拿那卷钞票给他看。

"我们对分，约瑟神父，"他说道，"你可以买二百斤咸鱼干吃，够你吃到胀破肚皮，一直吃到你吐出来，这样你就会永远地从鱼干中解脱了！来，伸出你的爪子来！"

那修士收下了脏兮兮的钞票，然后将它们藏了起来。

"我要买些煤油！"他说。

左巴放低他的声音，在老修士的耳边说悄悄话。

"在天黑的时候，趁那群长胡子的老山羊全都睡着的时候，那时候一定会有阵好风。"他叮嘱道，"往墙上洒。你只需浸些破布、废棉花，什么都可以，然后点火。听到没有？"

那修士颤抖着。

"别抖成那个样子！天使长命令你这样做，不是吗？你必须相信煤油和上帝的恩典。祝你好运！"

我们爬上骡子，然后我向修道院望了最后一眼。

"你听到什么没有，左巴？"我问道。

"关于枪声？你别去挂虑那个，老板。老扎哈里亚说得对：'所多玛和蛾摩拉！'季米特里奥斯杀了那个标致的小修士。事情就是这样。"

"季米特里奥斯？为什么呢？"

"不要打听，老板，又脏又臭。"

他回过头去看修道院。修士们从膳厅中鱼贯而出，低着头，握着手，准备把自己锁在房间里。

"诅咒我吧！圣洁的神父们！"他大喊道。

第十九章

那晚我们在海滩下骡时，第一个碰到的人就是宝宝琳娜，她蜷着身子坐在我们的木屋门前。当我点上灯看到她的脸时，我吓了一跳。

"怎么了，奥尔唐斯夫人，你是不是生病了？"

自从那个伟大的希望——结婚——在她脑中燃烧起来之后，我们的老海妖就完全失去她那朦胧、暧昧的魅力了。她企图把过去抹掉，她想抖落那些俗艳的羽毛，这些羽毛是从帕夏、贝伊、舰队司令那儿得来的战利品，她曾用它们装扮自己。她只是渴望成为一个庄严可敬的普通人，一个善良的、贤惠的女人。她不再化妆，不再打扮，她以本来的面目出现：一个想要结婚的可怜虫。

左巴没有开口。他一直紧张地捻着那撮新近染黑的唇髭。他弯下身，生起炉火，放上一壶煮咖啡用的水。

"你好狠心！"那个卡巴莱歌星突然用沙哑的声音说道。

左巴抬起头来看看她，他的眼神柔和了下来。在女人心碎的声音中，他就从来没有赢过。一滴女人的泪水就能把他淹死了。

他什么也没说，只是把咖啡和糖倒进壶里，然后搅拌着。

"你为什么让我苦苦盼了这么久，还不娶我呢？"老海妖说，"我再也不敢在村子里露面了。我好没面子啊！好没面子！我应该去自杀。"

我在床上歇息着。我把手肘靠在枕头上，欣赏着这滑稽而又感人的场面。

"你为什么没有带结婚用的花环回来呢？"

左巴感觉到宝宝琳娜的肥手在他的膝盖上颤抖着。那膝盖是这个经历了一千零一次船难的可怜虫所攀附的最后一寸坚硬的土地了。

左巴似乎了解这点，他心软了。可是他再度沉默了。他把咖啡倒进三个杯子里。

"干地亚没有好花环。"左巴简短地答了一句。

他把杯子递给了我们两个，然后就在一个角落里蹲了下来。

"我写信到雅典去，叫他们寄几个过来，"他接着说道，"我还订购了些白蜡烛和巧克力味的糖渍扁桃仁。"

当他说话之时，他的想象力在极力运转。他的眼睛闪亮着，如同一个灵感涌现的诗人。左巴翱翔在高地上，在那儿虚实混在一起，彼此相像，像一对姊妹。他蹲着，歇息着，咕噜咕噜地喝着咖啡。他点上第二根烟，这是个好日子——他口袋里有那份林地的协议，他付清了他的债务，他很愉快。他让自己放松下来。

"我们的婚事，我甜蜜的宝宝琳娜，"他说道，"必须搞得轰轰烈烈。在我为你订购的结婚礼服寄到之前，你必须等待。那就是我在干地亚待了那么久的原因了，亲爱的。我从雅典找来了两个著名的服装设计师，我跟他们说：'看！我要娶的那个女人在东方和西方都没人能和她比美！她是四个强国的正牌皇后。她现在正在孀居，那些伟大的国王都已经去世，而她已同意嫁我为妻。因此我希望她的结婚礼服精美绝伦；它必须完全用丝缎、珍珠和金色的星缝制而成！'那两个设计师抗议说：'可是那样就太漂亮了！'他们说：'这样的光辉会让所有的来宾都睁不开眼睛的！''别顾虑那些！'我说，'有什么关系呢？只要我心爱的人满意就好了！'"

奥尔唐斯夫人靠着墙听着。一缕笑意从那布满皱纹的肥脸上绽开，使它变得更圆更胖，她脖子上那条红丝带差一点就断掉了。

"我想在你耳边说悄悄话。"她对左巴说道，朝着他大抛媚眼。

左巴对我挤挤眼，然后把身子探过去。

"今天晚上我给你带了一样东西来。"他未来的妻子耳语道，几乎把她的小舌头伸到他那只毛茸茸的大耳朵里去了。

她从紧身胸衣里抽出一条有一角打着结的手帕，将它递给左巴。

他用两只指头夹住那条手帕，把它放在右膝上，然后，将身子转向门的方向，望着海。

"你不要把那个结解开吗，左巴？"她问道，"你好像一点也不急！"

"让我先把咖啡喝光，把烟抽完，"他回答道，"我用不着解开它，我知道里面是什么东西。"

"把它解开！把它解开！"老海妖哀求他。

"我要先把烟抽完，我跟你讲过了！"

同时他向我投来责备的一瞥，仿佛在说："都是你惹的祸！"

他慢吞吞地抽着，一面望着海，一面从鼻里喷着烟。

"明天又会刮热风。"他说道，"天气变了，树在摇晃，年轻姑娘的乳房也在摇晃着——它们快从紧身胸衣里蹦出来了！春天是一个流氓！魔鬼的杰作！"

他停了下来，过了半响，他又补充道：

"你有没有注意到，老板，世界上所有的好东西都是魔鬼的杰作。

漂亮的女人、春天、烤乳猪、酒——这些全是魔鬼造的！上帝创造修士、吃斋、洋甘菊茶和丑女人……呸！"

当他这样说时，他凶恶地望了奥尔唐斯夫人一眼——她缩在一个角落里听着。

"左巴！左巴！"她每一秒钟都在哀求他。

可是他又点起了另一支香烟，重新开始凝视着海。

"春天，"他说道，"撒旦掌大权。裤带松松，短上衣没扣，老女人叹息……手拿开，宝宝琳娜！"

"左巴！左巴！"这个老可怜虫哀求着。她弯下身去捡起那条手帕，把它塞进他的手里。

他扔掉他的香烟，抓住那个结头，把它解开。他把手帕打开来看。

"这到底是什么玩意儿，宝宝琳娜夫人！"他厌恶地说道。

"戒指，小戒指，我的宝贝，结婚戒指。"老海妖全身颤抖着喃喃道，"这儿有个证人，上帝保佑他。今晚夜色很美，刮着西罗科风，上帝在观看，让我们订婚吧，左巴！"

左巴一会儿看着我，一会儿看着奥尔唐斯夫人，一会儿看看戒指。一群恶魔在他内心交战，目前还没有谁占上风。那可怜的女人惧怕地注视着他。

"左巴！我的左巴！"她低喊着。

我从床上坐起来，看着这一幕。左巴面前有几条路，他会选择哪一条呢？

他突然摇摇头，他已经做出决定了。他的脸开朗起来，两手握在一起，他跳了起来。

"让我们到外头去！"他喊道，"在星光下，好让上帝能够亲眼看到！你拿那个戒指，老板，你会唱诗吗？"

"不会，"我感到好笑地答道，"可是那无关紧要。"我已经从床上下来了，正在帮助那个善良的女士站起来。

"啊，我会。我忘了告诉你我曾经是唱诗班的男童歌手，我常常跟神父去主持婚礼、洗礼、葬礼等等。我把所有教会的歌都背下来了。来吧，我的宝宝琳娜。来，升帆，我的法国小战船，走在我的右边！"

在左巴所有的恶魔当中，那个好心肠的小丑得胜了。左巴一直同情老海妖，因此当他看到她那失神的眼睛如此渴切地注视着他的时候，他的心碎了。

"活见鬼，"当他下决心时，他喃喃道，"我居然还能给雌性的人类一点喜乐！来吧！"

他朝海滩冲去，抓着奥尔唐斯夫人的手臂，把那枚戒指交给我，转身对着海，居然就唱了起来：

"愿我们在世上的主福祉无边，阿门！"

他转过身，对我说道：

"干你应该干的事吧，老板！"

"今晚没有'老板'这码子东西，"我说道，"我是你的男傧相。"

"好，那么，机灵点。当我喊'美哉'时，你就把戒指戴上去。"

他再度用他低沉的驴叫声唱起来：

"为上帝的仆人亚历克西斯和上帝的仆人奥尔唐斯——两人在此时互定终身——主啊，求你救赎我们。"

"主啊，怜悯我们！主啊，怜悯我们！"我颤声说道，难以克制我的笑及我的泪。

"还有一大堆事情，"左巴说道，"他妈的我记不全了！不过我们终究把棘手的部分做完了！"

他像鲤鱼一样跳起来，并且喊着：

"美哉！美哉！"他向我伸出他那只大手。

"现在你伸出你的小手。"他对他未婚妻说道。

那只因浣洗和家务而起皱的肥手颤抖着向我伸过来。

我替他们戴上戒指，这时候，左巴发狂似的咆哮着：

"上帝的仆人亚历克西斯和上帝的仆人奥尔唐斯订婚，奉天父、圣子以及圣灵的名，阿门！上帝的仆人奥尔唐斯和上帝的仆人亚历克西斯订婚！"

"很好。现在，一切都办妥了，其余的等明年再说！到这里来，我的爱人，让我给你一个吻吧，这是你一生中第一个又庄严又正式的吻！"

可是，奥尔唐斯却趴在地上，她抓着左巴的脚哭泣着。左巴怜悯地摇摇头。

"可怜的女人！她们多么傻啊！"他喃喃道。

奥尔唐斯站了起来，抖了抖她的裙子，并且张开手臂。

"嘿！"左巴吼着，"今天是'忏悔星期二'，把你的手拿开！现在是四旬期！"

"我的左巴……"她虚弱地、犹豫地说。

"忍耐点，亲爱的。等到复活节，我们再来吃大鱼大肉，再来一起敲红蛋。现在你该回家了，如果人家看见你这么晚了还在这里逗留，他们会怎么说呢？"

宝宝琳娜用恳求的目光看着他。

"不行！不行！现在是四旬期！"左巴说道，"复活节以前都不行！跟我们来。"

他伸过头来，在我耳边说道：

"别丢下我们两人在一起，看在上帝的分儿上！我没那种心思！"

我们向村里走去。月光十分明亮，海的咸味笼罩着我们，夜鸟在我们四周鸣叫着。老海妖斜倚在左巴的手臂上，快乐又失望地拖着脚步。

她终于驶进了她极为渴望的港口。她的这一生都在唱着、舞着，出过一阵子风头，取笑良家妇女……可是她的心被撕成了碎片。当她浓妆艳抹，穿着刺眼而俗丽的衣服，走在亚历山大、贝鲁特、君士坦丁堡的街上，看到女人给婴儿哺乳时，她自己的乳房也兴奋起来，膨胀起来，她的乳头挺起，也期望有婴儿来吮吸自己。"找个丈夫，生个孩子……"那始终是她这漫长的一生中梦寐以求的，可是她从未向别人透露这些痛苦的渴望。现在，赞美上帝，虽然迟了一点，可终究是聊胜于无，虽然饱受惊涛骇浪的打击与摧残，她终于驶入了那渴望已久的港口。

她不时地抬起头来斜瞄着这个走在她身边的大笨瓜。"他不是一个戴着金穗子毡帽的帕夏，"她想着，"他也不是一个俊秀的贝伊之子，可是，赞美上帝，聊胜于无！他将是我的丈夫！永远是我的丈夫，赞美上帝！"

左巴感觉到她把身子压在他的臂膀上，他急着要把她拖到村里，好摆脱她。那可怜的女人不停地踢到路上的石头，她的脚指甲几乎要脱落了，鸡眼发痛，可是她一句话也没说。为什么要讲？为什么要抱怨？一切都十全十美，应当赞美上帝！

我们经过年轻圣女的无花果树和寡妇的果园，当第一间村屋出现的时候，我们停了下来。

"晚安，我的宝贝。"老海妖高兴地说道，踮起脚往她未婚夫的嘴唇上凑。

可是左巴并没有弯下身去。

"让我吻你的脚，我的爱人！"宝宝琳娜说着就要跪下去。

"不！不！"左巴抗议道，他受到了感动，抓住她的手臂，"我应该吻你的脚，亲爱的！我应该……可是我觉得不太合适。晚安！"

我们离开她，默默地在村道上走着，呼吸着馨香的空气。左巴突然转过身来对着我。

"我们该怎样呢，老板？笑，还是哭？给我些忠告。"

我没回答。我的喉咙也是紧紧的，我也不知道为什么：是因为笑呢，还是因为哭？

"老板，"左巴突然说道，"那个不肯让单身女子受委屈的神叫什么呢？我知道，我曾听人说起一些关于他的事情。他们说，他好像也常常染黑他的唇髭，同时还在手臂上刺了箭、心和女妖。他们说，他常常伪装自己：变成一头公牛、一只天鹅、一只公羊，甚至不顾尊严地变成一头驴子。事实上，女人要什么，他就变成什么。他叫什么名字呢？"

"你一定是在说宙斯。你怎么想到他的？"

"愿上帝收容他的灵魂！"左巴把手举到空中说道，"他吃尽了苦头，他的确吃尽了苦头！他必须忍受多么巨大的痛苦啊！一个伟大的烈士，相信我，老板！我把你书本上谈的统统吞了下去，可是想一想，写书的都是些什么人！呸！一堆学究。你对女人，或者追女人的男人，知道多少呢？连最起码的事都不懂！"

"左巴！那么你自己为什么不写一本书，向我们解释世界上一切的奥妙呢？"我讥诮道。

"为什么不？理由很简单，我生活在你所说的一切奥妙之中，我没有时间去写。有时候是打仗，有时候是女人，有时候是酒，有时候是桑图尔琴，我去哪儿找时间挥舞那只可怜的笔呢？就是这样，这种事情才会落入那些腐儒的手中！所有真正活在生命奥秘中的人都没有时间去写，而所有有时间的人都没有真正活在生命奥秘之中！你明白了没有？"

"我们言归正传吧！宙斯怎么了？"

"啊！那个可怜的家伙！"左巴叹息道，"只有我才知道他吃了多少苦。当然，他爱女人，可是并不是你所想的那样，你这个腐儒！完全不是！他是同情她们！他了解她们有多么痛苦，于是他为她们牺牲了自己！当他在一个没有上帝保佑的小村庄里，看到一个老处女在渴望与悔恨中蹉跎岁月，或者看到一个年轻貌美的妻子——也可能她根本不漂亮，甚至是个丑八怪——因为夫婿外出无法入眠，他往往就会在胸前画一个十字。这个好心人换掉衣服，变成那个女人理想中的样子，然后走进她的闺房。

"他对那些只希望被爱抚的女人一向是来者不拒的。确实！这种事屡屡发生，即使在他精疲力竭的时候也不例外，这点你是能了解的。谁能满足所有的母羊呢？啊！宙斯！那只可怜的老山羊。他一次又一次来者不拒，他的身体被弄坏了。你有没有看过一下子和几只母羊交配的公羊是什么样子？他的嘴角不停地淌着口水，他的眼睛变得雾蒙蒙、黏糊糊的，他咳嗽个不停，两腿发软，几乎站不稳。呃！可怜的老宙斯一定常陷于那种可悲的状态中。

"清早，他在准备回家的时候说：'啊！我的老天爷！什么时候我才能好好地睡一晚呢？我快要垮了！'而且他还得不停地揩着嘴角的口水。

"可是他突然听到一声叹息：在人世间，有个女人掀开被子，走到阳台上，全身几乎一丝不挂，而她叹的气足以转动磨坊的风车！这时我的老宙斯会油然涌出恻隐之心。'啊！要命！我又必须下去一趟

了!'他咕哝道,'有个女人在自叹命薄!我必须去安慰她!'

"这种事情就这样继续着,到最后,女人们终于把他掏得一干二净。他的背连动一下都不能,他开始呕吐,变得不能动弹,然后翘辫子了。这时候,他的衣钵传人刚好到来。他目睹了那个老头子的惨状。'当心妇人!'他呼喊道。"

我十分欣赏左巴的新颖想法,于是放声大笑起来。

"你尽管笑吧,老板!可是如果鬼神帮我们把这儿的小生意做成了的话——我认为不太可能,不过万一成功的话——你可知道我要开个什么样的店吗?一个婚姻介绍所。是的……没错。'宙斯婚姻介绍所'!那些找不到丈夫的女人全都能够得到另外的机会。老处女,其貌不扬的妇女、膝外翻的、斗鸡眼的、驼背的、跛脚的,而我将在一间壁上挂满漂亮小伙子照片的小休息室里接待她们所有人,我要对她们说:'任凭选择,女士们,挑一个您中意的,我负责让他成为您的丈夫。'然后我要随便找个跟照片有几分相似的家伙,让他穿一样的衣服,给他几个钱,然后告诉他:'甲街,乙号,找丙小姐。别感到厌恶,我会付钱给你的。跟她扯些最动听的话,这样的话她一句也不曾听过,可怜虫。对她发誓说你要娶她,给那可怜的家伙一点点乐趣。'

"而倘若有哪一个老女人要出我们的老宝宝琳娜——上帝祝福她——那一招,不管我付多少钱都没有人肯安慰她的话,那么……我就在胸前画十字,我,这婚姻介绍所的负责人,就要亲自出马了!然后,你会听到附近一些老傻瓜说:'看看那个人!好一个浪子!难道他没有眼睛,没有鼻子吗?''有的,你们这群笨驴,我长了眼睛!有的,你们这些狼心狗肺的鬼魂,我长了鼻子!可是我还生了一颗心,我可怜她们!如果你们也生了心的话,在这个世界上就不需要用到眼睛和鼻子了。需要它们的时候,它们一点用也没有!'

"然后，当我死去的时候，看门的圣彼得会打开天堂的门迎接我：'进来吧，左巴，可怜的家伙。'他会说：'进来吧，受苦的左巴。躺在你的同伴宙斯身边！安息吧，老家伙，你在人间做完了你的那份工作！我祝福你！'"

左巴不停地谈着。他的想象力布下了许多陷阱在等候他，而他则不偏不倚地跌到里面去。他开始相信自己的故事了。当我们经过年轻圣女的无花果树时，他叹了一口气，接着，他伸出一只手，仿佛在发誓，他说：

"别着急，宝宝琳娜，被欺负的可怜虫，朽烂的老破船，别着急！我不会不安慰你就离开你的！你也许曾经被四个强国，被青春甚至上帝遗弃过，可是我，左巴，绝不会遗弃你！"

当我们回到海滩时，已经过了午夜，风渐渐地吹了起来。从那边，从非洲刮来了诺托斯[1]，温暖的南风轻摇着树和葡萄藤。躺在水中的岛在这种激发活力的风的温暖鼻息下恢复了生机。宙斯、左巴和南风混合在一起了，在夜色里我清楚地看到一张男性的大脸，这个男人生着黑胡子和油亮的头发。他俯身下去，将温热的嘴唇紧紧地贴在奥尔唐斯的脸上，如亲吻大地一般。

1　诺托斯（Notus）：希腊神话中掌控南风的神。诺托斯即指南风。

第二十章

我们一到家，立刻就躺上了床，左巴心满意足地搓着手。

"今日是个好日子，老板。我想你会问我这个'好'是什么意思。我的意思就是完美。只要想一想：今天早上我们还在数里外的修道院里，整得那个院长服服帖帖的——他一定把我们咒个半死。然后，我们下山，回到我们的木屋，碰到宝宝琳娜，然后我就订婚了。对了，看看这个戒指。上好的黄金……她说她有两枚英国金币，是上个世纪末英国舰队司令给她的。她说，她要把它们存起来，在她的葬礼上使用，而现在——时光温柔地对待她——她竟去金匠那儿，用它们打了两枚戒指。人是他妈的何等奇妙啊！"

"快睡吧！左巴！"我说，"冷静下来，这样的一天已经够受了，明天我们还要举行一个严肃的仪式：我们索道的第一根立柱的开工仪式。我已经叫斯特凡诺斯老神父来了。"

"你干得不错，老板，这个主意还不坏。让他来，那个蓄着山羊胡子的老修士，也让村里所有的名流来，我们甚至还要发些小蜡烛让他们去点。这可是让人难以忘怀的事情，它对你的生意会有好处的。别在意我做了什么，我有我自己的上帝和我自己的魔鬼。可是别人……"

他笑了起来。他睡不着，他的脑子里乱七八糟的。

"啊，爷爷，愿上帝让你的骨头变得神圣。"他隔了一会儿说道，"他也是个坏蛋，和我一样。不过这个老家伙去过圣墓，天晓得为什么！当他回到村里，他的一个密友，一个一辈子没有干过正经事的偷羊贼说道：'哎呀，我的朋友，你没有替我从圣墓里带一小片圣十字架的木片回来吗？''你这是什么意思，我怎么没有替你带？'我那个滑头的爷爷说，'你以为我忘了？今晚到我家里，并且带个修士来为你祝福，然后我把它交给你。同时也带烤乳猪和酒来,给我们带来一些好运道！'

"那天傍晚爷爷回家去，从那全被虫蛀了的门柱上削下来一小片木头。他用棉絮把它包起来，在上面浇了一两滴油，然后等着。隔了一会儿，我刚才提到的那个家伙带着修士、乳猪以及酒来了。那修士披上了圣带，然后祝福了一番。爷爷主持了那块宝贝木片的移交仪式，然后他们开始痛快地吃起乳猪来。呃，相信我，老板，那个家伙跪在那小木片前磕头，然后将它挂在脖子上，而且从那天起就彻彻底底地变成了另一个人。他完全变了。他爬到山上去，加入了希腊游击队，他在枪林弹雨中昂然无惧地冲锋陷阵。他为什么要怕？他戴着一片从圣墓中的圣十字架上来的木片——子弹是打不到他的。"

左巴大笑起来。

"信念就是一切，"他说道，"你有信仰，旧门上的小木片就变成了神圣的遗物。你没有信仰，整个圣十字架就变成了一个旧门柱子。"

我羡慕这个人，他总是如此充满信心和大胆，不论你触到他的灵魂的什么地方，都会迸出火花来。

"你有没有打过仗呢，左巴？"

"我怎么知道？"他皱着眉头问道，"我记不得了。什么仗呢？"

"我的意思是说，你有没有为你的家园打过仗呢？"

"难道你不能谈点别的事情吗？那件无聊的事早就过去了，早就结束了，而且最好把它忘掉。"

"你竟把它叫做无聊的事？左巴，你不感到惭愧吗？你这样称呼你的家园吗？"

左巴抬起头看着我。我还是躺在床上，油灯在我的头顶上亮着。他严厉地瞧了我一会儿，然后紧紧抓着他的唇髭，说道：

"爱说教的人就会讲这种不成熟的话。如果你不明白我在说什么，我唱歌都比跟你说话强。"

"什么话！"我抗议道，"我明白事理，左巴，别忘了。"

"是的，你用你的脑子明白事理。你说：'这个是对的，那个是错的；这个是真的，那个是假的；这个人是对的；那个人是错的……'可是那能引导我们到什么地方去呢？当你在讲话的时候，我注视着你的手臂和胸膛。哎，它们在干什么呢？它们保持沉默。它们一句话也没有说。仿佛它们里面一滴血也没有。那么，你认为你用什么来明白事理呢？用你的头吗？呸！"

"来，给我一个答复，左巴，别想搪塞我！"我说道，刺激着他，"我很清楚，你对你的家园不怎么关心，是不是？"

他十分生气，用拳头捶着用汽油桶堆成的墙。

"现在你眼前看到的这个人，"他喊道，"曾经用他自己的头发绣成圣索菲亚教堂，并且把它带在身边，像个装饰品般地挂在胸前。是的，老板，我确实曾这样做过，而且，我是用这双大手，用这些头发——

261

那时候黑得像黑玉一般——来编织的。我常常和帕夫洛斯·梅拉斯[1]
逡巡于马其顿的山区——那时我是一个魁伟的汉子，比这间木屋还要
高，我穿着短褶裙，戴着红毡帽、银饰物、护身符，带着弯刀、弹夹、
手枪。我全身盖满了钢、银和饰纽。当我走路的时候，全身叮叮当当
地响着，仿佛有一个团的兵经过一样！看这边！看这边！再看那边！"

他解开他的衬衫，拉下裤子。

"把灯拿过来！"他命令道。

我拿着灯靠近那个细瘦、晒成褐色的身体。多少深深的伤痕、弹
痕及刀疤啊！他的身体像个筛子一样。

"现在看另一边！"

他转过身去，让我看他的背。

"连个擦伤都没有，你看。你明白了吗？现在把灯拿回去。"

"无聊东西！"他愤怒地喊道，"真恶心！你认为人什么时候才会
变成真正的人呢？我们穿上裤子、衬衫，戴上领结、帽子，可是我们
仍然只是一群骡子、狐狸、豺狼和猪。我们说我们是神照着自己的形
象造的！谁，我们？我要啐那些白痴般的书呆子！"

可怖的往事仿佛又要回到他的脑海中，他越来越激愤。莫名其妙
的话从他松动的牙齿间涌出来。

他站了起来，拿起水壶，大大地喝了一口，仿佛振奋了一点，也
平静了一点。

"不论你碰到我什么地方，我都会号叫，"他说道，"我浑身伤痕
累累。你讲的那堆关于女人的蠢话是什么意思呢？当我发现我是一个
真正的男人时，我甚至连回过身去看她们一眼都没有。我只跟她们接

1　帕夫洛斯·梅拉斯（Pavlos Melas）：一个希腊军官，在对抗保加利亚的战争中声名大噪。

触一分钟，像公鸡一样，然后继续上路。'那些龌龊的雪貂，'我对自己说，'她们老想把我所有的精力吸干。呸！去他妈的女人！'

"然后我拿起我的长枪，走了！我走进山区里当一个游击队员。一天，在薄暮时分，我走进一个保加利亚人的村落，躲在一个马厩中。那个房子属于一个教士——一个彪悍、冷酷的保加利亚的游击队员。在晚间，他会脱掉他的圣服，穿上牧人的衣服，拿起他的长枪走进附近的希腊村庄。他在破晓前回来，浑身淌着泥和血。他匆忙地跑到教堂去为那些虔诚的信徒们做弥撒。就在我去的几天前，他杀了一个在床上睡觉的希腊小学老师。所以，我就潜入这个教士的马厩，等候着。晚上，他到马厩里喂牲口，我扑向他，像杀羊一样割断他的喉咙。我割下他的耳朵，塞进我的口袋里。你知道，我当时正在收集保加利亚人的耳朵。我取了那教士的耳朵，离开了。

"几天之后，我又到那村子里去。那时正是中午，我在叫卖东西。我把我的武器放在山里，下来替别人买面包、盐和长靴。我在一间屋子前碰到五个小孩子——他们都穿着黑衣服，打着赤脚，手牵着手在行乞。三个女孩，两个男孩，最大的不会超过十岁，最小的还是个婴儿。最大的女孩抱着婴儿，吻着他，轻抚着他，这样他就不哭了。不知道为什么，我猜可能是神灵的感应吧，我走了过去。

"'你们是什么人的孩子呢？'我用保加利亚话问他们。

"最大的男孩子抬起他的小脑袋。'我是教士的孩子。前几天，爸爸在马厩里被人割断了喉咙。'他回答说。

"泪水涌出我的眼睛。大地像石磨般旋转起来。我靠在墙上，大地才停止旋转。

"'到这儿来，孩子们，'我说道，'离我近一点。'我拿出我的荷包，里面装满了土耳其镑。我跪下来把它们全部倒在地上。'喏，把它们

拿去！'我喊道，'把它们拿去！把它们拿去！'

"孩子们扑到地上把那些钱捡起来。

"'这些送给你们！这些送给你们！'我喊道，'把它们统统收下！'然后我把篮子连同我买的东西都留下来给他们。

"'这些也都给你们，把它们统统收下！'然后我就溜掉了。我离开那个村庄，敞开我的衬衫，抓住用我的头发绣成的圣索菲亚教堂，把它撕成碎片，把它丢掉，然后拼命地跑。到现在我还在跑……"

左巴靠在墙上，转身对着我。

"这就是获得解脱的经过。"他说。

"从你的家园中解脱出来？"

"是的，从我的家园。"他用一种坚定、平静的声音说道。

接着，隔了半晌，他说：

"从我的家园、从教士、从金钱中解脱出来。我开始筛起东西来，把越来越多的东西筛掉。我用这个方法来减轻我的负担。我——我要怎么说呢？我自我解放了，我变成了一个男人。"

左巴的眼睛发亮，他咧开大嘴满足地笑了。

保持了片刻的沉默后，他又开始说了。他心潮澎湃，无法控制自己。

"有一段时间，我常常说，那个人是土耳其人，是保加利亚人，或是希腊人。我曾经为我的家园干过令你毛骨悚然的事情。老板，我割过人的喉咙，烧村庄，抢劫，强奸妇女，屠杀满门老小。为什么？因为他们是保加利亚人或土耳其人。'呸！你这个该死的家伙，你这个混蛋！'我有时对自己说，'你赶快下地狱吧，你这个蠢货。'如今我会说这人是好人，那人是坏人。他们是希腊人、保加利亚人，还是土耳其人，那无关紧要。他是好人吗？或者，他是个坏人？这是现在我要问的唯一问题。而随着我上了年纪——我在我的最后一片面包上诅咒这件事——我甚至觉得这样问也不应该了！不管一个人是善是恶，我都同情他，同情他们所有人。看到一个人，我只会感到痛苦，即使我装出他妈的一点也不关心的样子！他在那儿，可怜的魔鬼，我想着。他也吃，也喝，也爱，也害怕。不管他是谁，他也一样有他的上帝和他的魔鬼，他也一样会翘辫子，一样会硬得像块木板，躺在地下，成为蠕虫的食物，完全一样。可怜的魔鬼！我们都是兄弟！都是蠕虫的饲料！

"而如果那是一个女人……啊！那么我只想痛哭一场！可敬的老板大人，你不停地挪揄我，说我过分喜欢女人。为什么不该喜欢她们呢？她们都是这么可怜的东西，她们不知道自己在干啥，而且只要你一抓住她们，她们立刻就屈服了……

"有一次我到另一个保加利亚的村落里去。一个老畜生——他是村里的长者——认出了我，并通知了其他人，他们围住了我投宿的房子。我溜到阳台上，然后从一个屋顶跳向另一个屋顶。月亮升了上来，我像猫一样，从一个阳台跳到另一个阳台。可是他们看到了我的影子，于是爬到屋顶上，开始向我射击。我怎么办呢？我跳进院子里，我发现有个保加利亚人躺在床上。她穿着睡衣站起来，看到我，张开口正要喊叫。可是我伸出双手，轻轻地说道：'发发慈悲！发发慈悲！别叫！'我抓住了她。她的脸色泛白，已经快昏厥了。'到里面来，'她低声说，'进来，免得让人看到我们……'

"我走了进去，她紧握着我的手。'你是希腊人吧？'她说。'是的，希腊人。别出卖我。'我搂着她的腰，她没说半句话。我的心快乐地颤抖着。'喂，左巴，'我对自己说，'有个女人在等你。这就是人生的真谛！她是什么人呢？保加利亚人？希腊人？巴布亚人？无关紧要！她是个人，而且她会爱。你难道不为杀戮感到惭愧吗？呸！混蛋！'

"当我和她在一起，感受她的温暖时，我的想法就是这样的。可是，你觉得我的家园会让我安生吗？第二天早上，我穿着那个保加利亚人拿给我的衣服消失了。她是个寡妇，她从衣橱里拿出她亡夫的衣服给我穿，而且她还紧搂着我的膝盖，恳求我再回到她的身边。是的，我确实回去了……第二天晚上。当然，那时候我变成了一只野兽。我带了一罐煤油回去，放火烧了那个村落。她一定也跟别人一起被烧死了，可怜虫。她的名字叫露德米拉。"

左巴叹了口气。他点上一根香烟，吸了一两口，然后就把它扔掉了。

"你说我的家园？你相信书本上告诉你的一切废话吗？好，你应该相信我，只要有家园这种东西存在，人就会永远跟动物一样，一只凶猛的动物……可是我已经解脱了，赞美上帝！对我来说是结束了，你呢？"

我没有回答。我嫉妒这个人。他用他的肉、他的血生活过——打仗，杀戮，接吻——我企图单靠笔和墨来认识一切。我想要在孤独里、在椅子上解答的一切问题，这个人早已带着刀，在山区的纯净空气中解答了。

我黯然地闭上眼睛。

"你睡着了吗，老板？"左巴恼怒地说道，"我还像个傻瓜一样跟你讲个不停！"

他咕哝着躺下去，很快我就听到他鼾声大作了。

我整夜都无法入眠。那天晚上，一只夜莺在我们的孤独中填进了令人难以忍受的哀伤，此前我们从未听过这样的声音。突然间，我感到泪水流过我的脸颊。我失声痛哭。

破晓的时候，我爬了起来，站在木屋的门口凝视着大地和海。在我眼中，世界仿佛在一夜之间变了形。我对面的沙地上有一个长刺的灌木丛，昨日它的颜色还黯淡得可怜，现在已经开满了小白花。空气中弥漫着柠檬和橘花甜美诱人的芳香。我迈出几步，这循环往复的奇迹，我永远也看不够。

我突然听到身后有一声快乐的呼叫。左巴已经起床，他半裸着冲到门口，也为这春天的景象兴奋不已。

"那是什么？"他惊愕地问，"那边那片奇迹。老板，那移动的蓝叫什么？海吗？海吗？穿着绣满花朵的绿围裙的是什么？大地吗？创造这一切的艺术家是谁呢？我生平头一次看到这些，老板，我发誓！"

他的眼中泪水盈盈。

"左巴！"我喊道，"你疯了吗？"

"你笑什么？你没看到吗？这一切背后有一个奇迹，老板。"

他冲到外面跳起舞来，在草地上打滚，像只春天里的小马。

太阳出来了，我伸出手去迎接它的温暖。翻涌的精力……膨胀的胸腔……以及像开花的树一般的灵魂，你会感到，肉体与灵魂是用相同的材料塑成的。

左巴又站了起来，他的头发上沾满了露水和泥土。

"快，老板！"他大吼道，"我们必须穿戴起来，同时要把自己打扮得像个样子！今天我们要被祝福。教士和村里的贤达不久就要到这儿来了。如果让他们看到我们像这样在草地上趴着，那多给公司丢脸！所以戴上假领，系上领带吧！严肃点！没有头不要紧，但戴的帽子必须合宜……这是一个疯狂的世界！"

我们忙着穿戴打扮。工人们来了。不久，贤达们也到了。

"打定主意，老板，今天别做傻事了！我们不能让自己成为别人的话柄。"

斯特凡诺斯老神父穿着一件有深口袋的脏圣服走在前面。在祝圣仪式、葬礼、婚礼、洗礼中，他把别人送他的东西都放进深不可测的口袋中：葡萄干、卷饼、奶酪饼、黄瓜、肉片、蜜饯，一切的一切……到了晚上，他太太老帕帕迪亚就会戴上眼镜，一面吃一面把它们按种类分开。

走在斯特凡诺斯老神父后面的是村庄的长者：餐馆老板康多马诺利奥，他以为自己对这个世界无所不知，因为他的足迹曾远至干尼亚，并且曾经亲眼见过乔治亲王。慈祥的阿纳格诺斯蒂老爹面带微笑，穿着一件雪白的宽袖衬衫。小学校长矜持又严肃地拿着他的手杖。最后面则是马夫朗多尼，他迈着缓慢而沉重的步子。他头上扎着一条黑布，穿着黑衬衫和黑皮鞋，他用一种勉强的神情和我们打招呼。他冷峻而离群。他站得稍远，背对着海。

"奉主耶稣基督的圣名！"左巴用一种庄严的声音说道。他走在行列的前头，所有的人在一种敬虔的、自省的气氛中跟随着他。

对神秘仪式的悠远回忆在这些农夫的心中复苏了，他们紧盯着教士，仿佛在期待他对抗并驱除某种隐形的力量。几千年以前，魔法师高举他的双臂，在空中撒着圣水，呢喃着神秘而全能的咒语。当慈善的精灵们从空中和水中出来援救人类时，邪灵就逃遁了。

我们走到我们在海边掘好的坑边，准备竖起索道的第一根立柱。工人们抬起一根粗大的松树干，将它竖立在坑里。斯特凡诺斯老神父披上他的圣带，拿着他的香炉，然后——始终凝视着那根树干——开始吟诵驱邪咒："愿它立在牢固的磐石上，狂风与洪流都不能动它分毫。阿门。"

"阿门！"左巴洪亮地喊着，在胸前画了一个十字。

"阿门！"长者们喃喃着。

"阿门！"工人们在最后说道。

"愿上帝祝福你们的工作，并赏赐你们亚伯拉罕和以撒的财富！"这个村的教士继续说道。这时，左巴把一张一百德拉克马的大钞塞进他的手里。

"我祝福你！"那教士十分满意地说道。

我们回到木屋里，左巴招待他们喝酒，吃四旬期开胃小菜——烤章鱼、煎鱿鱼、泡涨的豆子和橄榄。把东西吃完以后，贵宾们都回家去了。神秘的仪式结束了。

"我们这件事办得十分顺利！"左巴搓着手说道。

他脱下礼服，穿上他的工作服，然后拿起一把鹤嘴锹。

"来吧！"他对工人们吼道，"画个十字，上工地去吧！"

之后，左巴这一天就再没有抬起头。

朝着山顶的方向，工人们每隔五十米就掘一个洞，放进一根柱子。左巴测量着、计算着，然后下命令。他整天不吃东西，不抽烟，也不休息一下。他全心全意地工作着。

"因为人们做事情不彻底，"他常常对我说，"说话不彻底，行善不彻底，今天的世界才会变得一团糟。天哪，做事仔细点！每枚钉子都好好地钉，你就会成功！上帝痛恨'半鬼'，十倍于痛恨大魔鬼！"

那天晚上，当他收工回来时，他精疲力竭地躺在沙地上。

"我要在这里睡觉，"他说，"我要等到天亮，然后我们再开始工作。我还准备开始赶夜工。"

"为什么要那么急呢，左巴？"

他犹豫了片刻。

"为什么？呃，我想看看我到底有没有把倾斜度弄对。如果我没有，我们就完蛋了。你难道不明白，老板？越早看出我们是不是失败了，对我们越好。"

他迅速地、贪婪地吃了一顿，不一会儿，他的鼾声就回荡在海滩上。而我呢，我过了许久还没睡着，我注视着星星穿越天空。斗转星移，我的天灵盖像天文台的圆顶一样，随着星座改变位置。"注视星球的运行，仿佛你在随着它们移转……"马可·奥勒留的句子使我心中充满了和谐。

第二十一章

这天是复活节，左巴打扮得漂漂亮亮。他穿着一双深紫色的厚毛袜，据他说，这是他在马其顿的一位女友为他织的。他焦急地在我们海滩附近的一个小丘上跑上跑下。将手举到粗黑的眉毛上挡阳光，看着村里的路。

"她迟到了，那只老海豹；她迟到了，那面破烂的旧旗！"

一只刚破茧而出的蝴蝶飞了过来，想栖息在左巴的唇髭上，可是它触痒了他，他喷了喷鼻息，那只蝴蝶便翩翩地飞走了，然后消失在太阳的光线里。

我们在等着奥尔唐斯来欢度复活节。我们在炙架上烤了一只羔羊，在沙地上铺了一块白布，另外还给一些蛋上了彩。半出于玩笑，半出于真心，我们决定为她举行一个盛大的欢迎仪式。在那个偏僻的海滩上，这个肥胖、浑身香水味、有点老了的海妖经常向我们施展一种异样的吸引力。她不在的时候，我们会思念着什么——一种古龙水般的芳香，一种像鸭子走路般急促、蹒跚的步调，一种微微喑哑的声音，以及黯淡、带着讽刺意味的眼神。

我们砍了些香桃木和月桂的枝，在她要经过的地方搭了一个凯旋门。在凯旋门上面，我们插了四面国旗——英国的、法国的、意大利的、俄国的——而在正中，我们高高地挂了一条绘着蓝条纹的床单。我们不是舰队司令，我们没有大炮，但我们借来了两支长枪。我们决定在小丘上等待，只要一看到海豹摇摇摆摆、跌跌撞撞地走来，就开枪敬礼。我们希望在这个孤绝的海岸上唤醒她往日的显赫，好让她也能享受片刻的幻觉，好让这不幸的可怜虫幻想自己再度变成一个嘴唇殷红、乳房坚挺、穿着漆皮礼鞋和丝袜的少妇。基督复活如果不是青春与喜悦同时复燃的表征，如果不能使老迈的交际花感到自己又回到了二十一岁，那么它又有何用呢？

"她迟到了，那只老海豹；她迟到了，那面破烂的旧旗！"左巴不断地咕哝着，拉着那双老是掉下去的紫袜子。

"到这里坐下吧，左巴！来这个阴凉的地方抽根烟吧。她不久就会来的！"

他朝村里的路看了最后一眼，然后就走过来在长角豆树底下坐了下来。那时候已接近中午，天气十分炎热。我们可以听到远方有活泼、愉快的复活节钟声。风不时将里拉琴[1]的声音带到我们耳边。整个村子嗡嗡地挤满了生命，像春天的蜂巢。

左巴摇着头。

"完了，以前每逢复活节我就感到我的灵魂和基督在同一时间复苏，可是现在完了！"他说道，"现在，复活的只是我的肉体。因为在这一天，某甲请你吃饭，接着某乙请，接着某丙又请，而他们都说：'再吃一点这个，只要再吃一点点。'你拼命地把一堆堆的山珍海味往

1　里拉琴：地中海地区的一种弦乐器。

肚里塞，它们中的一些不会变成粪便，而是会留下来变成愉快的心境，跳舞、歌唱，甚至吵架——这才是我说的复活节。"

他站起来，凝视着地平线，皱着眉头。

"有个小鬼跑过来了。"他一面急忙地向他迎去，一面说道。

那男童踮起脚尖在左巴耳边轻轻说着什么，左巴吃了一惊，他生起气来。

"病了？"他咆哮道，"病了？快滚，不然就揍你！"说罢他转身对着我。

"老板，我要到村子里去瞧瞧老海豹到底怎么了……只一会儿……给我两个红蛋，让我可以跟她一起敲。我去去就来。"

他把两个红蛋放进口袋里，拉拉他的紫袜子，走了。

我从小丘上走下来，躺在冰凉的卵石上。一阵风轻轻吹着，把海面微微吹皱了。两只海鸥在微澜上忽上忽下地动着，它们抖着颈上的羽毛，恣意地享受水的韵律。

我可以很容易地想象出它们腹下那沁凉的水给它们带来何等的喜悦。当我凝视着那些海鸥时，我想道："这就是该走的路，找到放之四海而皆准的韵律，怀着坚定的信心追随它。"

一个小时后，左巴又出现了，带着一种满意的神气，捻着他的唇髭。

"她着凉了，可怜的爱人，"他说，"没什么大不了。前几天——事实上是整个圣周，她都去做午夜礼拜，虽然她是个法兰克人[1]。她说，她是为了我才去的。她因此感冒了。我为她拔了火罐，用灯油替她擦身，并且给她喝了一杯朗姆酒。明天她一定又生龙活虎了。哈！那个老废物，她还在自得其乐哩。你应该去听听，当我替她按摩的时候，她还

---

[1] 在地中海东部地区，人们将欧洲人称为法兰克人。

像鸽子一样地咕咕叫呢——她说痒!"

我们坐下来吃东西,左巴把杯子斟满。

"祝她早日康复!但愿魔鬼还没想把她带走!"

我们相对无言地吃喝了一会儿,风把远处热烈的、蜂鸣般的琴声吹到我们的面前来。基督在村民家的阳台上慢慢复生。复活节的羔羊和糕饼正在缓缓孕育出情歌来。

左巴喝得差不多了,他把一只手放到毛茸茸的大耳朵上。

"里拉琴……"他喃喃道,"他们在村子里跳舞。"

他突然站起来。酒已经进入他的脑里了。

"咱们像杜鹃一样孤零零地待在这儿干什么呢?咱们跳舞去!你不为刚才被吃掉的羊难过?你不想让它发挥点作用吗?来吧!把它变成一首歌、一支舞!左巴复活了!"

"等一等,左巴,你这个白痴,你是不是疯了?"

"坦白讲,老板,我不在乎!可是我为那头羊感到难过,我也为那些红蛋、复活节饼及奶油奶酪感到难过!如果我只吃了一两块面包和几枚橄榄的话,我会说:'噢!让我们睡觉去吧,我不需要庆祝。'面包和橄榄算不了什么,对不对?你能从它们身上得到什么呢?可是,我告诉你,糟蹋复活节的美食可是桩罪过!来吧,老板,让我们庆祝复活节去!"

"我今天不想去。你去吧——你也可以为我跳舞。"

左巴抓着我的手,把我拉起来。

"基督在复活,我的朋友!啊!但愿我像你这样年轻!我将会不顾一切地冲入每一样事物中!不顾一切地冲入工作、酒、爱情中——一切的一切。我不怕上帝或魔鬼!那才是真正的青春!"

"那只羊在说话,左巴!它在你体内撒野,变成一只狼了!"

274

"那羊变成了左巴，如此而已，跟你讲话的是左巴！听好，先别骂我！我是水手辛巴达……我并不是说我已走遍世界，一点这种意思也没有！但我曾抢劫、杀人、撒谎，和一大堆女人睡觉，把所有的戒都破了。有几条戒律？十条吗？为什么不是二十条、五十条、一百条，好让我来破破它们呢？不过，如果真有上帝的话，到时候在他面前我绝不会畏缩。我不知要怎样表达才能让你理解。我觉得戒律一点也不重要，你明白了吗？上帝会耐心地坐在蚯蚓旁边，把它们的一举一动记录下来吗？他会因为一只蚯蚓跟邻家的母蚯蚓暗中勾搭，或者在耶稣受难日偷吃了一块肉，就愚蠢地发怒、捶胸顿足吗？呸！让那些灌汤长大的教士滚开吧！"

"左巴，"我说道，想要逗他生气，"就算上帝不追究你吃了什么，可是他一定会追究你的所作所为。"

"我偏说他也不会追究那个！'你是怎么知道的呢？左巴，你这个蠢材。'你会问我。但我就是知道！我确实知道！如果我有两个儿子，一个沉默、谨慎、温良、虔诚，另一个卑鄙、贪婪、好色，经常胡作非为。我会把我的爱心放到第二个儿子身上。也许因为他像我？可是谁能说，和那个日日夜夜跪着敛财的斯特凡诺斯老神父相比，更像上帝的不是我呢？

"上帝也放纵自己，他工作，杀人，处事不公正，专门喜欢干些看似不可能的事，就像我一样。他高兴起来就大吃一顿，他和他中意的女人在一起。如果你看到一个娟秀得像澄澈的水一般的可爱女人走过去，你马上就会心跳加速。突然间土地裂开，她随即消失。她往哪里去了呢？谁捉住了她呢？如果她是好女人，人们就说：'魔鬼把她抓走了。'可是，老板，我以前跟你说过，我现在还要再说一遍：上帝和魔鬼是一体，而且根本是同一个东西！"

左巴拿起拐杖，把他的帽子推到一边，用同情的眼光趾高气扬地看着我。他的嘴唇动了一下，仿佛要对他刚才所说的话做一点补充。可是他没有说什么就昂起头，朝村子那边去了。

在暮色中，我可以看到他庞大的身影和摇摆的拐杖。左巴一经过，整个海滩似乎变得生气蓬勃。我听了一会儿，他的脚步声越来越远。当我发现自己极度孤单的时候，我跳了起来。为什么？到哪儿去呢？我不知道。我的脑子无所适从。

"走吧！向前走吧！"我的脑子命令道。

我快速而坚决地向村中走去，偶尔停下深呼吸一口春天的气息，土地散发着洋甘菊的气味，当我到达果园时，我冲入柠檬树、橘树、月桂树的馨香之中，香气一波接着一波。在西边的天空中，星星已经开始愉快地跳舞了。

"海、女人、酒和辛苦的工作！"我边走边出神地咀嚼着左巴的话，"海、女人、酒和辛苦的工作！不顾一切地将你自己投入工作中，投入酒和爱情中，而且永远不怕上帝或魔鬼……那才是真正的青春！"我不停地、反复地自言自语，仿佛要给自己勇气。我继续往前走着。

突然间，我停住了，似乎已经抵达了目的地。这是哪里呢？我环顾了一下四周：我正站在寡妇的果园前面。在芦苇及刺梨围成的篱笆后，我听到有人用柔美的女性声音哼着歌。我走过去，拨开芦苇。在橘树底下有个丰满的女人，穿着一身黑衣。她一边砍着开花的枝丫，一边唱着歌。在暮色中，我可以看到那半裸的、雪白的乳房。

我透不过气来。她是一只野兽，我想道，而且她也知道这点。在她眼中，男人是何等可怜、虚荣、荒谬、脆弱的东西啊！她肥胖、凶猛，正如一些雌性的昆虫——螳螂、蚱蜢、蜘蛛——她也会在破晓时将雄性吞噬掉。

是不是寡妇觉察到了我的窥视呢？她突然停止唱歌，转过身来。我们的目光相遇了。我感到膝盖发软，仿佛在芦苇后看到一头母老虎似的。

"什么人？"她用一种压抑的声音说道。她把她的颈巾拉到胸脯上。她的脸沉了下来。

我几乎想溜走了，可是左巴的话突然充实了我的心。我的力量回来了。"海、女人、酒……"

"是我，"我答道，"是我。让我进来。"

一种恐惧的感觉攫住了我，我勉强地说出了上面的话。我想溜走。虽然满怀羞惭，但我还是克制住了自己。

"你是谁呀？"

她缓慢而谨慎地向前迈了一步，朝我这边探过身来。她眯着眼要看得清楚点，她又迈了一步，警惕地探着头。

突然间，她的脸孔开朗起来。她伸出舌头，舔着嘴唇。

"原来是老板！"她用比较柔和的声音说道。

她再度走向前，蹲下身子，好像准备跳起来似的。

"你，老板？"她沙哑地问道。

"是的。"

"来!"

天已经破晓。左巴已经在家里了。他坐在屋前的海滩上，抽着烟，望着海。他似乎在等我。

我一出现，他就抬起他的头，目不转睛地注视着我。霎时，他的脸喜悦地明朗了起来。他嗅到寡妇的气味了。

他缓缓地站起来，开心地微笑着，同时对我伸出双手。

"我祝福你！"他说。

我爬上床去，闭上眼睛。我听到海在平静地、有节奏地呼吸着，我也感到自己像海鸥一样在它上面忽高忽低地飞着。就在这样的轻轻摆动中，我睡着了，并且做了个梦：我看到一个高大的黑人女子蹲在地上，她在我的眼中像座庞大而古老的神殿。我绝望地绕着她走了又走，企图找到一个入口。我几乎没有她的小脚趾大。突然间，当绕到她的脚跟时，我看到了一个幽暗的开口，颇似一个洞穴，一个洪亮的声音命令道："进来！"

　　于是我进去了。

　　我醒来已经快中午了。太阳透过窗户照射进来，将床单浸在一片光亮中。阳光强劲地撞在悬在墙上的小镜子上，好像要把它击成一千块碎片似的。

　　关于那个巨大女黑人的梦又回到我的脑海里来，我可以听到海的呢喃，我再度合上我的眼睛，我感到深深的快乐。我的身体轻盈而满足，像个捕猎后的动物，在追杀及吞食了它的猎物之后，躺在阳光下，舔着嘴唇。我的精神——从某种意义上说，它也有身体——满足地歇息着。它好像已经找到了一个完满的简单答案，来解决折腾它的那个重大、复杂的问题。

　　前夜的一切喜乐从我生命的最深处流了出来，它流经我的血脉，又滋润着塑造了我的这块土地。当我闭目躺着的时候，我依稀听到我的生命突破了它的外壳，变得更大了。那天晚上，我头一次清晰地感觉到灵魂也是肉体，也许更轻盈，也许更透明，也许更自由，但仍然是肉体；而肉体也是灵魂，或许有些臃肿，或许因为漫长的跋涉而有些疲倦，它被自己继承的负担压弯了腰。

　　我感觉到有个影子掠过我，于是睁开眼睛。左巴站在门口，开心地注视着我。

"不要醒，不要醒！老家伙！"他轻轻地说道，带着一种母亲般的关怀，"今天是假日，继续睡吧！"

"我已经睡够了。"我说道，坐了起来。

"我来打个蛋给你，"左巴微笑着说道，"它可以使你精神百倍！"

我没有回答，只是跑到海里，浸到水中去，然后在太阳下晒着。可是我感到自己的嘴唇和手指上还有一种甜美、持久的气味——克里特岛的女人洒在头发上的橘子水和月桂油的馨香。

昨夜她砍了一大把橘花，本想趁村民在广场上的白杨树下跳舞，教堂没人的时候，拿去献给基督。她床上方的圣像屏帏上摆满了柠檬花，透过花瓣可以看到哀伤的圣母，圣母有着一双扁桃仁般的大眼睛。

左巴用杯子盛了蛋，拿到海滩来给我，还带了两个橘子和一个复活节小圆面包。他沉默而开心地把食物递给我，像一位母亲招待她百战归来的儿子一样。他兴高采烈地注视着我，然后走开了。

"我要去立几根柱子。"他说道。

我安详地在阳光下咀嚼我的食物，同时深深地感受到一种肉体上的快乐。我仿佛漂浮在清凉碧绿的海面上。我不让精神占有肉体的喜悦，不让精神束缚这份肉体的喜悦并将它转化成思想。我让我的身体从头至脚地喜乐着，像只动物。然而，在狂喜中，我偶尔凝视周围或我自身的生命奇迹：怎么一回事呢？我对我自己说道。为什么这个世界与我们的脚、手、肚子如此匹配呢？我再度闭上眼睛，默默不语。

我突然站起来，走进木屋里，拿起那本关于佛陀的手稿，把它翻开。我已经写完了。在结尾处，佛陀躺在开满花朵的树下，他举起手，命令构成他的五要素——土、水、火、气、灵——分解。

我已不再需要这个折磨着我的形象，我已超越了这个形象，我已完成了我对佛陀的膜拜——我举起手，命令身体中的佛陀分解。

在文字极其巨大的驱邪力量的助力下，我以惊人的速度摧毁了他的躯体、思想以及心灵。我无情地把最后的几个词写在纸上，发出最后的呼叫，并用一支大红笔写上我的名字。写完了。

我拿出一根粗线把手稿捆起。我感到一种异样的快感，好像自己在捆一个勇猛敌人的手和脚，又好像自己是个野人，在捆亲人的尸体，这样他们就不会从坟墓中爬出来，变成鬼魂。

突然间，一个赤脚的小女孩向我跑来。她穿着一件黄色的连衣裙，手里紧紧抓着红蛋。她停下来，满脸惊恐地看着我。

"啊！"我问她道，微笑地鼓励她，"你有什么事吗？"

她吸了几口气，然后边喘边回答我说：

"那个女士叫我来请你去。她躺在床上。你是左巴吗？"

"好的。我就去。"

我拿起一个红蛋塞到她另一只小手里，然后她跑掉了。

我站起身来，然后沿着路走去。村中的嘈杂声愈来愈大了：悠扬的琴声、吼叫声、枪声、愉快的歌声。当我走到广场时，少男少女们聚集在白杨的绿叶底下，准备开始跳舞了。老人们坐在树四周的长凳上观看着，他们的下巴靠在他们的拐杖上。老妪站在后面。出色的琴师法努里欧，耳朵上夹着一朵四月的玫瑰，站在跳舞的人群中央。他的左手握着琴，将它立于膝上，他的右手忙着拉那把挂着叮当作响的铃铛的琴弓。

"基督复活了！"当我经过的时候，我吼道。

"他复活了，确实！"他们全体都喜悦地回答道。

我迅速地环顾四周。健美的细腰青年们穿着肥大的裤子，头上扎着头巾，巾上的穗子垂落在他们的额头和太阳穴上，好像鬈曲的刘海。少女们颈上挂着亮闪闪的饰物，披着白色绣花披肩，她们低垂着眼帘，带着期待颤抖着。

"您可愿留下来加入我们，先生？"几个声音问道。

可是我已经走过去了。

奥尔唐斯夫人躺在她的大床上，那是她唯一能留得住的家具。她的脸颊发烫，而且不住地咳嗽着。

当她看到我，她就抱怨地叹起气来。

"左巴呢？左巴哪儿去了？"

"他身体不太舒服。从你生病那天起，他也就跟着病倒了，他手里一直拿着你的照片，每看它一眼，就不断地叹气。"

"告诉我多一点，告诉我多一点……"这个可怜的老海妖快乐地闭上眼睛，喃喃说道。

"他叫我来问你是不是需要什么。他说，今天晚上他要亲自来一趟，虽然他自己几乎都没办法走动了。他再也不能和你分开了……"

"继续说下去，拜托，继续说下去……"

"他接到一封从雅典来的电报。结婚礼服已经做好了，还有花环。它们已经被装上船了，不久就会送到这里了……另外还有系着粉红丝带的白蜡烛……"

"继续说下去，继续说下去……"

睡意战胜了她，她的鼻息变了，她开始晕晕乎乎地讲着话。房间里充满着香水、氨水和汗的气味。透过敞开的窗户，庭院里鸡、兔粪便的臭味传了进来。

我站起来，溜出房间。在门口我碰到了米米可。他穿着新的裤子和马靴，耳朵上面还插着一段芬芳的罗勒嫩枝。

"米米可，"我对他说，"跑到卡罗村去，把医生找来，拜托你！"

我话还没讲完，米米可就把他的靴子脱下来——他不打算在这趟

281

路上把它们弄脏。他把它们夹在胳膊下。

"找到医生，替我向他问安，并且告诉他骑上他的老马，到这儿来，别摔下来。告诉他这位女士病得很重。她着了凉，可怜的东西，她发高烧，她快死掉了。别忘了这样告诉他。现在快去吧！"

"立刻就去！"

他在手上啐了一口，兴高采烈地拍着手，可是没有动。他用愉快的目光注视着我。

"走呀！我不是说了吗？"

他仍然没动。他对我挤挤眼，并且邪里邪气地笑着。

"先生，"他说道，"我拿了一瓶橘子水到你那里去，是送你的。"

他停了一会儿。他在等我问他是谁送的，可是我没有问。

"难道你不想知道是谁送的吗，先生？"他咯咯地笑着，"那是送给你洗头用的，她说，让你闻起来香一点。"

"去吧！快！同时闭上你的嘴！"

他笑了起来，再度啐了他的手一口。

"马上就去！"他又吆喝道，"基督复活了。"

然后他就消失了。

第二十二章

白杨树下的复活节舞蹈跳得正酣。

领导全场的是个年约二十、高大俊美的黑皮肤青年，他的两颊上密密地覆着一片从未刮过的细毛。他的衬衫敞开着，露出暗色的胸膛——上面覆满了鬈曲的毛。他的头往后仰，他的脚像翅膀一样击着地面，他不时地瞧上某个少女一眼，在那张被太阳晒得黝黑的脸上，他的眼白发着光。

我被迷住了，同时被吓住了。我刚从奥尔唐斯夫人的家里回来，我叫了一个妇人进去照顾她，这让我感到放心。我得去看看这些克里特岛人跳舞。我向阿纳格诺斯蒂老爹走去，挨着他在一张板凳上坐下来。

"领舞的那个年轻人叫什么名字？"我问道。

阿纳格诺斯蒂老爹笑着说：

"他像个天使长一样把你的灵魂带走了，这个坏蛋，"他羡慕地说道，"那是西弗卡斯，牧羊人。他整年都在山里牧羊，在复活节时下来看看人们，跳跳舞。"

他叹了一口气。

"哎，如果我像他这么年轻就好了！"他喃喃道，"如果我像他这么年轻，老天爷！我要在君士坦丁堡掀起一场风暴！"

那个年轻人摇着他的头，发出一声呼叫，牲畜的叫声，像只发情的公羊。

"奏吧，奏吧，法努里欧！"他吼着，"一直奏到卡戎死掉。"

每一分钟，死亡都死去，然后又复生，正如生命一样。几千年来，每个春天，少男少女们都在绿叶下跳舞——在杨树、冷杉、橡树、悬铃木，以及修长的棕榈树下跳舞——而且他们还要继续跳上几千年，他们的脸上满是渴望。后来，脸孔变了、破碎了，回到了泥土里，但新生的人会取代他们的位置。只有一个拥有一千个面具的舞者，他永远是二十岁。他是不死的。

"奏吧！"他再度喊着，"奏吧，法努里欧。否则我要爆炸了！"

琴师的手摇摆着，琴也跟着摇摆，铃铛开始有节奏地叮当作响。这时那个青年纵身一跳，跳得有一个人站着那么高，他的双脚在空中并拢了三次，并用靴子尖把站在他身旁的警员马诺拉卡斯的白头巾摘了下来。

"好呀！西弗卡斯！"他们喊道，少女们颤抖着垂下她们的眼帘。

可是那个青年沉默着，没有看任何人一眼。他狂野而自律，他手心向外地把左手放在细瘦有力的大腿上，当他跳舞的时候，眼睛始终怯怯地看着地。当教堂的老司事安德洛里欧举着双手冲到广场里来的时候，舞蹈陡然地停了下来。

"寡妇！寡妇！"他气喘吁吁地叫喊着。

马诺拉卡斯警员第一个停止跳舞向他跑去。站在广场上，你可以看到那座装饰着香桃木及月桂枝的教堂。跳舞的人停了下来，血液涌进他们的头里，老人们从座位上站了起来。法努里欧把琴放在膝盖上，从耳朵后拿下那朵四月的玫瑰嗅着。

"安德洛里欧，哪儿？"他们喊道，愤怒沸腾着，"她在哪儿？"

"在教堂里。那个贱人刚刚走进去，她带了一大把柠檬花！"

"走！抓她去！"那警员喊道，领先冲了出去。

这时，寡妇在教堂门口出现了，她头上戴着一条黑头巾。她在胸前画了一个十字。

"贱人！荡妇！女杀手！"人们喊着，"她居然还有脸皮跑到这里来！抓住她！她玷污了我们的村子！"

一些人跟在警员后面，向教堂跑去，另一些人从高处向她扔石头。有一颗石头打中了她的肩，她尖叫着，用双手捂着脸，向前冲去。可是年轻的男人们已经跑到教堂门口了，马诺拉卡斯已经抽出了刀子。

寡妇往后退，她恐惧地叫喊着，弯下身去保护她的脸，并且蹒跚地跑回教堂去找庇护。可是在门前站着老马夫朗多尼，他一手拦着门的一边，把路挡住了。

寡妇跳向左边，抱住庭院中的大柏树。一颗石头从空中飞过，击中了她的头，把头巾也打掉了。她的头发披散到了肩膀上。

"奉基督之名！奉基督之名！"她尖叫着，紧抓着柏树。

在广场上，村中的少女们排成一列，咬着她们的白头巾，热切地观看这个场面。老妪们靠在墙壁上喊着："杀掉她！杀掉她！"

两个年轻男子向她扑去，抓住她。她的黑短衫被撕开，她的乳房露了出来，洁白宛如大理石。血从她的头顶流到额头上、脸颊上和脖子上。

"奉基督之名！奉基督之名！"她喘息着。

淌着的血和白皙的乳房令那些年轻人激动起来。他们纷纷从皮带里抽出刀子。

"住手！"马夫朗多尼吼道，"她是我的！"

马夫朗多尼仍然站在教堂门前。他举起手。他们全都停住了。

"马诺拉卡斯，"他用一种低沉的声音说道，"你表弟的血在向你哀号了，让他安息吧。"

我正攀过墙，想跑到教堂去，当我跳下墙的时候，我被一块石头绊倒了，我跌倒在地上。正在这时，西弗卡斯刚好从旁边经过，他弯下身子，抓住我的后颈，像提猫一样把我提起来。

"这儿用不上你这样的人！"他说，"滚开！"

"你无动于衷吗？西弗卡斯！"我问道，"同情同情她！"

那个野蛮的山里人对着我的脸笑起来。

"你把我当作女人吗？要求我同情！我是个男人！"

转眼间，他已到了教堂的庭院里！

我紧跟着他，可是我已经气喘吁吁了。他们已经把寡妇包围起来。一片沉重的静寂，人们只能听到受害者哽咽的呼吸声。

马诺拉卡斯画了一个十字，向前踏了一步，举起他的刀子。墙上的老妪们高兴地叫喊着。少女们拉下头巾，掩住她们的脸。

寡妇抬起头，看到头上的刀，她像小牛一样叫着。她瘫倒在柏树下，缩着头，头发盖在地上，抽搐着的颈子在微光下闪亮着。

"祈求上帝的审判！"老马夫朗多尼喊道，他也画了一个十字。

可是就在那一瞬间，一个洪亮的声音在我们后面响起：

"放下你的刀子，你这个凶手！"

所有人都惊愕地转过头去。马诺拉卡斯抬起他的头。左巴站在他前面，愤怒地挥着手。他咆哮道：

"你们都不觉得惭愧吗？你们是一群多高尚的人呀！全村人来杀

一个单身女子！当心点，否则你们会玷辱整个克里特岛！"

"管好你自己的事吧，左巴！你少管我们的事情！"马夫朗多尼咆哮道。

然后他转过头对着他的外甥。

"马诺拉卡斯，"他说道，"奉基督和圣母之名，动手！"

马诺拉卡斯跳起来，攫住寡妇，将她掼在地上，用膝盖压住寡妇的肚子，举起刀子。可是左巴快如闪电地抓住他的手臂，又把大手帕裹在手上，用力地从警员手中抢下刀子。

寡妇跪着向四周望，想找到逃跑的路。可是，村民们把路堵起来了，他们围着教堂庭院站成一圈。当他们看到她在找出路的时候，他们向前迈了一步，缩小圈子。

这时候，左巴灵活、果断而镇定，他在默默地搏斗着。我站在靠近教堂门口的地方焦急地观看着。马诺拉卡斯的脸因愤怒而发紫。西弗卡斯和另一个大块头的男子走上前去帮助他。可是马诺拉卡斯愤怒地转着眼珠：

"走开！走开！谁也不要靠近！"他咆哮着。

他再度猛烈地攻击左巴。他像牛一样用头去顶他。

左巴咬着他的嘴唇，没说半句话。他的手像老虎钳似的紧抓着警员的左臂，东躲西闪地躲避着警员的头。狂怒中，马诺拉卡斯猛冲上前，咬住左巴的耳朵，使尽全力地咬着。血液涌了出来。

"左巴！"我骇然地喊道，冲上前去解救他。

"走开，老板！"他喊道，"别管这事！"

他握起拳头，对着马诺拉卡斯腹部的下方击出可怕的一拳。那只野兽立刻松手了，他松开牙齿，放开了那只几乎被咬掉的耳朵。他紫色的脸变得极度苍白，左巴把他推倒在地上，夺下他的刀子，扔到教堂围墙外面。

他用手帕止住从耳朵上流下来的血。然后，他揩揩满是汗水的脸，他的脸于是沾满了血。他挺起腰杆，环视了一下四周，他的双眼肿大而且发红。他对寡妇吼道：

"起来！跟我走……"

说着，他便向教堂的院门走去。

寡妇站起来了，她聚起全身的力气准备往前冲，可是她没有时间了。老马夫朗多尼像只猎鹰一样向她扑去，把她打倒，将她长长的黑发在手上绕了三圈，然后一刀就砍下了她的头颅。

"我对这桩罪行负责！"他喊叫着，把受害者的头扔到教堂的台阶上，然后他画了个十字。

左巴回过头，看到这个可怕的景象。他紧抓着他的唇髭，吓得扯下了一两根胡子。我向他走去，抓住他的胳膊。他身体向前探，凝视着我，两颗大泪珠挂在他的睫毛上。

"我们走吧，老板。"他用一种哽咽的声音说道。

那天晚上左巴不吃不喝。"我的喉咙太紧了，"他说，"什么也咽不下。"他在冷水中洗着他的耳朵，把棉片浸在阿拉克酒中，然后把耳朵包扎起来。他坐在草席上，双手捧着头，心情一直很悲戚。

我用手支着头，卧在墙边的地上。我感觉到温暖的泪水缓缓地流过我的脸颊。

突然间，左巴抬起头来，发泄起他的感情来。在狂野的思想的驱使下，他开始大吼起来：

"我告诉你，老板，这个世界上发生的一切都是不公平的，不公平，不公平！我不愿跟世人同流合污！我，左巴，这条蠕虫，这条蛞蝓！为什么一定要让年轻人死而让老朽的人活呢？为什么小孩子会死掉呢？我曾有过一个男孩——他叫狄米特拉奇——当他三岁的时候，我失去了他。啊……我永远都不会饶恕上帝,你听到了吗？我告诉你,我死的那天，如果他有脸皮敢出现在我面前的话，如果他是一个真真正正、地地道道的上帝的话，那么他会惭愧的！是的，是的，他会惭愧得不敢出现在左巴这条蛞蝓的面前的！"

他扭曲着脸，仿佛沉浸在痛苦中。他的伤口又流血了，他咬着嘴唇，好让自己不叫出来。

"等等，左巴！"我说道，"我替你换药布！"

我再度用阿拉克酒替他洗耳朵，然后我拿出寡妇送给我的橘子水——那是我在床上找到的——我把棉片浸到那里面。

"橘子水？"左巴说道，急切地嗅着它，"橘子水？洒一点在我的头发上好吗？就是这样！然后把它全倒在我手上，继续倒！"

他又活过来了，我惊愕地看看他。

"我觉得我仿佛进入了寡妇的果园。"他说道。

然后他又开始了他的哀悼。

"要花多少年，"他喃喃道，"需要多么漫长的岁月，大地才能够创造出那样的身体来啊！你注视着她，就会说：啊！但愿我现在二十岁，但愿全人类都从地面上消失，只有这个女人留下来，我给她一大堆孩子！不，不是孩子，他们会是真正的神……然而现在……"

他一跃而起，他的眼里充满了泪水。

"我忍受不了，老板，"他说道，"我必须走一走，晚上我必须到山边上上下下地走两三趟，把自己累个半死，才能平静一些……啊！寡妇！我觉得我必须为你唱一首悼歌！"

他冲了出去，朝着山的方向走去，然后就消失在黑暗里。

我躺在床上，熄了灯，然后再度开始用我可怜的、缺乏人性的方式改造现实，移走现实的血、肉及筋骨，将它简化成为抽象的东西，将它与宇宙规律联系起来，直到最后，我终于推演出一个可怕的结论——业已发生的这一切乃属必要，甚至有利于普遍的和谐。我得到了这最终的、可憎的慰藉！业已发生的这一切是应该发生的。

寡妇惨死的情形进入了我的脑中——多年来，我的大脑就像蜂巢一样，将毒素转化成蜂蜜——使它陷入一片混乱。但我的哲学观立刻察觉到了这个危险的征兆，用意象及技巧将它包围起来，并且迅速地使它变得无害。蜜蜂就是这样用蜡裹住偷走它们蜂蜜的饥饿雄蜂的。

几个小时后，寡妇已经安详而宁静地在我的记忆中安歇了，她在我的心中被蜡裹住了，她已不能在我心中散播恐慌，不能麻痹我的头脑了。那一天发生的可怕事件膨胀着，在时间与空间里扩张着，最终与伟大的旧日文明合为一体，这些文明又与大地的命运合为一体，大地则与宇宙的命运合一。由此，反观寡妇的遭遇，我发现她已平静地屈服于伟大的存在法则，与杀她的人和谐地相处着。

对我来说，时间已显示出它真正的意义：寡妇在几千年以前，在爱琴文明的发轫时期就已死去，而在今天早晨，克诺索斯的那些鬈发少女们在这片欢乐之海的沙滩上死去。

睡眠征服了我，恰如有一天——没有什么比这更确定了——死亡会征服我一样，我无声无息地溜进了黑暗里。我不知道左巴是什么时候回来的，甚至不知道他有没有回来过。第二天早晨，我发现他已经在山那边对着工人们怒吼、咒骂了。

他们做的没一样让他看得顺眼，他开除了三个冥顽的工人，亲自拿起鹤嘴锹清除石头，在拟竖起柱子的地方开路。他爬上山去，遇到几个砍松树的樵夫，然后开始破口大骂。一个樵夫笑着咕哝了几句，左巴向他猛扑了过去。

那天傍晚，他疲惫不堪、衣衫褴褛地回到木屋来，他挨着我在海边坐下来。他几乎连嘴巴都张不开。当他终于开口时，讲的都是木头、钢索和褐煤。他像一个贪婪的承包商，急着要榨干这个地方，要尽可能地从中牟利，然后开溜。我达到了自我安慰的阶段，一度想要谈起寡妇。左巴伸出他的长臂，将他的巨手放在我的嘴上。

"住口！"他用一种沉闷的声音说道。

我惭愧地停住了。一个真正的男子汉就是这样啊，我想道，我嫉妒左巴的哀伤。他是一个血液温暖、骨骼坚硬的男人。当他痛苦的时候，他让他的泪水流到脸颊上，当他快乐的时候，他不会用思想的滤网破坏纯真的喜悦之情。

三四天就这样过去了，左巴不断地工作，不断下来吃、喝或休息。他正在打地基。一天晚上，我提到宝宝琳娜女士还躺在床上，医生没有来，她不断地在昏迷中喊着他。

他握着他的拳头。

"好。"他回答道。

翌晨，拂晓，他到村子里去，但马上又回到木屋里。

"你看到她了？"我问道，"她怎么样？"

"她没怎样，"他答道，"她快要死了。"

然后他迈起大步工作去了。

那天晚上，他没吃饭就拿起他的粗拐杖出去了。

"你要去哪里？"我问道，"到村里去？"

"不，我要去散散步。我一会儿就回来。"

他迈着坚定的步子，快步向村里走去。

我感到疲倦，因此就上床了。我又开始审视这个世界，往事回到心里，还有各种哀伤，我的思绪飞得很远，可是终于还是停留在左巴身上。

万一他出去碰到马诺拉卡斯的话，我想道，那个克里特岛人一定会怒不可遏地向他扑去。听说这几天他一直待在家里。他不好意思见村民，他一再扬言说，如果他逮住左巴的话，他要"用牙齿把他撕碎，就像撕沙丁鱼一样"。有一个工人说，他曾经看到马诺拉卡斯在三更半夜的时候，全副武装地在木屋四周转悠。如果他们碰面的话，一定会有流血事件发生。

我跳了起来，穿上衣服匆匆地往村子里走。晚上宁静潮湿的空气中充满着野生紫罗兰的香气。过了不久，我看到左巴正慢慢地向村子走去，他似乎很累，时不时停下来看一会儿星星，又好像在倾听什么。他又走了起来，这次脚步加快了一点，我可以听到他的拐杖敲在石头上。

他走近寡妇的果园，空气里充满了柠檬花和金银花的馨香。这时在果园的橘树上，一只夜莺唱着令人心碎的歌，那声音好像春天里的流水声，它在黑暗中唱了又唱，美得令人窒息。左巴停住了，屏息听着那柔美的歌声。

突然间，芦苇篱笆动了，尖锐的叶子像钢刃般互相碰撞着。

"那边的家伙！"一个洪亮而愤怒的声音吼道，"你这个老呆子！我终于找到你了！"

我的血液冷了下来，我认出了那个声音。

左巴向前跨了一步，举起他的拐杖，停住脚步。在星光下，我可以看到他的每一个动作。

一个高大的男子从芦苇篱笆里跳了出来。

"什么人？"左巴伸着脖子，喝道。

"我，马诺拉卡斯。"

"走你的路！滚开！"

"你为什么要侮辱我？"

"我没有侮辱你，马诺拉卡斯！我说，快滚开。你是个高大、强壮的家伙，不错，可是运气与你作对……运气是不长眼睛的，你知道不知道？"

"不管运气不运气，长眼睛没长眼睛！"马诺拉卡斯说道，我听到他在磨牙齿，"我要洗雪这个耻辱，就在今晚，有没有带刀子？"

"没有，"左巴回答道，"只带了一根拐杖。"

"回去拿你的刀子来，我在这里等。快去！"

左巴没有动。

"害怕了？"马诺拉卡斯发出一阵冷笑和嘶嘶声，"快去，我告诉你了！"

"我要刀子干什么呢？"左巴问道，他已经开始激动起来了，"我要它干什么呢？教堂那一次是怎么一回事呢？我好像记得那时候你有一把刀，而我没有……可是我占了上风，对不对？"

马诺拉卡斯愤怒地咆哮起来。

"想对我用激将法，嗯？想嘲笑我？你挑错了时间，别忘了我带着武器，而你没有！去拿你的刀子来，你这个讨厌的马其顿人，让我们来较量个高低！"

左巴举起他的手臂，扔掉他的拐杖。我听见拐杖掉进芦苇丛中的声音。

"扔掉你的刀子！"他喝道。

我已经蹑手蹑脚地走到他们那边。在星光下，我看到刀子也被扔进了芦苇丛里，它在芦苇丛里闪着光。

左巴在他的手上啐了一口。

"来吧!"他吼道,摆开架式跃向空中。

在他们纠缠在一起之前,我跑到他们的中间。

"住手!"我喝道,"喂!马诺拉卡斯!还有你,左巴!到这里来!你们真可耻!"

两个死对头缓缓地向我走过来,我抓住他们两人的右手。

"握手!"我说道,"你们两个都是善良、健壮的家伙,你们必须化敌为友。"

"他侮辱我!"马诺拉卡斯说道,想抽回他的手。

"没有人能够那么轻易地侮辱你,"我说道,"全村的人都知道你是个勇敢的人。忘掉前几天在教堂发生的事,那是个不幸的时刻!事情已经发生了,算了吧!此外,别忘了,左巴是个外地人,是个马其顿人,在我们的家乡对一个客人挥拳,这是我们克里特岛人给自己招惹的最大耻辱……现在,过来,将你的手伸给他,这才是真正的君子之风。到小屋里来,马诺拉卡斯,我们一块儿喝酒,然后烤一米长的香肠来庆祝我们的友谊!"

我搂住马诺拉卡斯的腰,把他拉开一点。

"要知道那个可怜的家伙已经老了,"我低声道,"像你这么强壮的小伙子不应该攻击一个上年纪的人。"

马诺拉卡斯的态度软了一点。

"好吧,"他说道,"都是看在你的面子上。"

他走向左巴,伸出他粗壮的手。

"来吧,左巴朋友,"他说道,"一切都过去,都忘掉吧。咱们握握手。"

"你咬过我的耳朵,"左巴说道,"你占便宜了!这是我的手!"

他们用劲地握着手,愈来愈用力。他们瞪着对方,我害怕他们会再打起来。

"你的握力可真不小啊！马诺拉卡斯，"左巴说道，"你是个结实的家伙，而且相当难缠！"

"你的手也很有劲儿，看看你能不能把我握得更紧点。"

"够了！"我喝道，"让我们去喝杯酒，交个朋友！"

在回海滩的路上，我走在他们的中间，左巴在我的右边，马诺拉卡斯在我的左边。

"今年农作物的收成一定会非常好……"我转移话题说，"今年雨量很充足。"

他们都没有回答，他们的胸腔仍然紧紧地绷着。我把希望寄托在酒上面。我们回到了小屋。

"欢迎光临寒舍。"我说道，"左巴，去烤香肠，另外找些东西来喝喝。"

马诺拉卡斯坐到小屋前的一块石头上。左巴拿了一把柴火，烤着香肠，斟了三杯酒。

"祝你们健康！"我举起杯子说道，"祝你健康，马诺拉卡斯！祝你健康，左巴！碰杯！"

他们碰了杯，这时，马诺拉卡斯倒了几滴酒在地上。

"如果我再对你挥拳的话，"他用一种严肃的声音说道，"我的血就流得像这酒一样。"

"如果我还没有忘掉你咬了我的耳朵，"左巴依样画葫芦地说道，"那么我的血也会流得像这酒一样！"

第二十三章

天一破晓，左巴便从床上坐起来跟我说话，把我弄醒了。

"你还没醒吗，老板？"

"什么事，左巴？"

"我做了一个梦，一个好笑的梦。我想不久我们就必须去旅行一趟了。听好，这个会逗你笑的。有一条和这个小镇一样大的船停泊在港口里，它的汽笛响了，准备起锚了。这时，我从村子里跑出来，想要赶上这条船。我手里提着一只鹦鹉，我跑到船边就登上去了。船长跑了过来，'票呢？'他大叫道。'多少钱？'我问道，一面从口袋里掏出一卷钞票来。'一千德拉克马。''喂喂，别较真，八百不行吗？'我说道。'不行，一千。''我只有八百，你收下吧！''一千。'他说，'一文也不能少！如果你没有的话，就赶紧滚下船去！'我恼了。'听好，船长，'我说道，'为你自己着想，把我要给你的八百收下吧。如果你不收的话，我就要醒了，那时，我的好朋友啊，你可就连一个子儿都拿不到了！'"

左巴放声大笑。

"人是一种多么奇妙的机器啊！"他惊叹道，"你把面包、酒、鱼、萝卜塞到他里面去，叹息、笑和梦就从他那儿跑出来，真像一个工厂。我相信我们的头脑里有一间有声电影院。"

突然，他从床上跳了下来。

"可是为什么会碰见鹦鹉呢？"他焦虑地喊了起来，"那是什么意思呢，我带着鹦鹉一起走？哈！我恐怕……"

他还没讲完，一个长着红发的、像鬼一样的矮胖报信者就冲了进来，他气喘如牛。

"看在老天爷的分儿上！那个可怜的女人嚷破喉咙地叫着要找医生！她说她真的快要死了……她还说，你们的良心会受谴责的！"

我感到羞愧。在寡妇给我们带来的那阵悲痛中，我们将我们的老朋友遗忘了。

"她快不行了，可怜的女人，"那个红头发的人不停地唠叨，"她咳嗽得那么厉害，她住的那间旅馆都跟着震动。是的，那是一种标准的驴子咳嗽法！咳！咳！咳得全村都在摇晃！"

"安静点！"我说道，"别开玩笑！"

我拿了一张纸，写了一封信。

"把这封信送给医生，一直等到亲眼看到他骑着马出来，你才可以走开。你听懂了没有？现在就去！"

他抓住信，将它塞进腰带里，然后就跑掉了。

左巴已经起来了。他一语不发，匆匆地穿着衣服。

"等一下，我要跟你一道去。"我说道。

"我很急。"他说完就动身了。

过了一小会儿，我准备妥当，往村子里走去。寡妇那座已荒废的花园中飘着香气。米米可缩成一团坐在房子前，满脸愠怒，像条被打

297

败的狗。他看起来非常瘦，他的眼睛发红，眼窝深陷。他转过身来看到了我，他拾起一块石头。

"你在这里做什么呢，米米可？"我问道，惋惜地瞥了果园一眼。我可以感觉到两只温暖、有力的手臂缠绕着我的脖子……我闻到柠檬花及月桂油的馨香。我们没说一句话。在暮色中，我可以看到她那双火辣辣的黑眼睛，以及用胡桃叶擦过的、泛着微光的、尖尖的白牙齿。

"你为什么这么问我？"他低沉地咆哮道，"走开，管你自己的事情去。"

"想不想抽根烟？"

"我再也不抽烟了。你们都是一群小人！你们都是！你们都是！"

他停了一下，喘息着，仿佛在找词儿。

"小人……无赖……骗子……凶手……"

他好像终于找到了他想找的字眼，感到一阵轻松。他拍着手。

"凶手！凶手！凶手！"他用一种可怖的声音吼叫道。他笑了起来，看到他这种样子，我感到心酸。

"你说得对，米米可，"我说道，"你说得很对。"然后，我就匆匆地跑掉了。

当我进入村子的时候，我看到了老阿纳格诺斯蒂，他拄着拐杖，微笑着观看两只黄蝴蝶在春天的青草上互相追逐。他已经老了，再也不用操心他的田地、他的妻子及他的儿子了，所以他有时间悠然地旁观他四周的世界。他注意到我投在地上的影子，于是抬起头来。

"是什么好风这么早就把你吹到这儿来了呢？"他问道。

可是他一定从我焦虑的脸色中瞧出了一点端倪，所以不等我答复，便接着说下去。

"赶快想点办法吧，我的孩子，"他说道，"我不能确定她现在是否还活着……啊！那个可怜虫！"

那张用了那么久，始终是她最忠实伴侣的大床被安置在小房间的中央，几乎将房间占满了。她那位忠心耿耿的枢密大臣——鹦鹉——瞪着一对滚圆而邪恶的眼睛，俯身看着这位昔日的歌星。它向下凝视着躺在床上呻吟的女主人，有时它还歪起那颗酷似人类的脑袋倾听着。

不，它听到的不是她喜悦的轻吟声，不是鸽鸣般温柔的叫声，不是尖细的笑声。冰冷的汗珠流到它女主人的脸上，她的头发像乱麻一样——没有洗过，没有梳过——贴在她的太阳穴上，她在床上抽搐。这只鹦鹉头一次看到这些，因此它很不安。它似乎想要大叫："卡纳伐罗！卡纳伐罗！"可是它的声音在喉咙里哽住了。

它可怜的女主人在呻吟着，她不住地用那双枯萎、松软的手掀着被单，她透不过气来。她的脸上没有化妆，她的面颊浮肿，她全身发散着汗酸味和腐肉味。床下露出她那双破烂变形的礼鞋，看到它们真令人心碎，比看到它们的主人更令人心伤。

左巴坐在她的床边，注视着那双鞋子，他的目光无法从它们上面挪开。他咬着嘴唇，忍着他的眼泪。我走了进去，坐在左巴的后面，可是他没有觉察到。

这个可怜的女人感到呼吸困难，她喘不过气。左巴拿下一顶装饰着人造玫瑰花的帽子，为她扇风。他快速而笨拙地上下挥动着他的大手，仿佛想要弄干并点燃一块湿煤。

她恐惧地睁开眼睛环视四周。周围一片黑暗，她看不到任何人，甚至连正在用那顶饰花帽子为她扇风的左巴也看不到。

她的四周是一片黑暗和一片混乱。蓝色的烟从地上冒出，而且不断地改变着形状，变成冷笑的嘴、鸟爪般的脚、黑色的翅膀。

她将指甲深深地掐进那沾满眼泪、唾液以及汗水的枕头里，同时她喊了出来。

"我不要死！我不要！"

可是两个知悉她的病势后从村里赶来的哀悼者走了进来。她们悄然地走进房里，倚着墙，坐在地上。

那只瞪着圆眼睛的鹦鹉看到了她们，十分生气。它伸出头，喊着"卡纳伐……"，左巴粗暴地向笼子挥出他的手，那只鸟安静了下来。

那绝望的呼号又响了起来：

"我不要死！我不要！"

两个被太阳晒成黑褐色的、乳臭未干的年轻人从门口探头进来，小心翼翼地看着这个生病的女人。看够了之后他们互相挤了挤眼，然后就消失了。

不久，我们听到一阵惊骇的咯咯声和拍翅声从庭院里传来，有人在追赶母鸡。

最佳挽歌手老玛拉玛帖妮亚转过身对着她的伙伴。

"看到了吗，蕾妮欧婶婶，看到了吗？他们好性急，那些饥馋的坏蛋，他们想拧断那几只母鸡的头，吃掉它们。所有村中的废物都聚集在庭院里了，用不了多久他们就会把这儿洗劫得一干二净！"

然后，她转向那垂死女人的床。"动作快一点，死吧，我的朋友。"她不耐烦地喃喃道，"你尽快地伸腿吧，好让我们跟别人一样有这种机会。"

"告诉你真理吧，"蕾妮欧婶婶说道，皱起她那张无牙的小嘴巴，"玛拉玛帖妮亚嬷嬷，他们做得对，那些小男孩。'如果你想吃什么，当小偷；如果你要拥有什么，当大盗……'我的老妈妈就常常跟我这么讲。我们只好尽可能快地唱完我们的悼歌，捞一两把米、一些糖和一个长柄锅，然后我们就永远怀念她。她没父母也没子女，对不对？

所以什么人来吃她的母鸡和她的兔子呢？什么人来喝她的酒呢？什么人来继承那些棉花、梳子和糖果呢？哈，你想要些什么呢，玛拉玛帖妮亚嬷嬷？上帝饶恕我，可是世界就是这么一回事……我自己想拿些东西！"

"稍等一下，亲爱的，别太性急。"玛拉玛帖妮亚嬷嬷抓住她的胳膊说道，"我也有同样的打算，我不怕承认，可是她没伸腿以前，还是等一会儿吧。"

这时候，那个垂死的女人狂乱地在她的枕头底下掏着。当她想到自己已经病势危急的时候，她就从皮箱中拿出一个白得发亮的骨雕十字架，把它塞到枕头下。多年来她完全把它给忘了，所以它一直跟她的破内衣、绒布条和破布一起被塞在皮箱底层，仿佛基督是一种只有在病入膏肓的时候才服用的药，只要你还能享乐、吃喝，就用不着这种药。

最后，她那只摸索着的手终于拿到了那个十字架，她将它紧紧地压在她那汗涔涔的胸脯上。

"亲爱的耶稣，我亲爱的耶稣……"她热情地说着，把她这最后的爱人搂在怀里。

她的话——半法语，半希腊语，可是充满了温柔与热情——非常混乱。那鹦鹉听到了她的话，它察觉到女主人的声调变了，它想起了从前的不眠之夜，于是立刻振奋了起来。

"卡纳伐罗！卡纳伐罗！"它沙哑地大叫道，像只报晓的公鸡。

左巴这次没有想要让它安静下来，他注视着那个女人。她在流泪，吻着十字架上的耶稣受难像，就在这时，一种突来的安详浮上了她那张饱受风霜的脸。

门打开了，老阿纳格诺斯蒂悄悄地走进来，把帽子拿在手上。他走到病妇前面，垂着头，跪了下来。

"宽恕我，亲爱的女士，"他向她说道，"宽恕我，也愿上帝宽恕你。如果我有时候对你说难听的话，请宽恕我，我们只不过是凡人……"

可是这个可爱的灵魂如今正静静地躺着，陷在一种不可言喻的宁谧中，她没有听到阿纳格诺斯蒂所说的一切。她所有的痛苦都已逝去——不幸的晚年，一切鄙夷和粗言恶语，孤独地坐在门边织着厚毛袜的凄凉黄昏。这位雍容华贵的巴黎妇人，这个诱人的、令男人无法抗拒的女人，在她的一生中，她曾把四个强国放在膝盖上摇晃，也曾接受过四支海军舰队的敬礼！

海面一片蔚蓝，波涛上白沫点点，海上的堡垒在港口里婆娑起舞，色彩缤纷的旗帜在每一根桅杆上飘扬。你可以闻到山鹑和红羊鱼在炙架上烤着，盛在雕花水晶碗里的糖渍水果被端上桌，香槟的软木塞飞向天花板。

黑色和金色的胡子，红色和灰色的胡子，四种香气——紫罗兰、古龙水、麝香、刺蕊草，金属做的舱门紧闭着，厚窗帘拉到底，灯点着。奥尔唐斯夫人闭着她的眼睛。她一生所有的爱，她一生所有的痛苦——啊，全能的上帝啊！这些恍如黄粱一梦……

她跪着，用双手抱住装饰着金色穗子的军服，手指深深地陷入洒着浓郁香水的胡须中。她记不得他们的名字，和她的鹦鹉一样，她只能记得卡纳伐罗，因为他是他们当中最年轻的一个，而他的名字又是鹦鹉唯一念得出来的一个，其余的又复杂又难念，所以都被忘掉了。

奥尔唐斯夫人深深地叹气，同时热情地抱着那个十字架。

"我的卡纳伐罗，我的小卡纳伐罗……"她在昏迷中呢喃着，将十字架紧贴在她松弛的胸脯上。

"她已经开始不知自己在讲什么了，"蕾妮欧婶婶喃喃道，"她一定已经看到她的守护天使，而且感到害怕……我们解下头巾走近前去吧。"

"什么！你对上帝一点都不畏惧吗？"玛拉玛帖妮亚嬷嬷说，"她还没死你就要开始唱挽歌吗？"

"哈！玛拉玛帖妮亚嬷嬷，"蕾妮欧婶婶低声抱怨道，"你不去想她的皮箱和衣服，店里所有的东西，以及院子里的母鸡和兔子，却来告诉我说我们必须等到她咽气！不！先买票先进场，我说！"

她一面说着一面就站了起来，另一位则愠怒地跟在后面。她们解开她们的黑头巾，让稀疏的白发披下来，然后便抓紧床沿。

蕾妮欧婶婶发出一声长长的号叫做为信号，尖锐得使人后背发凉。

"咿——"

左巴跳起来，抓住两个老太婆的头发，把她们拖回去。

"闭上你们的破锣嗓子，你们这些老喜鹊！"他吼道，"你们看不出她还活着吗？去死吧！"

"蹒跚的老白痴，"玛拉玛帖妮亚嬷嬷咕哝道，一面把头巾再扎回去，"他是从哪儿跳出来的，我真想知道，那个搞鬼的呆子。"

奥尔唐斯，这位在苦中煎熬的老海妖，听到了床边那声刺耳的号叫。她甜蜜的幻象消失了，舰队司令的船沉没了，烤山鹑、香槟以及芳香的胡子消失了，她又跌回到臭烘烘的病床上。在这个世界的边缘上，她费力地想爬起来，仿佛想逃避，可是她再度跌回去，于是她哀伤地轻喊了起来。

"我不想死，我不想……"

左巴向前探出身子，用他那坚实的大手摸着她的额头，同时拨开那些粘在她脸上的头发。他的眼睛里噙满泪水。

"安静，亲爱的，安静。"他呢喃道，"我在这里，左巴在这里。

303

别害怕。"

突然间幻象又回来了，像只巨大的碧绿色蝴蝶，展翅将整张床都掩覆起来。这个垂死的妇人抓着左巴的巨手，当他弯下身去看她的时候，她缓缓地伸出手臂，揽住他的脖子。她的嘴唇动着……

"我的卡纳伐罗，我的小卡纳伐罗……"

那个十字架从枕头上滑下去，落到地上，摔成碎片。一个男人的声音从庭院中传来：

"来吧！现在把鸡丢进去吧，水已经开了！"

我坐在屋子的角落里，我的眼睛里一直都含着泪水。我想那就是人生——五花八门、无条理、冷漠、冥顽……无情。这些原始的克里特岛农夫们环绕着这位来自大地另一端的卡巴莱歌星，带着一种残酷的喜悦之情看着她死去，仿佛她并不是一个人，而是一只从天而降的折翅大怪鸟，他们聚集在村落附近的海滩上看着它死去。一只老迈的孔雀，一只老安哥拉猫，一头生病的老海豹……

左巴轻轻地把奥尔唐斯夫人的手从他的脖子上拿下来，脸色苍白地站起来。他用手背拭了拭眼睛，然后看着病妇，可是却看不清。于是他又拭了拭，只见她在床上移动着那双浮肿而无助的脚，同时恐惧地歪着嘴。她抽搐着，一次，两次，被单滑落到地上，她的身体露了出来。她半裸着，满身大汗，全身浮肿，皮肤泛着一种黄绿的颜色。她发出一声尖锐、刺耳的喊叫声，像只家禽被人割断了喉咙，然后，她就不再动了，她的眼睛惊怖、迟滞地圆睁着。

那只鹦鹉跳到它的笼子底，抓着铁条，看着左巴伸出他的巨手，以无限的柔情，合上它女主人的眼睛。

"快！你们大家！她去了！"那两个唱挽歌的冲到床边，大嚷道。她们发出一种长长的号叫，前后摇晃着身体，握着拳，捶着自己的胸。

304

慢慢地，这种单调的、哀悼式的摆动在她们身上产生了一种轻微的催眠作用，她们自己的新仇旧恨像毒药一样侵入她们的脑中，于是她们的心敞开了，挽歌涌了出来。

"此事不当汝遭逢，从此深深眠黄泉……"

左巴走到院子里去。他想哭，可是他耻于在妇人面前这样做。我记得有一次他对我说："如果是在男人面前的话，我将不会耻于哭泣。男人们会互相理解，对不对？那不会丢脸的。可是在女人面前，一个男人往往必须证明他是勇敢的。因为如果我们也跟着号啕大哭起来，那么那些可怜的东西会怎么样呢？那真是到世界末日了！"

她们用酒洗她的身体，为她料理后事的老妇打开皮箱，拿出干净的衣服为她换上，在她身上洒了一瓶古龙水。从附近飞来的丽蝇在她的鼻孔里、眼睛四周，以及嘴角产着卵。

夜已降临，西方的天空宁静而美丽。镶着金边、羊毛般蓬松的小红云缓缓地飘过深紫色的夜空，有时像船，之后又像天鹅，接着又像用棉花及破丝绢做成的妖魔鬼怪。从庭院的芦苇缝中可以看到那片不平静的海，它的浪花泛着微光。

两只吃得肥肥的乌鸦从附近一棵无花果树上飞下来，在院子里来来去去地走着。左巴愤怒地捡起一颗石子，将它们赶跑了。

在庭院的另一角，那些村里的土匪已经准备好了一顿丰富的大餐。他们搬出厨房的大桌子，搜出了面包、碟子以及刀叉。他们已经从地窖里拿了一瓮酒，并且在锅里煮了几只母鸡。现在，又饥饿又开心，他们津津有味地吃着，酒杯叮叮当当地碰着。

"上帝拯救她的灵魂！因她所做的一切，让她留下的东西充公吧！"

"愿她所有的爱人都变成天使，并且把她的灵魂带到天国去！"

"看一看老左巴，"马诺拉卡斯说道，"他在用石头打乌鸦呢！他现在是个鳏夫了，让我们邀他来喝杯酒怀念他的女人吧！喂！左巴！来跟我们一起吃吧，乡巴佬。"

左巴转过身，他看了看那张摆得满满的桌子，看了看盘子里热腾腾的母鸡、杯子里亮闪闪的酒。那群被太阳晒得黝黑的壮汉把领巾扎在头上，他们兴高采烈地坐在那儿，充满了青春的气息。

"左巴！左巴！"他自言自语道，"撑下去吧！这里正是你表现本色的地方！"

他走到他们那边，一口气喝掉一杯，接着第二杯，接着第三杯，然后吃了一个鸡腿。他们和他讲话，可是他没有回答。他默默地、快速地、贪婪地吃着，喝着，大块地吃，大口地喝。他一直把眼光投向那间放着宝宝琳娜尸体的屋子，同时倾听着从窗里传来的挽歌。这些送终哀吟时不时地中断，其间夹杂着喊叫声，似乎有人在争吵。他还听到食橱和皮箱开开合合的声音，甚至还有沉重的踩踏声，似乎有人在打架。然后挽歌又响起来，单调、绝望，像蜜蜂在呢喃。

那两个妇人在停尸的房间里来来回回地跑着，一面吟诵着她们的挽歌，一面疯狂地翻寻着每一个小角落。她们打开食橱，找出几把小汤匙、一些糖、一罐咖啡和一盒土耳其快乐糖。蕾妮欧婶婶向它们扑去，抓住了咖啡和土耳其快乐糖。玛拉玛帖妮亚老嬷嬷拿了糖和汤匙，还往嘴里塞了两块土耳其快乐糖，所以有一阵子挽歌都是用一种含混而哽咽的声音唱出来的。

"愿花朵如雨降汝身，更有苹果落尔膝……"

另有两个老妇潜入屋里，冲向皮箱，把她们的手探进去，拿出几条小手帕、两三条毛巾、三双丝袜、一条袜带，将它们塞到她们的紧身衣里去，然后转身对床上的死者画了一个十字。

玛拉玛帖妮亚嬷嬷看到老妇们抢皮箱里的东西，她震怒了。

"你继续唱，一直唱下去，亲爱的，我马上就回来！"她对蕾妮欧娣娣喊道，自己也把头探进皮箱里去。

箱子里有旧绸缎、一套老式样的淡紫色衣服、过时的红色凉鞋、一把破扇子、一把鲜红色的新阳伞，一顶舰队司令的三角帽被压在箱底，这是一件很久以前某人送给宝宝琳娜的礼物。当房间里只有她一个人的时候，她有时就把它戴起来，然后悲伤而严肃地在镜子里顾影自怜。

有人走到门口。老妇们走了出去，而蕾妮欧娣娣则再次抓紧着死者的床，开始捶着胸唱了起来：

"……更有深红康乃馨环绕尔颈……"

左巴走进来，注视着这个过世的女人，如今她已全身泛黄，覆满了苍蝇，她叠着双手宁静而安详地躺着，一条绒质的细带缠绕在她的颈上。

"一抔泥土，"他想道，"一抔会饿……又会笑，又会接吻的泥土。一团会流眼泪的泥巴。可是现在呢？……是哪个混蛋将我们带到这个世界来，又是哪个混蛋把我们带走呢？"

他啐了一口，然后就坐了下来。

外面院子里，那些年轻人正在跳着舞。那个聪明的琴师，法努里欧，终于来了，于是他们就把桌子拉开，清走那些煤油罐子、洗濯盆以及衣篮，腾出地方来跳舞。

村里的名流出现了，阿纳格诺斯蒂老爹拄着那根弯曲的长拐杖，穿着宽松的白衬衫；康多马诺利奥，肥胖而邋遢；小学校长，他的腰带里塞着一个大的铜质墨水壶，耳朵上夹着一根绿色的笔杆。老马夫朗多尼没有在来，他已经被赶到山上去了。

"真高兴看到你们！"阿纳格诺斯蒂老爹说，举起手来打着招呼，

"真高兴看到你们在这儿玩！上帝保佑你们大家！不过别大声叫……千万别叫。死者会听到的，记住，死者会听到的。"

康多马诺利奥解释道：

"我们来清点死者的遗物，好将它们分配给家人。你们已经全都酒醉饭饱，现在应该适可而止了。别把这块地扫得精光！看！"他威吓着将拐杖高举在空中挥舞着。

在三个长者后面，一打衣衫褴褛、头发蓬乱、打着赤脚的妇女出现了，每人夹着一个空布袋，背上扛着一个篮子。她们一语不发，鬼鬼祟祟一步一步地走过来。

阿纳格诺斯蒂老爹转过身，看到了她们，吼道："那边的，你们滚回去，你们这群吉卜赛人。你们想干什么？你们想洗劫这个地方？我们会把所有的东西一项一项地记录下来，然后要把它们全部适当而公平地分给家人。滚开，你们听到了没有！"

小学校长从腰带上取下那个大墨水壶，摊开一大张纸，然后就走入那个小店去进行清点的工作了。

可是正在那时候，一个震耳欲聋的声音传了出来——仿佛什么人在敲着铁皮，仿佛棉线轴掉到地上，仿佛杯子相碰而破碎。厨房里传出平底锅、盘子及刀叉的可怕嘈杂声。

老康多马诺利奥挥舞着拐杖冲了进去。可是他有什么办法呢？老妇、男人、小孩从前后门冲进来，从打开的窗户跳进来，翻围墙、爬阳台进来，每一个都是见到什么就拿什么——平底锅、煎锅、床垫、兔子……还有几个人把门窗拆下来扛走了。米米可抓到了两只鞋子，他把它们用一条绳子绑住，挂在脖子上——看那副模样，就好像奥尔唐斯夫人突然骑到他的肩膀上，但人们只能看到那双鞋子……

小学校长皱着眉头，把那墨水壶塞回腰间，将那张雪白的纸折起

308

来，然后带着一种尊严受到严重冒犯的神情，一语不发地跨出门槛走掉了。

可怜的阿纳格诺斯蒂老爹走来走去地咆哮着，恳求那些人住手，对他们挥舞着拐杖。

"这样多丢人！这样多丢人！死人会听到的，记住！"

"要不要我去叫教士来？"米米可问道。

"什么教士？你这个呆子！"康多马诺利奥愤愤地说，"她是一个法兰克，你没注意过她画十字的样子吗？用四只手指头——像这样——信教的人不是这样的！来吧，让我们把她葬了，免得她臭得我们都站不住，我们的村子都住不了人！"

"她生蛆了，老天爷啊！"米米可在胸前画了个十字。

村中年事最高的阿纳格诺斯蒂老爹不断地摇头。

"那有什么好奇怪的？你这个白痴。人从出生的那天起本来就生满蛆虫，只是你看不到它们而已。当它们发现你已经开始发臭了，才从它们的洞里爬出来——它们是白色的，白得像奶酪里的蛆一样！"

第一颗星星已经出现了，悬挂在空中，摇曳着，像银质的小铃铛。黑暗的周遭充满了叮当作响的铃铛。

左巴从死者的床头取下鹦鹉及它的笼子。这只失去主人的鸟惊恐地蹲在一个角落里瞪着眼睛，可是它什么也不懂。它把头埋进翅膀里，它被恐惧征服了。

当左巴把笼子拿下来的时候，那鹦鹉站了起来。它要开口，可是左巴伸出手，把它制止了。

"安静，"他用一种安慰的声调喃喃道，"安静！跟我走。"

左巴探出身子，凝视着那过世女人的脸。他看了很久，他的喉咙又紧又干燥。

他弯下身，仿佛要吻她，可是又打消了念头。

"看在老天爷的分儿上，让我们走吧!"他自言自语道。他拿起鸟笼，走到庭院里去。他在那儿看到了我，便向我走过来。

"让我们现在就离开吧……"他抓住我的胳膊，声音低沉地说。

他看起来很平静，可是他的嘴唇颤抖着。

"我们都会这样离开的……"我对他说道。

"那是最大的安慰!"他尖刻地说，"我们走吧。"

"等一下，"我说，"他们就要带她走了。我们应该等着目送她……你能再坚持一分钟吗?"

"好吧……"他用一种哽咽的声音回答道。他放下鸟笼，双臂交叉。

阿纳格诺斯蒂老爹和康多马诺利奥脱下帽子，从死者的房间走了出来，然后画了一个十字。在他们后面，四个耳朵上还插着四月玫瑰的跳舞者走了出来。他们都面有喜色，略略带着几分醉意。他们抓住门板的一角——他们就将尸体放在那上面。后面跟着琴师和他的乐器，十几个已经喝得飘飘然、嘴里还嚼着东西的男人；还有五六个女人，各带着一个平底锅或一把椅子。米米可走在最后，那双破烂的鞋子挂在他脖子上。

"凶手! 凶手! 凶手!"他兴高采烈地叫嚷着。

一阵温暖、潮湿的风吹来，海里波浪滔滔。那琴师举起他的琴弓，他清新的声音在温暖的夜里愉悦而尖刻地响起:

"太阳啊，汝何其匆匆西下……"

"走吧，"左巴说道，"已经结束了……"

第二十四章

我们默默地穿过村中那些狭窄的街道。没有点灯的屋子在夜里投下了黑影。某处传来狗的吠叫声和阉牛的悲叹声。风从远方给我们带来了里拉琴轻快的叮当声，像活泼的泉水在跳舞。

"左巴，"为了要打破我们之间的沉寂，我说道，"这是什么风？诺托斯风？"

可是左巴没有回答，他像提灯笼似的抓着鹦鹉笼子，在前面继续前进。当我们走到海滩时，他转过身来。

"你饿不饿，老板？"他问道。

"不，我不饿，左巴。"

"你困不困？"

"不。"

"我也不困。我们在卵石上坐一会儿好吗？我有些事情要问问你。"

我们俩都很累，可是都不想睡。我们都不愿失去刚刚那几个小时的酸楚，在我们的感觉中，睡眠就像临阵脱逃一样，我们都耻于入眠。

我们在海边坐下来，左巴把鸟笼放在两膝中间，并且沉默了一段时间。一个恼人的星座在山后的天空中出现了，它像一个长着无数眼睛和一条螺旋式尾巴的怪物，不时有一颗星脱逸本位而坠落。

左巴张着嘴巴，怀着一种狂喜的心情凝视天空，仿佛他是头一次看到它似的。

"那上面到底会发生什么事呢？"他喃喃道。

隔了一会儿，他决定要开口了。

"你能不能告诉我，老板，"他说道，他的声音在温暖的夜里听起来深沉而诚挚，"这一切是什么意思呢？谁创造了这一切？为什么要创造这一切？还有，最重要的，"左巴此时的声音因愤怒及恐惧而颤抖着，"为什么人会死呢？"

"我不知道，左巴，"我十分惭愧地答道，就好像别人问我最简单的事情、最重要的事情，我却无法加以解答。

"你不知道！"左巴说道，他惊讶地圆睁着眼睛，就和我承认我不会跳舞那晚的表情一样。

他沉默了半晌，然后又突然开口了。

"好，所有你读过的那些混账书——它们有啥用处？为什么你要读它们？如果它们没告诉你那事，那么它们究竟告诉了你什么呢？"

"左巴，它们告诉我人类——人类不能解答你刚才所提出的问题——的困惑。"

"啊，那些该死的困惑！"他喊道，激愤地用脚跺着地。

鹦鹉被这些嘈杂声惊动了。

"卡纳伐罗！卡纳伐罗！"它喊道，仿佛在求助一般。

"你也一样！给我住口！"左巴怒吼道。

他转过身来对着我。

"我希望你告诉我，我们是从哪里来的，我们要往哪里去。在那几年中，你一直把生命耗费在那些黑色的魔法书之中，你一定已经嚼烂五十吨左右的纸了！你从它们那儿获得了什么？"

他的声音里蕴含着多大的殷切期望啊，我的心被痛苦地绞碎了。哎！我多么希望我能够答复他！

我心中深深感到，对一个人来说，最好的东西不是知识，不是美德，不是善良，也不是胜利，而是更伟大、更英雄式，或者更为绝望的东西：神圣的敬畏！

"你不能回答吗？"左巴焦虑地问道。

我极力使我的同伴了解我所说的"神圣的敬畏"是什么意思。

"我们是小蛆，左巴，极渺小的蛆，生活在一棵极大极大的树上的一片小叶上。这片小叶就是地球。其他的叶子就是你夜里看到的、运行着的星星。我们一面在这片小叶上走着，一面焦急而谨慎地观察着它。我们嗅着它，我们可以觉得它香也可以觉得它臭。我们尝着它，觉得它可以吃。我们打它，它就像有生命的东西一样喊叫起来。

"一些人——比较勇敢的人——走到了叶子的边缘，我们从那儿引颈凝视混沌太虚。我们颤悸，我们猜疑，在我们的底下躺着一个何等骇人的深渊。在遥远处，我们可以听到这株巨树其他叶子上的嘈杂声，我们感到汁液从树根升到我们的叶子上，我们的心遂膨胀了起来。我们就这样全心全意地俯视这个令人敬畏的深渊，我们恐惧地颤悸。从那时起，诞生了……"

我停了下来，我打算说"从那时起，诞生了诗"。可是左巴是不会了解的。我遂停住了。

"诞生了什么？"左巴用焦急的声音问道，"你为什么停住了？"

"……诞生了巨大的危险，左巴。有些人晕眩、发狂，其余的则感到害怕，他们想找出一个答案来替自己壮胆，于是他们说：'上帝！'

还有些人从叶的边缘平静而勇敢地俯视这个绝壁，而他们说："我喜欢它。'"

左巴沉思了很久。他费劲地想要理解我说的话。

"你知道，"他终于说了，"每一秒钟我都在想着死亡。我注视着它，我却不怕它。可是绝对不，我绝对不说我喜欢它。不，我一点也不喜欢它！我不同意。"

他沉默了下来，可是立刻又开口了。

"不，我不是这种人：像只绵羊般地伸出脖子给卡戎，同时说：'请割断我的喉咙，卡戎先生，我要立刻到天堂去！'"

我迷惘地倾听左巴说的话。究竟哪一个圣贤，想教诲他的门徒们心甘情愿地去做在劫难逃的事情？哪一位圣贤教他的门徒们对必然性说"遵命"，并将无法避免的事情转变成顺乎他们自由意志的事情呢？那或许是人力所能及的唯一解脱之道吧！这是个可悲的方式，不过舍此别无他途。

然则反叛呢？人类以堂吉诃德式的骄傲反动力来征服必然性，使外界定律顺应灵魂的内在律法，否定现存的一切，按照自己心中的律法——它是与自然界的定律背道而驰的——去创造一个新的世界，去创造一个比现存的世界更纯洁、更完美，同时更道德的新世界。这种反叛呢？

左巴注视着我，看出我已经再没有什么要对他讲了，他小心翼翼地提起鸟笼，不想惊醒鹦鹉，他把鸟笼放在脑袋边，然后就在石子路上舒展起身子来。

"晚安，老板！"他说道，"这样就够了。"

一阵来自非洲的强劲南风吹来，使蔬菜、水果及克里特岛的乳房全部膨胀着、生长着。我的额头、嘴唇和脖颈都感觉到它，我的脑子像水果一样迸裂着、膨胀着。

我无法入睡，也不愿入睡。我什么都不想。我只感觉到在温暖的夜里，有什么东西、什么人在我体内渐渐成熟。我清醒地经历了令人吃惊的人生历程：我看到自己改变了。一件通常仅在我们内脏最神秘处发生的事情，这一次在我的眼前公开地发生了。我蹲在海边，观看这个奇迹产生。

星光渐渐黯淡，天空渐渐明亮，就在这个耀眼的背景上，山、树和海鸥出现了，恍如用墨水勾勒出的精致图案。

天已破晓。

几天过去了。小麦已经成熟，密密的麦穗因麦粒的重量而垂下来。橄榄树上，蝉声响彻云霄，发亮的昆虫在强光中嗡嗡地穿梭着。蒸气从海里升起。

左巴每天清早就静悄悄地离开，到山里去。架设空中钢索的工作已经接近尾声了。支柱都已定位，钢缆已经安妥，滑轮也已装上了。左巴半夜才精疲力竭地收工回来。他生火，烧晚饭，然后我们一起吃，我们谨慎地不去惊动那些蛰伏在我们心中的恶魔——死亡与恐惧。我们绝口不谈寡妇，或奥尔唐斯夫人，或上帝。我们默默地眺望外面的大海。

由于左巴的沉默，那些永恒而无解的问题又在我心中肆虐了起来。我的胸膛再度充满了焦虑。世界是什么？它的目标是什么？我们以何种方式才能在短暂的一生中实现这个目标呢？照左巴的想法，人的目标在于创造喜悦——还有人会说"在于创造灵性"，但在某个层次上那是同一回事。可是，为什么呢？为了什么目的呢？而当肉体瓦解时，我们所谓的灵魂会留存下来吗？或者它将完全消失？我们对长生不死的执着——我们执着于此并不是因为"我们不会死"，而是因为在我们短暂的一生中，我们在为不朽的事物服务——也将完全消失？

有一天我起床，盥洗完毕，大地好像也刚起身，刚沐浴完。它闪闪发光，仿佛才诞生不久。我向村里走去。我的左边，靛蓝色的海宁静无波；我的右边，麦田在远方闪烁，像一支配备金戈的军队。我经过那株绿叶扶疏、结满了果实的年轻圣女的无花果树，又匆匆经过寡妇的果园，都不转过头去看它一眼就走进了村子。那个小旅馆现在已经荒废了，门窗都不见了，狗在院子里随心所欲地进进出出，房间都空着。在死者的房里，床、衣橱和椅子都不见了；在那儿只留下一只缀着红绒球、后跟已经磨损的破凉鞋，它被弃置在房间的一个角落里，它还忠心地保存着它主人的脚形。那只可怜的凉鞋比人更具同情心，还没忘掉那只可爱的却饱受苦待的脚。

我很晚才回去。左巴已经生了火在烧饭了。当他抬起眼睛来迎接我的时候，他立刻就知道我到哪儿去了。他皱起眉头。在这么多天的沉默之后，那天晚上，他终于解开了那颗深锁的心，开口讲话了。

"老板，我每一次的痛苦，"他说道，仿佛在为他自己辩护，"的确都把我的心敲成了两半，可是它已经伤痕累累了，所以它就在刹那间自动愈合，伤口都不见了。我全身布满了愈合的伤痕，而那正是我能够忍耐的原因。"

"你马上就把可怜的宝宝琳娜给忘掉了，左巴。"我用一种残忍的口气说道。

左巴被激怒了，他的声音高了起来。

"走新路，拟定新计划！"他喊道，"我已经不再成天想着昨天发生的事情，也不再问自己明天会发生什么了。今天，现在这一刻发生着什么，这才是我所关心的。我说：'此刻你在做什么呢，左巴？''我在工作。''哦，好好工作吧。''此时此刻你在做什么呢，左巴？''我在吻一个女人。''哦，好好地吻她吧，左巴！当你在吻的时候，就把其他的一切忘掉。世界上没有什么其他的东西，只有你和她！继续吻下去吧！'"

半刻之后，他继续说下去。

"当她，宝宝琳娜，活着的时候，你知道，没有哪个卡纳伐罗会像我老废物左巴一样给她这样大的快乐。你想知道为什么吗？因为世上所有的卡纳伐罗在吻她的时候，还一直在想着他们的舰队，或者国王，或者克里特岛，或者他们的臂章及勋章，或者他们的太太。可是我总是将其他的一切忘掉，而她也知道这点，那个老女人。让我来告诉你一件事吧，我有学问的朋友啊——对于一个女人来说，再没有什么快乐比这更大了。对一个真正的女人来说——现在你好好听着，我希望这些话对你有所帮助——为男人付出比从男人那里索取更快乐。"

他弯下身去，默默地加了些木柴到火里。

我注视着他，心中非常快乐。我感觉到在荒凉海滩上的这几分钟十分单纯，然而却充盈着深邃的人之价值。我们每天的晚餐就好像水手们登上一个荒凉的海岸时所炖的菜肴一样——有鱼、蚝、洋葱，以及大量的胡椒，它们比任何大菜都更具风味，而且是滋补一个人的精神的绝佳食品。在那儿，在世界的尽头，我们像两个在海难中幸存的人。

"后天我们的缆车就要启动了，"左巴说道，一面费力地寻思着，"我不必在地上走了，我是一个空中的生物。我可以感觉到滑轮就在我的肩膀上！"

"你还记得在比雷埃夫斯的餐厅里，你撒到我面前、诱我上钩的饵吗？"我问道，"你说你会烧很好喝的汤——而这碰巧是我最喜爱的一道菜。你怎么知道的？"

左巴微带不屑地摇着头。

"我说不上来，老板。我就是自然而然这么想的。你坐在餐厅一角的那副模样，安静，孤独，趴着看那本金边的小书——我不知道，我只是觉得你喜欢汤，如此而已。那个念头就是那样不知不觉地出现的！"

他突然停住了，并且探出身子，仔细地听着。

"安静！"他说道，"有人来了！"

我们听到急促的脚步声和沉重的呼吸声，有人在跑着。突然间，在摇曳的火光下，一个修士出现了，他穿着破法衣，没戴帽子，长着红胡子，另外还蓄着一撮小髭。他浑身散发着一股强烈的煤油味。

"哈！欢迎，扎哈里亚神父！"左巴喊道，"什么事把你搞得这么狼狈？"

那修士在火边的地上瘫了下来。他的下巴颤抖着。

左巴探过身去，对他眨了眨眼。

"是的。"那修士说。

"好，修士！"左巴喊道，"现在你一定会进天堂了，你不可能错过它！而当你进去的时候，你可以随身携带一罐煤油！"

"阿门！"那修士喃喃道，在胸前画了一个十字。

"怎么办成的？什么时候？来吧，快告诉我们！"

"卡纳伐罗兄弟，我看到了天使长米迦勒，他下了一个命令给我。听听事情是怎么发生的：我在厨房里剥豆子，只有我一个人。门关着，修士们都在晚祷，那时静极了。我可以听到鸟儿在外边唱歌，好像天使一般。我已经准备妥当，在等候着。我买了一罐煤油，藏在坟场的礼拜堂里，就在圣桌底下，好让天使长米迦勒能够祝福它。

"就这样，昨天下午我在剥豆子的时候，天堂奔进了我的头脑里。我在自言自语地说：'主耶稣啊，我也可以进天堂，而且我已经准备好要永远永远在天国的厨房里剥豆子！'我脑中转着念头，眼泪缓缓地流下我的脸颊。突然间，我听到我头顶上有扑翼的声音。我明白了，于是垂下头，恐惧地颤抖起来。然后，我听到了一个声音：'扎哈里亚，抬起头来，不要害怕。'可是我颤抖得那么厉害，我跌坐在地上。'抬起头来，扎哈里亚！'那声音又说了一遍。我抬起头来看。门开着，而天使长米迦勒就站在门槛上，样子和他在修道院圣殿门上的绘像一模一样：长着黑色的翅膀，穿着红色的凉鞋，头上有金色的光环；只是手上持的不是剑而是一支燃烧的火炬。'圣哉，扎哈里亚！'他说道。'我是上帝的仆人，'我回答道，'你有何吩咐？''把这个熊熊燃烧的火炬拿去，愿主与你同在。'我伸出我的手，感到我的手掌发烫，可是天使长已经消失了。我只看到天上有一丝火光，活像一颗流星。"

那修士把脸上的汗水揩掉，他的脸孔变得十分苍白。他的牙齿打战，仿佛正在发着热病。

"哦？"左巴说道，"振作一点，扎哈里亚！接下来呢？"

"就在那时候，修士们做完晚祷回来，走到膳厅里去。当院长经过的时候，他像踢狗一样地踢着我，所有的修士都笑了起来。我什么话也没说。天使长走后，空气中仍然有一股硫黄的气味，可是没有人注意到它。'扎哈里亚！'院长说，'你不去吃饭吗？'我紧闭着我的嘴。'他吃天使的食物就够了！'季米特里奥斯——那个鸡奸者——说。所有的修士再度笑了起来，所以我就站起来，跑到坟地去。我俯拜在天使长前面……好几个小时，我觉得他的脚重重地踩在我的脖子上。时间过得像闪电一样。天堂里几个小时、几个世纪就是那样过去的。午夜到了，万籁俱寂。修士们已经上床。我站了起来，在胸前画了画十字，吻天使长的脚。'奉你的旨意。'我说道。我拿出那罐煤油，把它打开，我的长袍里塞满了破布。

"夜色像墨水一般漆黑，月亮还没升起，修道院十分幽暗，幽暗得像地狱一般。我走进庭院，攀上台阶，走到院长的住处。我在门口、窗户及墙壁上洒了煤油。我跑到季米特里奥斯的房间。我从那儿开始用煤油泼着所有的房间以及整条木造的走廊——就照着你告诉我的去做。然后我走进礼拜堂，在基督的塑像前的灯上点着一根蜡烛，然后就开始放火。"

那个修士现在透不过气来，所以就停了下来。他的眼里燃烧着一团内心的火焰。

"上帝是应当被赞美的！"他咆哮道，画着十字架，"上帝是应当被赞美的！在刹那间，整个修道院陷入火海。'地狱的火焰！'我用我最大的声音吼了起来，然后就尽快地跑掉了。我跑了又跑，同时我能够听到钟声、修士们的叫嚷声……而我跑了又跑……

"天亮了，我躲在树林里，我全身发抖。太阳升起来，我听到修士们在树林里搜索我。可是上帝差遣了一阵雾来遮住我，所以他们没有看到我。将近黄昏的时候，我听到一个声音说道：'往下走到海边去！动身。'指引我吧，指引我吧，天使长！'我喊道，然后就出发了。我不知道我走的是哪条路，可是天使长引导着我，有时候用一道闪电，有时候则用一只树林里的黑鸟，或者用一条往山下走的小路。我尽了最大的努力跟随着他，完全信赖他。而你也看得出，他是极慈悲的！我找到了你，我亲爱的卡纳伐罗！我得救了！"

左巴一句话也没说，可是他的脸上泛起了一道粗野、淫荡的笑容，从嘴角一直扩散到那对毛茸茸的驴耳朵边。

晚餐已经熟了，所以他就把锅子从火上拿开。

"扎哈里亚，"他问道，"天使的食物是什么呢？"

"灵。"那修士回答道，画了十字。

"灵？换句话说，风？那不能养活人的。吃点面包，喝点鱼汤，再吃一两片肉吧，然后你会再度精神焕发的。你干得好！吃吧！"

"我不饿。"修士说。

"扎哈里亚不饿，可是约瑟呢？他也不饿吗？"

"约瑟，"那修士用低沉的声音说，仿佛他在宣布一桩重大的秘密似的，"已经被烧死了，诅咒他的灵魂，上帝是应当被赞美的！"

"烧死了！"左巴笑着喊起来，"怎么烧的？什么时候烧的？你看着他被烧死的吗？"

"卡纳伐罗兄弟，我在基督的灯上点蜡烛的那一刹那他就被烧死了。我亲眼看到他从我嘴里出来，好像一条着火的黑丝带。火焰从蜡烛上落到了他的身上，他就像蛇一样盘起来，可是被烧成了灰。多大的解脱啊！上帝是应当被赞美的！我觉得我已经进入天堂了！"

他一直是蜷缩在火边的，现在他站了起来。

"我要到海边去睡觉，我受到吩咐要这么做。"

他沿着水边走开，不久就消失在夜的黑暗之中了。

"他这样，你是有责任的，左巴，"我说道，"如果修士们找到他，他就完蛋了。"

"他们不会找到他的，你别担心，老板。对这种玩意儿我知道得太清楚了。明天一大早，我要替他理发、刮胡须，给他一些人穿的衣服，然后送他到一条船上去。你别为他操心，划不来的。菜炖得好不好？高高兴兴地吃自己的面包，你的脑子别去担心别的事情！"

左巴津津有味地大吃大喝了一顿，然后拭了拭他的唇髭。现在他想说话了："老板，你发觉了吗？他的魔鬼死了。空虚了，可怜的家伙，完完全全地空虚了，完蛋了！从现在起他要和其他人一模一样了！"

他想了一下。

"老板，你是否认为他心中的那个魔鬼已经……"

"当然，"我答道，"要把修道院烧掉的念头盘踞在他心中，现在他已经把它烧了，所以他也就平静下来了。那个念头想吃肉、喝酒，成熟了就转变成为行动。另外的那一个扎哈里亚不想喝酒吃肉，他因吃斋而成熟了。"

左巴把这话想了又想

"哎，我想你说得对，老板！我想我体内一定有五六个恶魔！"

"我们所有人都有一些，左巴，你别担心。而且是多多益善。重要的是即使他们各自走上不同的道路，可是却必须全部朝着同一个目标前进。"

这些话似乎深深地打动了左巴。他把他的大头垂到两膝的中间，思索着。

"什么目标？"他终于抬起头来看着我，说道。

"我怎么会知道呢，左巴？你问起难题来了，我怎么能解释那个呢？"

"只要将它说得浅一点，让我能够听得懂就可以了。到现在为止，我总是让我的恶魔们随心所欲地做，随心所欲地跑，就是因为这样，有人说我正派，有人说我不正派，有人说我发疯，有人说我跟所罗门一样聪明。我就是这一切的总和，甚至还不止——我是一盘正宗的俄国沙拉。所以帮我搞清楚，拜托你，老板……什么目标？"

"左巴，我认为——不过我可能是错的——有三种人：第一种人，把'过他们的生活'当作他们的目标，吃、喝、做爱、赚钱、沽名钓誉等等；第二种人把'不过他们自己的生活，而去全心地关爱人类全体的生活'当作他们的目标——他们觉得所有的人都是一体的，所以他们要去教诲别人，竭尽所能地去爱别人，帮助别人；最后的一种人把目标指向'过整个宇宙的生活'——宇宙包括所有东西，人、动物、树木、星星……我们是一体的，都被卷入同一种剧烈争斗里。什么争斗呢？……将物质转化成精神。"

左巴搔着他的头。

"我的脑筋很迟钝，老板，我无法轻轻松松地了解这些东西……啊，但愿你有办法用跳舞把刚刚你讲的那些表达出来，那样我就能了解了。"

我愕然地咬着嘴唇。所有那些无法表达的思想，但愿我有办法把它们舞出来！可是我没办法做到，我的生命都被浪费了。

"或者，希望你能用一个故事把那一切讲给我听，老板，就像阿嘉一样。他是个老土耳其人，我们家的邻居。很老，很穷，没有太太，没有子女，极端孤单。他的衣服都已经破了，可是干净得发亮。他自己洗衣、烧饭、擦洗地板，晚上来看我们。他常常和我祖母以及几个老妇女坐在院子里织袜子。

"呃，我说过了，这个阿嘉是个圣洁的人。一天，他将我放在他的膝上，一手摸着我的头，仿佛他在给我祝福似的。'亚历克西斯，'他说道，'我要告诉你一个秘密。你现在还太小，听不懂，可是将来你长大的时候就会懂了。听好，小朋友：不论七重天或七重地都装不下上帝，可是一个人的心却能够装得下他。所以一定要小心，亚历克西斯——愿我对你的祝福能实现——永远不要伤害一个人的心！'"

我默默地听着左巴的话。但愿我能永远不开口，我想道，一直到抽象的理念达到了最高峰——变成了一个故事！可是只有伟大的诗人，或者一个民族，经过几个世纪的默默努力之后，才能达到那个境界。

左巴站了起来。

"我去看看我们那个纵火犯怎么了，同时拿张毯子去给他盖，免得他着凉了，另外我还要带几把剪刀去。这不是个好差使。"

他沿着海滨，带着剪刀和毯子，一路上笑着走去。月亮刚刚升起，在地面上洒了一道死灰色的惨淡光线。

独自一个人在燃烧殆尽的火旁，我思量着左巴的话——它们意义很深，同时还带着一股温暖的泥土味。你感觉到它们从他生命的深处涌出来，还带着一种人类的体温。我的话是用纸造的。它们从我的头脑里流出来，勉强地带着一点血丝。如果它们居然还有什么价值的话，那就全靠仅有的那一点血丝了。

我俯卧着拨弄着那堆灰烬，这时左巴回来了，他的双臂松弛地垂着，脸上带着一种惊异的神情。

"老板，别把这事看得太严重……"

我跳了起来。

"那个修士已经死掉了。"他说。

"死掉了？"

"我发现他躺在岩石上。他全身都浴在月光下。我跪下去，把他的胡子以及那撮残余的唇髭剪掉。我剪了又剪，他动也不动。我剪出兴趣来了，便把他头上的那蓬茅草剪得干干净净。我从他脸上最少也剪了一斤的毛下来。后来，当我看到他那个样子，像一只被剪了毛的羊，我就歇斯底里地笑了起来！'我说！扎哈里亚先生！'我喊道，一边笑着，一边摇他，'醒醒，看看圣母行的奇迹！'醒个屁！他没有动，我再度摇着他。一点动静也没有！'他承受不了啦，可怜的家伙！'我自言自语说。我解开他的外袍，让他的胸膛露出来，然后伸手去探他的心跳，怦——怦——怦？半点声音也没有！引擎已经停了！"

当左巴说话的时候，他的精神又恢复了。死亡使他沉默了半刻，可是他很快就能安然处之了。

"老板，现在我们该怎么办呢？我认为我们应该把他烧掉。用煤油烧人的人，自己也要被煤油所焚。福音书里不是有这类话吗？而既然现在他的衣服已经沾满了泥污和煤油……"

"随你的意思去做吧。"我说道，心中不大自在。

左巴陷入了深刻的沉思中。

"这个讨厌的事情，"他终于说了，"讨厌透顶的事情。我如果在他身上点个火，那么他的衣服会烧得像火把一样，可是他本人却瘦得只剩下皮包骨，可怜的家伙！像他那么瘦，真需要他妈的一段时间才能把他烧成灰。他身上连一两可以助燃的油都没有。"

他一边摇着头，一边补充道：

"如果上帝存在的话，你是否认为他应该在事先就知道这件事，让他多长些肥肉，好帮助我们一下？你认为如何呢？"

"别拿这件事来打扰我。你只要照你自己的意思去处理就是了，可是要快点处理。"

"最好有神迹出现！修士们就会相信上帝自己变成了一个理发匠，替他理发刮胡子，然后就宰了他，以惩罚他破坏修道院的罪行。"

他搔着头。

"可是什么神迹呢？什么神迹呢？靠你了，左巴！"

弯弯的月亮已经快要在地平线上消失了，它的色泽像磨得发亮的铜一般。

我累了，于是上床睡觉了，当我在清晨醒来的时候，我看到左巴在我身边煮咖啡。他面色苍白，双眼由于没有睡觉而红肿。可是他那像山羊嘴一样的大嘴带着一种恶毒的笑容。

"我没有睡觉，老板，我去办了一件事。"

"什么事，你这个流氓。"

"我在制造奇迹。"

他笑了起来，同时将一只手指放在嘴唇上。"我还不想告诉你！明天是我们索道的落成典礼，所有的那些肥仔都要来祝福，那时候他们会获悉复仇圣母所行的新奇迹——她的力量多么大啊！"

他端过咖啡来。

"你知道，我可以当一个好院长，我想，"他说道，"如果我创办一所修道院，我跟你打赌，我有办法让别的修道院关门大吉，并且把它们所有的顾客都抓过来。你想不想要点泪水呢？圣像后面有块小小的湿海绵，圣人们可以按你的意思掉眼泪。要雷霆声吗？我会在圣桌底下安置一个机器，可以放出震耳欲聋的嘈杂声。要鬼吗？晚上找两个最信得过的修士裹着白被单在修道院的屋顶上游荡。同时，每年我要召集一群跛子、瞎子和瘫子来参加圣母的节庆，使他们能统统重见光明，能够站起来，跳舞感谢她的恩典！

"这有什么好笑呢，老板？我有一个伯父，有一次他发现了一只垂死的老骡子。它被人丢在山里面等死。我的伯父把它牵回家，每天早上他把它带到牧场去，到了晚上才把它带回来。'喂，你，哈拉兰博斯！'当他从村里经过的时候，人们就对他喊道，'你以为你能从那只废物那里得到什么好处吗？'它是我的肥料工厂！'我的伯父回答说。呃，老板，在我的手里，修道院将会成为一个神迹工厂！"

第二十五章

那个五月一日的前夕，我一辈子也忘不了。索道已经安装妥当；立柱、钢索，以及滑车在朝阳里闪闪发光。巨大的松树干堆积在山顶上，工人们站在那儿等着信号，准备把它们绑在钢索上，然后将它们送到海边去。

一面巨幅的希腊国旗在山腰起点处的立柱上飘扬着，下面海边也有一面同样的国旗。左巴在木屋前面放了一个小小的酒桶。酒桶旁边，一个工人在炙叉上烤着一只漂亮的肥羊。在祝福及落成典礼之后，来宾们要喝酒并祝贺我们成功。

左巴把鹦鹉的笼子也带来了，把它放在第一根立柱附近一块高高的岩石上。

"这样我就仿佛能够看到它的女主人。"他喃喃道，喜滋滋地看着那只鸟儿，他从口袋里掏出一大把花生米给鹦鹉吃。

左巴穿着他最好的衣服——没系扣的白衬衫、绿夹克、灰裤子，还穿上了一双两边有弹性的漂亮鞋子，另外，他给那撮已经开始褪色的唇髭上了蜡。

像个伟大的贵族接待他的同伴一般，当村中的名流们到达时，他急忙过去迎接他们，并且向他们说明索道是什么东西，它对村子有什么贡献，又说到是圣母——她的慈爱无边——用她的智慧帮助他完成了这个十全十美的设计。

"这是一项伟大的工程，"他说道，"你必须要找出正确的倾斜度，而那是很费工夫的！我绞尽脑汁地想了好几个月，可是没有结果。很显然，像这样伟大的工作单靠人类的头脑是不够的，我们需要上帝的帮助……呃，圣母看到我被难住，于是就怜悯我了。'可怜的左巴，'她说，'他不是个坏心眼的家伙，他是为全村的福利而工作，我想我该去助他一臂之力。'然后，啊，上帝的奇迹！"

左巴停了一下，连续在胸前画了三个十字。

"神迹啊！一天晚上我在睡觉的时候，一个穿黑衣的女人向我走来——那就是圣母。她手里拿着一个索道的小模型。'左巴，'她说道，'我为你带来了你的计划，这是从天堂来的。这就是你想要的倾斜度，这是我的祝福！'说完她就消失了，我吃了一惊便醒了过来，我跑到当时我做试验的地方去，我看到了什么呢？钢缆已经自动安装在正确的角度上了。同时，它发出安息香的气味，这足以证明圣母的手确实已经摸过它！"

康多马诺利奥张开嘴巴，想问一个问题，这时候五个骑骡的修士在嶙峋的山路上出现了。还有第六个人，肩上扛着一根大型的木头十字架，大嚷大叫地跑在他们前面。我们都极力地想知道他到底在嚷些什么，可是我们一句也不懂。

我们可以听到唱诗声，修士们在空中挥舞他们的手，画着十字，而骡子的蹄子则在石头上敲得火花四迸。

那个徒步的修士向我们走来，他的脸上汗珠莹莹，他把那个十字架高高地举起。

"基督徒们！一个神迹！"他喊道，"基督徒们！一个神迹！神父们把圣母请来了！跪下来膜拜她吧！"

村民、贤达和工人们兴奋地迎了上去，围起那个修士，纷纷地画着十字。我站在一边，左巴向我投了一瞥，他的眼睛闪闪发光。

"你也走近一点，老板，"他说，"去听听圣母的神迹！"

那修士喘着气，急忙开始讲他的故事。

"跪下来吧，基督徒们，注意听这桩神圣的奇迹！听着，基督徒们！魔鬼控制了该死的扎哈里亚的灵魂，并且在两天前，牵着他在神圣的修道院里泼煤油。我们在午夜时发现了火，我们尽快地从床上爬起来。小修道院、走廊以及修士的房间都陷在一片火海之中。我们敲着修道院的钟，并且呼喊着：'救命啊！救命啊！复仇的圣母！'然后我们就拿着盛满了水的盆子、水桶冲过去救火。快天亮的时候火熄灭了，感谢圣母的恩典！

"我们走到礼拜堂去，跪在她神奇的圣像前，呼喊着：'复仇的圣母啊，拿起你的长矛，刺死那个罪人吧！'之后，我们便集合在庭院里。我们发现扎哈里亚，我们的犹大，不在了。'他就是放火烧我们的人！一定是他！'我们呼喊，然后冲出去追他。我们搜索了一整天，可是没找到。可是今天破晓的时候，我们再度到礼拜堂去，兄弟们，我们看到了什么呢？一个惊人的神迹！扎哈里亚就死在圣像的脚下，而圣母那枝长矛的尖端有一片血迹！"

"主啊，怜悯我们！主啊，怜悯我们！"村民们恐惧地喃喃道。

"还没有完呢，"那修士咽了一口唾液，然后补充道，"当我们弯下身去抬那个该死的扎哈里亚时，我们都吃了一惊：圣母已经把他的头发、髭毛和胡子都剃得光光——好像一个天主教牧师一样！"

我极力克制着不笑出来，我转过身对着左巴。

"流氓!"我用低低的声音说道。

可是他注视着那个修士，他的眼睛惊奇地圆瞪着，同时一直深受感动地画着十字，以表达他极度的惊异。

"主啊! 你是何等伟大，主啊! 你是何等伟大，你的作为是何等神奇!"他呢喃道。

在这个时候，其他的修士到了，他们从骡子上爬了下来。那名知客神父怀里捧着圣像，他爬上一块岩石，然后所有的人都冲上去，争先恐后地在这神奇的圣母前拜倒下来。最后，那个肥胖的季米特里奥斯走了过来，手里拿着个盘子，一面募钱，一面将玫瑰水洒到农夫们的硬头颅上。三个修士环着他，唱着圣歌，他们的手在肚子上交叠着，他们的脸上覆满了豆大的汗珠。

"我们要带着她在克里特岛上的每一个村庄里游行，"肥胖的季米特里奥斯说道，"好让所有的信徒来向她跪拜，向她奉献。我们需要钱，很多钱，来整修神圣的修道院……"

"这些肥仔!"左巴低吼道，"他们居然想趁这个机会捞一笔!"

他走到院长那儿。

"神圣的长老啊，典礼已经准备就绪。愿圣母祝福我们的工作!"

太阳已经很高了，天气十分热，而且一点风也没有。修士们围聚在那根悬着国旗的立柱边。他们用宽大的袖子揩着他们的额头，然后开始为"建筑物的地基"吟起祷文来。

"主啊，噢，主啊，将这个发明安放在坚硬的磐石上，使狂风骤雨不能动它分毫……"他们将洒水器浸到铜钵里，然后向东西和人洒起圣水来——立柱、钢索、滑车、左巴和我，最后是农夫、工人和海。

然后，他们极度小心地，仿佛在抬着一个生病的女人似的举起圣像，将它放在鹦鹉旁边，然后围拢在它的四周。在另一边站着的是村中的父老，在中间的左巴和我则略微退向海边，等待着。

试验的时候要先运送三根树干：神圣的三位一体。不过现在要再加上第四根了，用来作为赞美复仇的圣母的标记。

修士们、村民们以及工人们在他们的胸前画着十字。

"奉三位一体及圣母之名！"他们喃喃道。

左巴一跃跳到了第一根立柱上，拉着绳子，把国旗降下来。这就是山顶上的工人们所等候的信号。所有的参观者都向后退，并且望着山顶。

"奉圣父之名！"院长喊着。

那时候的情景实在难以言传！灾祸像一记迅雷，骤然降临到我们的头上。我们几乎没有时间跑开。整个索道都在摇晃着，工人们绑在钢索上的松树干着了魔似的猛冲下来，火花飞扬，大片大片的木屑在空中迸射，当树干在数秒后冲到底的时候，它差不多已经被烧焦了。

左巴对我摆出一副狼狈相。修士和村民们谨慎地向后退，连那些被绑的骡子也往后缩。高大的季米特里奥斯趴在地上，喘着气。

"主啊！怜悯我吧！"他恐惧地喃喃着。

左巴举起他的手。

"这没什么，"他自信地说道，"第一根树干总是这个样子的。现在这个装置好了……看！"

他把国旗升上去，再次发出信号，然后就跑开了。

"奉圣子之名！"那个院长用相当颤抖的声音喊道。

第二根树干被松开了。立柱颤动着，树干的速度急速地增加，像只海豚一般蹦跳着，直直地向我们猛冲过来。可是它没有冲多远，就在途中的山坡上撞得粉碎了。

"去他妈的!"左巴紧紧地咬着唇髭,自言自语道,"这个该死的倾斜度还是没有搞对!"

他愤怒地跳向立柱,用国旗再度发出一个信号,做第三次试验。修士们现在已经躲到他们的骡子后面,他们画着十字。村中的父老们等待着,他们已经提起一只脚准备逃走。

"奉圣灵之名!"院长结结巴巴地说道,一面撩起长袍,准备着。

第三次下来的这根树干极为粗大。差不多在它开始从山上下来的瞬间,一声巨响传了过来。

"老天爷,快趴下!"左巴一面疾退着,一面大吼道。

修士们伏在地上,村民们快得不能再快地跑掉了。

那树干跳了起来,又落回到钢缆上,迸出一团火花,然后在我们还没有看清楚之前,冲到山下,越过海滩,远远地插进海里,激起一大片的泡沫。

所有的立柱都以最猛烈的幅度晃动着,当中有几根已经倾斜了。骡子们挣断绳索跑掉了。

"那没什么!不必担心!"左巴发狂地喊道,"现在装置真的开始运行了,所以我们能够来一个正常的开始了!"

他再度把国旗升起来。我们感觉得出他是多么绝望,多么迫切地想知道结果。

"奉复仇的圣母之名!"院长一面奔向岩石,一面结结巴巴地喊着。

第四根树干被松开了。骇人的迸裂声在空中回响了两次,所有的立柱像扑克牌一样,一根紧接着一根倒了下来。

"主啊!怜悯我们!主啊,怜悯我们!"村民们、工人们,以及修士们一边逃窜,一边号叫着。

一片飞来的木屑打伤了季米特里奥斯的大腿,另一片差点打中院长的眼睛。村民们已经跑光了。圣母孤零零地站在她的岩石上，手持长矛，以一种无情而冷峻的眼光注视着底下的人们。在她的身边，是那只已经吓得半死，颤抖个不停的鹦鹉，它绿色的羽毛从身体上竖了起来。

修士们抓住圣母，把她紧抱在他们的怀中，搀走那个呻吟不已的季米特里奥斯。他们把骡子赶到一处，爬了上去，驱着骡子回修道院去了。那个负责转动炙叉的工人已经吓破了胆，丢下那只羊跑了，羊肉就快烧焦了。

"那只羊快要烧成灰了！"左巴一边向炙叉跑去，一边焦急地吼道。

我在他的身边坐下来。海滩上已经没有人了，我们相当孤单。他转向我，对我投来暧昧而迟疑的目光。他不知道我要怎样应对这场灾变，或者这场冒险要如何结束。

他拿了一把刀子，再度俯身到那只羊上，尝了一口就立即把羊从火上拿开，将它连炙叉一块竖起来，靠在一棵树上。

"刚刚好，"他说道，"刚刚好，老板！你要不要也来一块？"

"把面包和酒一起拿过来，"我说道，"我肚子饿了。"

左巴连忙跑到酒桶那儿，把它滚到羊边，又拿了一块白面包和两个杯子来。我们各拿着一把刀子，割下两片肉，切了些面包，然后吃了起来。

"老板，你觉得怎么样？很棒吧！一进到嘴里就化了！这里没有肥沃的牧场，动物整年吃干草，因此它们的肉才会这么好吃。我记得这一生只吃过一次这么美味的肉，那是在我用自己的头发绣圣索菲亚，把它当作装饰品挂着的时候……一个老故事……"

"说下去吧，讲给我听！"

"老板，不错，一个老故事！一个疯癫的希腊人的念头！"

"说吧，左巴，我喜欢听你讲故事。"

"好吧，事情是这样的：保加利亚人把我们围了起来，那时候天已经黑了。我们可以看到他们全体把我们围着，在山腰上生起火。为了吓唬我们，他们开始敲钹，同时像一群狼一样嗥叫着。他们一定有三百多人。我们才二十八个，罗瓦思是我们的队长——如果他死掉了，愿上帝拯救他的灵魂，他可是个好家伙！'来吧，左巴！'他说道，'把羊放在炙叉上烤。''挖个洞埋起来烤更好吃，队长。'我说。'随你的便，可是快动手吧，我们都饿慌了。'他说。所以我们就挖了一个洞，把羊塞到里面去，在它上面堆起一堆炭，然后生起火来。接着，我们从我们的背包里拿出面包，围着火坐下来。'这很可能是我们所吃的最后一块面包！'我们的队长说，'你们当中有没有谁害怕了？'我们全笑了起来。谁也不屑回答他。我们拿起我们的酒葫芦，说：'祝你健康，队长。如果他们想打中我们，他们最好先把枪练准！'我们喝了一口，又喝了一口，然后把羊从洞里拖出来。啊，老板，那是多好的羊肉！我一想到它，我的口水就流出来了！它化在嘴里，就像土耳其快乐糖一样！我们都不停地大吃大嚼。'我这辈子从没吃过比这更好吃的肉！'队长说，'上帝救救我们大家吧！'虽然他以前没喝过酒，可是他把他的那杯酒一口就喝下去了。'唱首游击队的歌吧！'他命令道，'那边的那些家伙像狼一样地嗥叫着，我们要唱得像个人样。让我们首先唱《老迪莫斯》。'我们迅速地把酒喝了下去，又大吃大喝了一顿。然后我们便开始唱起歌来。我们愈唱愈洪亮，歌声在山谷中回荡不绝：'少年们，我已经当了四十年的希腊游击队员了！'我们齐声高唱着。'啊，上帝保佑我们！'队长说，'就是这个劲儿！现在，亚历克西斯，看看那只羊的脊骨……它说什么？'我俯在火上开始用我的刀子在羊脊骨上刮着。'我看不到半个坟墓，队长，'我喊道，'我也看不到半个死人。

我们将再度死里逃生，孩子们！'‘愿上帝听到了你的话！’我们的队长说，他刚结婚不久，‘只要让我生个儿子！以后不管再碰到什么我都不在乎了。’”

左巴从腰子附近割下一大块肉来。

“那只羊棒极了，”他说道，“可是这只羊也毫不逊色，它是一只漂亮的小羊！”

“倒些酒来，左巴，”我说道，“把杯子倒得满满的，我们干杯。”

我们碰了杯，然后品尝着这酒，一种精美的克里特岛的酒，深红色，像野兔的血。当你喝着它时，你觉得仿佛你和大地的血交融着，你已经变成了一种妖怪。力量在你的血管中奔腾，善良在你的心中绽放！如果你是只绵羊，你变成了一只狮子，你忘却了生活中的小事，拘束都消失了。和人、兽以及神结合起来，你觉得与宇宙合而为一了。

“看看这只羊的脊骨，把它上面的话念出来，”我喊道，“看吧，左巴。”

他非常小心地把脊骨上的碎肉吮吸掉，用刀刮着，把它拿到亮处，全神贯注地注视着它。

“万事如意？”他说，“我们将活上一千岁，老板，我们有铜铸的心！”

他弯下身，在火光下再次细看着那根羊脊骨。

“我看到了一个旅途，”他说，“一个漫长的旅途。在它的尽头是一幢有很多扇门的大房子。它一定是某一个王国的皇城，老板……或者是一座修道院，我要去那儿守门——我可以在那儿干我们曾经说过的那些勾当。”

“倒些酒来，左巴，同时别发表你的预言了。我来告诉你那个有很多扇门的大房子究竟是什么！那就是地球以及它上面所有的坟墓，左巴。那就是漫长旅行的终点。祝你健康，你这个流氓！”

"祝你健康，老板！俗话说，运气是没长眼睛的，它看不到它在朝什么地方走，所以就不停地撞到人——而被它碰到的人，我们就说他走运！啊！如果运气真的是这样的话，我就要说，去他妈的！我才不想要它，我们要吗，老板？"

"我们不要，左巴！祝你健康！"

我们喝着酒，把那只羊吃光，这时世界多少变得轻了一点——海看起来十分快乐，地球像甲板一般摇晃着，两只海鸥叽叽喳喳，它们像人类一样并肩步行穿过满是卵石的海滩。

我站了起来。

"来吧，左巴，"我喊道，"教我跳舞！"

左巴跳了起来，他的脸孔闪亮。

"跳舞，老板？跳舞？好极了！来吧！"

"那么，我们开始吧，左巴！我的生命已经改变了！让我们跳吧！"

"首先我要教你赛贝奇科舞，它是一种粗犷的舞。我当游击队员，准备要作战的时候，就常常跳这种舞。"

他脱下他的鞋子和紫袜子，只剩下他的衬衫。可是他觉得太热，所以连它也脱掉了。

"注意看我的脚，老板，"他嘱咐我，"注意！"他伸出一只脚，轻轻地用脚趾触着地面，然后探出另一只脚，舞步狂野而喜悦地交错，地面像只鼓一般应和着。

他摇撼我的肩膀。

"那么，现在，我的小伙子，"他说，"两个人一起来！"

我们忘情地跳起舞来。左巴指导我，严肃、耐心，而且十分斯文地纠正我。我渐渐大胆起来，觉得自己的心像鸟一样在空中翱翔着。

"好啊！你跳得真不错！"左巴喊道，一边拍着手打拍子，"好呀！

小伙子！去他妈的纸和墨，去他妈的货品和利润！去他妈的矿坑、工人和修道院！现在你，我的小伙子，也会跳舞，也学会我的语言了，我们还有什么事情不能交谈呢！"

他一面用他的赤脚重重地踏着卵石，一面拍着手。

"老板，"他说，"我有好多好多的事要告诉你。我以前从没有这样地爱过一个人。我有好几百件事要说，可是我的舌头无法把它们表达出来。所以我要把它们舞出来给你看。现在就开始了！"

他跃向天空，他的脚和手臂似乎要长出翅膀似的。当他挺直地跃入空中时，在海洋与天空的衬托下，他看起来像个反叛的老天使长。左巴的舞充满了桀骜与顽强。他仿佛对天空怒吼着："你能把我怎样呢，全能的上帝？除了杀掉之外，你奈何不了我。那么，杀掉我吧，我不在乎！我已经发过脾气了，我已经说完一切想说的话了，我还有时间跳舞……我再也不需要你了！"

我注视着左巴跳舞，头一次领略到人为了与他自身的重量抗衡而做的惊人努力。我羡慕左巴的毅力、灵活以及高傲的情怀。他敏捷、急骤的舞步在沙子上写着人类的疯狂历史。

他停了下来，对着零乱的索道，以及一堆堆倾圮在地上的装置沉思着。太阳已经西斜，影子愈拉愈长。左巴转过身来对着我，然后以一种他惯用的手势，用手掌捂着嘴巴。

"我说呀，老板，"他说道，"你有没有看到那东西射出一大堆火花？"

我们放声大笑了起来。

左巴向我扑过来，抱住我，吻着我。

"那也令你感到好笑吗？"他轻柔地说，"你也在笑吗？嗯，老板？太好了！"

我们笑得全身发颤，快乐地打闹了一阵子。然后，我们跌倒在地上，在石子上舒开身子，互相拥着睡着了。

我在清晨醒来，然后就沿着海滩向村里迅急地走去，我的心在胸腔里雀跃着。我这一生从没有这样地喜悦过。这不是一种寻常的喜悦，这是一种崇高、荒谬，又不合情理的喜悦。不只不合情理，甚至与一切常理背道而驰。这次我丧失了一切——我的钱，我的工人、索道、货车。我们筑了一个小港口，可是我们现在没有东西可以运出去。我们彻底失败了。

噢，正是在这个时候，我体验到了一种突如其来的解脱感。仿佛在必然律的险恶、阴森的迷宫里，我发现了自由，它在墙角开心地嬉戏着。于是我跟它尽情嬉戏。

在一切都出了岔子的时候，考验你的灵魂，看看它是否有毅力和勇气，是多么大的喜悦啊！一个隐藏的强敌——有人称之为上帝，有人称之为魔鬼，似乎要向我们扑来，要毁掉我们；可是我们没有被毁灭。

每当我们表面上被彻底击败，但心里却仍然认为自己是一个胜利者的时候，我们人类就会产生一种难以言喻的自豪感与喜悦感，外在的苦难就被转变成一种牢不可破的至高喜乐。

我记起左巴曾经告诉我的话。

"一天晚上，在马其顿一个常年积雪的山里，一阵强劲的风吹了起来，它摇撼着一间我藏身其中的小破屋，想把它掀倒。可是我早就用柱子将它撑住，用钉子把它钉牢了。我独自坐在火边，对风加以冷嘲热讽。'你甭想到我的小破屋里来，兄弟！我不会给你开门的。你甭想把我的火弄熄，你甭想把我的小破屋掀倒！'"

在左巴的这几句话里，我领悟出人在面对强有力但却盲目的必然性时应该抱什么态度，应该用什么样的口气。

我一边沿着海滩快速地走，一边和那个隐形的敌人交谈。我吆喝道："你别想进入我的灵魂！我不会给你开门的！你别想把我的火弄熄，你别想把我掀倒！"

太阳还没有从山上冒出头来。各种颜色在海水上方的天空中嬉戏——蓝色、绿色、粉红色以及珍珠母色；陆地上，鸟儿们在橄榄林中醒来，啁啾着，沉醉在晨曦中。

我沿着水边走着，要向这片孤寂的海滩道别，要把它铭刻在我的心中，要把它带走。

我在这片海滩上享受了许多喜悦和欢乐，和左巴相处的日子拓宽了我的心胸，他的一些话抚慰了我的灵魂。这个拥有永不失灵的本能以及鹰隼般原始目光的人，自信地走上了捷径，而且，连气都不喘就登上了努力的巅峰，甚至到了比巅峰还要高的地方。

一群男人和女人带着一篮篮的面包和大瓶的酒从旁边走过。他们要去花园庆祝五朔节。一个少女唱着歌，她的声音清脆悦耳，有如春天的水声。一个小女孩——她幼嫩的乳房已经隆起——气喘吁吁地从我身边跑过，然后就爬上一块高耸的岩石。一个面色苍白、蓄着黑胡子的男人愤怒地追逐着她。

"下来，下来……"他沙哑地喊着。

可是那个双颊发红的女孩将双手交叠在后脑上，同时轻轻摇曳着汗涔涔的身体，唱着：

> 笑一声告诉我，哭一声告诉我，
> 告诉我你不爱我，
> 我干吗要在乎？

"下来，下来……"那个蓄胡子的男人吼道，他用沙哑的声音时而哀求，时而威吓。突然间他跳了起来，抓住她的脚，紧紧地握住。她放声大哭起来，仿佛一直期待着这个粗野的动作来疏导她的感情似的。

我匆匆地往前走去。这一切突兀的喜悦景象撩拨着我的心。老海妖进入了我的脑海，我可以看到她——肥胖，浑身香水味，享受着热吻。她现在躺在地下。她一定已经全身浮肿而发青了。她的皮肤一定已经裂开，体液一定已经渗了出来。而且，蛆虫现在一定在她身上蠕动着。

我恐惧地摇摇我的头。有时候土地会变得透明，让我能够看到我们最终的统治者，蛆，日以继夜地在它的地下工厂里工作。可是我们很快地将我们的目光挪开，因为人最不能忍受的就是看到那些小小的、白白的蛆。

当我进到村里的时候，我看到正准备吹响号角的邮差。

"一封信，老板！"他说道，同时递给我一个蓝色的信封。

当我认出那娟秀的笔迹的时候，我高兴得跳了起来。我匆匆地穿过橄榄丛，同时迫不及待地拆开那封信。它十分简短，字迹相当潦草。我一口气把它看完。

我们已抵达格鲁吉亚的边境了，我们一直躲避着库尔德人，迄今为止一切都很顺利。我终于了解幸福的真义了。因为我直到现在才真正体会到这句老格言的含义：幸福就是履行自己的责任，责任越大，快乐也就越大。

再过几天，这些被追捕、奄奄一息的人就可以抵达巴统了，而我刚接到一封信，上面写着："第一批船已出现了！"

这数千名勤奋、聪明的希腊人，连同他们臀部丰满的太

340

太、目光炯炯有神的子女，将立刻被运到马其顿与色雷斯。我们将往希腊古老的血管里输入一些英勇的新血。

我承认，我多少已经有点筋疲力尽了，可是这有什么关系呢？我敬爱的阁下，我们一直苦战着，而如今我们胜利了，我十分快乐。

我将信藏起来，然后加速前进。我也很快乐，我循着那陡峭的小路登上山腰，用两指捻着一根芬芳的百里香嫩枝。那时候接近中午，我的影子聚缩在我的脚下。一只隼盘旋着，它鼓翼快得仿佛静止未动一般。一只鹧鸪听到了我的脚步声，从矮树丛里蹿出来，用它那种呆板的飞法，呼的一声飞上天空。

我很快乐，如果我会唱的话，我将高歌一曲来宣泄我的感情，可是我只会发出清晰的呼啸声。"你到底是怎么一回事呢？"我嘲讽地自问着，"你还是和从前一样地爱国，只是自己一直不知道？或者，你这么爱你的朋友？你应该感到惭愧！自制点，安静下来！"

可是我满心喜悦，继续沿着小路前进，边走边呼叫着。我听到一阵羊铃的叮当声。烈日下，黑色的、棕色的以及灰色的山羊在岩石上出现了。公羊走到前头，脖子挺得直直的，它的骚臭污染了空气。

"喂！老兄呀！你要往那儿去呀？你在找什么人呢？"

一个牧羊人跳到一块岩石上，然后把指头放进嘴里，在我的后面吹口哨。

"我有急事要办！"我回答道，还是继续地往上攀登。

"停一会儿。来喝点山羊奶提提神！"那个牧羊人在岩石间跳来跳去，大声地喊着。

"我跟你讲过，我有急事要办！"我大声地喊回去。我不想因停下

341

来谈话而打断我的喜悦。

"你的意思是看不起我的羊奶？"那个牧羊人用一种受伤害的口吻说道，"那么，去吧，同时祝你好运！"

他再次把手指放进嘴里，吹着口哨，然后羊、狗和牧羊人就消失在岩石后面了。

我不久就爬到了山顶。我瞬间就平静了下来——这仿佛就是我的目的。我在阴影下的一块石头上躺了下来，然后凝视着远处的平原和海。我深深地呼吸，空气中弥漫着鼠尾草和百里香的芳馥。

我站起来，采集了一些鼠尾草，做了一个枕头，然后再度躺了下来。我感到疲倦。我闭上眼睛。

有一阵子我的思绪飞到了那些遥远的、覆着白雪的高原上，我极力想象那个情况：一小队的男人、女人、牛向北方前进，而我的朋友走在前头，像只公羊一样走在羊群之前。可是我的头脑很快就混乱了，我感觉到一种难以抗拒的睡意。

我想要抗拒。我不希望向睡眠屈服。我张开眼睛。一种乌鸦类的鸟，一只黄嘴山鸦，栖息在我正前方的山顶上的一块岩石上。它蓝黑色的羽毛在阳光下闪闪发光。我非常清楚地辨认出它那大而弯的黄嘴巴。我十分愤怒，这只鸟似乎是个不祥之兆。我抓起一块石头向它掷去。那山鸦悠然而缓慢地张开它的翅膀。

我再度闭上眼睛，无法再抗拒下去了，睡眠立刻征服了我。

我顶多只睡了几秒钟，就大叫一声惊坐起来。正是在那瞬间，那只山鸦从我的头顶上掠过。我斜靠在岩石上，浑身颤抖。一个噩梦像一把剑般刺穿了我的大脑。

我看到自己在雅典，独自在赫尔墨斯街上走着。烈日炎炎，街上一片凄清，所有的店铺都关着，这是彻彻底底的孤独。当我经过卡普尼加里亚教堂[1]时，我看到了我的朋友，他面色苍白，气喘吁吁地从宪法广场的方向朝我跑来。他跟随着一个非常高、非常瘦，走路步伐极大的男子。我的朋友穿着全套的外交官制服。他发现了我，就在一段距离之外，上气不接下气地喊道：

"喂，你最近在干什么呢？我已经好久没看到你了。今天晚上来找我，我们要好好地聊聊。"

"什么地方？"我接着喊道，非常大声，仿佛我的朋友在很远很远的地方，我要将全部力量用在声音上他才会听得见似的。

"孔寇尔德广场[2]，今天晚上，六点，天堂之泉餐厅！"

"好的！"我回答道，"我一定到！"

"你说你一定到，"他用一种责备的口吻说，"可是你一定不会到！"

"我一定到，铁定会！"我喊道，"我跟你握手保证！"

"我有急事。"

"你有什么急事呢？让我握握你的手！"

他伸出他的手来。突然间，他的手臂脱离了他的肩膀，凌空飞过来，抓住我的手。

我被他那只冰凉的手吓坏了，于是便惊骇地大叫一声醒了过来。

就在这时，我发现那只山鸦从我头上飞过。我的嘴唇仿佛正渗出毒素。

我转身对着东方，双眼紧紧地盯着地平线，仿佛希望穿透那段距离去看看……我确信我的朋友有难了。我大声喊着他的名字，连喊三次：

1　卡普尼加里亚教堂（The Church of Kapnikarea）：雅典最古老的教堂之一。

2　孔寇尔德广场（Concord Square）：即协和广场，雅典的一座广场，也是雅典市的主要交通枢纽之一。

"史塔弗里达基！史塔弗里达基！史塔弗里达基！"

我仿佛是想给他勇气。可是我的声音在前面数米之处就消失了，化入大气之中去了。

我迅疾地冲下山间的小路，想用疲惫来抑制我的哀伤。我的大脑徒劳无功地挣扎着，想拼凑起那些有时能够刺穿肉体而抵达灵魂的神秘讯息。在我生命的深处，一种异常的确定性让我的心中充满了恐惧，这种确定性比理性更深刻，纯粹出于一种兽性，就像某些动物——羊和老鼠——能预知地震一样。在我的心中逐渐苏醒的是地球上的初民的灵魂，初民的灵魂还未与宇宙脱节，还可以直接地感觉到真实，没有被理智所扭曲。

"他有难了！他有难了！"我自言自语道，"他快要死了！或许他自己还不知道，可是我知道，我确实知道……"

我跑下那条小山路，绊在一堆石头上跌倒了，把那堆石头弄散了。我又跳了起来，我的手和脚都擦破了，淌着血。

"他快要死了！他快要死了！"我说道。我感到有个硬块渐渐把我的喉咙堵起来。

不幸的人在他可怜的生命的四周筑起一道他认为无法突破的藩篱。他躲藏在那儿，想为他的生命带来些许的秩序与安全。这是一种小小的幸福。一切都必须循着惯例，循着神圣的常规，遵照安全的、单纯的规则。在这道用来抵抗未知敌人的猛烈攻击的藩篱的内部，他那些微不足道确定性像蜈蚣一样横行着。最令人畏惧、最令人痛恨的强敌只有一个：至高的确定性。如今这个至高的确定性已经刺透了我的外围防御，准备向我的灵魂猛扑过来了。

当我回到海滩时，我停顿了一会儿，喘了几口气。我仿佛已经进入了我的第二道防线，正在全神戒备着。我想，这一切的讯息都源自于我内在的焦虑，它们披着象征的华衣在我的睡梦中出现。可是造出它们的人毕竟是我们自己……我的心情遂缓缓平息了。理性让我的心重新回到秩序当中，它修剪着颤悸不已的怪蝙蝠的翅膀，剪了又剪，剪了又剪，直到它再也飞不起来为止。

当我抵达小屋的时候，我为自己的单纯莞尔而笑。我为自己的头脑这么迅速就被恐慌所征服而感到羞愧。我跌回到日常的现实里去了。我又饿又渴，我感到精疲力竭，我手脚被石头割破的地方也隐隐发痛。我的心重新坚定地相信：这个突破了我的外围防御的敌人已经被我灵魂的第二道防线挡住了。

第二十六章

一切都已经结束了。左巴把钢索、工具、货车、废铁和木材收拾好，将它们堆在海滩上，等候帆船来把它们运走。

"我要把那些都送给你，左巴，"我说道，"它们都是你的了。祝你好运！"

左巴咽着口水，仿佛要忍住哭泣。

"我们要分手了吗？"他喃喃道，"你要到哪儿去呢，老板？"

"我要到外国去，左巴。我心中的那只老山羊还要嚼很多的纸。"

"你还没有长进吗，老板？"

"有的，左巴，多亏了你。我要采用你的方法，我要用你对付樱桃的办法来对付书。我要吃下很多纸，这会让我觉得恶心，我要将它们呕得干干净净，然后就永远摆脱它们了。"

"可是没有你我要怎么办呢，老板？"

"别着急，左巴，我们还会再见面的；而且，谁知道呢，人的力量是很可怕的！有一天，我们会将我们伟大的构想付诸实践：我们会建造我们自己的修道院，没有上帝，没有魔鬼，只有自由的人们；

而你将负责守门，左巴，掌管那把开门关门的大钥匙，就像圣彼得一样……"

左巴背靠着木屋的墙，坐在地上，不停地喝酒，倒酒，喝酒，倒酒，始终没有说话。

夜已降临，我们已经吃饱了。我们啜饮着酒，进行着我们最后一次的交谈。翌日清晨我们就要分手了。

"是的，是的……"左巴说道，他拉着他的唇髭，喝了一口酒，"是的，是的……"

在我们头顶上，繁星熠熠；在我们的心中，我们虽渴望宣泄，却仍在犹豫不决。

向他说声永远的再见吧，我自己想道。好好地看一看他，你将永远永远看不到左巴了！

我本来可以投进他的怀抱里痛哭一场的，可是我感到羞耻。我想要借着笑声来掩饰我的感情，可是我笑不出来。我的喉咙里有块东西哽着。

我看着左巴，他像猎食的鸟一般伸出颈子默默地喝着酒。我凝视着他，我想，我们的生命是多么难解的秘密。人们像被风刮下来的叶子一样，相聚然后又分离。你的眼睛想留下爱人的脸孔、身体或姿态的影像，可是终归徒然。几年之后，你甚至连他的眼睛是蓝是黑都记不得了。

"人的灵魂应该由铜来打造，它应该由钢铁来打造！"我在心中喊着，"绝不应仅仅由空气做成！"

左巴喝着酒，颈项挺直，一动也不动。他的样子仿佛是在夜里倾听着渐渐走近的脚步声，或者是正在朝着生命的最深处撤退。

"你在想什么呢，左巴？"

"我在想什么吗，老板？没有。没有，我告诉你！我什么也不想。"

过了一会儿，他又斟满了酒。他说：

"祝你健康，老板！"

我们碰了杯。我们两个都知道，这深切的悲哀是不能再持续下去了。我们必须痛哭一场，喝个烂醉，或者开始像疯子一样跳舞。

"弹琴吧，左巴！"我提议道。

"我没有跟你讲过吗，老板？桑图尔琴需要一颗快乐的心。要我弹最起码也要等一个月，说不定还要等两个月——我怎么说得准呢？那时候我要通过唱歌来诉说两个人是怎么永别的。"

"永别！"我惊骇地喊着。我曾对自己说起这个无法挽回的词，可是未曾料到它会被大声念出来。我被吓到了。

"永别！"左巴重复道，一边有点困难地咽着口水，"没错——永别。你刚刚讲到的什么会再见面，什么要建修道院，所有的那些话都是鼓励病人的。我不接受它们。我不要它们。难道我们软弱得和女人一样需要这种哄骗吗？我们当然不需要。是的，是永别！"

"说不定我要和你留在这里……"我被左巴的深挚情意吓住了，便说道，"说不定我要和你一块离开。我是自由的。"

左巴摇摇他的头。

"不，你并不自由，"他说道，"绑在你身上的那根绳子或许比绑别人的绳子长。就是这样。老板，你被绑在一根长长的绳子上，你走动自如，所以你就认为自己是自由的，可是你从未把那根绳子斩断过。当一个人把那根绳子斩断时……"

"有一天我会把它斩断的！"我不服气地说道，因为左巴的话触痛了我一个裸露的伤口。

"这是困难的，老板，非常困难。要做到这点是需要一些傻劲的，傻劲，你明白吗？你必须以一切做赌注，可是你这么理智，理智会永远地控制你。一个人的理智就像一个杂货店老板，它不停地盘算着：我支出若干，收入若干，这意味着我赚了这么多或赔了那么多！理智是一个慎重的小店老板，它从不用它所拥有的一切来冒险，它永远准备着退路。它绝不会弄断绳子。啊，不会的！它紧紧地抓着它，那个杂种！如果绳子从它手里滑出去了，理智，可怜的魔鬼，就迷失了，完蛋了！可是一个人如果不弄断绳子，那么，告诉我，人生里头还剩下什么香味呢？洋甘菊的香味，淡淡的洋甘菊茶！一点也不像朗姆酒——它可以让你彻底看清人生！"

他沉默了下来，喝了许多酒，又开始讲了起来。

"你必须原谅我，老板，"他说道，"我实在是个大老粗。话好像泥巴粘在我的鞋子上一样粘在我的嘴巴里。我编不出漂亮的词句和好听的话。我实在编不出来。可是我知道你理解。"

他把他的酒喝干，然后看着我。

"你理解！"他喊道，仿佛突然间震怒起来似的，"你理解，而那就是你永远不得安宁的原因。如果你不理解，你就会快乐！你缺少什么呢？你年轻，你有钱，你健康，你是个好家伙，你什么都不缺。什么都不缺，确实，只除了一件东西——傻劲！而当缺乏那东西的时候，老板，那么……"

他摇着他的大头，再度沉默了下来。

我几乎哭了，左巴所说的一切都是正确的。当我还是小孩的时候，我心中就充满了疯狂的冲动，一些人力所不能及的欲望，我对这个世界感到不满。逐渐地，随着时间逝去，我慢慢地平静了下来。我限定范围，将可能的与不可能的，将人的与神的区分开，我紧抓着我的风筝，以防它跑掉。

一颗大流星划过天空。左巴惊奇地瞪着眼睛，仿佛这是他有生以来头一次看到流星。

"你看到那颗星没有？"他问道。

"看到了。"

我们沉默着。

突然，左巴弯着他粗糙的脖子，鼓起胸膛，发出一声狂野而绝望的呼啸。这声呼啸立刻变成人的语言。这时，一个古老而单调的旋律从左巴的生命深处升起，充满着哀伤与孤独。大地的心裂成了两半，流出了甜蜜而不可抗拒的东方毒药。我感觉到在我身体里面，一切和我的勇气与希望有关的组织都在缓缓地腐烂着。

> İki keklik bir tepede ötüyor,
>
> ötme de, keklik, benim derdim yetiyor. Aman aman![1]

极目望去，沙漠，细沙。闪亮的空气，粉红色、蓝色、黄色。你的太阳穴发胀。你的灵魂发出一声疾呼，然后为没有得到回应而狂喜。我的眼里充满了泪水。

> 一对红脚鹧鸪在小丘上哀声地鸣叫；
>
> 鹧鸪呀，别再哀叫！我自己的痛苦已经够我受了，哎唷！
>
> 哎唷！

左巴沉默着，他用指头急速地拭去眉毛上的汗水。他身子向前探

1　土耳其语。文意与下文中的"一对红脚鹧鸪……哎唷！"相同。

着，双眼凝视着地面。

"那首土耳其歌是什么歌呢，左巴？"隔了一阵子我才问道。

"驼夫的歌。那是他在沙漠里唱的歌。我已经好几年没有唱它或者想起它了。可是刚才……"

他抬起头来，他的声音尖锐，他的喉咙像被扼住似的。

"老板，"他说道，"现在你该去睡觉了。如果你想赶上去干地亚的船，那么你明天一大早就得爬起来。晚安！"

"我不想睡，"我说道，"我要跟你熬夜。这是我们相聚的最后一晚。"

"正因为如此，我们必须赶快结束它！"他一面喊，一面把他的空杯子倒过来，表示他已经不想再喝了，"此时此地，到此为止，就和人们戒绝烟、酒以及赌博一样；像一个希腊英雄，一个帕里卡尔。

"我父亲是个地道的帕里卡尔。别看着我，我不过是他身边的一阵微风而已。我还没有他的足踝高。他是老一辈的希腊人里面的一个。当他和你握手的时候，他几乎要把你的骨头弄碎了。我偶尔还会讲几句话，可是我父亲只会咆哮、长啸和唱歌，很少听他说出人话。

"噢，他有着一切的恶习，可是他会将它们杀得干干净净，就像你对着恶习挥剑一样。譬如，他抽烟抽得像根烟囱。一天早上，他起来到田里犁土。他到了那儿，靠在篱笆上，伸手去拿腰带里的烟草袋，准备在开始工作前卷一根香烟。他拿起他的烟袋，才发现它已经空了。他在离开家之前忘了装烟草到里面去。

"他大发雷霆，大声咆哮，然后飞快地向村里跑去。你知道，想抽烟的欲望已经使他的理智失去了平衡。可是突然间——我老是说人真是不可思议——他停了下来，感到极度惭愧。他掏出烟草袋，用牙齿把它撕成碎片，然后在地上践踏它，又向它吐口水。'脏东西！脏东西！'

他大吼道，'贱婆娘！'从那个时刻起，直到他死掉为止，他再没有把一支香烟放到嘴里过。那就是真正的男子汉的作风，老板。晚安！"

他站了起来，大步地穿过海滩。他连头都没有回一下。他一直走到海边，就在那儿的卵石上躺了下来。

从此，我再也没有见过他。骡夫在鸡啼以前就到了。我爬上骡子便离去了。或许是我的错觉，但我怀疑左巴躲在附近什么地方看着我离去——虽然他没有跑过来说些寻常的、让人伤心流泪的告别语，没来握手，挥手帕以及交换些山盟海誓。

我们的分手干脆得像刀切一样。

在干地亚我接到了一封电报，我用颤抖的手把它接过来。在我拆开它之前，我凝视了它很久。我知道它要说什么。我能够用一种骇人的确定性看到它的字数，甚至它所包含的字母的数目。

我真想不拆开看就把它撕成碎片。既然我已经知道里面是什么，我又何必去看呢？可是，哎，我们对自己的灵魂已不再有信心了！理智，这个不朽的杂货店老板，嘲笑着灵魂，就如同我们自己嘲笑着巫婆以及画符念咒的老妪，或者怪僻的老太太。因此我拆开了那封电报。它来自梯弗里斯。那些字母在我眼睛前面舞动了一阵子，我一个字也认不出。可是它们慢慢地停了下来，于是我看到：

昨天下午史塔弗里达基因肺炎去世。

五年过去了，在五个恐怖的年头中，时光飞逝，地理上的边界像在跳舞似的，国界像手风琴一样伸缩着。左巴和我在狂风骤雨中失散了，不过在头三年中，我还不时接到他寄来的简短明信片。

一张明信片来自阿索斯山，上面印着守护天门的圣母，她有一对忧伤的大眼睛和一个显露出她坚强刚毅性格的下巴。在圣母下面，左巴用他那支常常刮破纸的粗笔写着："这个地方没有机会做生意，老板！这儿的修士太抠门！我要走了！"几天之后，又来了一封信："我不能提着鹦鹉在修道院间跑来跑去，这使我看起来活像一个跑码头卖艺的。于是我把它送给一个滑稽的修士了。那家伙已经教会一只乌鸦很好听地唱'主啊，怜悯我们'了。那只小魔鬼唱得就和真修士一模一样，你听到准会大吃一惊。他也要教我们可怜的鹦鹉唱。啊！那只小坏蛋的一生可是多姿多彩啊！而现在它要出家当修士去了，我们的鹦鹉！顺颂安好。阿列克西欧斯神父，修行隐士。"

六个月之后，我接到一封从罗马尼亚寄来的卡片，上面是个非常丰满的美女，穿着一套低胸的衣服。卡片上写着：

> 我还活着，我现在吃的是马马利加[1]，喝的是伏特加酒。我目前在油田工作，像只阴沟老鼠一样又脏又臭。可是有什么关系呢？你可以在这儿找到许多你的心和你的肚子所需要的东西。对我这种老家伙来说，这里真是乐园。你了解吗，老板？一种美妙的生活……很多的糖果，外加许多的甜姐儿，上帝真应当被称颂啊！即颂安好。

> 亚历克西斯·左别斯古，阴沟鼠

两年过去了，我又接到另一封信，这次是来自塞尔维亚。

---

1 马马利加（Mamaliga）：一种以玉米粉制作的传统粥类食品，在罗马尼亚很流行。

我还活着，这里冷得要命，所以我只好结婚了。翻过来你就可以看到她的脸——一个韵味十足的女人。她的腰部有点肥，因为她正在为我制造一个小左巴。我站在她的旁边，穿着你送给我的那套衣服，而你看，我手上的那枚结婚戒指是可怜的老宝宝琳娜的——这个世界什么都可能发生啊！上帝祝福她的遗体！这一个名叫柳芭。我穿的那件狐皮领的外衣是我太太嫁妆的一部分。她还给我带来一匹母马和七只猪——它们真是令人感到好笑！另外，她还带来两个拖油瓶的小孩，我忘了讲，她是个寡妇。我在此像个帕夏。顺颂安好。

亚历克西斯·左比区，已续弦的鳏夫

那张卡片的背面是张照片，左巴穿着盛装，一副新郎打扮。他戴着一顶毛皮帽，穿着一件新的长外衣，拿着一支手杖。挽着他的是个顶多二十五岁的漂亮斯拉夫女人，她像一匹肥臀的野马，看起来又诱人又淘气，她穿着高跟的长靴，有着丰满的胸脯。在照片下面，左巴另外龙飞凤舞地写了几个字："我，左巴，和终身的事业——女人。这次，她的名字叫柳芭。"

那几年里，我一直旅居在外国。我也有我终身的事业，只是它没有丰满的胸脯，没有新外衣，没有猪可以给我。

一天在柏林，我收到一封电报：

发现一块漂亮的绿石头，快来。左巴。

那正是德国境内的大饥荒时期，马克狂跌，你甚至必须用皮箱装几百万去买一个非常小的东西，比如一枚邮票。到处是饥饿、寒冷、破衣、千疮百孔的鞋子，德国人红润的脸颊都已经变成灰白色了。如果有一阵微风吹过来，人们就像落叶一样倒在街上。母亲们拿着一块块的橡皮给孩子们咬，让他们停止哭泣。一到晚上，警察们就在桥上站岗，制止抱着孩子的母亲们投河自尽。

那时正值隆冬，天上飘着雪。在我隔壁的房间里，一位专攻东方语言的德国教授为了驱寒，就拿着大毛笔，仿照远东的苦练方式，抄写中国的诗或者孔子的话。毛笔的笔尖，悬空的手肘和写字人的心必须形成一个三角形。

"几分钟之后，"他常常满意地告诉我，"我就开始汗水淋漓了。这是我取暖的办法。"

左巴的电报就是在这种艰苦的日子中到来的。起初我十分愤怒。在数以百万的人连一块支撑他们肉体与灵魂的面包都没有而濒临崩溃之际，来了这么一通电报要我动身，跋涉数千里去看一块美丽的绿石头！去他妈的美丽！石头没有心肠，一点也不关心人类的痛苦！

可是不久我就骇住了：我的愤怒已经烟消云散了，我开始意识到我的心在回应着左巴这个与人道相左的请求。在我身体里，有只野鸟正拍着翅膀要求前往。

然而我没有去，我还是不敢。我没有遵从我心中那种神圣的骚动，我没有做出无情的高贵行为。我听从了理性那种缓和、冰冷而合人情的声音。于是我提笔写信给左巴，向他解释。

他回了一封信，信中说：

如果你不介意的话，老板，我要说你是个书呆子。你本来至少有一次机会，能在一生中看到非常漂亮的绿石头，可是你这个可怜的灵魂啊，你却没有看到它。老天爷，在我没有事情做的时候，我就拿这个问题来问自己：有没有地狱呢？可是昨天，当我接到你的信的时候，我说，确实应该是有一个地狱的，里面住着几个像老板那样的书呆子。

从那时起，左巴就没再写信给我了，我们被一些更可怕的事情冲散了。整个世界像个醉汉一样摇晃着。土地裂开了，把友谊和人间的关爱吞了下去。

我常常向我的朋友谈起这个伟大的灵魂。我们羡慕这个没有受过教育的人那种骄傲而自信的态度——比理智更深刻。我们辛苦多年才攀上的心灵高峰，左巴只一跃就登上了。于是我们说："左巴是个伟大的灵魂！"或者他跳过那些高峰，而我们说："左巴疯了！"

时光就这样过去了，它在甜蜜的回忆中被腐蚀着。另一个影子，我朋友的影子也不时投在我的灵魂上。它从未离开过我——因为我自己不想离开它。

可是我从没有对任何人提起过那个影子。我私下与它谈话，而且，借着它，渐渐与死亡和好了。我有一条通往另一端的秘密桥梁。当我朋友的灵魂过桥的时候，我觉得它又虚弱又苍白。它虚弱得不能跟我握手。

有时我骇然地想着，或许我的朋友在世的时候没有时间将肉体的奴役转化成自由，或者发展及强化他的灵魂，使它不在死亡来临的时刻感到惊慌或被毁灭。我想，或许他没有时间使他心中原可不死的东西得以不死。

可是他偶尔会显得更强壮一些——那是他吗？或者那只是因为我追念他的心情比较热切？每当这时，他是年轻而严厉的。我几乎连他上楼梯的声音都听得到。

一年冬天，我独自进入恩加丁山脉。许多年以前，我的朋友和我，以及一个我们两人都爱着的女人，曾经在那儿共度了几个狂欢的时辰。

我在他曾经住过的旅馆中睡着了。月光从敞开的窗户里泻了进来，我感觉到群山的灵魂、覆雪的松树以及宁静的蓝夜进入了我的脑海中。

我感觉到一种难以言喻的快乐，仿佛睡眠是一片深邃、平静、透明的海洋，而我在它的深处，快乐而安静地被轻摇着。可是我的感官太敏锐了，以至于如果在千米之上的水面上有条船驶过，都会在我的身上留下一个深深的伤痕。

突然间，一个影子投到我的身上。我知道他是什么人。他的声音传过来，充满了诘责的语气：

"你睡着了吗？"

我用同样的口气回答道：

"你让我久等了，我已经好几个月没有听到你的声音了。你都在什么地方漂泊呢？"

"我一直都在你的身边，可是你把我遗忘了。我经常没有力气喊叫，而且，说到你，你想要遗弃我。月色十分美，覆着雪的树林和人世间的生活也是一样。可是，要有同情心啊，别忘掉我啊！"

"我没有忘掉你，关于这点你知道得很清楚。在你离我而去的头几天里，我在荒山里奔窜，好让自己筋疲力尽，我辗转不能成眠地想着你。我甚至写诗来发泄我的感情，可是它们都是些蹩脚诗，无法消除我的痛苦。其中有一首是这样开头的：

当你与卡戎同行于崎岖的小径时，

我羡慕你们轻盈的身体和你们的身材。

像两只野雁，在黎明中醒来，然后分手……

"而在另一首未完成的诗里，我喊着：

咬紧牙关，我所爱的人呵，

否则你的灵魂将飞去！"

他惨烈地笑了，向我俯下他的脸，当他灰白的脸映入我的眼帘之时，我颤慄了起来。

"你在想什么呢？我喃喃地说，"你怎么不开口呢？"

他的声音像遥远的叹息：

"哎，对一个比世界大得多的灵魂来说，世界能留给它什么呢！几行别人的诗，杂乱而残缺的几行——甚至还够不上一首完整的四行诗！我在大地上来来去去，探望那些旧时的知交，可是他们的心都关闭着。哪里可以让我进去呢？我该怎样振作起来呢？我像一只狗一样，在一座所有的门都已锁上、闩上的房子外团团转。哎！但愿我能自由地生活，不须像落水的人一般攀附在你们温暖、有生命的身体上！"

泪水从他的眼窝中涌了出来，两个泥团变成了泥浆。

可是他的声音迅即变强了：

"你所给我的喜悦中最大的一个，"他说，"就是在苏黎世过节的那一次。你还记得吗？你举杯祝我健康。你想起来了吗？另外还有一个人和我们在一起……"

"我记得，"我回答道，"我们称她为我们的贵妇人……"

我们都默然了。仿佛已经过了多少个世纪了，苏黎世！那时外面飘着雪，桌上摆着花。我们三个人在一起。

"你在想什么呢，老师？"那个影子带着一抹嘲讽问道。

"许多事，所有的事……"

"我在想着你最后的话。你举起你的杯子，然后用颤抖的声音说：'我亲爱的朋友，当你还是婴儿的时候，你的老祖父抱着你，把你放在一个膝盖上，把里拉琴放在另一个膝盖上，然后奏出一些斗志昂扬的曲子。今晚我干杯祝你健康。愿命运留心，因为你永远坐在上帝的膝上。'上帝很快地应许了你的祈祷，啊！"

"那有什么关系呢？"我喊道，"爱比死更强。"

他再度惨然地笑了，可是没说什么。我可以感觉到他的身体在黑暗中徐徐消失，变成一声啜泣、一声叹息、一声嘲谑。

一连几天，死亡的味道都留在我的唇边。可是我的心中已经释然了。死亡曾以一张熟稔而可爱的脸孔进入我的生命，恍如一位友人来探望你，而且一直在一个角落里耐心地等待你完成你的工作。

可是左巴的影子一直带着妒意在我的四周逡巡。

一天晚上，我独自待在我埃伊纳岛海边的房子里。临海的窗户开着，月光泻了进来，海也在幸福地叹息。我的身体由于长时间游泳而感到恹恹无力，我沉沉地睡去。

突然间，就在破晓之前，在这个幸福的状态之中，左巴在我的梦中出现了。我记不得他说了什么，或者他为何而来。可是当我醒来的时候，我的心几乎要碎了。我自己也不知道为什么，我的眼里噙满了泪水。我的心中充满了一种无法抗拒的欲望。我要重拾我们在克里特岛海岸上共度的那段日子，我要驱策我的记忆去运转，去收集左巴散布在我的脑海中的一切，他说过的话，他的喊叫声、手势、泪水以及舞蹈——我要将它们保存下来。

这个欲望是如此强烈，因此我害怕了。我从中看出一个信号：在地球上的某个地方，左巴将要死去。因为我觉得我的灵魂和他的灵魂已紧密地结合在一起，所以当我们当中有一个要死去时，另一个就会有所察觉，失声痛哭。

我犹豫了一阵子，没有搜集、写下我对左巴的回忆。一种幼稚的恐慌征服了我。我对自己说道：如果我这样做，就意味着左巴确实已经在生死边缘了。我必须抗拒那只催促着我去做这件事的神秘之手。

我抗拒了两天、三天、一个礼拜。我写其他的东西，整天外出游玩，读很多的书。这些都是我用来避开那个无形的存在的策略。可是我的心思却沉浸在一种与左巴有关的、强烈的不安感之中。

一天，我坐在我那间海边小屋的露台上。正午时分，烈日炎炎，我凝视着我面前萨拉米斯山光秃而优美的山腰。突然间，在那神圣之手的催促下，我拿起一些纸，在露台炽热的石板上舒展开身子，讲述起左巴的言行。

我振笔疾书，急切地让过去复生，努力地回想左巴，重现他的本来面目。我感觉到，如果他消失的话，那完全是我的错，因此我夜以继日地工作，我要为我的老友画一张尽善尽美的像。

我工作着，就好像非洲野蛮部落的巫师们在他们的穴壁上绘着他们在梦中见到的祖先，他们极力要使画作栩栩如生，好让祖先的精灵能够认出自己的身体，进到它里面。

几个礼拜之后，我为左巴写的大事记完成了。最后的那天下午，天快黑的时候，我再度坐在露台上，凝视着海。在我膝上是那份已经完工的手稿。我十分快乐，同时也感到轻松，仿佛我已经卸下了一个重担。我好像一个女人抱着她刚生下的娃娃。

在伯罗奔尼撒半岛的群山后面，殷红的太阳正逐渐西沉。这时，苏拉，一个帮我到镇上去拿信的农家小女孩，向露台走来，她递给我一封信之后就跑掉了……我明白了。至少，我认为我明白，因为当我拆开信来读的时候，我并没有大叫着跳起来，我没有感到震惊。我很有把握。我知道就是在这个时刻，在我膝头放着手稿，望着落日的时候，我将要接到这封信。

我平静而从容地看着这封信。它来自塞尔维亚的一个村庄，是用生硬的德文写的。我把它翻译了出来：

> 我是村里的教师，现在写这封信通知您一个不幸的消息，亚历克西斯·左巴——此地一座铜矿的主人——上个星期日傍晚六点去世。在临终之前，他把我请来了。
>
> "到这儿来，老师。"他说，"我在希腊有个朋友，等我死掉以后，写信告诉他说，直到最后一分钟，我都还保持着绝对的清醒，而且一直在想念着他。同时告诉他，对于我做过的一切，我都不感到后悔。告诉他我希望他安好，同时，现在正是他应该表现出一点头脑的时刻了。
>
> "听着，只要再耽搁你一分钟。如果有教士之类的人要来听我忏悔，给我行圣礼的话，叫他赶快滚蛋，把他的诅咒留下来给我！我在我这一辈子里做了一大堆事情，可是我仍然没有做够。像我这样的人应该活一千岁才对。晚安！"
>
> 这些就是他临终的几句话。然后他从他的床上爬起来，把被子掀开，想要站起来。我们——柳芭，他的妻子，和我，以及几个健壮的邻居——跑过去阻止他。可是他粗鲁地把

我们推到一边，从床上跳起来，走到窗边。在那儿，他紧抓着窗框，瞭望着远处的群山。他睁大眼睛，大笑起来，然后像一匹马一样嘶叫着。他站在窗前，手指甲紧抠着窗框。就这样，死亡降临到他身上了。

他的妻子柳芭请我写信给您并且代她向您致意。她说，死者经常谈起您，并且留下吩咐说，在他死后，他的一把桑图尔琴必须交给您，好让您经常想起他。

因此，未亡人想求您，如果您路过我们村庄的话，请您到她家里过夜，让她招待您。当您早上离去的时候，请您把桑图尔琴一起带走。

图书在版编目（CIP）数据

希腊人左巴／（希）尼科斯·卡赞扎基斯著；王鸿仁译 . ﹣﹣ 北京 ：外语教学
与研究出版社，2019.1
　ISBN 978-7-5213-0723-8

　Ⅰ . ①希… Ⅱ . ①尼… ②王… Ⅲ . ①长篇小说﹣希腊﹣现代 Ⅳ . ①I545.45

中国版本图书馆 CIP 数据核字 (2019) 第 033612 号

出 版 人　徐建忠
策 划 人　方雨辰
出版统筹　张　颖
特约编辑　魏钊凌
责任编辑　郑树敏
责任校对　徐晓雨
装帧设计　周伟伟
出版发行　外语教学与研究出版社
社　　址　北京市西三环北路 19 号（100089）
网　　址　http://www.fltrp.com
印　　刷　山东临沂新华印刷物流集团有限责任公司
开　　本　880×1230　1/32
印　　张　11.5
版　　次　2019 年 3 月第 1 版 2019 年 3 月第 1 次印刷
书　　号　ISBN 978-7-5213-0723-8
定　　价　49.00 元

购书咨询：（010）88819926　电子邮箱：club@fltrp.com
外研书店：https://waiyants.tmall.com
凡印刷、装订质量问题，请联系我社印制部
联系电话：（010）61207896　电子邮箱：zhijian@fltrp.com
凡侵权、盗版书籍线索，请联系我社法律事务部
举报电话：（010）88817519　电子邮箱：banquan@fltrp.com
物料号：307230001

记载人类文明
沟通世界文化
www.fltrp.com